Siegfried Frech, Robby Geyer, Monika Oberle (Hg.)

Europa in der politischen Bildung

Mit Beiträgen von
Thomas Franke, Siegfried Frech, Robby Geyer,
Eva-Maria Goll, Martin Große Hüttmann, Sven Ivens,
Sabine Keitel, Tatjana Meijvogel-Volk,
Beatrix Melchinger, Monika Oberle, Kerstin Pohl,
Siegfried Schiele, Michèle Schilt, Helmar Schöne,
Andreas Thimmel, Eva Kristin Vogt, Georg Weißeno,
Benedikt Widmaier, Béatrice Ziegler,
Bettina Zurstrassen

WOCHEN
SCHAU
VERLAG

Bibliografische Information der Deutschen Nationalbibliothek

Die Deutsche Nationalbibliothek verzeichnet diese Publikation in der Deutschen Nationalbibliografie; detaillierte bibliografische Daten sind im Internet über http://dnb.d-nb.de abrufbar.

www.wochenschau-verlag.de

Redaktion: Siegfried Frech/Robby Geyer

Gesamtherstellung: Wochenschau Verlag
Titelbild: © picture alliance/blickwinkel/McPHOTO/C. Ohde

Gedruckt auf chlorfrei gebleichtem Papier
ISBN 978-3-7344-1209-7 (Buch)
E-Book ISBN 978-3-7344-1210-3 (PDF)
DOI https://doi.org/10.46499/1727

Inhalt

Vorwort

Der Europäischen Union (EU) kommt in der europapolitischen Bildungsarbeit ein besonderer Stellenwert zu. Die Entscheidungen dieses eng verflochtenen europäischen Staatenverbunds haben immer stärkere Auswirkungen auf das Leben der Bürgerinnen und Bürger. Da nur durch die schulische politische Bildung alle angehenden EU-Bürgerinnen und EU-Bürger erreicht werden, trägt sie für die politische Europabildung eine besondere Verantwortung.

Eine attraktive „Vision" für ein künftiges Europa fällt jedoch nicht vom Himmel! „Europäisches Bewusstsein" als Ziel politischer Bildung setzt mehr voraus als affektives Zugehörigkeitsgefühl. Zur kognitiven Fundierung der politischen Urteilsbildung der Lernenden ist auch EU-bezogenes Wissen und dessen wertebezogene Anwendung auf politische Fragestellungen notwendig. Es geht um eine differenzierte Auseinandersetzung mit europäischen Themen, Herausforderungen und Konflikten, die sich nicht von momentanen Stimmungen oder von einer diffusen Ablehnung leiten lässt. Europabildung hat nicht vorrangig die Aufgabe, für die europäische Integration zu begeistern. Sie muss vielmehr die gewachsene Bedeutung der EU verstehbar machen, ihre Probleme benennen sowie analysieren und schließlich die politische Urteilsbildung und Handlungsfähigkeit der Schülerinnen und Schüler fördern. Indem politische Europabildung auf diese Weise Wissen, Einstellungen und Erfahrungen sowie Urteilskraft und Handlungskompetenz miteinander verknüpft, kann sie eine substantielle Grundlage zur Herausbildung der vielbeschworenen „europäischen Identität" legen und einen Beitrag zur Entwicklung einer demokratischen politischen Kultur der EU leisten.

Die in diesem Band veröffentlichten Beiträge gehen auf die Beutelsbacher Gespräche „EUropa im Unterricht – Aspekte einer politischen Europabildung“ vom 17. bis 19. Februar 2020 zurück. Dank gilt Prof. Dr. Monika Oberle und Robby Geyer, die gemeinsam mit Prof. Siegfried Frech diese Tagung organisiert sowie den Tagungsband herausgegeben haben. Siegfried Frech betreut die „Didaktische Reihe“ der LpB seit 1991 redaktionell, seit 2008 war er zudem für die Beutelsbacher Gespräche verantwortlich. 2021 wird er die Landeszentrale Richtung „Unruhestand“ verlassen. Für sein langjähriges sorgfältiges und umsichtiges Engagement als Redakteur und Herausgeber sei ihm an dieser Stelle ganz herzlich gedankt. Als Verantwortlicher für diese Buchreihe hat er ein ums andere Mal ein feines Gespür für fachdidaktische Entwicklungen und Trends bewiesen. Dank gebührt auch allen Autorinnen und Autoren, die engagiert und kompetent die Diskussion ermöglicht und geführt haben, sowie dem Wochenschau Verlag für die langjährige gute Zusammenarbeit.

Lothar Frick, Sibylle Thelen
Direktion der Landeszentrale für politische Bildung
Baden-Württemberg

Siegfried Frech, Robby Geyer, Monika Oberle

Einführung: Aspekte einer politischen Europabildung

1. Im permanenten Krisenmodus?

„Mich schaudert das Tremolo in den Europa-Reden." Mit diesem Satz wurde in der Frankfurter Allgemeinen Zeitung vom 6. Oktober 2012 ein Interview mit dem Religionssoziologen Hans Joas überschrieben (Joas 2012). Anlass des Interviews war u. a. die Finanz- und Schuldenkrise, die Europa vor knapp zehn Jahren erschütterte. Tremolo und „Europa-Pathos" haben sich längst verflüchtigt. Gegenwärtig fällt mit Blick auf die EU reflexartig der Begriff „Krise", pauschales „EU-Bashing" macht sich allenthalben breit.

Krisenrhetorik gilt als chic und ist in Bezug auf den europäischen Integrationsprozess nichts Neues: Schon in den 1970er- und 1980er-Jahren machte der Begriff „Eurosklerose" die Runde. Die nationalen Volkswirtschaften durchlebten damals eine Schwächephase. Mit der großen ökonomischen Konkurrenz aus den USA und Japan ging eine protektionistische Ausrichtung nationaler Märkte einher. Blickt man zurück, so wird erkennbar, dass Krisen oftmals Schrittmacher der Integration waren: 1981 entwickelte der damalige Kommissionspräsident Jacques Delors das Binnenmarktprogramm. 1981 bzw. 1986 fand die Süderweiterung statt, Griechenland, Spanien und Portugal traten der Gemeinschaft bei. Dieser Mechanismus scheint inzwischen nicht mehr zu gelten (vgl. Sturm 2016).

Angesichts aktueller, sich überlagernder Krisen konstatieren einschlägige Veröffentlichungen eine Existenzkrise der EU (vgl. Bieling/Schieren 2017). Die EU, die vielen „als alternativloser Endpunkt der Entwicklung auf einem Kontinent galt" (Reckwitz 2019, 8), erweist sich als brüchig. Bereits ein Blick in einzelne Länder zeigt, dass stabile politische Ordnungen ins Wanken geraten sind: Am 23. Juni 2016 stimmte die britische Bevölkerung im Brexit-Referendum für den Austritt des Vereinigten Königreichs aus der EU. Am 31. Januar 2020 wurde der Brexit formal vollzogen. In Italien wurde nach der Parlamentswahl 2018 eine (rechts-)populistische und europakritische Regierung gebildet. In Polen und Ungarn – einstige Musterdemokratien im postkommunistischen Teil von Europa – stehen demokratische Institutionen unter Beschuss (vgl. Reckwitz 2019, 8). Die nationalen Entwicklungen werden ihrerseits von weiteren Krisen überlagert. Die Finanz- und Eurokrise hat in manchen Mitgliedstaaten zur Staatsschuldenkrise, zur Dämpfung der Konjunktur, zu einem Anstieg der Arbeitslosigkeit und zu sozialer Unsicherheit geführt (vgl. Assmann 2018, 79 ff.). Durch die verstärkte Zuwanderung von Flüchtlingen, mit ihrem bisherigen Höhepunkt im „Sommer der Willkommenskultur" 2015, wurde die EU in den vergangenen Jahren wiederum mit einer großen Herausforderung konfrontiert. Durch die fragmentierte Solidarität in der Verteilung von Geflüchteten hat sich die Krisenkonstellation weiter zugespitzt. Italien und Griechenland hatten am Andrang von Asylsuchenden 2015 besonders schwer zu tragen. Deshalb entschieden die EU-Staaten in zwei Mehrheitsentscheidungen die Umverteilung von bis zu 160.000 Asylbewerbern aus den beiden EU-Mitgliedstaaten. Ungarn, Polen, Tschechien und die Slowakei weigerten sich jedoch beharrlich, die Beschlüsse umzusetzen.

Auch die Klimakrise führt eindrücklich vor Augen, dass rein nationale Ansätze die Herausforderungen des 21. Jahrhunderts nicht bewältigen können. Hier bedarf es internationaler Zusammenarbeit und gemeinsamer Entscheidungen, bei denen die Europäische Union ihre Problemlösungsfähigkeit unter Beweis stellen muss.

Die Corona-Pandemie schließlich hat die EU erneut in eine akute Phase der Krisenbewältigung katapultiert. Nach anfänglichen nationalen Alleingängen und Grenzschließungen haben die Regierungen der 27 Mitgliedstaaten ihre nationalen Egoismen hintangestellt und sich im Juli 2020 auf ein milliardenschweres Rettungspaket von historisch wohl einmaliger Dimension geeinigt. Ein Wermutstropfen ist der Streit darüber, wie diese Hilfe aussehen soll. Die Niederlande, Österreich, Dänemark und Schweden wollten den krisengebeutelten Ländern statt Zuschüssen nur Darlehen geben.

Der fragile Zusammenhalt wird gegenwärtig auf eine harte Probe gestellt. Europa befindet sich in einer Krise, die weit tiefer als frühere Krisen reicht, die am Ende „nächtelanger, die Bürger zu Recht nervender Sitzungen schließlich überwunden wurden“ (Höffe 2020, 19). Diese „Tiefenkrise“ (a.a.O.) hat mehrere Bruchlinien. Die Euro-Schuldenkrise hat eine ökonomische Nord-Süd-Spaltung offenbart, die Flüchtlingsfrage hat Ost und West entzweit. Autoritäre und nationalistische Entwicklungen in einigen Mitgliedstaaten untergraben Werte, denen sich die EU nicht nur verpflichtet fühlt, sondern die für die EU selbst konstitutiv sind (vgl. den Beitrag von Martin Große Hüttmann in diesem Band). Die neue deutsche Präsidentin der EU-Kommission, Ursula von der Leyen, steht vor der Aufgabe, diese Bruchlinien zu kitten und dem Anstieg von Nationalismus, Populismus und Autoritarismus Einhalt zu gebieten. Auch Deutschland, das im zweiten Halbjahr 2020 den Vorsitz im Rat der EU übernahm, war mit der „Corona-Präsidentschaft“ (Heiko Maas) besonders gefordert. Wenngleich in der sechsmonatigen Ratspräsidentschaft keine abschließenden Lösungen gefunden wurden, bestand die zentrale Aufgabe für Deutschland darin, die „richtigen Weichen im Krisenmanagement zu stellen und zu verhindern, dass der Zusammenhalt in Europa der Pandemie zum Opfer fällt“ (Tekin/Schubert 2020, 16). Ging es doch darum, kohärente Lösungen zu forcieren, d.h. den Fokus auf europäische und nicht auf bloß nationalstaatliche Lösungen zu legen. Zugleich musste das Vertrauen in diese europäischen Lösungen gestärkt werden, um einen Rückfall in nationale Denkmuster zu vermeiden. Wechselseitiges Vertrauen ist gefragt: „Vertrauen über nationale Grenzen hinweg, ist eine ebenso wichtige Variable wie das langfristige Eigeninteresse“ (Habermas 2018, 4). Wechselseitiges Vertrauen überbrückt den Zeitraum bis „zur möglichen Probe auf eine im Prinzip erwartbare Gegenleistung“ (a.a.O.) in krisenhaften Zeiten.

Und einen weiteren Gesichtspunkt gilt es noch zu bedenken: Das Krisenmanagement darf nicht zulasten drängender Reformen in anderen Politikfeldern gehen. Gleichwohl wird die EU wohl auf absehbare Zeit mit der skizzierten Krisenbewältigung beschäftigt sein. Befindet sich die EU (wieder einmal) am Scheideweg? (vgl. den Beitrag von Martin Große Hüttmann in diesem Band).

Hoffnungsfroh stimmt immerhin, dass das Vertrauen der Bürgerinnen und Bürger in die EU Mitte des Jahres 2020 trotz oder gerade wegen der Corona-Pandemie merklich angewachsen ist – zumindest in der Bundesrepublik Deutschland. Das „Krisenbarometer“ der Konrad-Adenauer-Stiftung misst seit Ende März 2019 in zeitlichen Abständen die tagesaktuellen Wahrnehmungen und Einstellungen von wahlberechtigten Bürgerinnen und Bürgern (vgl. KAS 2020). Besonders auffällig ist das deutlich gestiegene Zutrauen in die Lösungskompetenz der Europäischen Union. Lagen die Zustimmungswerte Anfang April 2020, in der Phase der Grenzschließungen und anderer nationaler Alleingänge bei der Bekämpfung der Corona-Pandemie, lediglich bei 34 Prozent, stieg der Wert kurz vor Beginn der deutschen EU-Ratspräsidentschaft an: 61 Prozent äußerten gegenüber der EU sehr großes bzw. großes Vertrauen (a.a.O., 5). In anderen EU-Mitgliedstaaten hingegen ist ein „Optimismus-Paradox“ (Bertelsmann Stiftung 2020) festzustellen, d.h. die Mehrheit der EU-Bürgerinnen und Bürger blickt positiv in ihre persönliche Zukunft, negativ jedoch in die Zukunft des eigenen Landes. Dieses Paradox zieht sich durch alle sozialen Milieus, Altersgruppen und Länder.

2. Europaskepsis oder verhaltene Zustimmung?

Die Stabilität eines politischen Systems, und dies gilt auch für die EU, ist von der Unterstützung, zumindest aber der Akzeptanz durch die Bürgerinnen und Bürger abhängig. Die Legitimität einer politischen Ordnung fußt auf hinreichender ideeller Bejahung sowie auf der Leistungsfähigkeit eben dieses politischen Systems. Skepsis oder Unterstützung der EU-Bürgerinnen und -Bürger sind für die Stabilität der EU durchaus von Belang. Der Legitimationsbedarf der EU hat nicht zuletzt deshalb zugenommen, weil die europäische Politik das Leben der Bürgerinnen und Bürger immer mehr prägt.

Im Zeitverlauf zeigt sich, dass die Einstellungen durch „einen skeptischeren und nüchterneren Grundzug gekennzeichnet sind" (Knelangen 2015, 23). Skeptische bzw. kritische Einstellungen zur EU werden gemeinhin mit den Begrifflichkeiten „Euroskeptizismus" oder „Europaskepsis" umschreiben (vgl. Knelangen 2012, 34 ff.). Man kann hierbei zwischen einer „weichen" und einer „harten" Spielart unterschieden. Erstere meint die Kritik an einzelnen politischen Problemen oder Erscheinungsformen der EU. Letztere hingegen beschreibt die „generelle Ablehnung des gesamten politischen und ökonomischen Integrationsprojektes" (a.a.O.). Wirft man einen kurzen Blick auf die Langzeittrends, zeigen die Akzeptanzwerte seit 2016 wieder nach oben. So gaben im Juli 2020 43 Prozent der Befragten – mehr als vier von zehn EU-Bürgerinnen bzw. EU-Bürgern – an, der EU zu vertrauen, und 40 Prozent haben ein positives Bild von ihr (vgl. Eurobarometer 2020, 7 ff.). Die angestiegene Akzeptanz wird allerdings durch die Aussage relativiert, dass 40 Prozent ein neutrales Bild und 19 Prozent ein negatives Bild von der EU haben. 53 Prozent sind zufrieden mit der Art und Weise, wie die Demokratie in der EU funktioniert (a.a.O., 13). 70 Prozent fühlen sich als Bürger bzw. Bürgerin der EU.

Auffallend ist, dass die Einstellungswerte von Jugendlichen insgesamt positiver ausfallen als die der Erwachsenen. Ein Blick in die aktuelle Shell Jugendstudie 2019 zeigt, dass sich viele Jugendliche durchaus als „Europäer“ bzw. „Europäerinnen“ fühlen (vgl. Schneekloth/Albert 2019). Nachgefragt, was Jugendliche in der Altersgruppe von 15 bis 25 Jahren mit der EU assoziieren, wurde von so gut wie allen Jugendlichen (94 %) betont, dass sie mit der EU zunächst Freizügigkeit verbinden, also „die Möglichkeit, in andere europäische Länder zu reisen, dort zu studieren, arbeiten oder sich gänzlich niederlassen zu können“ (a. a. O., 69). Danach folgen hohe Zustimmungswerte zu den Stichworten „kulturelle Vielfalt“ (83 %), „Frieden“ (80 %) sowie „Demokratie“ (79 %), d. h. die EU steht in den Augen der befragten Jugendlichen als Garant für Demokratie. Von Skepsis oder EU-Verdruss kann nicht die Rede sein. Nicht verschweigen darf man allerdings den Sachverhalt, dass für die positive Einschätzung der EU die Bildungsposition ausschlaggebend ist: Je gebildeter, desto positiver ist das Bild von der EU. Hinter dieser positiven Einschätzung verbirgt sich keineswegs eine „Europa-Euphorie, sondern vielmehr eine Art bejahender Realismus“ (a. a. O., 75). Die EU ist ein selbstverständlicher Teil jugendlicher Lebenswelten geworden. Die „Früchte“ der europäischen Einigung – wie z. B. die Reisefreiheit, der Wegfall der Grenzen, der freie Kontakt zu Menschen europäischer Nachbarstaaten, freier Handel, Waren- und Geldverkehr – werden von Jugendlichen nicht mehr als Errungenschaften, sondern als etwas Selbstverständliches erfahren.

Positiv kann auch die gerade in der Gruppe der 18- bis 20-Jährigen deutlich gestiegene Beteiligung an der Wahl zum Europäischen Parlament im Jahr 2019 gesehen werden: Während die Wahlbeteiligung in Deutschland um etwa 13 Prozentpunkte auf 61,4 Prozent anstieg, nahm sie in der Altersgruppe 18 bis 20 Jahre um fast 20 Prozentpunkte von 39 auf 58,6 Prozent zu. Die gestiegene Wahlbeteiligung ist ein weiterer Indikator für das Interesse von Jugendlichen an der EU.

Dessen ungeachtet fühlen sich aber junge Menschen über die EU schlecht informiert. Zahlreiche Umfragen belegen seit

Jahren, dass trotz vielfältiger Bildungsanstrengungen sowohl die Kenntnis europäischer Zusammenhänge als auch das „europäische Bewusstsein" von Jugendlichen (und auch von Erwachsenen) weiterhin unbefriedigend sind (vgl. die Beiträge von Monika Oberle, Helmar Schöne und Georg Weißeno in diesem Band). Schülerinnen und Schüler wissen „wenig über die EU, ihre politischen Institutionen, ihre Akteure, ihre Aufgaben und Modi der Entscheidungsfindung" (Schöne/Immerfall 2014, 55). Nur wenige finden einen Zugang zu der „Geheimlehre" (a. a. O.) der komplexen EU-Politik. Gemessen an der Bedeutung der EU für unseren Alltag zeigt sich insgesamt bei jungen Menschen ein erschreckend niedriger Wissensstand zu europäischen Themen (vgl. Rappenglück 2014, 393).

3. Europapolitische Bildungsbedarfe

Will man die EU erfolgreich vermitteln, sind zunächst Analysen gefragt, die von einem nüchternen Realismus geprägt sind: Welches Wissen und welche Kompetenzen benötigen junge Menschen, um Politik in Europa und die Handlungsmöglichkeiten der EU angesichts aktueller Krisen verstehen, beurteilen und beeinflussen zu können? Wie ist es um das Wissen von Schülerinnen und Schülern über die EU (tatsächlich) bestellt? Gibt es ein grundlegendes Verständnis europäischer Politik? Wie hängen Kenntnisse mit den Einstellungen zur EU zusammen?

Wenngleich die Antworten auf diese Fragen zunächst zu einem „Defizitbefund" (Schöne/Immerfall 2014, 54) führen, ist ein Blick auf den Alltag des Politikunterrichts hilfreich, um die Hemmschuhe einer politischen Europabildung identifizieren zu können. Obwohl seit langem in den Bildungs- und Lehrplänen verankert, hat die europäische Einigung in der Schulpraxis noch längst nicht die Bedeutung erlangt, die ihr eigentlich zukommen müsste. Bislang scheint es so, dass das Themenfeld „Europäische Union" in der Schulpraxis eher weniger beliebt ist. Das gilt einerseits für Lehrkräfte, die sich angesichts der komplizierten Funktionsweise der EU überfordert fühlen und sich schwertun, aktuelle europäische Entwicklungen angemessen einzuordnen. Helmar Schöne und Stefan Immerfall haben mehrere Ursachen für die Schwierigkeiten im Umgang mit dem Unterrichtsgegenstand Europa benannt: (1) die Dynamik des europäischen Prozesses, (2) die Komplexität des europäischen Mehrebenensystems, (3) eine nur unzureichend ausgebildete europäische Identität sowie (4) fehlende Fortbildungsangebote (vgl. Schöne/Immerfall 2014, 2015). Erschwerend kommt noch hinzu, dass das Unterrichtsfach Gemeinschaftskunde – und damit auch die EU-Themen – in vielen Schulen der Sekundarstufen I und II häufig fachfremd unterrichtet wird (vgl. den Beitrag von Helmar Schöne in diesem Band).

Ein Mehr an Lehr-Lernforschung könnte Aufschluss über die Effektivität und Effizienz eines europabezogenen Politikunterrichts geben (vgl. den Beitrag von Georg Weißeno in diesem Band). Will man die Unterrichtsqualität angemessen beurteilen, ist ein Blick auf die verschiedenen Qualitätsdimensionen von Unterricht (hohes kognitives Anregungsniveau, hohe konstruktive Unterstützung und Förderung der schulischen Leistungsfähigkeit) unerlässlich. Studien haben gezeigt, dass kognitive Aktivierung mit guten Leistungen einhergeht und das leistungsbezogene Selbstkonzept von Schülerinnen und Schülern stärkt (vgl. Weißeno/Landwehr 2015, 99 ff.).

Zwar existiert eine Fülle von Unterrichtsmaterialien zu allen Themen rund um Europa, doch überwiegt im Unterrichtsalltag oft eine althergebrachte und wenig ansprechende Institutionenkunde. Eine kritische Analyse der einschlägigen, von der EU herausgegebenen Unterrichtsmaterialien zeigt überdies, dass diese Materialien oft gegen das Prinzip der Kontroversität verstoßen. Die europäische Integration wird sowohl als „normativ wünschenswert, als auch als Lösung für Probleme aller Art dargestellt“ (Immerfall 2015, 124). Das didaktische Prinzip der Kontroversität meint nicht die buchhalterische Auflistung aller EU-Institutionen und deren Funktionsweise. Betreibt man ausschließlich „Bildung über Europa", d. h. konzentriert man sich lediglich auf geographisch-historische Aspekte und auf die Behandlung des politischen Systems, so verpasst man die Chance, junge Menschen zur mündigen Teilhabe zu befähigen. Die scheinbar sichere Bastion der Institutionenkunde bietet einen gewissen – wenngleich fragwürdigen – „Schutz", sich mit den rasch ändernden politischen Gegebenheiten auf europäischer Ebene sowie der Komplexität des Themas auseinandersetzen zu müssen.

Eine zeitgemäße europapolitische Bildung muss sich auch mit der Frage beschäftigen, wie mit EU-skeptischen Positionen verfahren werden soll. Wo ist einer „gesinnungsethischen" EU-Bildung Einhalt zu gebieten? Soll man aktuelle europäische Entwicklungen kritiklos akzeptieren? Und wie ist in diesem Zusammenhang die im Grundgesetz (Art. 23) verankerte Mitwirkung der „Bundesrepublik Deutschland bei der Entwicklung der Europäischen Union [...], die demokratischen, rechtsstaatlichen, sozialen und föderativen Grundsätzen und dem Grundsatz der Subsidiarität verpflichtet ist [...]" zu beurteilen? Kontroversität meint keine kritiklose Akzeptanz aktueller europäischen Entwicklungen (vgl. den Beitrag von Helmar Schöne in diesem Band).

4. Europäische Identität, europäische Bürgerkompetenz oder Active Citizenship?

1978 formulierte die Kultusministerkonferenz (KMK) mit der Empfehlung „Europa im Unterricht" erstmalig konzeptionelle Grundlagen eines europäischen Bildungsauftrags (vgl. Rappenglück 2014, 395). Pädagogischer Auftrag der Schulen soll es sein, ein „europäisches Bewusstsein" (KMK 1978, 4) zu wecken. Ziel müsse es sein, „in den jungen Menschen das Bewusstsein einer europäischen Identität zu wecken [...]. Hierzu gehört auch die Vorbereitung der jungen Menschen darauf, ihre Aufgaben als Bürgerinnen und Bürger in der Europäischen Union aktiv wahrzunehmen" (a. a. O., 6). Die Empfehlungen wurden in der Folgezeit zweimal modifiziert. Die aktualisierte Fassung des Jahres 1990 „widmet sich […] ausführlicher dem Zusammenwachsen Europas im postkommunistischen Zeitalter“ (Weinmann 2009, 189). Auch in den erneut aktualisierten Empfehlungen des Jahres 2008 steht wiederum die viel gebrauchte und vage Begrifflichkeit „europäische Identität“ im Zentrum des pädagogischen Auftrags (vgl. KMK 2008). 1990 lauteten die konkreten Vorschläge, die Motivation zur Beschäftigung mit Europa „durch ‚Primärerfahrungen‘ zu steigern, über die Vertiefung des bilingualen Unterrichts bis hin zu Weiterbildungsmaßnahmen für Lehrerinnen und Lehrer“ (Weinmann 2009, 190). Die konkreten Vorschläge finden sich auch in den Empfehlungen aus dem Jahr 2008. Der veränderte Titel der Empfehlungen „Europabildung in der Schule“ signalisiert, dass über den Fachunterricht hinausgehend weitere „Möglichkeiten für die Erschließung der europäischen Dimension“ (KMK 2008, 8) genutzt werden sollen. Im Einzelnen werden u. a. genannt: einen jährlichen Europatag jeweils am 9. Mai zu etablieren; pädagogischer Projekte mit Schulen aus anderen europäischen Staaten; internationaler Schüler- und Lehreraustausch; Teilnahme an Europäischen Wettbewerben, Besuche von EU-Institutionen. In den Mittelpunkt der Neufassung der KMK-Empfehlungen vom Oktober 2020 rückt der Begriff „Europakompetenz“. Ziel der Europabildung soll es demnach sein, „neben europabezogenen Kenntnissen vor allem interkulturelle Kompetenz, Partizipations- und Gestaltungskompetenz sowie Mehrsprachenkompetenz bei Kindern und Jugendlichen zu fördern und somit das Bewusstsein einer europäischen Identität als Ergänzung zu den lokalen, regionalen und nationalen Identitäten zu ermöglichen“ (KMK 2020, 5).

Was meint nun das diffuse Konstrukt „europäische Identität“? Im Gegensatz zur personalen Identität bezeichnet der Begriff eine „kollektive Identität“, die eine Identifikation mit Europa umschreibt. Die Unterschiede in den Lebensbedingungen der EU-Bürgerinnen und -Bürger sind offensichtlich. Ohne diese „Unterschiede im Blick zu haben, können wir nicht von Europa sprechen“ (Klein 2015, 28). Europa lebt geradezu von der bunten Vielfalt der Regionen und Einzelstaaten (vgl. Höffe 2020, 88). Dieses Recht auf Differenz schließt jedoch kein weiteres Zusammenwachsen aus. „In Vielfalt geeint“ lautet das Motto, das sich die EU gegeben hat. Auf der vertikalen Ebene gilt es, die nationale Sichtweise um eine europabezogenen Perspektive zu erweitern. Angewendet auf die Begrifflichkeit „europäische Identität“ heißt dies, dass sich Menschen in Europa kognitiv und emotional mit Europa verbunden fühlen. Lars Klein schlägt deshalb vor, den Begriff „schlicht in ‚Zugehörigkeit zu Europa‘ [zu] übersetzen“ (Klein 2015, 35). Diese Zugehörigkeit ermöglicht es, das Verbindende bzw. Gemeinsame zu erkennen, ohne es mit Einheitspostulaten zu überfrachten.

Seit 2015 ist auf europäischer Ebene der Begriff „Active Citizenship“ ein viel strapaziertes Schlagwort. Als Reaktion auf die Terroranschläge in Frankreich und Dänemark zu Beginn des Jahres 2015 und als Antwort auf extremistische und fundamentalistische Entwicklungen in Europa verabschiedeten die Bildungsministerinnen und -minister der EU-Staaten 2015 die „Erklärung zur Förderung von Politischer Bildung und der gemeinsamen Werte von Freiheit, Toleranz und Nichtdiskriminierung“, die sogenannte Pariser Erklärung.[1] Als wichtiges Ziel von Bildung nennt diese Erklärung die Stärkung bürgerschaftlicher Kompetenzen (vgl. den Beitrag von Benedikt Widmaier in diesem Band). Wenn nun von Active Citizenship – bzw. in Anlehnung an die Erklärung des Rats der EU „Schlüsselkompetenzen für lebensbegleitendes Lernen“ (Rat der Europäischen Union 2018, 1) – und „europäischer Bürgerkompetenz“ gesprochen wird, ist im „bildungspolitischen Diskurs der EU das normative Ideal eines europäischen Bürgers oder einer europäischen Bürgerin umrissen, die sich kompetent und eigenaktiv in Politik und Zivilgesellschaft engagiert“ (Lange/Heldt 2016, 9).

Dieses normative Ideal setzt sich aus mehreren Kompetenzfacetten zusammen: (1) kognitive Kompetenzen bezüglich des

Inhalts politischer Entscheidungen, d.h. ein hinreichendes Wissen über Politik; (2) prozedurale Kompetenzen mit Blick auf die Verfahren politischer Entscheidungsfindung sowie (3) gemeinsinnorientierte und affektiv verankerte habituelle Dispositionen bzw. Tugenden (vgl. Buchstein 1996, 302). Solche Kompetenzen ergeben sich nicht von alleine, sondern müssen in Lern-, Lehr- und Bildungsprozessen angeregt und gefördert werden. Active Citizenship, das ambitionierte Leitbild von kompetenten und engagierten europäischen Bürgerinnen und Bürgern, die sich politisch einmischen und zivilgesellschaftlich aktiv sind, ist ein zentrales Ziel und gleichzeitig ein politikdidaktisches Prinzip formaler und non-formaler Bildungsarrangements (vgl. den Beitrag von Benedikt Widmaier in diesem Band).

5. Ausgewählte Aspekte und Formate politischer EU-Bildung

Wenn wir in dem vorliegenden Band Aspekte einer politischen Europabildung thematisieren, ist es angebracht, einen Blick über den nationalen Tellerrand anzustellen und exemplarisch drei Nachbarländer genauer zu betrachten. Bildung ist schlechthin eine nationalstaatliche Angelegenheit, d.h. die EU hat nur eine geringe Regelungskompetenz in bildungspolitischen Fragen. Hervorzuheben sind allerdings die klaren Positionierungen des Europarates. Während bildungspolitische Überlegungen auf EU-Ebene auf den Beitrag von Bildung zur wirtschaftlichen *(employability)* und sozialen Entwicklung ausgerichtet waren bzw. sind, waren für den Europarat „gesellschaftspolitische Perspektiven der Grund, Bildung vor allem als Menschenrechts- und Demokratieerziehung in den Fokus zu stellen" (Becker 2012, 16).

Die Bandbreite dessen, was man unter politischer Europabildung versteht, unterscheidet sich in den einzelnen Mitgliedstaaten. Mit Blick auf die politische Bildung könnten die nationalen Ausprägungen und Begrifflichkeiten unterschiedlicher nicht sein. Wie halten es also unsere Nachbarstaaten Luxemburg, die Schweiz und die Niederlande mit der Europabildung? Welche Art von „Europalernen“ gibt es dort? Welche inhaltlichen Schwerpunkte und welche Formate werden bevorzugt? Michèle Schilt vom Zentrum fir politesch Bildung (Walferdange, Luxemburg), Béatrice Ziegler (Zentrum für Demokratie Aarau an der Pädagogischen Hochschule FHNW) und Tatjana Meijvogel-Volk (ProDemos, Den Haag) vermitteln „Blicke über den Tellerrand“ und geben Einblicke in die jeweilige Europabildung.

Die drei Beiträge zeigen, wie unterschiedlich die europapolitische Bildung ausgestaltet ist. Sowohl hinsichtlich der Quantität als auch der Qualität gibt es große Differenzen. Gleichwohl zeigen die Berichte aus diesen Ländern, dass auch dort gilt: Europäische Bildung beginnt (spätestens) in der Schule. Versteht man Europa als ein „Arbeitsprojekt“ (Negt 2012, 22), so geht es um eine differenzierte Auseinandersetzung mit europäischen Themen und Fragestellungen, die sich nicht von momentanen Gefühlen oder von einer diffusen Ablehnung, die durch einen konkreten misslichen Anlass erzeugt wird, leiten lässt.

Ein kompetenzorientierter Unterricht nimmt von den Vorstellungen (Präkonzepten) der Schülerinnen und Schüler seinen Ausgang. Geleitet von didaktischen Grundprinzipien (z. B. Kontroversität, Wissenschafts-, Teilnehmenden- und Problemorientierung, Aktualität) sollen sich Schülerinnen und Schüler im Laufe ihrer Lernbiografie ein konzeptuelles Wissen der Europapolitik aneignen sowie eine auf die EU-Politik bezogene politische Urteils- und Handlungsfähigkeit entwickeln (vgl. Oberle 2020, 66). Dies schließt die Förderung europapolitischer Motivationen und Einstellungen mit ein (vgl. Oberle/Tatje 2014, 64 f.).

Dieser Bildungsauftrag richtet sich an alle Schularten und -stufen gleichermaßen. Ein Mehr an Europa-Unterricht darf nicht nur die Gymnasien im Blick haben, sondern muss auch an andere Schularten denken (vgl. den Beitrag von Helmar Schöne in diesem Band). Im fachdidaktischen Diskurs sind

Grund- und Berufsschulen zwar nicht gänzlich aus dem Fokus geraten, fristen aber trotzdem ein eher randständiges Dasein.

„Politische Bildung von Anfang an" (Richter 2007) ist angesichts der schulischen Realität eine Herausforderung, da politische Bildung im Sachunterricht der Grundschule für gewöhnlich eine randständige Stellung innehat (vgl. Schöne/Detterbeck 2018, 7; Richter 2015; Schauenberg 2015). Wie also kann in der Grundschule die Grundlegung für ein reflektiertes Europaverständnis erfolgen? Was können und sollen Kinder über ein politisches Gebilde wissen, das ihnen zunächst „fern" zu sein scheint? (vgl. den Beitrag von Eva-Maria Goll in diesem Band). Gleiches gilt für die Berufsschule: Die Bedeutung und Leistung der berufsbildenden Schulen werden im (öffentlichen) Bildungsdiskurs zu wenig gewürdigt (vgl. Zurstrassen 2020). Berufsbildende Schulen sind bekanntlich die letzte institutionelle Möglichkeit, Schülerinnen und Schüler mit Angeboten zur politischen Bildung überhaupt zu erreichen (vgl. den Beitrag von Bettina Zurstrassen und Eva Kristin Vogt in diesem Band). Gibt es denn mit Blick auf die EU Bezüge zur Lebens- und Arbeitswelt? Soll die „Employability" für ein europäisches Arbeitsumfeld – d. h. gute berufliche Qualifikationen und Fremdsprachenkenntnisse – Vorrang haben? Die Vorzüge Europas in den Blick zu nehmen, ist das eine. Doch wie mit kritischen Fragen umgehen im Zeitalter von Globalisierung, Liberalisierung und Deregulierung der Arbeitsmärkte?

Über den Politikunterricht hinausreichend sollten in Anlehnung an die Empfehlungen der Kultusministerkonferenz (vgl. KMK 2008) gezielt vermehrt den Unterricht öffnende und überschreitende Aktivitäten wie Begegnungen, Exkursionen sowie Planspiele und Möglichkeiten des virtuellen Lernens bzw. der virtuellen Begegnung genutzt werden. So fördern gerade Planspiele, die Schülerinnen und Schüler mit ganz unterschiedlichen europapolitischen Rollen konfrontieren, Kompetenzen der Perspektivenübernahme und die Thematisierung europapolitischer Frage- und Problemstellungen in den Dimensionen *polity*, *poli-*

tics und *policy* (vgl. den Beitrag von Thomas Franke und Sven Ivens in diesem Band). Virtuelle Lernumgebungen oder *Social Communities* bieten vielseitige Gelegenheiten, die multinationale Zusammenarbeit von Schulklassen in Europa oder den Aufbau von Schulpartnerschaften zu unterstützen (vgl. den Beitrag von Sabine Keitel und Beatrix Melchinger in diesem Band).

Und wie ist es um die (europa-)politische Dimension bei europäischen Austauschprogrammen bestellt? Bei Begegnungen, die im Rahmen europäischer Austauschprogramme stattfinden, ist die politische Dimension zwar eine relevante Hintergrundfolie, die in der Praxis jedoch nicht immer für eine kritische Reflexion zur Gewinnung politischer Urteilsfähigkeit der Teilnehmenden genutzt wird. Das Potenzial der politischen Bildung „schwingt also nur am Rande mit". Häufig wird unterstellt, dass durch direkte und unmittelbare Begegnungen mit Menschen anderer Kulturen, wie sie im Rahmen von Bildungsreisen stattfinden, Lernprozesse initiiert werden, die zum Abbau von Stereotypen und Vorurteilen beitragen. Die Austausch- und Begegnungsforschung hat längst Belege erbracht, dass dem nicht immer so ist (vgl. den Beitrag von Andreas Thimmel in diesem Band).

Die Beiträge des vorliegenden Bandes legen in der Auseinandersetzung mit Zielen und Zielgruppen, Formaten und weiteren Aspekten der europapolitischen Bildung unterschiedliche Schwerpunkte. Sie zeigen auf, dass die Schule einen wichtigen Beitrag zur europäischen Bildung leisten muss und leisten kann. Dies gilt insbesondere für den politischen Fachunterricht und betrifft alle Schularten und Schulstufen gleichermaßen. Über den eigentlichen Unterricht hinaus sollten vermehrt projektorientierte Vorhaben und schulüberschreitende Formate (z. B. Planspiele, Begegnungen, europäische und internationale Austauschprogramme, Möglichkeiten des virtuellen Lernens) genutzt werden. Zudem wurde mit den „Blicken über den nationalen Tellerrand" exemplarisch die Europabildung dreier Nachbarländer thematisiert. Jede Publikation erfordert Auswahlentscheidungen, d. h. die verbleibenden Lücken sind dem Herausgeberteam durchaus bewusst.

6. Beutelsbacher Gespräche: Rückblick und Ausblick

Der Beitrag „Achtzehn mal Beutelsbacher Gespräche: Erinnerungen an ein erfolgreiches Format" am Ende des Bandes mag zunächst überraschen, obgleich er u. a. auch Facetten einer europapolitischen Bildung thematisiert. Gleichwohl hat die Dokumentation des Interviews hier durchaus ihre Berechtigung, geht es doch um den Beutelsbacher Konsens und die Tradition der gleichnamigen Gespräche. Die Beutelsbacher Konsenssätze von 1976 haben bis heute in der politischen Bildung eine bemerkenswerte Geltung erlangt. Die damals gefundene „formlose Übereinkunft" (Siegfried Schiele) unter der kleinen Gruppe der beteiligten Wissenschaftler hat rasch die Akzeptanz so gut wie aller Didaktikerinnen und Didaktiker gefunden und ist ein fester Bestandteil der didaktischen Theorie der politischen Bildung geworden. In einer Situation der verhärteten Frontstellung bildungspolitischer Agenden und didaktischer Konzepte lud Siegfried Schiele, neu gekürter Direktor der Landeszentrale für politische Bildung Baden-Württemberg, führende Fachdidaktiker aus verschiedenen Lagern im November 1976 in den schwäbischen Ort Beutelsbach zu einer Tagung ein. Intention der Tagung war es, einen fachlich-pädagogischen Dialog zu initiieren, der nicht auf einer ideologisch-politischen Grundlage fußte. Das Ergebnis war keine inhaltliche Einigung über Ziele und Konzepte der politischen Bildung, aber die konsensuale Formulierung dreier Grundprinzipien für den Politikunterricht: der Beutelsbacher Konsens.

Zehn Jahre später wurde die Didaktische Reihe der Landeszentrale für politische Bildung Baden-Württemberg gegründet. In den Bänden der Reihe wurden und werden die sogenannten Beutelsbacher Gespräche publiziert. Siegfried Schiele hat mit den Beutelsbacher Gesprächen ein Forum für Fachdidaktikerinnen, Fachdidaktiker, Politikwissenschaftlerinnen und Politikwissenschaftler, aber auch für Lehrerinnen und Lehrer geschaffen. Im Jahr 2004 ist der zehnte Tagungsband erschienen. In diesem Jahr schied Siegfried Schiele aus dem Amt als Leiter der Landeszentrale aus. Die Beutelsbacher Gespräche und die Didaktische Reihe wurden in den Folgejahren von Siegfried Frech mit wechselnder Unterstützung durch Politikdidaktikerinnen und Politikdidaktiker fortgeführt. Ab dem Jahr 2021 wird Robby Geyer federführend die Buchreihe und die Beutelsbacher Fachtagungen verantworten.

Anmerkung

1 Vgl. URL: https://www.kmk-pad.org/fileadmin/Dateien/download/va/Grundlagendokumente/Pariser_Erklaerung_EU_Bildungsminister_2015.pdf [03.07.2020].

Literatur

Assmann, A. (2018): Der europäische Traum. Vier Lehren aus der Geschichte. München.

Becker, H. (2012): Politische Bildung in Europa. In: Aus Politik und Zeitgeschichte, 46-47/2012, S. 16-22.

Bertelsmann Stiftung (2020): Das Optimismus-Paradox. Individuelle Selbstgefälligkeit versus gesellschaftlicher Pessimismus. Gütersloh. URL: [02.07.2020].

Bieling, H.-J./Schieren, S. (2017): „This time is different". Die Besonderheiten der aktuellen Krise der EU. In: Politikum, Heft 1/2017, S. 4-12.

Buchstein, H. (1996): Die Zumutungen der Demokratie. Von der normativen Theorie des Bürgers zur institutionell vermittelten Politikkompetenz. In: Beyme, K. von/Offe, C. (Hg.): Politische Theorie in der Ära der Transformation. Opladen, S. 297-323.

Europäische Kommission (Hg.) (2020): Standard-Eurobarometer 93. Brüssel. URL: https://ec.europa.eu/commonfrontoffice/publicopinion/ [10.11.2020].

Habermas, J. (2018): Sind wir noch gute Europäer? In: Die Zeit, Nr. 28/2018.

Höffe, O. (2020): Für ein Europa der Bürger! Tübingen.

Immerfall, S. (2018): EU-Bildung zwischen Affirmation und Skepsis – wie kritisch soll EU-Unterricht sein? In: Schöne, H./Detterbeck, K. (Hg.): Europabildung in der Grundschule. Schwalbach/Ts., S. 121-132.

Joas, H. (2012): „Mich schaudert das Tremolo in den Europa-Reden." In: Frankfurter Allgemeine Zeitung vom 06.10.2012. URL: https://www.faz.net/aktuell/wirtschaft/soziologe-hans-joas-mich-schaudert-das-tremolo-in-den-europa-reden-11916327.html?GEPC=s47 [26.06.2020].

KAS/Konrad-Adenauer-Stiftung (2020): EU gewinnt Vertrauen. Krisenbarometer der Konrad-Adenauer-Stiftung, Folge 7. URL: https://www.kas.de/documents/252038/7995358/EU+gewinnt+Vertrauen.pdf/b7c612dc-0b51-3961-eb33-9bcd0cd2a703?t=1593088086162 [26.06.2020].

KMK/Kultusministerkonferenz (2020): Europabildung in der Schule. Beschluss der Kultusministerkonferenz vom 08.06.1978 i. d. F. vom 15.10.2020. URL: https://www.kmk.org/fileadmin/Dateien/veroeffentlichungen_beschluesse/1978/1978_06_08_Europabildung_2020-10-15.pdf [21.01.2021].

KMK/Kultusministerkonferenz (2008): Europabildung in der Schule. Empfehlung der Ständigen Konferenz der Kultusminister der Länder in der Bundesrepublik Deutschland. (Beschluss der Kultusministerkonferenz vom 08.06.1978 i.d.F. vom 05.05.2008). URL: https://www.kmk.org/fileadmin/veroeffentlichungen_beschluesse/1978/1978_06_08_Europabildung.pdf [03.07.2020].

KMK/Kultusministerkonferenz (1990): Europa im Unterricht. Beschluss der Kultusministerkonferenz vom 8. Juni 1978 i.d.F. vom 7. Dezember 1990. Bonn.

KMK/Kultusministerkonferenz (1978): Europa im Unterricht. Beschluss der Kultusministerkonferenz vom 8. Juni 1978. Bonn. URL:

https://www.kmk.org/fileadmin/veroeffentlichungen_beschluesse/1978/1978_06_08_Europabildung.pdf [03.07.2020].

Klein, L. (2015): Teil eines kosmopolitischen Projektes? Über mögliche Wege, einer ‚europäischen Identität' zu entkommen. In: Oberle, M. (Hg.): Die Europäische Union erfolgreich vermitteln. Perspektiven der politischen EU-Bildung heute. Wiesbaden, S. 27-37.

Knelangen, W. (2015): Die Europäische Union und die Bürgerinnen und Bürger: Stimmungsschwankungen oder handfeste Vertrauenskrise? In: Oberle, M. (Hg.): Die Europäische Union erfolgreich vermitteln. Perspektiven der politischen EU-Bildung heute. Wiesbaden, S. 13-25.

Knelangen, W. (2012): Die EU und der Vertrauensverlust der Bürgerinnen und Bürger. In: Aus Politik und Zeitgeschichte, 4/2012, S. 32-40.

Lange, D./Heldt, I. (2016): Demokratisches Bürgerbewusstsein und Inclusive Citizenship Education. Herausforderungen der Europäischen Zivilgesellschaften. In: Bildung für Europa, Juli 2016, S. 9-10. URL: https://www.na-bibb.de/fileadmin/user_upload/na-bibb.de/Dokumente/06_Metanavigation/02_Service/Publikationen_Warenkorb/journal_2016_24_politische_bildung.pdf [03.07.2020].

Negt, O. (2012): Gesellschaftsentwurf Europa. Plädoyer für ein gerechtes Gemeinwesen. 2. Auflage, Göttingen.

Oberle, M. (2020): Europabildung. In: Achour, S./Busch, M./Massing, P./Meyer-Heidemann, C. (Hg.): Wörterbuch Politikunterricht. Frankfurt/M. 2020, S. 65-68.

Oberle, M. (Hg.) (2015): Die Europäische Union erfolgreich vermitteln. Perspektiven der politischen EU-Bildung heute. Wiesbaden.

Oberle, M./Tatje, C. (2014): Die Europäische Union vermitteln – Vorschläge für eine kompetenzorientierte EU-Didaktik. In: Manzel, S. (Hg.): Politisch mündig werden. Politikkompetenz in der Schule aufbauen und diagnostizieren. Opladen u.a., S. 63-77.

Rappenglück, S. (2014): Europabezogenes Lernen. In: Sander, Wolfgang (Hg.): Handbuch politische Bildung. Schwalbach/Ts., S. 392-400.

Rat der Europäischen Union (2018): Empfehlung des Rates vom 22. Mai 2018 zu Schlüsselkompetenzen für lebenslanges Lernen. URL: https://www.kmk-pad.org/fileadmin/Dateien/download/v_na/10_EU_Schluesseldokumente/Empfehlung_Schluesselkompetenzen_2018.pdf [03.07.2020].

Reckwitz, A. (2019): Das Ende der Illusionen. Politik, Ökonomie und Kultur in der Spätmoderne. 3. Auflage, Berlin.

Richter, D. (2015): Politische EU-Bildung in der Grundschule? In: Oberle, M. (Hg.): Die Europäische Union erfolgreich vermitteln. Perspektiven der politischen EU-Bildung heute. Wiesbaden, S. 111-120.

Richter, D. (2007) (Hg.): Politische Bildung von Anfang an – Demokratie-Lernen in der Grundschule. Bonn.

Schauenberg, E.-M. (2015): Europa im vielperspektivischen Sachunterricht. In: Oberle, Monika (Hg.): Die Europäische Union erfolgreich vermitteln. Perspektiven der politischen EU-Bildung heute. Wiesbaden, S. 121-132.

Schneekloth, U./Albert, M. (2019): Jugend und Politik: Demokratieverständnis und politisches Interesse im Spannungsfeld von Vielfalt, Toleranz und Populismus. In: Shell Deutschland Holding (Hg.): Jugend 2019. Eine Generation meldet sich zu Wort. Weinheim, Basel, S. 47-101.

Schöne, H./Detterbeck, K. (2018): Europabildung in der Grundschule: Einleitende Überlegungen. In: Schöne, H./Detterbeck, K. (Hg.): Europabildung in der Grundschule. Schwalbach/Ts., S. 7-17.

Schöne, H./Immerfall, S. (2015): EU-Bildung in der Schule – Erfahrungen und Desiderate. In: Oberle, M. (Hg.): Die Europäische Union erfolgreich vermitteln. Perspektiven der politischen EU-Bildung heute. Wiesbaden, S. 67-80.

Schöne, H./Immerfall, S. (2014): EU unterrichten – Widersprüche im Schulalltag. In: Frech, S./Kalb, J./Templ, K.-U. (Hg.) (2014): Europa in der Schule. Perspektiven eines modernen Europaunterrichts. Schwalbach/Ts., S. 54-66.

Sturm, R. (2016): Die Europäische Union: Bedingt handlungsfähig und orientierungslos. Der europäische Integrationsprozess in der Krise? In: Gesellschaft – Wirtschaft – Politik, Heft 3/2016, S. 273-279.

Tekin, F./Schubert, J. (2020): Deutschlands „Corona-Präsidentschaft". In: Aus Politik und Zeitgeschichte, Heft 23-25/2020, S. 11-17.

Weinmann, G. (2009): Schule und Europa – zwischen Verfassungsauftrag und aktiver Unionsbürgerschaft. In: Frech, S./Große Hüttmann, M./Weber, R. (Hg.): Handbuch Europapolitik. Stuttgart, S. 187-199.

Weißeno, G./Landwehr, B. (2015): Effektiver Unterricht über die Europäische Union – Ergebnisse einer Studie zur Schülerperzeption von Politikunterricht. In: Oberle, M. (Hg.): Die Europäische Union erfolgreich vermitteln. Perspektiven der politischen EU-Bildung heute. Wiesbaden, S. 99-119.

Zurstrassen, B. (2020): Politisch-demokratische Mündigkeit in Beruf und Gesellschaft: Der Bildungsauftrag der berufsbildenden Schulen. In: Albrecht, A. u. a. (Hg.): Jetzt erst recht: Politische Bildung! Bestandsaufnahme und bildungspolitische Forderungen. Frankfurt/M., S. 133-144.

Martin Große Hüttmann

Die Europäische Union am Scheideweg – wieder einmal?!

1. Einleitung[1]

Alle kleinen Krisen gleichen einander, jede große Krise ist groß auf ihre Art. Das, was Leo Tolstoi in „Anna Karenina" über das Glück und Unglück in Familien geschrieben hat, lässt sich übertragen auf die vielen Krisen, mit denen die Europäische Union (EU) immer wieder konfrontiert wurde. Seit den Anfängen des europäischen Einigungsprozesses in den 1950er-Jahren gab es kleinere und größere Krisen, in denen die Gemeinschaft sich an einem Scheideweg befand. Und jedes Mal kam die Diskussion auf, in welche Richtung sie gehen würde. Die Frage „Europa, quo vadis?" stellt sich regelmäßig, eigentlich fast permanent. Unzählige Bücher, Konferenzen, Politikerreden und ausgefeilte Szenarien beschäftigen sich mit der Frage nach der Zukunft der Europäischen Gemeinschaft. Das Bild von der Weggabelung taucht aber nicht nur im deutschen Europadiskurs auf. Unter dem Titel „Europe at the Crossroads" finden sich noch sehr viel mehr Bücher und Veranstaltungen, die zeigen, dass diese Metapher auch international weit verbreitet ist. Damit wird deutlich, dass eine gewisse Unsicherheit über die Perspektiven des Integrationsprojektes ein besonderes Merkmal der Europapolitik ist – und zwar von Anfang an. Eine erste große Krise traf die Europäische Wirtschaftsgemeinschaft (EWG), die am 25. März 1957 gegründet wurde, schon wenige Jahre nach Unterzeichnung der Römischen Verträge. Bereits im Sommer 1965 stand die Gemeinschaft zum ersten Mal „am Abgrund" (Bajon 2012). Die Krise der Jahre 1965/66 ist als „Politik des leeren Stuhls“ in die Geschichtsbücher eingegangen. Der Anlass waren Pläne der Europäischen Kommission unter Walter Hallstein, die Finanzierung der vergemeinschafteten Agrarpolitik zu reformieren, dem Europäischen Parlament Kontrollrechte bei der Vergabe der Mittel einzuräumen und das Einstimmigkeitsprinzip im Rat, dem Vertretungsorgan der Mitgliedstaaten, zugunsten von Mehrheitsentscheidungen abzuschaffen. Diese „Supranationalisierung“ lehnte der französische Staatspräsident Charles de Gaulle kategorisch ab. Er blockierte durch den Abzug seiner Minister von den Ratssitzungen die gesamte Gemeinschaft. Solange der französische Stuhl leer blieb, konnte der Ministerrat, das wichtigste Entscheidungsgremium in Brüssel, keine Beschlüsse fassen. Die Gemeinschaft war über ein halbes Jahr lang politisch gelähmt.

Jede schwere Krise ist anders. Die einzelnen Krisen haben verschiedene Ursachen und sie unterscheiden sich in ihren Auswirkungen auf die EU und ihre Mitgliedstaaten. Die Eurokrise betrifft primär die Länder der Eurozone, und mit der „Flüchtlingskrise“[2] sind vor allem die EU-Staaten konfrontiert, die seit 2015 mit der sprunghaft gestiegenen Zahl an Geflüchteten umgehen müssen – also Griechenland, Spanien und Italien als Mittelmeeranrainerstaaten, aber auch die Bundesrepublik Deutschland, Schweden und Österreich als bevorzugte Zielorte der Flucht. Im Jahr 2015 wurden in den EU-Staaten insgesamt über 1,3 Millionen Asylanträge gestellt, das war eine Zunahme im Vergleich zum Vorjahr um 110 Prozent (BAMF 2016, 27ff.). Andere Krisen, die ich in den Blick nehmen werde, sind – neben den kleineren Krisen in den 1970er- und 80er-Jahren – die Eurokrise, die sogenannte Flüchtlingskrise, die Krise im Zusammenhang mit dem britischen EU-Austritt (Brexit), die Rechtsstaatskrise und dann die Corona-Krise. Im vorliegenden Beitrag will ich die Hintergründe der verschiedenen Krisen erläutern und herausarbeiten, welche Lehren die EU aus den Krisen gezogen hat.[3] Eine zentrale Frage lautet also: Wie haben die unterschiedlichen Krisen die EU verändert?

Zwei Thesen sollen als roter Faden bei der Lektüre dienen: Zum einen muss meiner Ansicht nach der Begriff „Krise" analytisch geschärft und zunächst präzise definiert werden. Denn nur dann lässt sich ein Vergleich aktueller und zurückliegender Krisen sinnvoll anlegen. Anhand von Kriterien lässt sich entscheiden, welche Besonderheiten eine Krise auszeichnet. Eine solche Differenzierung erlaubt dann im nächsten Schritt eine integrationstheoretisch fundierte Beschäftigung mit den verschiedenen Krisen und den damit verbundenen Phänomenen wie „Desintegration" und Dynamiken in Richtung „mehr Europa". Auch eine didaktisch und methodisch sinnvolle Thematisierung von Krisen der EU im Schulunterricht oder in der politischen Bildung ist abhängig von fachwissenschaftlichen Konzepten und theoretischen Differenzierungen.[4]

Und zum anderen will ich, das ist meine zweite These, im Beitrag zeigen, dass die großen und kleinen Krisen den Prozess der „Konstitutionalisierung" (Verfassungswerdung) der Europäischen Union beeinflusst und das EU-System und seine institutionelle Balance verändert haben.[5] Dabei lassen sich verschiedene Formen der Konstitutionalisierung unterscheiden (Christiansen/Reh 1999; vgl. dazu auch Große Hüttmann 2018). Es geht im Beitrag also um den engen Zusammenhang von „Krise und Konstitutionalisierung in Europa" (Steinbeis u. a. 2015). Ich stelle die These zur Diskussion, dass sich die Europäische Union im Zuge der jüngeren Krisen in Richtung einer „Europäischen Staatlichkeit" bewegt. Damit behaupte ich nicht, dass sie sich zu einem klassischen Staat im Sinne der „Vereinigten Staaten von Europa" entwickelt hat oder in Zukunft entwickeln würde. Es geht mir vielmehr um die Beobachtung, dass die Europäische Union im Laufe der Zeit mehr und mehr typische Staatsaufgaben (z. B. Währungs- oder Verteidigungspolitik) übernommen und dass sich im Zuge der Krisen dieser Prozess der „Staatswerdung" noch verstärkt hat (vgl. Bieling/Große Hüttmann 2016, 2020; Genschel/Jachtenfuchs 2018; Hrbek 2016; McNamara 2018). Die Krisen seit den Anfängen der europäischen Integration in den 1950er-Jahren und auch die Krisen der 2000er-Jahre werde ich nur skizzieren. Die Maßnahmen der EU zur Bekämpfung der Corona-Krise seit dem Frühjahr 2020 werde ich etwas genauer unter die Lupe nehmen. Sars-CoV-2 ist die offizielle Bezeichnung eines neuen Virus, das in der chinesischen Stadt Wuhan Ende 2019 entdeckt wurde und eine weltweite Pandemie ausgelöst hat. Das neue Virus traf die EU im Frühjahr 2020, die noch mit ihren „alten" Krisen zu kämpfen hatte, zunächst einigermaßen unvorbereitet. Die durch das Virus ausgelöste Krise stellt die EU – so die Bundeskanzlerin Angela Merkel – vor „die größte Bewährungsprobe in ihrer Geschichte" (Süddeutsche Zeitung, 06.04.2020).

2. Krise, welche Krise? Ein Vorschlag zur Definition eines zentralen Begriffs[6]

In der wissenschaftlichen Debatte und erst recht in öffentlichen Diskussionen wird der Begriff Krise selten, wenn überhaupt, präzise definiert. Als Krise wird das bezeichnet, was man auch als Probleme, Schwierigkeiten, Konflikte oder Herausforderungen beschreiben könnte. Nicht alles jedoch, was in der öffentlichen Debatte als Krise etikettiert oder im Diskurs als solche „konstruiert" wird, muss – in einem streng wissenschaftlichen Sinne – eine „echte" Krise sein. Als erstes sollte unterschieden werden zwischen Krisen im engeren und Krisen im weiteren Sinne. Eine Krise im engeren Sinne wäre eine echte Existenz- oder Systemkrise, in der eine Sache Spitz auf Knopf steht und in der für eine gewisse Zeit unklar ist, wie es am Ende ausgehen wird (vgl. dazu Knodt u.a. 2020; Vierhaus 2019). In der Klimaforschung wird oft von „Kipppunkten" gesprochen. Das ist der Moment, in dem etwa durch das Schmelzen der Polkappen oder das Absterben des Regenwaldes eine Kettenreaktion ausgelöst würde, die zu einem rapiden Anwachsen der Erderwärmung führt und das globale Ökosystem völlig ins Rutschen gerät.[7] Eine Krise im engeren Sinne wäre also der Zeitraum vor dem Kipppunkt, in dem politisches Handeln, das noch etwas bewirken könnte, möglich ist und die Sache also auch gut ausgehen könnte – sicher wäre ein glücklicher Ausgang jedoch nicht, denn sonst würde man nicht von einer Krise im engeren Sinne sprechen.

Eine Krise im weiteren Sinne wäre eine politische, soziale oder wirtschaftliche Situation, die nicht im oben beschriebenen Sinne „kritisch" ist, weil sie nicht die Grundfesten des gesamten Systems erschüttert und seine Existenz gefährdet. Weil hier Maßnahmen nicht so dringlich und zur Rettung oder Stabilisierung des Gesamtsystems als zwingend erforderlich erscheinen, ist die Wahrscheinlichkeit von grundlegenden Reformen aufgrund des schwächeren politischen Handlungsdrucks geringer.

In der öffentlichen Debatte und auch in vielen wissenschaftlichen Texten finden wir häufig eine Verwendung des Krisenbegriffs in diesem weiteren Sinne. Krise steht hier synonym für Begriffe wie Probleme und Schwierigkeiten. Im Folgenden will ich deshalb einen Krisenbegriff entwickeln, der eine Differenzierung und damit einen Vergleich verschiedener Krisen möglich macht. Denn wenn im Prinzip alles, was im Zusammenhang mit den Entwicklungen der Europäischen Union in den letzten Jahren als „Krise" beschrieben werden kann, verliert der Begriff seine analytische Trennschärfe – man könnte von einer Krise des Krisenbegriffs sprechen. Wissenschaftliche Konzepte sollten hier Klarheit schaffen. Sie müssen einerseits – in den Worten des Politikwissenschaftlers Giovanni Sartori (1970) – „reisen" können. Ein solches „concept travelling" macht es möglich, dass Begriffe und Konzepte in unterschiedlichen, auch zeitlichen, Kontexten genutzt werden können. Die Frage in unserem Fall lautet also, ob europapolitische Krisen in den 1960er-Jahren mit denselben Konzepten untersucht werden können wie die Krisen der EU in den 2000er-Jahren – das ist eine theoretisch-konzeptionell und empirisch zu klärende Frage. Analytische Konzepte dürfen andererseits aber auch nicht „überdehnt“ werden, weil ein solches „concept stretching“ den Begriff „inhaltsleer und unbrauchbar“ machen würde (Jahn 2006, 215). Wenn alles, was den europäischen Integrationsprozess behindert oder verzögert, als Krise beschrieben werden kann, gerät das Spezifische, das eine Krise kennzeichnet und sie von „normalen“ Problemen und Konflikten unterscheidet, aus dem Blick. Ein zu weit gefasstes Konzept taugt nicht zur differenzierten Analyse, in der sowohl die Unterschiede als auch die Gemeinsamkeiten sichtbar werden sollen – ein überdehntes Konzept reißt wie ein Gummiband und ist dann nutzlos. Eine systematische historische Herleitung und präzise Definition des Begriffs Krise ist also vonnöten.

Der Historiker Reinhart Koselleck hat in seinem Eintrag in dem Lexikon „Geschichtliche Grundbegriffe“ gezeigt, woher der Begriff Krise ursprünglich kommt, wie er sich im Laufe der Zeit verändert hat und zu einem zentralen Begriff zur Beschreibung politischer, wirtschaftlicher und gesellschaftlicher Prozesse wurde (vgl. zum Folgenden Koselleck 1982). Der Begriff selber stammt, wie so viele Konzepte, die in der Politikwissenschaft verwendet werden, aus dem Altgriechischen. Das Substantiv *krisis* geht zurück auf das Verb *krinein*; das bedeutet u. a. „auswählen“, „entscheiden“, aber auch „beurteilen“ und – in seiner medialen Form – „sich messen“, „streiten“ oder „kämpfen“. In den Bereichen Recht, Medizin und Theologie spielt der Krisenbegriff seit der Antike eine wichtige Rolle. Vor allem im medizinischen Sprachgebrauch liegen die „harten Alternativen“, die laut Koselleck (1982, 617) ein wichtiges Merkmal von Krisen sind, auf der Hand: Wenn sich ein Patient in einer „krisenhaften“ Situation befindet, bedeutet dies, dass er im besten Fall genesen und im schlimmsten Fall sterben wird. Von diesem medizinischen Sprachgebrauch ausgehend ist der Krisenbegriff seit dem 17. Jahrhundert in die europäischen Nationalsprachen in Frankreich, England und Deutschland aufgenommen worden. In den einschlägigen Lexika und Enzyklopädien des

18. Jahrhunderts lässt sich dann nachvollziehen, wie der Begriff der Krise eine „metaphorische Ausweitung auf die Politik, die Psychologie, die Ökonomie und schließlich auch auf die Geschichte“ erfahren hat (Koselleck 1982, 617). Diese „Vieldeutigkeit und Dehnbarkeit“ hat jedoch, wie der Historiker Koselleck schreibt, ihren Preis – der Begriff beginnt zu „schillern“ und wird zum „Schlagwort“. Denn heutzutage, so die Kritik, gebe es „kaum einen Lebensbereich, der nicht mit Hilfe dieses Ausdrucks seine entscheidungsträchtigen Akzente erhielte“ (Koselleck 1982, 617).

In den 1970er-Jahren – um einen großen zeitlichen Sprung zu machen – erlebt der Krisenbegriff in den Sozialwissenschaften und insbesondere in der Politikwissenschaft eine Renaissance (vgl. u.a. Jänicke 1973). Vor allem in der Beschäftigung mit System- und Steuerungskrisen und „Legitimationsprobleme im Spätkapitalismus“ (Habermas 1973) wurden Krisentheorien und Konzepte entwickelt, an die die aktuelle EU-Forschung anknüpfen kann (vgl. Knodt u.a. 2020).

Eine Definition von Krise, die Ramona Coman und ihre Mitherausgeberinnen in einem Sammelband vorgeschlagen haben (Coman u.a. 2020, 2) und der ich mich anschließe, nennt folgende Aspekte: Eine Krise im engeren Sinne ist eine problematische und existenzgefährdende Situation, deren Ausgang offen ist und die einer Lösung bedarf. Kommt es zu keiner Lösung, ist das gesellschaftliche, politische oder ökonomische System in seinem Bestand gefährdet. Ob und wann es zu einer Problemlösung kommt, hängt von ganz unterschiedlichen Bedingungen ab. Politische Prozesse, an deren Ende ein Ergebnis oder eine Entscheidung stehen, sind ein komplexes Zusammenspiel von Problemen, die gelöst werden sollen. Sie hängen ab von der Mehrheitsfähigkeit der unterschiedlichen und miteinander konkurrierenden Lösungsoptionen und von politischen Akteuren („policy entrepreneurs“), die sich für eine bestimmte Variante stark machen und diese am Ende gegen Widerstände auch durchsetzen können (Kingdon 2003; Große

Hüttmann 2018). Krisen können als „critical junctures“, was sich mit kritische Wegscheiden oder Phasen übersetzen lässt, beschrieben werden (vgl. Capoccia/Kelemen 2007). Sie eröffnen die sprichwörtlichen „Fenster der Gelegenheit“ *(windows of opportunity)*, in der Entscheidungen zwischen „harten Alternativen“ (Koselleck 1982, 617) getroffen werden müssen, weil andernfalls das System in seinem Bestand gefährdet wäre. Darüber hinaus spielen Tempo und Intensität von Krisen eine wichtige Rolle bei der – subjektiv gefärbten – Wahrnehmung von Krisen und der Reaktion auf sie. Leonhard Seabrooke und Eleni Tsingou (2019) unterscheiden zwischen „slow-burning“ und „fast-burning crises“. Im ersten Fall köcheln Krisen gewissermaßen auf kleiner Flamme, so dass eine Lösung der Probleme nicht drängend erscheint, während im anderen Fall Krisen wie ein Blitz einschlagen oder wie ein Tornado wüten und rasche Reaktionen erforderlich sind (Seabrooke/Tsingou 2019).

3. „Alte“ Krisen der Europäischen Gemeinschaft

3.1 Krisen seit den 1960er- bis zu den 1980er-Jahren

Die „Politik des leeren Stuhls“ 1965/66 war die erste, aber längst nicht die einzige Krise, mit der die Gemeinschaft konfrontiert war (Bajon 2012). Auch nach dem „Luxemburger Kompromiss“, mit dem diese Krise beigelegt werden konnte, kam es zu größeren und kleineren Krisen. Dazu gehören etwa die französische Blockade eines britischen EG-Beitritts oder die stillschweigende Beerdigung der Pläne einer Europäischen Währungsunion („Werner-Plan“), die im Oktober 1970 vorgelegt wurden, aber dann schnell in den Schubladen verschwanden. Ein ähnliches Schicksal erfuhr der Plan zur Schaffung einer „Europäischen Union“, mit dem die Staats- und Regierungschefs 1974 den belgischen Ministerpräsidenten Leo Tindemans beauftragt hatten. Die Zeit schien damals noch nicht reif genug. Erst 20 Jahre später wurden viele Ideen aus den alten Plänen in den Vertrag von Maastricht aufgenommen. Eine größere und ganz unterschiedliche Themen umfassende Krise der 1970er- und 80er-Jahre wurde unter einem eigenen Namen geläufig, der den medizinischen Hintergrund des Krisenbegriffs verrät – das war die „Eurosklerose". Die Themen, die damals im Fokus standen, waren die Auswirkungen der internationalen Währungskrise, der Zusammenbruch des Bretton-Woods-Systems und die Schwäche der europäischen Volkswirtschaften im Vergleich zu den technologisch führenden Vereinigten Staaten von Amerika und Japan sowie verschleppte Reformen in einzelnen Politikfeldern. Vor allem die EG-Agrarpolitik und die durch die Überproduktion geschaffenen „Butterberge" und „Milchseen" prägten in den 1980er-Jahren das öffentliche Bild der Gemeinschaft (vgl. dazu Loth 2014; Patel 2018).

Der Umgang mit der „Eurosklerose" hat ein Muster erkennen lassen, das auch in nachfolgenden Krisen zu beobachten war. Die politische Strategie der europäischen Regierungen und der Brüsseler Akteure zielte darauf ab, die Europäische Gemeinschaft (EG) gestärkt aus der Krise hervorgehen zu lassen. Durch Reformen und Änderungen der Gemeinschaftsverträge sollten die Schwachstellen der EG behoben werden. Obwohl es unterschiedliche Ansichten im Kreis der Mitgliedstaaten über die Richtung und das Ausmaß von Reformen gab, konnten durch sogenannte „Paketlösungen" *(package deals)* die unterschiedlichen Präferenzen und Interessen in den Verhandlungen zur Einheitlichen Europäischen Akte (EEA) am Ende unter einen Hut gebracht werden. Die Schaffung eines Europäischen Binnenmarktes hatte sowohl Skeptiker einer weiteren Integration (z. B. Großbritannien), als auch die Befürworter einer Stärkung des Europäischen Parlaments und der Ausweitung der Gemeinschaftskompetenzen (z. B. Deutschland, Italien) überzeugt. Mit den Reformen in den 1980er-Jahren wurde auch der Weg geebnet für den nächsten großen Integrationsschritt (Gehler/Loth 2020). Der Vertrag von Maastricht, der 1993 in Kraft trat, hatte mit der geplanten Einführung des Euro und der Schaffung einer Wirtschafts- und Währungsunion (WWU), die schon im Werner-Plan aus den 1970er-Jahren angelegt war, den bis heute größten Sprung in der Integrationsgeschichte gebracht. Der Währungsunion des Maastricht-Vertrags fehlten jedoch der politische Unterbau und eine Vergemeinschaftung der Wirtschafts-, Haushalts- und Steuerpolitik. Die 2009 einbrechende Eurokrise zeigte, dass die europäische Integration in diesem wichtigen Punkt auf halbem Wege stehengeblieben war (vgl. Schwarzer 2015).

Die Einheitliche Europäische Akte von 1986 war die erste umfassendere Vertragsänderung und gab den Startschuss für weitere Schritte in Richtung „Vertiefung" in den 1990er-Jahren. Sie brachte in immer kürzeren Abständen neue Verträge hervor – von der Einheitlichen Europäischen Akte ging es weiter zu den Verträgen von Maastricht (1992), Amsterdam (1997), Nizza (2000) und schließlich zum Vertrag von Lissabon (2009), der bis heute die primärrechtliche Grundlage der Europäischen Union bildet (vgl. Große Hüttmann 2018). Viele Beobachter sehen sogar einen engen zeitlichen, wenn nicht sogar kausalen Zusammenhang zwischen Krise und Vertiefung: „zahlreiche integrationspolitische Erfolge und Fortschritte wären ohne die ihnen vorausgegangenen Krisen gar nicht möglich gewesen" (Kirt 2001, 13).

Die erste große Krise der Europäischen Gemeinschaft, die mit der „Politik des leeren Stuhls" ausgelöst wurde, ging an die Grundfesten, weil zunächst nicht klar war, ob und wie sie diese Krise überleben würde. Diese Krise war im Sinne unserer Definition existenzgefährdend. Der Ausgang war unsicher und es war offensichtlich, dass eine Lösung unbedingt gefunden werden musste. Denn die Gemeinschaft war solange handlungsunfähig, bis die französischen Minister an den Verhandlungstisch zurückkommen würden. Der Anlass der Krise waren, wie oben bereits erwähnt, Überlegungen im Ministerrat, das Einstimmigkeitsprinzip aufzugeben und Mehrheitsbeschlüsse zu ermöglichen. Der „Luxemburger Kompromiss" vom Januar 1966 ermöglichte die Rückkehr Frankreichs an den

Verhandlungstisch. Geschaffen bzw. bestätigt wurde ein „Hybridsystem“, das bis heute die Politik der EU prägt. Dieses System lässt sich beschreiben als ein „Nebeneinander von intergouvernementalen und vorföderalistisch-supranationalen Wesensmerkmalen“ (Bajon 2012, 349). Die späteren Krisen, mit denen die Gemeinschaft in den ersten Jahrzehnten konfrontiert war, lassen sich als kleinere Krisen beschreiben, weil sie nicht im engeren Sinne die Existenz des Systems gefährdet haben. Eine andere Qualität hatte die Eurokrise.

3.2 Die Eurokrise

Die Jahre seit 2008/09 waren geprägt von der internationalen Finanzkrise, die ihren Ursprung in den USA und der *Subprime*-Krise hatte und die Eurokrise mit verursacht hat. Diese europäische Finanz- und Staatsschuldenkrise war der Auftakt für ein ganzes „Krisenjahrzehnt“. Die Zahl der Krisen ist gewachsen und hat die Europäische Union in mehrere parallele Krisen gestürzt, so dass von einer „Polykrise“ gesprochen wurde. Die Frage nach der Zukunft und dem Überleben des europäischen Einigungsprojektes stand damit wieder ganz oben auf der Tagesordnung der EU. Das Buch des niederländischen Autors Geert Mak mit dem Titel „Was, wenn Europa scheitert“ (Mak 2012) trifft den damaligen Nerv der Zeit. Ähnlich liest sich der Satz „Scheitert der Euro, dann scheitert Europa“, den Bundeskanzlerin Angela Merkel in einer Regierungserklärung vor dem Deutschen Bundestag im Mai 2010 vorgetragen hat; auch er zeigt die wahrgenommene Dramatik der Situation zu jener Zeit (FAZ, 19.05.2010). Die Eurokrise hatte 2010 mit dem Beinahe-Austritt Griechenlands aus der Eurozone (Grexit) ihren Scheitelpunkt erreicht. Tempo, Dynamik und Intensität dieser Krise und auch die Verwerfungen im Kreis der Mitgliedstaaten waren so hoch, dass ein Auseinanderbrechen der Eurozone und im Anschluss der ganzen EU als mögliches Szenario galten. Die zum Teil chaotischen Sitzungen des Europäischen Rates und der Eurogruppe, die bis in die Morgenstunden dauerten und pünktlich bis zur Öffnung der internationalen Finanzmärkte eine Lösung präsentieren mussten, bestimmten das öffentliche Bild der Euro-Rettungspolitik (vgl. Gammelin/Löw 2014; Schwarzer 2015; van Middelaar 2019). Die „harten Alternativen", zwischen denen laut Koselleck (1982, 617) entschieden werden muss, lagen auf der Hand: Entweder die EU unternimmt alles, was zur Stabilisierung des Euro nötig ist und holt die in „Maastricht" unterlassenen Schritte in Richtung „Vertiefung" der Zusammenarbeit auch auf dem Gebiet der Wirtschafts- und Finanzpolitik nach, schafft damit neues Vertrauen in die gemeinsame Währung oder aber sie riskiert das Auseinanderbrechen der Eurozone, weil die internationalen Finanzinvestoren darauf wetten können, dass nicht nur Griechenland aus der Währungsunion ausscheidet, sondern am Ende auch Italien oder gar Frankreich. Allen Beobachterinnen und Beobachtern war klar, dass eine Lösung der strukturellen Schwächen der Währungsunion nötig ist. Wie Reformen aussehen könnten, war lange umstritten und geht zurück auf die unterschiedlichen, historisch tief verwurzelten Wirtschaftskulturen in den nord- und südeuropäischen Ländern. Deutschland und Frankreich stehen stellvertretend für die unterschiedlichen Wirtschafts- und Ordnungsmodelle (vgl. Brunnermeier u. a. 2018). Trotz der ganz unterschiedlichen Vorstellungen über die „richtige" Euro-Rettungspolitik, haben sich die Regierungen der EU-Staaten dann doch auf neue Instrumente und Verfahren zur Stabilisierung des Euro verständigen können. Damit haben sie keinen großen Schritt in Richtung einer „Fiskalunion" unternommen, sondern eine Reihe von improvisierten und außerhalb der EU-Verträge verankerten Werkzeugen bereitgestellt: die Errichtung von „Rettungsschirmen" (EFSF, ESM), die Unterzeichnung des Fiskalvertrags, die Schaffung eines „Europäischen Semesters" und vieles andere mehr – alle diese neuen Maßnahmen waren darauf ausgerichtet, die kriselnden Eurostaaten wie Griechenland, Irland, Portugal, Spanien und Italien zu tiefgreifenden Wirtschafts- und Strukturreformen, etwa des Arbeitsmarktes oder des Rentensystems, zu zwingen und ihnen im Gegenzug finanzielle Unterstützung und Kredite über die unterschiedlichen EU-Fonds zu vermitteln (Schwarzer 2015). Die deutsche Bundesregierung war die treibende Kraft hinter dieser „Austeritäts"-Politik (vgl. Matthijs/Blyth 2015). Die Krise hatte ein „Fenster der Gelegenheit" geöffnet und eine Reihe von Reformen der Eurozone ermöglicht, die ohne die Existenzkrise in der Form und in dieser Geschwindigkeit wohl nicht möglich gewesen wären. Der Europäische Rat, also die Runde der europäischen Staats- und Regierungschefs, und die Europäische Zentralbank (EZB) haben in der Euro- und Finanzkrise eine zentrale Rolle gespielt. Sie wurden zum Dreh- und Angelpunkt der gesamten Rettungspolitik. Auch der erste Präsident des Europäischen Rates, Herman Van Rompuy, prägte durch seine Moderatorenrolle das neu geschaffene Amt. Aber vor allem Mario Draghi, der EZB-Präsident, lieferte im Sommer 2012 mit seiner „Whatever it takes"-Rede einen wichtigen Baustein der Euro-Rettungspolitik (vgl. Thiel 2019). Diese Rede veränderte die „Verfassung" der Eurozone, ohne dass der EU-Vertrag geändert worden wäre. Draghi sandte ein klares Signal an die internationalen Finanzmärkte, dass eine „Wette gegen den Euro" sinnlos sei, weil die EZB am längeren Hebel sitze und dagegenhalten werde. Die damit verbundene Ankaufpolitik der EZB wie auch ihre „Niedrigzinspolitik" wurden in Deutschland und anderswo von vielen sehr skeptisch gesehen. Das Bundesverfassungsgericht und auch der Europäische Gerichtshof wurden in dieser Frage mehrfach angerufen und kamen in ihrer europa- bzw. verfassungsrechtlichen Prüfung der EZB-Politik zu teilweise unterschiedlichen Ergebnissen (vgl. Mayer 2020). Dass die obersten Verfassungsgerichte in Krisen verstärkt zum Einsatz kommen, ist ein weiteres Merkmal der zunehmenden Krisenlage in der EU. Ähnlich dramatische Züge hatte auch die nachfolgende Krise. Auch hier ging es um sich zuspitzende Entwicklungen und politische Verwerfungen im Kreis der Mitgliedstaaten, aber vor allem um Fragen der Humanität, der Solidarität und um die Frage der Grenzen in der EU-Migrations- und Asylpolitik (vgl. Knaus 2020).

3.3 Die „Flüchtlingskrise" der EU

Vergleichbare Muster der Krisenreaktion lassen sich auch in der sogenannten „Flüchtlingskrise" beobachten. Auch hier hat die Europäische Union versucht, durch eine Reihe von *ad hoc*-Reformen die vorhandenen Instrumente zu stärken oder durch die Schaffung neuer Verfahren der Krise gerecht zu werden, die seit Jahren schwelte, aber dann scheinbar plötzlich ausgebrochen ist. In der Krise der Migrations- und Asylpolitik, die 2015 sichtbar wurde, standen zunächst diejenigen EU-Staaten im Mittelpunkt, die – vor allem aufgrund ihrer geographischen Lage oder weil sie ein Zielland waren – unmittelbarer als andere Länder von der 2015 schnell anwachsenden Zahl an Personen, die aus dem Bürgerkriegsland Syrien geflüchtet waren, überrascht wurden. Das waren die Staaten Ungarn, Österreich, Schweden und Deutschland. Später standen dann auch die seit Jahren mit irregulärer Migration konfrontierten Mittelmeeranrainerstaaten Italien, Spanien und insbesondere Griechenland, aber auch Malta im Fokus. Je nachdem, auf welchen Routen die Geflüchteten nach Europa kamen – über die Mittelmeer- oder die Balkan-Route – änderten sich der mediale Fokus und die politischen Reaktionen. Eine Lösung schien angesichts der dramatischen Entwicklungen und der sich abzeichnenden humanitären Katastrophe dringend geboten. Der öffentliche Druck auf die EU zu handeln, wuchs von Tag zu Tag. Die Bilder und Berichte über verzweifelte Menschen, die den mühsamen und zum Teil lebensgefährlichen Weg über die unterschiedlichen Routen auf sich genommen haben und in Europa Schutz vor Krieg, Verfolgung und Not suchten, vermittelten in den Abendnachrichten, wie hoch der Handlungsdruck auf Brüssel und die europäischen Hauptstädte war. Vor allem die Bundesregierung in Berlin stand im Sommer 2015 und in den nachfolgenden Monaten europapolitisch im Zentrum der europäischen Krisenpolitik.

Wie eine Lösung der Krise in der Migrationspolitik – die nicht nur ein europäisches, sondern globales Thema ist – aussehen könnte, war im Kreis der Mitgliedstaaten jedoch sehr umstritten. Zwischen den europäischen Regierungen, vor allem zwischen den ost- und westeuropäischen, wurden Konfliktlinien und tiefe Gräben beim Thema Migration und Asyl sichtbar, die eine einvernehmliche Lösung von Anfang an wenig wahrscheinlich machten. Da die Zahlen der Geflüchteten in der Hochphase im Herbst 2015 täglich stiegen, können das Tempo und die Intensität der Krise als sehr hoch beschrieben werden. Dieser Handlungsdruck reichte jedoch nicht aus, grundlegende Reformen des Dublin-Systems auf den Weg zu bringen oder die bereits vorhandenen Instrumente und Richtlinien zur Europäisierung der Asyl- und Zuwanderungspolitik in der Praxis auch umzusetzen.

Die Europäische Kommission musste in dieser schwierigen Ausgangslage einen Ausweg finden. Sie hatte seit Ende der 1990er-Jahre, also schon sehr lange vor der „Flüchtlingskrise", verschiedene Pläne für eine umfassende Reform der Asyl- und Migrationspolitik vorgelegt. Ein „Gemeinsames Europäisches Asylsystem" (GEAS) stand als Leitbild über den unterschiedlichen Richtlinien, die die Asylverfahren und -prozesse in den Mitgliedstaaten vereinheitlichen sollten. Eine zentrale Idee war dabei, die Geflüchteten über eine Quote auf die einzelnen EU-Länder zu verteilen, so wie dies in Deutschland nach dem „Königsteiner Schlüssel" zwischen den Bundesländern organisiert wird. Als diese Regelung in der Hochphase der „Flüchtlingskrise" 2015/16 zur Anwendung kommen sollte, scheiterte sie am politischen Widerstand einzelner Länder. Vor allem die Visegrád-Staaten hatten sich gegen solche Pläne gestemmt, so dass die Vorstellung einer solidarischen Umverteilung ins Leere lief. Der wahrgenommene politische Druck, Lösungen zu finden, reichte nur soweit, die vorhandenen Instrumente, etwa die Grenzschutzagentur Frontex oder die Asylbehörde EASO, personell und finanziell auszubauen und den Schutz der EU-Außengrenzen zu stärken. Eine Politik der restriktiven Maßnahmen und der Abschottung war der kleinste gemeinsame Nenner im Kreis der EU-Staaten. Kritiker sprachen deshalb auch von einer „Orbanisierung" der EU-Migrationspolitik (Peers 2016) – benannt nach dem ungarischen Ministerpräsidenten, der sich als einer der Wortführer für eine restriktive Politik der EU verstand und eine Lösung der Krise im Bau von Grenzbefestigungen sah. Ein weiteres Merkmal der Krisenpolitik ist die „Exterritorialisierung" der europäischen Asyl- und Migrationspolitik, also die Verlagerung der Grenzkontrollen nach Afrika. Der Vorwurf, der an diese Politik des „Outsourcing" gerichtet wird, lautet, dass die EU mit autoritären Regimen kooperiere, die selber die Menschenrechte verletzen, und dass sie Diktatoren die Rolle von „Türstehern Europas" zuweise (Jakob/Schlindwein 2017).

Die Versuche der EU und ihrer Mitgliedstaaten, in der Asyl- und Migrationspolitik eine einheitliche Linie zu finden, sind fehlgeschlagen. Die fehlende Bereitschaft zur Solidarität im Kreis der Mitgliedstaaten auf der einen und die bestehenden Schwächen des Schengen- und Dublin-Systems auf der anderen Seite haben zwar nicht die EU als Ganzes gefährdet, aber tiefe Gräben sichtbar werden lassen. Angesichts dieser Konfliktlinien gab es immer wieder Versuche, eine „Koalition der Willigen" zu schmieden, in der sich die Staaten zusammentun, die die humanitäre und völker- wie europarechtliche Verpflichtung der EU zur Aufnahme von Geflüchteten nicht hinterfragen. Im September 2020 präsentierte die EU-Kommission ein neues Paket von Vorschlägen und Maßnahmen auf den Feldern Migration, Asyl, Integration und Grenzmanagement. Damit sollte die festgefahrene Debatte aufgebrochen werden (Peers 2020).[8] Eine zentrale Prämisse dieses neuen „Migrations- und Asylpakets" war, dass „kein Mitgliedstaat eine unverhältnismäßige Verantwortung tragen sollte und alle Mitgliedstaaten ihren Teil zur Solidarität beitragen sollten" (Europäische Kommission 2020, 3). Damit hat die Kommission ihre Lehren aus der Krise gezogen und nun ein System der „flexiblen" Solidarität entwickelt, demzufolge Regierungen nicht verpflichtet werden können, Geflüchtete in ihrem Land aufzunehmen. Sie können sich alternativ beim Außengrenzschutz oder bei der Rückführung von Migranten, deren Asylanträge abgelehnt wurden, engagieren. Dass sich einzelne Staaten, wie in der Vergangenheit, der Zusammenarbeit und Verantwortung grundsätzlich verweigern, soll damit vermieden werden.

3.4 Die Brexit-Krise

Die „Flüchtlingskrise" war weit entfernt von einer Lösung, als im Juni 2016 die Ergebnisse des Referendums im Vereinigten Königreich zur EU-Mitgliedschaft bekannt wurden und die Europäische Union dem nächsten Stresstest aussetzte. Eine knappe Mehrheit von 52 Prozent der Wählerinnen und Wähler, die an der Abstimmung teilgenommen haben, hatten für den Austritt gestimmt. Die Entscheidung für einen Brexit war ein Schlag ins Kontor der EU. Sie wurde in ihrem politischen Selbstverständnis schwer getroffen: Für viele war diese Entscheidung – in den Worten von Jochen Buchsteiner, dem Londoner Korrespondenten der FAZ – ein „Angriff auf den modernen Dreifachkonsens", demzufolge die EU als „zivilisatorisches Fortschrittsprojekt, als ‚immer engere Union', wie es im Gründungsvertrag heißt, weiterzuentwickeln sei; dass es den Nationalstaat zu schwächen gilt; und dass aufgeklärte demokratische Gesellschaften Wohlstand über Identität stellen". Die Entscheidung für den EU-Austritt wurde, so Buchsteiner, als „Anschlag auf das, was der überwältigende Teil der europäischen Eliten als Vernunft begreift", interpretiert (Buchsteiner 2018, 12 f.).

Was den Brexit zur echten Krise werden ließ, war die Tatsache, dass die Europäische Union zum ersten Mal mit dieser extremen Form der „Desintegration" konfrontiert war und der Sorge in Brüssel und anderswo, dass der Brexit einen Dominoeffekt auslösen könnte. Da auch in anderen Mitgliedstaaten (z. B. in Frankreich, Österreich oder Polen) die Frage nach einem Austritt nicht nur an den politischen Rändern diskutiert wurde, sondern auch von populistischen Parteien, die Regierungsverantwortung trugen oder wie in Frankreich bei Wahlen nur knapp unterlagen, war zunächst offen, ob der britische Weg in Richtung „Unabhängigkeit" unter dem Motto „Take back control" – so das Selbstverständnis des „Leave"-Lagers – nicht schon bald Nachahmer finden würde. Zahlreiche rechtspopulistische Parteien versuchten, den Brexit als Vorbild für die eigenen Kampagnen zu nehmen. Wenn bei den Präsidentschaftswahlen 2017 in Frankreich anstelle von Emmanuel Macron seine Gegenspielerin Marine Le Pen als Siegerin hervorgegangen wäre und sie ihr Versprechen eines „Frexit" eingelöst hätte, wäre dies wohl das Ende der EU gewesen. Aber soweit sollte es nicht kommen. Denn die Attraktivität des britischen Weges schwand relativ rasch. Schon bald wurde deutlich, dass eine Trennung nach 40 Jahren Mitgliedschaft in einer aufs Engste verflochtenen Staatenunion unkalkulierbare politische und vor allem ökonomische Kosten und Verwerfungen verursachen würde – nicht nur für den austretenden Staat, sondern auch für die verbleibenden Länder, die, wie etwa Deutschland, mit der britischen Wirtschaft über enge Lieferketten und Verflechtungen verbunden sind. Da die britische Regierung nicht mit einzelnen europäischen Regierungen bilateral verhandeln und einen „Deal" vereinbaren konnte, wie dies London immer wieder versucht hatte, hatte eine geschlossen auftretende EU der 27 die besseren Karten in der Hand. Die Verhandlungsführung übertrugen die EU-Staaten der Europäischen Kommission. Die extrem schwierigen Gespräche der EU mit der britischen Regierung drehten sich im ersten Schritt um die Details der „Scheidung". Dann folgten die nicht weniger mühsamen Verhandlungen um ein umfassendes Abkommen, das die langfristigen Beziehungen zwischen der EU-27 und Großbritannien nach dem Brexit, der formal am 31. Januar 2020 erfolgt ist, klären sollte (Große Hüttmann 2020). Da im Rahmen der Verhandlungen mit der Londoner Regierung die EU auch Entscheidungen über die Zukunft ihres Binnenmarktes und über die politische und wirtschaftliche Zusammenarbeit mit einem Drittstaat vor der eigenen Haustür und über die Zukunftsperspektiven einer EU-27 zu treffen hatte, war und ist der Brexit eine Herausforderung für die Europäische Union, die weit hinausgeht über die Frage, wie man eine Trennung von einem wichtigen europäischen Partner und Nachbar organisiert.

3.5 Die Rechtsstaatskrise

Der Politikwissenschaftler Jan-Werner Müller hat in einem 2012 erschienenen Buch die Frage aufgeworfen: „Kann es innerhalb der EU eine Diktatur geben?“ (Müller 2012, 9). Eine solche Frage sei, so schreibt er weiter, vor wenigen Jahren „noch als interessante Gedankenspielerei von politischen Theoretikern abgetan worden“. Müller dachte damals an Rumänen oder Ungarn, das unter Ministerpräsident Viktor Orbán seit 2010 schrittweise seinen Rechtsstaat, so der Vorwurf mit Verweis auf entsprechende Maßnahmen, ausgehöhlt und eine „illiberale Demokratie“ errichtet habe. Heute müsste man noch Polen hinzurechnen. Diese Krise trifft die Europäische Union an einem wunden Punkt, weil sich die vorliegenden Instrumente, um den Rückbau der liberalen Demokratie und die schleichende Demontage des Rechtsstaates zu stoppen bzw. diesen Prozess umzukehren, als relativ stumpf erwiesen haben. Die EU konnte den Prozess in Richtung Autoritarismus und das „democratic backsliding“ in einzelnen Mitgliedstaaten nicht aufhalten (Grimmel/Karolewski 2020; Kelemen 2020). Im Mittelpunkt stehen zwei Instrumente zur Sicherung der Grundwerte, die in Artikel 2 des EU-Vertrags festgeschrieben sind, etwa Demokratie und Rechtsstaatlichkeit: Zum einen das im EU-Vertrag festgeschriebene Artikel 7-Verfahren, das in einem stufenweisen Prozess als letztes Sanktionsmittel den Entzug der Stimmrechte im Ministerrat vorsieht. Mit dieser erzwungenen „Politik des leeren Stuhls“ wird die Mitgliedschaft de facto suspendiert. Diese schärfste Waffe kann aber nur gezogen werden, wenn alle mitgliedstaatlichen Regierungen – der Staat, der angeklagt wird, ist von der Abstimmung ausgeschlossen – sich einig sind. Der Konsenszwang ermöglicht also Koalitionen von Staaten, die eine ähnliche „illiberale" Agenda verfolgen und sich gegenseitig schützen, so dass diese „nukleare Option", wie sie häufig genannt wird, auf hohe Hürden trifft. Ein stärker auf Prävention ausgerichtetes Verfahren ist das 2014 von der EU-Kommission eingeführte „Rechtsstaatsverfahren", das gegen Polen und Ungarn eröffnet worden ist. Dieses Verfahren zwingt die unter Verdacht stehenden Regierungen in einen Dialog mit der Kommission, in dem die Brüsseler Behörde eine „Sachstandsanalyse" vorlegt und konkrete Empfehlungen ausspricht. Die Kommission begründet das Verfahren so: „Wenn die auf nationaler Ebene etablierten Mechanismen zur Sicherung des Rechtsstaatsprinzips nicht mehr funktionieren, erwächst aus dem Systemversagen eine Bedrohung für den Rechtsstaat und damit für den europäischen Raum der Freiheit, der Sicherheit und des Rechts ohne Binnengrenzen." In solchen Fällen, so die Kommission weiter, müsse die „EU tätig werden, um die Rechtsstaatlichkeit als gemeinsamen Wert der Union zu schützen" (Europäische Kommission 2014, 5). Die Kommission argumentiert, dass bei Staatsversagen und nationalem Kontrollverlust die supranationale Ebene gefordert ist und einspringen müsse – ein Indiz dafür, dass auch die Justizpolitik aus der Brüsseler Perspektive nicht mehr zu den „inneren Angelegenheiten" eines Mitgliedstaates gehört, sondern eine Frage ist, die die gesamte EU angeht, weil sie sich als supranationale „Rechtsgemeinschaft" versteht.

Da der politische Handlungsdruck in der Rechtsstaatskrise – im Vergleich zu anderen Krisen – als eher niedrig einzuschätzen ist, sind die bisherigen Versuche, die Politik in Polen und Ungarn zu stoppen, ins Leere gelaufen. Aber auch eine schleichende Aushöhlung des Rechtsstaates ist nicht weniger gefährlich als ein Militärputsch oder andere „plötzliche" Ereignisse. Die Krise gleicht also, um die in der Einleitung erwähnte Brandmetapher zu verwenden, eher einem Glutnest als einem großen Flächenbrand – sie könnte sich aber, darin sind sich viele Beobachterinnen und Beobachter einig, zu einem solchen entwickeln und dann würde die EU – verstanden als Rechtsgemeinschaft – in ihren Grundfesten erschüttert. Alle bisherigen Anläufe, der Rechtsstaatskrise beizukommen, lassen sich als Versuche interpretieren, in der EU eine „wehrhafte Demokratie" zu errichten, in der gravierende Verstöße gegen den „eigenen" Rechtsstaat und die Demokratie entsprechend geahndet werden können (Müller 2008). Das bedeutet, dass der Schutz der mitgliedstaatlichen Demokratien nicht allein den nationalen Hütern überlassen bleibt, sondern dass die EU als Rechtsgemeinschaft eine solche staatliche Aufgabe mit übernehmen muss. Durch diese „Europäisierung" des Schutzes von Demokratie und Rechtsstaatlichkeit ändert sich die „Verfassung" der EU und es steigt der Grad an „Europäischer Staatlichkeit". Ob und inwiefern solche Ideen in der Praxis tatsächlich zum Tragen kommen, bleibt abzuwarten (Grimmel/Karolewski 2020).

4. Die Corona-Krise: Die größte Herausforderung für die EU?

Zu Beginn der Corona-Pandemie erschien Brüssel machtlos. „Der Spiegel" fragte Mitte März 2020: „Was tut eigentlich die EU so?" Die Frage stellten sich viele, da die EU-Kommission in der frühen Phase der Pandemie nicht einmal in den Politikbereichen und auf zentralen Feldern wie dem Binnenmarkt, in denen die EU weitreichende Kompetenzen besitzt, nationale Alleingänge verhindern konnte. Durch das Schließen der Grenzen und die Reisebeschränkungen haben die mitgliedstaatlichen Regierungen durch ihre nationalen Reflexe die „Brüsseler Ohnmacht" sichtbar werden lassen (vgl. Der Spiegel, Nr. 13/21.03.2020): „Im Laufe einer einzigen Woche wurden wegen Covid-19 mehr europäische Grenzen geschlossen als in der Flüchtlingskrise 2015" (Krastev 2020, 29).

Nach diesem ersten Schock scheinen sich die europäischen Regierungen besonnen zu haben, dass sie nur gemeinsam durch diese neue schwere Krise kommen würden. Die Corona-Pandemie ist nicht nur eine weitere Krise, mit der die EU und ihre Mitgliedstaaten konfrontiert sind, sie besitzt eine neue Qualität und wird – soweit sich dies im Augenblick beurteilen lässt – die Europäische Union und ihren Grad an „Staatlichkeit" erhöhen, wie in anderen Krisen auch schon. Die Atemwegskrankheit Covid-19 stellt die Politik in den europäischen Hauptstädten und die Brüsseler Politik vor neue und so noch nie dagewesene Herausforderungen (vgl. Bénassy-Quéré u. a. 2020; Krastev 2020). In dieser Krise verdichten sich wie in einem Brennglas viele andere Probleme und Baustellen der Europäischen Union. Die Corona-Pandemie ist nach Ansicht von Bundeskanzlerin Angela Merkel die größte Herausforderung für die Europäische Union.[9] Die Stimmung in Europa und die Sorge um die Zukunft der EU im Frühjahr 2020, als die ganze Wucht der Krise sichtbar wurde, beschrieb das Nachrichtenmagazin „Der Spiegel" so: „Ausgerechnet jetzt, da Europa eine Pandemie bekämpfen muss, könnte das jahrzehntelang gewachsene Einigungswerk zerbröseln. Was Brexit und Eurokrise nicht erreicht haben, schafft womöglich Covid-19: Europa zerbröselt" (Der Spiegel, Nr. 13/21.03.2020, 30). Das hohe Maß an Integration, das heute erreicht ist, macht jede Krise potenziell zu einer „Fundamentalkrise", da die Probleme in den einzelnen Politikfeldern kaum mehr voneinander isoliert werden können – sie können jetzt „leichter von einem Bereich auf den nächsten überspringen" (Patel 2018, 21). Diese Form von „Spill-over" zeigte sich auch in der Corona-Krise. Die Pandemie hat eine schwere menschliche, politische und wirtschaftliche Krise verursacht, mit deren Folgen die EU und ihre Mitgliedstaaten wohl noch lange zu kämpfen haben werden. Vom Umgang mit der Pandemie hängt auch das künftige wirtschaftliche und geopolitische Standing der EU gegenüber China und den USA ab (Gros 2020; Krastev 2020).

Der Zeitpunkt, an dem das Coronavirus zum ersten Mal zum Thema in Brüssel wurde, lässt sich – im Unterschied zu vielen anderen Krisen – genau bestimmen. Am 9. Januar 2020 aktivierte die zuständige Generaldirektion der EU-Kommission, die DG SANTE, das „Frühwarn- und Reaktionssystem der EU“, das vom Europäischen Zentrum für die Prävention und die Kontrolle von Krankheiten (ECDC) betrieben wird. Damit setzte in Brüssel eine Reihe von Aktivitäten ein, in der die vorhandenen Instrumente und Verfahren der EU-weiten Koordination genutzt wurden, um Informationen etwa über die Zahl und Behandlung der Infizierten und die mitgliedstaatlichen Maßnahmen auszutauschen – ein technokratisches Instrument, das zu Beginn freilich kaum genutzt wurde. Die EU machte das, was sie nach Ansicht eines Brüsseler Diplomaten am besten kann: „Sie verwandelt ein Problem in einen Prozess“ (Der Spiegel Nr. 37/19.09.2020). Diese im Hintergrund laufenden Prozesse der Abstimmung und Koordinierung auf Expertenebene waren in der europäischen Öffentlichkeit nicht sichtbar. Sehr viel sichtbarer waren die Reaktionen der Mitgliedstaaten und die nationalen Reflexe. Einige EU-Agenturen spielen in der Pandemie eine wichtige Rolle; dazu gehören das ECDC, die EU-Chemikalienagentur und die Arzneimittelagentur. Aber auch die Europäische Zentralbank reagierte prompt und beschloss im März 2020 ein milliardenschweres Notfallpaket, und auch die Europäische Investitionsbank stand bereit, um Unternehmen finanziell zu unterstützen. Die EZB-Präsidentin Christine Lagarde ließ keinen Zweifel daran, dass die Europäische Zentralbank alle Hebel in Bewegung setzen werde. Ihr Statement erinnerte an die berühmten Worte ihres Vorgängers Mario Draghi aus seiner „Whatever it takes“-Rede im Sommer 2012: „Extraordinary times require extraordinary action. There are no limits to our commitment to the euro. We are determined to use the full potential of our tools, within our mandate“ (zitiert nach EZB-Website; Stand: 09.10.2020). Die EU-Kommission übernahm dann rasch eine führende Rolle in der Koordinierung. Dass mit Ursula von der Leyen eine gelernte Ärztin an der Spitze der Kommission steht, hat die Politik der Kommission maßgeblich geprägt. Und dass sie in Angela Merkel eine politische Vertraute im Bundeskanzleramt als Ansprechpartnerin hatte, hat die Zusammenarbeit zwischen Brüssel und Berlin (und mit Paris) erleichtert. Da der Präsident des Europäischen Rates, Charles Michel, seiner Aufgabe der Koordinierung der Staats- und Regierungschefs in der Corona-Krisenpolitik in der ersten Phase nicht gerecht wurde, konnten von der Leyen, Merkel und Macron in diese Lücke springen und die politische Führung in der EU übernehmen (vgl. Ludlow 2020).

In geopolitischer Hinsicht war die frühe Phase der Pandemie für die EU eine Herausforderung für die Glaubwürdigkeit und das Solidaritätsversprechen aus der Sicht der europäischen Bürgerinnen und Bürger. Vor allem in Italien verlor die EU deutlich an Ansehen, weil die dringend benötigte Hilfe von den anderen EU-Staaten zunächst ausblieb oder nur zögerlich in Gang gekommen ist. Dies haben China und Russland propagandistisch genutzt, indem sie – vermeintlich selbstlos – Ländern wie Italien Schutzmasken lieferten und medizinisches Personal und Soldaten zur Entlastung der Krankenhäuser schickten. Das hatte einen „Maskenkrieg“ ausgelöst, in dem vor allem das autokratisch regierte China sich im Vergleich zu den europäischen Demokratien als das erfolgreichere System im Kampf gegen Covid-19 präsentierte (Soula u. a. 2020). Der EU-Außenbeauftragte Josep Borrell sprach von einem „global battle of narratives“, in dem China, das anfangs von der EU mit medizinischen Gütern versorgt worden ist, sich als verlässlicher Partner für die Europäer darstelle und gleichzeitig versuche, die EU angesichts ihres vermeintlichen Versagens zu diskreditieren (Borrell 2020). Die Frage der „Bild“-Zeitung an die Kommissionspräsidentin im April 2020 zeigt, dass das Narrativ vom Versagen der EU weite Verbreitung gefunden hat: „Stirbt die EU an Corona, Frau von der Leyen?“ (Bild, 11.04.2020).

Eine ganze Reihe von Faktoren haben deutlich werden lassen, dass die Corona-Pandemie schwerer wiegende Folgen für die EU und ihre Mitgliedstaaten als die alten Krisen haben wird: Dazu gehören die im Wortsinne lebensbedrohliche Gefahr, die von dem neuen Coronavirus ausgeht, die Unsicherheit der Wirksamkeit von medizinischen und virologischen Gegenmaßnahmen. Die zu erwartenden Nebenfolgen des Lockdowns und die Verletzlichkeit Europas, die mit der politischen und wirtschaftlichen Interdependenz und dem hohen Maß an Integration und „Staatlichkeit" in der EU einhergeht, schien noch nie so groß und wurde für alle nun sichtbar (vgl. dazu Bénassy-Quéré/Weder di Mauro 2020).

Ivan Krastev stellt in seinem Buch, in dem er sich mit den Folgen der Pandemie für Europa beschäftigt, zwei Dinge fest: Erstens, dass die „Europäische Union danach nicht mehr dieselbe sein wird" und dass zweitens diese Krise keine sei, „in der sich die EU einfach so durchwursteln kann" (Krastev 2020, 28). Das erklärt, weshalb die Europäische Union sich zu ungewöhnlichen Maßnahmen hat durchringen können, die in der Geschwindigkeit und in diesem Umfang wohl nur beschlossen werden konnten, weil die tatsächliche und wahrgenommene Bedrohung der Pandemie die Vorbehalte gegen einzelne Reformen unter dem öffentlichen Druck nicht mehr aufrechtzuhalten waren. Neben Maßnahmen zur Stärkung der europaweiten Gesundheitspolitik („EU4Health"), dem Aussetzen der europäischen Fiskalregeln, die die Neuverschuldung begrenzen, oder der Unterstützung von Drittstaaten bei der Bekämpfung des Coronavirus war es dann vor allem der Beschluss des EU-Gipfels im Juli 2020, einen Wiederaufbau-Fonds in Höhe von 750 Milliarden Euro bereitzustellen – eine Entscheidung, der rasch das Etikett „historisch" angeheftet wurde. Da dieser Fonds zusammen mit dem neuen Mehrjährigen Finanzrahmen 2021-2027 beschlossen werden sollte, stand eine historisch einmalig hohe Summe von 1,8 Billionen Euro bereit, mit der nicht nur ein wirtschaftlicher „Wiederaufbau" finanziert, sondern darüber hinaus eine Transformation der Ökonomien der Mitgliedstaaten in Richtung Digitalisierung und Klimaneutralität unterstützt werden sollte.

Mit dem Finanzpaket sollten die von der Pandemie besonders hart getroffen EU-Staaten durch Zuschüsse, die nicht zurückgezahlt werden müssen, und durch Kredite unterstützt werden. Das von der EU-Kommission Ende Mai 2020 vorgelegte Wiederaufbauinstrument trägt schon in seinem Titel den Anspruch, dass damit etwas ganz Neues geschaffen werden soll – es heißt „Next Generation EU". Damit kann die EU zum ersten Mal an den Finanzmärkten für einen begrenzten Zweck und befristeten Zeitraum Geld aufnehmen und an die Mitgliedstaaten weiterreichen. Dieser Schritt wurde von vielen Bobachterinnen und Beobachtern als historische Wegmarke und als ein Schritt in Richtung mehr Europäischer Staatlichkeit beschrieben: „Indem sich die EU wie ein Staat finanziert, wird sie selbst ein wenig zum Staat", so Mark Schieritz in der Wochenzeitung „Die Zeit" vom 23.07.2020. Vor allem für die deutsche Europapolitik war dieser Schritt eine Kehrtwende, denn sie hatte sich in der Eurokrise noch kategorisch gegen jede Form von gemeinschaftlicher Schuldenaufnahme ausgesprochen. Der Kommissionsvorschlag vom Mai 2020 knüpfte an den deutsch-französischen Vorschlag an, den Angela Merkel und Emmanuel Macron kurz zuvor präsentiert hatten. Der Brüsseler Vorschlag wurde in sehr enger Abstimmung mit den Regierungszentralen in Berlin und Paris entwickelt. Die Kommissionspräsidentin Ursula von der Leyen machte bei der Vorstellung des Wiederaufbaupakets deutlich, dass sie die EU an einem Scheideweg sieht, in der sie zwischen „harten Alternativen" (Koselleck 1982, 617) wählen muss: „Die EU hat die Wahl, jetzt gemeinsam voranzuschreiten und einen Sprung nach vorne zu machen, oder jeder macht allein weiter, wir lassen die Menschen, Regionen, ganze Länder zurück, und akzeptieren eine geteilte Union von Reich und Arm" (FAZ, 28.05.2020).

Dass die Bundesregierung ihre Position, die sie in der Eurokrise hart verteidigt hatte, verlassen hat, hat viele Beobachterinnen und Beobachter überrascht; jegliche Form der gemeinschaftlichen Schuldenaufnahme wurde von Angela Merkel und Finanzminister Wolfgang Schäuble kategorisch abgelehnt. Die Stimmung drehte sich in der ersten Phase der Pandemie. Ein Leitartikel im „Spiegel" vom 3. April 2020 steht stellvertretend für den politischen Druck, der auf die Bundesregierung ausgeübt wurde: „Deutschland ist unsolidarisch, kleingeistig und feige".[10]

Die Corona-Pandemie hat nicht nur die Politik – und nicht nur sie – vor neue Herausforderungen gestellt, sondern auch die Wissenschaft, die „in Echtzeit" auf die Prozesse und Dynamiken, die die Pandemie ausgelöst hatte, reagieren musste (Mukerji/Mannino 202). Die „Außeralltäglichkeit", Plötzlichkeit und Ungewissheit über die weitere Entwicklung, die typisch ist für Pandemien, und eher an die Situation in Revolutionen oder Kriegen erinnert, verträgt sich schlecht mit einer Politik, die es gewohnt ist, in eingespielten Prozessen und Verfahrensroutinen zu denken (vgl. Krastev 2020). Die Mitgliedstaaten haben auf dem Gebiet der Gesundheitspolitik alle Kompetenzen in der Hand, die Länder der EU haben dieses Monopol aber unterschiedlich erfolgreich genutzt. Die täglich aktualisierten Zahlen der Infektionen und der an Covid-19 Verstorbenen haben das Staatsversagen in einzelnen EU-Ländern für jeden Interessierten sichtbar und vergleichbar gemacht (Krastev 2020). Die Fälle, in denen die mitgliedstaatlichen Regierungen und Verwaltungen bei der Pandemiebekämpfung versagt oder sich sehr schwergetan haben, haben die Diskussion um die Übertragung von Kompetenzen in der Gesundheitspolitik, etwa im Bereich der Beschaffung von medizinischem Gerät und der Ausrüstung, laut werden lassen. Das neue Stichwort, das hier in Brüssel häufig fällt, ist die „Europäische Gesundheitsunion".[11] Die Bereitschaft zur Abgabe neuer Zuständigkeiten von der mitgliedstaatlichen auf die EU-Ebene wird in Befragungen bestätigt: Das

Trauma, das die Pandemie bei vielen Europäern ausgelöst hat, hat sie gleichzeitig zusammengeführt und die Bereitschaft wachsen lassen, der EU zur Bekämpfung künftiger globaler Krisen eigene Kompetenzen zu geben (Dennison/Zerka 2020). Das Europäische Parlament listet in seiner Entschließung vom 10. Juli 2020, in der es eine „Strategie der EU im Bereich der öffentlichen Gesundheit für die Zeit nach der COVID-19-Pademie" fordert, über 50 Punkte auf, die auf die Schaffung einer „Europäischen Gesundheitsunion" abzielen. Sollten diese Forderungen umgesetzt werden, dann wird die „Verfassung" der EU eine andere sein.

5. Schlussfolgerungen

„Europa muss mit Kraft aus der Krise kommen" sagte der Bundesfinanzminister Olaf Scholz Anfang Oktober 2020. Er appellierte damit an seine europäischen Kollegen, den Corona-Wiederaufbaufonds, den die EU im Juli 2020 beschlossen hatte, rasch in Betrieb zu nehmen (Spiegel Online, 06.10.2020). Die Idee, dass die Gemeinschaft aus ihren Krisen gestärkt hervorgehe, ist fast so alt wie die Gemeinschaft selbst. Der europäische Integrationsprozess wurde von Anfang an von Krisen und den Reaktionen auf diese Krisen geprägt. Das berühmte Zitat von Jean Monnet, einem der Gründerväter der Gemeinschaft und dem Präsidenten der Hohen Behörde, bringt diesen Zusammenhang auf den Punkt: „Ich war immer davon überzeugt, daß Europa in Krisen entstehen wird, und daß es die Summe der Lösungen sein würde, die man für diese Krisen findet" (Monnet 1978, 528). In diesem Zitat steckt nicht nur eine politische Überzeugung, sondern auch ein Programm, wonach es die Aufgabe von Politikerinnen und Politikern ist, politische und wirtschaftliche Krisen so zu nutzen, dass die Europäische Union gestärkt daraus hervorgeht. Krisen sind – und das gilt für alle politischen Systeme – prinzipiell Phasen, in denen die bisherigen Wege verlassen werden können und eine Abkehr von den „Pfaden" wahrscheinlicher wird. Fast hat es den Anschein, dass die EU erst unter dem hohen Druck von Krisen eine ganz neue Dynamik entwickeln kann. In der europapolitischen Rhetorik finden sich zahlreiche Beispiele für Verweise auf einen akuten Notfall und die Außergewöhnlichkeit der Krisensituation, die ein rasches, unkonventionelles und improvisiertes Handeln erfordere – dieses „Governing by Emergency" (White 2020) hat sich in den letzten Krisen aus Sicht der europäischen Spitzenpolitiker auch als probates Mittel erwiesen, um entsprechende Notmaßnahmen zu legitimieren und entsprechende Schritte in Richtung einer Konstitutionalisierung und Europäischer Staatlichkeit öffentlich zu begründen (van Middelaar 2019).

Manche Reformpläne, die jahrelang in Brüsseler Schubladen verstaubten, wurden in höchster Not und in der Krise hervorgeholt und umgesetzt. Der niederländische Historiker Luuk van Middelaar (2020) schreibt Krisen darüber hinaus eine besondere Wirkung zu. Er nennt sie einen „unsichtbaren Klebstoff, der Europa zusammenhält". Krisen sind immer auch, das hat der kursorische Blick zurück in die Integrationsgeschichte gezeigt, Phasen der Unsicherheit über die Zukunft des europäischen Projektes. Die Häufung von Krisen innerhalb der EU, die mit der Eurokrise in den späten 2000er-Jahren angefangen und mit der Corona-Pandemie seit Anfang des Jahres 2020 eine neue Dimension erfahren hat, setzt die Europäische Union einem ganz besonderen Stresstest aus (Abels 2020). Getestet werden ihre Reaktionsfähigkeit, ihre Solidarität und die Resilienz, also ihre Widerstandsfähigkeit gegen Euroskeptizismus, Tendenzen der „Desintegration" und wachsende Politisierung (Voltolini u. a. 2020). Auch die Legitimität und Akzeptanz der Krisenpolitik – die Frage nach echten oder nur unterstellten Demokratiedefiziten der Krisenpolitik – ist einem Test ausgesetzt. Nachfolgende Generationen werden beurteilen können, ob die Corona-Pandemie als jüngste Großkrise zu einer ganz neuen Europäischen Union geführt haben wird oder ob die EU nur wieder mal an einem Scheideweg stand und eine Abzweigung genommen hat in Richtung einer schleichenden Konstitutionalisierung und in Richtung etwas mehr Staatlichkeit, so wie nach den letzten Krisen.

Anmerkungen

1 Ich danke Ann-Katrin Wajter für ihre Hilfe bei der Recherche.

2 Der Begriff „Flüchtlingskrise“ wird in Anführungszeichen gesetzt, weil es im Kern eine Krise des EU-Migrations- und Asylsystems ist. In der öffentlichen und zum Teil auch in der akademischen Debatte ist der Begriff „Flüchtlingskrise“ sehr präsent und hat sich – trotz seiner Problematik – etabliert.

3 Vgl. Dinan u. a. (2017); Grimmel (2020); Hirschmann (2020); Kaelble (2014); Knodt u. a. (2020); Patel (2018); Ribbe/Wessels (2020).

4 Zur Auseinandersetzung mit den EU-Krisen aus integrationstheoretischer Perspektive vgl. u. a. Brack/Gürkan (2021), Falkner (2016), Genschel/Jachtenfuchs (2018) und Schimmelfennig (2018); zum didaktischen Blick auf die EU vgl. Eis/Moulin-Doos (2018), Varwick (2011) und Oberle (2015).

5 Zum Begriff der „Konstitutionalisierung“ vgl. u. a. Wessels (2003).

6 Die Frage „Crisis, what crisis?“ geht auf die 1970er Jahre zurück, als Großbritannien sich in einer schweren Wirtschaftskrise befand; sie taucht auf im Kino-Film „Der Schakal“ (1973) sowie als Titel eines Albums der Rockband „Supertramp“ (1975).

7 Zur Theorie der Kipppunkte vgl. Umweltbundesamt (2008).

8 FAZ vom 24.09.2020 und Süddeutsche Zeitung vom 25.09.2020.

9 FAZ, 18.06.2020.

10 Vgl. dazu auch Enderlein (2020). Henrik Enderlein ist Professor für Politische Ökonomie und Direktor des Thinktanks „Jacques Delors Centre“ in Berlin, er gilt als Vertrauter des französischen Präsidenten Macron.

11 Pressemitteilung des Europäischen Parlaments vom 10.07.2020.

Literatur

Abels, G. (2020): Die Corona-Pandemie als Stresstest für die Europäische Integration. Vortrag im Rahmen der Ringvorlesung „Die Corona-Pandemie – aus Perspektive der Wirtschafts- und Sozialwissenschaften“. Universität Tübingen, 17.07.2020.

Bajon, P. (2012): Europapolitik „am Abgrund“. Die Krise des „leeren Stuhls“ 1965-66. Stuttgart.

BAMF (2016): Das Bundesamt in Zahlen 2015: Asyl, Migration und Integration. Nürnberg.

Becker, M. u. a. (2020): „Machtlos in Brüssel“. In: Der Spiegel, Nr. 13/21.03.2020, S. 30.

Bénassy-Quéré, A./Weder di Mauro, B. (Hg.) (2020): Europe in the Time of Covid-19. A VoxEU.org Book. London.

Bieling, H.-J./Große Hüttmann, M. (2016) (Hg.): Europäische Staatlichkeit. Zwischen Krise und Integration. Wiesbaden.

Bieling, H.-J./Große Hüttmann, M. (2019): Staatlichkeit in der Europäischen Union: Dynamiken und Narrative. In: Schuppert, G.F. (Hg.): Von Staat zu Staatlichkeit. Beiträge zu einer multidisziplinären Staatlichkeitswissenschaft. Baden-Baden, S. 117-146.

Borrell, J. (2020): „The Coronavirus pandemic and the new world it is creating." European External Action Service. Brüssel, den 24.3.2020.

Brack, N./Gürkan, S. (Hg.) (2021): Theorising the Crises of the European Union. London/New York (im Erscheinen).

Brunnermeier, M./James, H./Landau, J.-P. (2018): EURO. Der Kampf der Wirtschaftskulturen. München.

Buchsteiner, J. (2018): Die Flucht der Briten aus der europäischen Utopie. Reinbek bei Hamburg.

Capoccia, G./Kelemen, R. D. (2007): The Study of Critical Junctures. In: World Politics, Heft 2/2007, S. 341-369.

Christiansen, T./Reh, C. (1999): Constitutionalizing the European Union. Houndmills.

Coman, R./Crespy, A./Schmidt, V. A. (Hg.) (2020): Governance and Politics in the Post-Crisis-European Union. Cambridge.

Dennison, S./Zerka, P. (2020): Together in Trauma: Europeans and the World After Covid-19. European Council of Foreign Relations. Policy Brief. Brüssel.

Dinan, D./Nugent, N./Paterson, W.E. (Hg.) (2017): The European Union in Crisis. Houndmills.

Eis, A./Moulin-Doos, C. (Hg.) (2018): Kritische politische Europabildung. Die Vielfachkrise Europas als kollektive Lerngelegenheit. Opladen.

Europäische Kommission (2014): Ein neuer EU-Rahmen zur Stärkung des Rechtsstaatsprinzips. Straßburg, den 11.3.2014 (COM(2014) 158 final).

Europäische Kommission (2020): Ein neues Migrations- und Asylpaket. Brüssel, den 23.9.2020 (COM(2020) 609 final).

Falkner, G. (2016): The EU's Current Crises and its Policy Effects. Research Design and Comparative Findings. In: Journal of European Integration, Heft 3/2016, S. 219-235.

Gammelin, C./Löw, R. (2014): Europas Strippenzieher. Wer in Brüssel wirklich regiert. München.

Gehler, M./Loth, W. (Hg.) (2020): Reshaping Europe. Towards a Political, Economic and Monetary Union, 1984-1989. Baden-Baden.

Genschel, P./Jachtenfuchs, M. (2018): From Market Integration to the Core State Powers: the Eurozone Crisis, the Refugee Crisis and Integration Theory. In: Journal of Common Market Studies, Heft 1/2018, S. 178-196.

Grimmel, A. (Hg.) (2017): The Crisis of the European Union. Challenges, Analyses, Solutions. London.

Grimmel, A. (Hg.) (2020): Die neue Europäische Union. Zwischen Integration und Desintegration. Baden-Baden.

Grimmel, A./Karolewski, I. P. (2020): Democratic Backsliding in der EU: Herausforderung gemeinschaftlicher Politik und mitgliedstaatliche Rechtsstaatlichkeit. In: Grimmel, A. (Hg.): Die Europäische Union. Zwischen Integration und Desintegration. Baden-Baden, S. 95-115.

Gros, D. (2020): Europe and the Covid-19 Crisis. The Challenges Ahead. CEPS Policy Insights No 2020/20, September 2020. Brüssel.

Große Hüttmann, M. (2018): Reformen durch Regierungskonferenzen: Struktur und Wandel von Vertragsänderungen in der Europäischen Union. Tübingen (https://publikationen.uni-tuebingen.de).

Große Hüttmann, M. (2019): Hart an der Grenze: Die jüngste Krise der Asyl- und Migrationspolitik der Europäischen Union. In: Deutschland & Europa, Heft 77/2019, S. 70-79.

Große Hüttmann, M. (2020): Den Brexit erklären: Neuland für die EU-Forschung. In: Aus Politik und Zeitgeschichte (APuZ), Heft 23-25/2020, S. 39-64.

Habermas, J. (1973): Legitimationsprobleme im Spätkapitalismus. Frankfurt/M.

Hirschmann, K. (2020): Europa zwischen Abbruch und Aufbruch. Die Europäische Union vor existenziellen Herausforderungen. Bonn.

Hodson, D./Maher, I. (2018): The Transformation of EU Treaty Making. Cambridge.

Hrbek, R. (2016): Europäische „Staatlichkeit" in föderaler Perspektive. In: Bieling, H.-J./Große Hüttmann, M. (Hg.): Europäische Staatlichkeit. Zwischen Krise und Integration. Wiesbaden, S. 45-69.

Jahn, D. (2006): Einführung in die vergleichende Politikwissenschaft. Wiesbaden.

Jakob, C./Schlindwein, S. (2017): Diktatoren als Türsteher Europas. Wie die EU ihre Grenzen nach Afrika verlagert. Berlin.

Jänicke, M. (1973) (Hg.): Herrschaft und Krise. Beiträge zur politikwissenschaftlichen Krisenforschung. Opladen.

Kaelble, H. (2014): Eine beispiellose Krise? Die Krise der europäischen Integration seit 2010 im historischen Vergleich. In: Heidenreich, M. (Hg.): Krise der europäischen Vergesellschaftung. Wiesbaden, S. 31-51.

Kelemen, D. (2020): The European Union's authoritarian equilibrium. In: Journal of European Public Policy, Heft 3/2020, S. 481-499.

Kingdon, J. W. (2003): Agendas, Alternatives, and Public Policies. 2. Auflage, New York u. a.

Kirt, R. (Hg.) (2001): Die Europäische Union und ihre Krisen. Baden-Baden.

Knaus, G. (2020): Welche Grenzen brauchen wir? Zwischen Empathie und Angst – Flucht, Migration und die Zukunft von Asyl. München.

Knodt, M./Große Hüttmann, M. (2012): Der Multi-Level Governance-Ansatz. In: Bieling, H.-J./Lerch, M. (Hg.): Theorien der europäischen Integration. Wiesbaden, S. 187-205.

Knodt, M./Große Hüttmann, M./Kobusch, A. (2020): Die EU in der Polykrise: Folgen für das Mehrebenen-Regieren. In: Grimmel, A. (Hg.) (2020): Die Europäische Union. Zwischen Integration und Desintegration. Baden-Baden, S. 119-151.

Koselleck, R. (1982): Krise. In: Brunner, O./Conze, W./Koselleck, R. (Hg.), Geschichtliche Grundbegriffe. Historisches Lexikon zur politisch-sozialen Sprache in Deutschland, Band 3, H-Me. Stuttgart, S. 617-650.

Krastev, I. (2020): Ist heute schon morgen? Wie die Pandemie Europa verändert. Berlin.

Krastev, I./Leonard, M. (2020): Europe's Pandemic Politics: How the Virus Has Changed the Public's Worldview. European Council on Foreign Relations. Brüssel.

Loth, W. (2014): Europas Einigung. Eine unvollendete Geschichte. Frankfurt/M./ New York.

Ludlow, P. (2020): March and April: Dealing with Covid-19 by Video. European Council Notes 2020/02-03. Leuven.

Mak, G. (2012): Was, wenn Europa scheitert. München.

Matthijs, M./Blyth, M. (Hg.) (2015): The Future of the Euro. Oxford.

Mayer, Franz C. (2020): Der Ultra vires-Akt. In: Juristen-Zeitung, Heft 14/2020, S. 725-734.

McNamara, K. (2018): Authority under Construction: The European Union in Comparative Perspective. In: Journal of Common Market Studies, Heft 7/2018, S. 1510-1525.

Monnet, J. (1978): Erinnerungen eines Europäers. München.

Mukerji, N./Mannino, A. (2020): Covid-19: Was in der Krise zählt. Über Philosophie in Echtzeit. Stuttgart.

Müller, J.-W. (2008): Wo Europa endet. Ungarn, Brüssel und das Schicksal der liberalen Demokratie. Berlin.

Oberle, M. (Hg.) (2015): Die Europäische Union erfolgreich vermitteln. Wiesbaden.

Patel, K. K. (2018): Projekt Europa. Eine kritische Geschichte. München.

Peers, S. (2016): The Orbanisation of EU asylum law: the latest EU asylum proposal. Blog EU Law Analysis. 06.05.2016. URL: https://eulawanalysis.blogspot.com [15.10.2020].

Peers, S. (2020): First Analysis of the EU's new asylum proposals. Blog EU Law Analysis. 25.09.2020. URL: https://eulawanalysis.blogspot.com [15.10.2020].

Ribbe, D./Wessels, W. (2020): Vertiefung, Erweiterung und Differenzierung im Zeichen der Krisen: Ein Vier-Stufen-Modell europäischer Integration. In: Grimmel, A. (Hg.): Die Europäische Union. Zwischen Integration und Desintegration. Baden-Baden, S. 261-289.

Sartori, G. (1970): Concept Misinformation in Comparative Politics. In: American Political Science Review, Heft 4/1970, S. 1033-53.

Schimmelfennig, F. (2018): European Integration (Theory) in Times of Crisis: A Comparison of the Euro and Schengen Crises. In: Journal of European Public Policy, Heft 7/2018, S. 969-989.

Schwarzer, D. (2015): Die Europäische Währungsunion. Geschichte, Krise und Reform. Stuttgart.

Seabrooke, L./Tsingou, E. (2019): Europe's fast- and slow-burning crises. In: Journal of European Public Policy, Heft 3/2019, S. 468-481.

Soula, E./Luettge, F./Ladner, M./Reiter, M. (2020): Masks Off: Chinese Coronavirus Assistance in Europe. The German Marshall Fund of the United States. Brüssel.

Steinbeis, M./Kemmerer, A./C. Möllers (Hg.) (2015): Krise und Konstitutionalisierung in Europa. Baden-Baden.

Thiele, A. (2019): Die Europäische Zentralbank. Von der technokratischen Behörde zu politischem Akteur? Tübingen.

Umweltbundesamt (2008): Kipp-Punkte im Klimasystem. Welche Gefahren drohen? Hintergrundpapier. Dessau.

Van Middelaar, L. (2016): Vom Kontinent zur Union. Gegenwart und Geschichte des vereinten Europa. Berlin.

Van Middelaar, L. (2019): Alarums & Excursions. Improvising Politics on the European Stage. Newcastle.

Van Middelaar, L. (2020): „In jeder Krise gibt es einen unsichtbaren Klebstoff, der Europa zusammenhält." In: Neue Zürcher Zeitung vom 25.04.2020, S. 5.

Varwick, J. (Hg.) (2011): Krise und Zukunft der EU. In: Politische Bildung, Heft 1/2011, Schwalbach/Ts.

Vierhaus, R. (2019): Krisen. In: Jordan, S. (Hg.): Grundbegriffe der Geschichtswissenschaft. Stuttgart, S. 193-197.

Voltolini, B. u.a. (2020): Introduction: the politicisation of permanent crisis in Europe. In: Journal of European Integration, Heft 5/2020, S. 609-624.

Wessels, W. (2003): Konstitutionalisierung der EU: Variationen zu einem Leitbegriff – Überlegungen zu einer Forschungsagenda. In: Chardon, M. u.a. (Hg.): Regieren unter neuen Herausforderungen: Deutschland und Europa im 21. Jahrhundert. Festschrift für Rudolf Hrbek zum 65. Geburtstag, Baden-Baden, S. 23-45.

White, J. (2020): Politics of Last Resort. Governing by Emergency in the European Union. Oxford.

Europäische Krisen und Konstitutionalisierung im Vergleich

	Alternativen/ Szenarien	**Bisherige Reformen und Form der Konstitutionalisierung**	**Merkmale der Krise**
Eurokrise (seit 2010)	Zerfall der Eurozone oder: Vollständige Vergemeinschaftung der Wirtschafts-, Finanz-, Sozial- und Steuerpolitik sowie gemeinsame Schuldenaufnahme („Fiskalunion", „Politische Union")	Schaffung neuer Instrumente zur Kontrolle der Haushalts- und Wirtschaftspolitik in den Mitgliedstaaten (z. B. Euro-Rettungsschirme EFSF, ESM, Europäisches Semester, „Six pack"-, „Two pack"-Regelungen, Troika, Fiskalpakt, Bankenunion); Im Zuge der informellen und impliziten Konstitutionalisierung wurden die als zwingend notwendigen Reformen nachgeholt, die bei der Gründung der Wirtschafts- und Währungsunion (Maastricht-Vertrag) nicht mehrheitsfähig waren; Die verschiedenen Maßnahmen (z. B. Aufbau einer Bankenunion) haben den Grad der „Staatlichkeit" der EU erhöht.	Bei einem Austritt eines Euro-Staates („Grexit") hätte dies möglicherweise zu Kettenreaktionen („Ansteckungsgefahr") geführt; mögliche Folge: Zerfall der Eurozone und ggf. auch der gesamten EU; hohes Maß an Unsicherheit über die Wirksamkeit der beschlossenen Maßnahmen zur „Rettung" des Euro; Legitimität der Maßnahmen war umstritten; Europäischer Rat, Europäische Zentralbank und Eurogruppe sind die zentralen Akteure in der Krise; weitergehende Reformen, wie etwa die Ausgabe von gemeinsamen Staatsanleihen („Eurobonds"), scheiterten am Widerstand einzelner Mitgliedstaaten (z. B. Deutschland, die Niederlande); die Reformen zur Stabilisierung der Eurozone haben die Unterschiede zwischen Insidern und Outsidern der Eurozone verstärkt; Sorge um eine Zwei-Klassen-EU (z. B. in Polen und UK).

	Alternativen/ Szenarien	Bisherige Reformen und Form der Konstitutionalisierung	Merkmale der Krise
Krise der EU-Migrationspolitik (seit 2015)	Abschottung („Festung Europa") und Renationalisierung der Migrations- und Asylpolitik oder: Aufbau eines gesamteuropäischen Systems der Migrations- und Asylpolitik (z. B. EU-Behörden prüfen Asylanträge, Verteilung der Migranten nach Quoten)	Stärkung der EU-Grenzschutz-Institutionen (Frontex, Asylbüro, EASO); die Versuche, ein Verteilungsmodell umzusetzen, sind gescheitert und sollen durch ein Modell der „flexiblen" Solidarität ersetzt werden, wonach die Mitgliedstaaten entscheiden, ob sie z. B. Geflüchtete aufnehmen oder den EU-Außengrenzschutz stärken; da klassische „staatliche" Aufgaben wie Grenzschutz und Organisation der Zuwanderung an die EU übertragen werden, erhöht sich der Grad der „Europäischen Staatlichkeit".	Die Ausnahmesituation der sogenannten „Flüchtlingskrise" seit 2015 hat die Mängel des bestehenden Systems und der Verfahren (Dublin, Schengen) sichtbar gemacht und den politischen Druck zu handeln, deutlich erhöht (die Struktur- und Implementationsprobleme waren schon vor 2015 bekannt); die Krise hat den Graben zwischen den Mitgliedstaaten vertieft, insbesondere die vier Visegrád-Staaten haben die Bemühungen um einzelne Reformen (Verteilungssystem) blockiert; grundlegende Wertekonflikte beim Thema Zuwanderung wurden sichtbar und haben eine Einigung erschwert; Solidarität (im EU-Vertrag verankert) spielte im Zuge der Migrationskrise eine zentrale Rolle; Europäischer Rat, Ministerrat und EU-Kommission sind die zentralen Akteure der Krise.

	Alternativen/ Szenarien	Bisherige Reformen und Form der Konstitutionalisierung	Merkmale der Krise
Rechtsstaatskrise (Polen, Ungarn) (seit 2018)	Ende der EU als Rechtsgemeinschaft oder: EU als supranationale Werte- und Rechtsgemeinschaft und „wehrhafte Demokratie“	Verfahren zur Sanktionierung der Verstöße gegen das Prinzip der Rechtsstaatlichkeit (Art. 7-Verfahren, Rechtsstaatsverfahren, Vertragsverletzungsverfahren) laufen gegen Polen und Ungarn; seit 2020 Monitoring der Rechtsstaatlichkeit in allen EU-Staaten durch die EU-Kommission; Vergabe von EU-Finanzmitteln soll an politische und rechtliche Kriterien (z. B. Rechtsstaatlichkeit) gekoppelt werden; alle Maßnahmen seit 2018 sind Teil der (in-)formellen und impliziten Konstitutionalisierung und dienen der Errichtung einer „wehrhaften Demokratie“ in der EU (Art. 7-Verfahren wurde mit dem Vertrag von Lissabon 2009 eingeführt, das Rechtsstaatsverfahren 2014); die Maßnahmen zur Prävention und Sanktionierung von Rechtsstaatsverstößen erhöhen den Grad der „Europäischen Staatlichkeit“.	Die Krise und der massive Rückbau der Rechtsstaatlichkeit (z. B. Einschränkung der Unabhängigkeit der Gerichte) in einzelnen Mitgliedstaaten geht an die Grundfesten der EU, die sich als Rechtsgemeinschaft versteht; die vorhandenen Sanktions- und Präventionsinstrumente und rechtlichen Verfahren haben sich als schwach oder ungeeignet erwiesen; der Mangel an Rechtsstaatlichkeit in einzelnen Mitgliedstaaten untergräbt nicht nur die Rechtssicherheit innerhalb der EU, sondern auch die internationale Rolle der EU als Hüterin der Menschenrechte, der Demokratie und Rechtsstaatlichkeit (EU als „normative Macht“); EU-Kommission und Europäisches Parlament sind die zentralen Akteure in der Krise.

	Alternativen/ Szenarien	Bisherige Reformen und Form der Konstitutionalisierung	Merkmale der Krise
Brexit (seit 2016)	Harter Brexit (Reduzierung der politischen und wirtschaftlichen Verbindungen zwischen EU und UK auf den Status eines normalen Drittstaates) oder: Weicher Brexit (enge politische und wirtschaftliche Beziehungen und Verflechtung zwischen EU und UK auch nach dem Ausscheiden)	Die Verhandlungen zwischen EU-27 und UK liefen auf der Basis des EU-Vertrags (EU-Kommission führte die Verhandlungen); der Austritt eines Mitgliedstaates ist in Art. 50 EUV geregelt; der Austritt des UK, eines politisch und wirtschaftlich gewichtigen EU-Staates, verändert auch die „Verfasstheit" der Rest-EU; die vereinbarten Regelungen zwischen EU-27 und UK sind dem Modus der (in-)formellen und impliziten Konstitutionalisierung zuzuordnen.	Die Brexit-Entscheidung hat die EU, die sich 2016 bereits in einer „Polykrise" befand, in ihrem politischen Selbstverständnis getroffen; die Organisation des Austritts eines großen Mitgliedstaates war für alle beteiligten Akteure und Institutionen politisches und rechtliches Neuland; viele Fragen tauchten erst im Laufe der Verhandlungen auf und mussten ad hoc geklärt werden; die ursprüngliche Sorge, dass andere EU-Staaten dem britischen Beispiel folgen würden, hat sich bald als unbegründet herausgestellt; die teilweise chaotischen Verhandlungen (aufgrund der Sprunghaftigkeit der britischen Regierung) haben die EU als erfahrene Verhandlerin auf die Probe gestellt; die Gestaltung der langfristigen Beziehungen zwischen der EU-27 und UK haben Grundsatzfragen zur Zukunft des EU-Projektes und zu einer Neuausrichtung in einzelnen Politikfeldern (z. B. Außen-, Sicherheits- und Verteidigungspolitik) aufgeworfen.

	Alternativen/ Szenarien	Bisherige Reformen und Form der Konstitutionalisierung	Merkmale der Krise
Corona-Krise (seit 2020) und staatliche Reflexe	Stärkung der EU in allen Bereichen, die in besonderer Weise von der Pandemie betroffen sind (z. B. Schaffung einer „Gesundheitsunion") oder: Renationalisierung der Politik und wachsende Bedeutungslosigkeit der EU, weil sie als irrelevant und schwach in der Pandemie angesehen wird	Die EU hat eine Reihe von Maßnahmen zur Unterstützung der von der Pandemie wirtschaftlich besonders betroffenen EU-Staaten beschlossen durch Wiederaufbaus-Fonds („Next Generation EU") und Kurzarbeitergeld („SURE"); EU-Programme zur Stärkung der mitgliedstaatlichen Gesundheitssysteme („EU4Health"); Programme, um Medikamentenengpässe zu verhindern; Unterstützung der Erforschung von Corona-Impfstoffen; EU-Hilfe zur Bewältigung der Corona-Krise in Drittstaaten (Afrika); gemeinsame Beschaffung medizinischer Geräte; Bekämpfung von Fake News im Zusammenhang mit der Pandemie u. v. m.; die unterschiedlichen Maßnahmen und Instrumente zur Bekämpfung der Corona-Pandemie sind beschlossen worden im Modus der informellen und impliziten Konstitutionalisierung; „Gesundheitsunion" als neues Leitbild; alle Maßnahmen zielen darauf ab, die Widerstandsfähigkeit („Resilienz") der EU und ihrer Mitgliedstaaten jetzt und vor allem auch in Zukunft zu stärken und erhöhen dadurch den Grad der „Europäischen Staatlichkeit".	Zu Beginn der Pandemie im Frühjahr 2020 war die Unsicherheit über die notwendigen Krisenmaßnahmen in der EU und auch in den Mitgliedstaaten groß; zunächst zeigten sich nationalistische Reflexe (etwa beim Verbot der Ausfuhr von medizinischen Gütern); das Gefühl einer existenziellen Bedrohung war angesichts der steigenden Infektions- und Todeszahlen weit verbreitet; die Bilder von überfüllten Leichenschauhäusern in Italien (z. B. in Bergamo) haben die Rufe nach europäischer Solidarität immer lauter werden lassen und den politischen Druck erhöht; die EU sah sich auch (geo-)politisch herausgefordert, weil China mit seinen rigorosen Maßnahmen gegen die Pandemie einen „Wettbewerb der Systeme" eröffnet und durch Propagandabilder unterstützt hat; die Corona-Krise hat in fast allen EU-Politikfeldern die Schwächen und die Zerbrechlichkeit der Gemeinschaft sichtbar gemacht; gleichzeitig hat die enge politische, wirtschaftliche und gesellschaftliche Verflechtung zwischen den EU-Mitgliedstaaten die Verständigung auf eine solidarische Politik erst möglich gemacht (z. B. die im Juli 2020 beschlossene erstmalige Schuldenaufnahme im EU-Rahmen); Europäischer Rat und EU-Kommission sind – neben den mitgliedstaatlichen Regierungen – die zentralen Akteure in der Krise.

Quelle: Martin Große Hüttmann (Stand: Oktober 2020)

Monika Oberle

Wissen und Einstellungen junger Bürgerinnen und Bürger zur Europäischen Union

1. Einleitung

Die Europäische Union (EU) hat sich seit der Gründung ihrer Vorgängerorganisationen im Anschluss und in Antwort auf den Zweiten Weltkrieg sehr dynamisch entwickelt. Im Abstand von wenigen Jahren erfolgten Erweiterungen der Mitgliedschaft (horizontale Integration) und mehr oder weniger weitreichende Änderungen ihrer vertraglichen Grundlagen (vertikale und sektorale Integration, vgl. Holzinger u. a. 2005). Dabei war die europäische Integration lange getragen von einem „permissiven Konsensus" der Bevölkerung, dem eine Output-Legitimation der europäischen Politik zugrunde lag (vgl. Knelangen 2015; Schmidt 2019, 429-438). Die Bürgerinnen und Bürger bejahten also grundsätzlich weitere Integrationsschritte und sahen das Integrationsprojekt vor allem auf Grund seiner Errungenschaften, allen voran Frieden, Freiheit und wirtschaftliche Entwicklung in den Mitgliedsländern, als legitim an.

Seit Anfang der 1990er-Jahre ist Kritik an einer fehlenden demokratischen Legitimation der EU-Politik virulent und aus Diskussionen zu Grundlagen und Zukunft der europäischen Integration nicht mehr wegzudenken, zugleich ist aber auch die Kritik an ihrer mangelnden Effizienz mit Begriffen wie „Bürokratiemonster" sprichwörtlich. Beide Probleme, das sogenannte Demokratiedefizit der EU wie auch ihre Effizienzproblematik, wurden vom Europäischen Rat (2001) in der Erklärung von Laeken ausdrücklich als reformbedürftig benannt. Beide

Probleme sollten mit der (letztlich gescheiterten) Europäischen Verfassung sowie der realisierten Alternative, dem 2009 in Kraft getretenen Reformvertrag von Lissabon, ein Stück weit überwunden werden (vgl. Weidenfeld 2006; Leiße 2010). Die institutionelle Reform wird allerdings prinzipiell dadurch erschwert, dass demokratische Input-Legitimität und Verfahrenseffizienz in einem gewissen Spannungsverhältnis zueinander stehen.

Betrachtet man die politische Kultur, also die politischen Orientierungen der Bevölkerung in der Europäischen Union, stellen sich für die Demokratisierung der EU Herausforderungen, denen mit einer Institutionenreform alleine nicht begegnet werden kann. Neben dem institutionellen bzw. konjunkturellen Demokratiedefizit der EU wird nämlich auch ein strukturelles Demokratiedefizit beklagt (Schmidt 2019, 430ff.). Hier geht es um die Frage, inwieweit ein europäischer *demos* und eine europäische Identität existieren – ob die Bürgerinnen und Bürger der EU sich also als solche fühlen, ob sie Probleme der anderen Mitgliedstaaten als ihre eigenen begreifen und ob sie bereit sind, Mehrheitsentscheide innerhalb der EU anzuerkennen. Der klassischen These der politischen Kulturforschung nach Gabriel Almond und Sidney Verba (1963) zufolge braucht es für die Stabilität eines politischen Systems eine gewisse Kongruenz mit einer dazu passenden politischen Kultur. Das bedeutet einerseits, dass die EU mit zunehmend partizipatorisch orientierten Bürgerinnen und Bürgern ihre Entscheidungsprozesse demokratisieren, also mehr Mitbestimmung und Transparenz ermöglichen sollte. Die These bedeutet aber umgekehrt auch: Je mehr die EU ihre politischen Strukturen demokratisiert, umso höher sind auch die Anforderungen an die demokratiekompatiblen Orientierungen der Bürgerschaft.

Wenn also das Europäische Parlament mehr Macht und Zuständigkeiten erhält, wie es mit den Vertragsrevisionen der letzten Jahrzehnte geschehen ist, dann braucht es auch gewandelte politische Orientierungen der Bevölkerung gegenüber der EU und der eigenen Rolle in der EU-Politik. Andernfalls kann, überspitzt formuliert, eine Stärkung des Europaparlaments eine Schwächung der demokratischen Legitimität der EU bedeuten. Solange nämlich die Wahlen zum Europäischen Parlament als „nationale Nebenwahlen" begriffen werden, sich etwa die Hälfte der wahlberechtigten Bevölkerung nicht an den Wahlen beteiligt und einer solchen Wahlentscheidung wenig Wissen über europapolitische Positionen der Parteien und die politischen Prozesse der EU zugrunde liegt, kann der demokratische Mehrwert einer Aufwertung des Europäischen Parlaments gegenüber dem Rat der EU durchaus in Frage gestellt werden.

Zu den relevanten politischen Orientierungen der Bürgerinnen und Bürger gegenüber der EU gehören u. a. politisches Wissen und politische Einstellungen, auf welche in den folgenden Abschnitten näher eingegangen wird.

2. Wissen und Einstellungen von Jugendlichen zur Europäischen Union

Wie ist es um die Kenntnisse und Einstellungen der (jungen) Bürgerinnen und Bürger zur Europäischen Union heute bestellt? Im folgenden Abschnitt werden Ergebnisse aktueller Studien zu den EU-Einstellungen und Kenntnissen der Bevölkerung in den Mitgliedstaaten und insbesondere der Jugendlichen in Deutschland skizziert.

Das „Standard-Eurobarometer 92" enthält Ergebnisse einer repräsentativen Befragung der Bevölkerung der noch 28 Mitgliedsländer der EU ab einem Alter von 15 Jahren von November 2019 (Europäische Union 2020). Es zeigt sich, dass die EU vor allem mit Freiheit bzw. Freizügigkeit, Frieden, dem Euro, kultureller Vielfalt und Demokratie assoziiert wird. Aspekte wie Bürokratie und Geldverschwendung rangieren dahinter. Die 15- bis 24-Jährigen stimmen dabei positiven Konnotationen wie Freizügigkeit („Freiheit, überall in der EU reisen, studieren und arbeiten zu können") und Demokratie stärker zu und assoziieren negative Aspekte wie Bürokratie oder Geldverschwendung weniger mit der EU als ältere Befragte (a. a. O., 97-114). Dieser Generationenunterschied spiegelt sich auch im Antwortverhalten auf Fragen nach der Bewertung der EU-Mitgliedschaft des eigenen Landes und dem Vertrauen in Institutionen der EU. Sowohl die 25- bis 39-Jährigen, als auch die 40- bis 54-Jährigen und die über 55-Jährigen weisen eine geringere Zustimmung zur EU-Mitgliedschaft und ein geringeres Vertrauen in die EU auf als die 15- bis 24-Jährigen (a. a. O., 110, 139). Grundsätzlich ist bemerkenswert, dass das im Eurobarometer regelmäßig erhobene Vertrauen in die EU 2019 den höchsten Wert seit 2010 erreicht hat, mit einem leichten Rückgang im Herbst gegenüber den Frühjahrwerten des Jahres. Eine ähnliche Entwicklung zeigt sich bei weiteren Einstellungsfragen. Die Einstellungen der deutschen Bevölkerung zur EU sind positiver ausgeprägt als der EU-Durchschnitt, wobei Einstellungen zwischen Mitgliedsländern stark variieren.

Im Oktober 2019 erfolgte in der EU-28 außerdem eine repräsentative face-to-face-Befragung der Bevölkerung ab dem Alter von 15 Jahren, deren Ergebnisse im „Parlemeter 2019" vorgestellt werden (Europäisches Parlament 2019). Der Befund, dass die junge Generation die EU generell positiver bewertet als ihre älteren Mitbürgerinnen und Mitbürger, wird hier bestätigt: *„Young people remain the biggest overall supporters of the European Union in comparison to other age ranges. This finding is not new and is widely backed by scientific research"* (a. a. O., 13). Die Einstellungen der deutschen Jugendlichen zum Funktionieren der Demokratie in der EU, also ihre performanzbezogenen Einstellungen, rangieren mit 60 Prozent Zustimmung im europäischen Mittelfeld (a. a. O., 18).

Wissen zur EU wird in den Eurobarometer- und Parlemeter-Studien vor allem über Items zum subjektiven Wissen, also Fragen zur Selbsteinschätzung des eigenen Kenntnisstandes über die EU operationalisiert (a. a. O., 58 ff.). Hier zeigt sich, dass die Befragten ihr EU-Wissen überwiegend als mittelmäßig einschätzen, 39 Prozent bewerten ihre eigenen Kenntnisse als eher gering. Nur sechs Prozent der Bevölkerung attestieren sich selbst ein hohes Maß an Wissen über die EU. Arbeitslose und Hausfrauen/Hausmänner weisen den geringsten subjektiven Wissensstand auf. Im Vergleich zwischen Altersgruppen attestieren sich die 15-bis 24-Jährigen den mit Abstand geringsten Kenntnisstand über die EU. Dem widersprechen allerdings die Befunde des „Eurobarometer 92", welches mit einer anderen Frageformulierung arbeitet und bei dem die über 50-Jährigen ihr EU-Verständnis am geringsten einschätzen (Europäische Union 2020, 159). Männliche Befragte weisen in beiden Studien ein deutlich höheres subjektives Wissen über die EU auf als weibliche Personen. Das subjektive Wissen gibt nur bedingt Aufschluss über die tatsächlichen EU-Kenntnisstände und eignet sich schlecht für Vergleiche in heterogenen Gruppen, da die Werte von der jeweils subjektiv angewandten und unter den Befragten variierenden Bezugsnorm abhängen (vgl. Oberle 2012). Aus politikwissenschaftlichen Studien zum objektiven Wissen ist allerdings bekannt, dass politische Kenntnisse mit dem Alter eher steigen und zugleich das Wissen im Jugendalter ein relevanter Prädiktor für das politische Wissen im Erwachsenenalter ist (a. a. O.).

Bettina Westle hat 2015 Eurobarometer-Daten hinsichtlich des objektiven Wissens der Bevölkerung über das Europäische Parlament und die Europawahlen detailliert ausgewertet. Sie fokussiert dabei u. a. die Frage nach der Direktwahl des Europäischen Parlaments in neun Erhebungsrunden von 2002 bis 2012. Westle (2015, 41) betont die Problematik des in den Eurobarometer-Studien leider üblichen Frageformats, das eine Ratewahrscheinlichkeit von 50 Prozent aufweist. Auch lassen sich mit einzelnen Items keine weitreichenden und auch keine besonders zuverlässigen Aussagen über Wissensstände treffen. Angesichts der bestehenden großen Forschungsdefizite zum politischen (EU-)Wissen der Bevölkerung (vgl. z. B. Westle/Johann 2010) sind die Befunde dennoch bemerkenswert. So zeigt sich ein sehr geringer Kenntnisstand zum Europäischen Parlament und zur zentralen Form demokratischer Partizipation in der EU, den Europawahlen. Weniger als die Hälfte der Befragten beantwortet die Frage nach der Direktwahl zum Europäischen Parlament korrekt, wobei die Werte rund um die Europawahltermine etwas ansteigen, danach jedoch wieder abfallen. Deutschland gehört hier im europäischen Vergleich zu den Schlusslichtern, bei anderen Fragen zum Europäischen Parlament liegt es im Mittelfeld. Vergleiche zwischen Altersgruppen ergeben kein klares Bild. In Deutschland weist die Gruppe der 15- bis 29-Jährigen die geringsten Kenntnisse über das Europäische Parlament auf.

Die Relevanz der Kenntnisse über das Parlament und die Europawahlen konnte u. a. eine Studie von Daniela Braun und Markus Tausendpfund (2018) auf Basis der *European Election Study* 2014 bestätigen: Politisches Wissen hat deutliche Effekte auf die Teilnahme an den Wahlen zum Europäischen Parlament (vgl. auch Hogh/Larsen 2016; Westle 2015). Wer sich also eine höhere Beteiligung an den Europawahlen wünscht, sollte die EU-Kenntnisse der Bürgerinnen und Bürger nicht außer Acht lassen.

Bezüglich der Einstellungen und Kenntnisse von Jugendlichen in Deutschland liegen jenseits des Eurobarometers weitere aktuelle Befunde vor. Auch hier zeigt sich, dass Jugendliche die EU überwiegend positiv bewerten. So stellt die Shell Jugendstudie 2019 fest, dass Jugendliche zwischen 12 und 25 Jahren die EU mit „Freizügigkeit (reisen, studieren, arbeiten)“, „Kultureller Vielfalt“, „Frieden“ und „Demokratie“ konnotieren (Schneekloth/Albert 2019, 70). Erst dahinter rangiert der Begriff „Bürokratie“ mit 71 Prozent Zustimmung. Deutlich zugenommen haben im Vergleich zu 2006 die Zuschreibungen „Wirtschaftlicher Wohlstand“ (von 47 % auf 70 %) und soziale Absicherung (von 33 % auf 54 %). Gesunken ist die Verbindung mit negativen Aspekten wie „Geldverschwendung“, „Nicht genug Kontrolle an den Grenzen“, „Arbeitslosigkeit“ und „Kriminalität", die aus Perspektive der Jugendlichen weit hinter den oben genannten positiven Assoziationen rangieren.

Bei 50 Prozent der befragten Jugendlichen ruft die EU ein „sehr positives" oder „eher positives" Bild hervor, nur elf Prozent sehen sie insgesamt negativ oder sehr negativ (a. a. O., 73). Dabei zeigen sich allerdings leichte Unterschiede zwischen Ost- und Westdeutschland (mit etwas positiveren Werten im Westen der Republik) und deutliche Unterschiede zwischen verschiedenen Bildungsniveaus bzw. Schulformen (positivere Werte am Gymnasium) sowie zwischen städtischen und ländlichen Regionen (negativere Einstellungen im ländlichen Raum). Die der EU gegenüber negativ eingestellten Jugendlichen sind jedoch auch bei der Gruppe mit Hauptschulabschluss bzw. ohne Schulabschluss in der Minderheit (22 %) – hier überwiegt die Angabe „weder noch" (44 %). Was sich dahinter genau verbirgt, ob Unentschiedenheit, Gleichgültigkeit oder eine Abwesenheit jeglicher Orientierungen zur EU, müssten weitergehende Studien eruieren. Das Vertrauen der Jugendlichen in die EU ist im Vergleich zu den letzten Erhebungsrunden der Shell Studien leicht gestiegen, wobei nun 40 Prozent der EU als Institution sehr oder eher vertrauen, 35 Prozent äußern ein „mittleres" Vertrauen und etwa 21 Prozent bringen der EU eher wenig oder sehr wenig Vertrauen entgegen (a. a. O., 74). Damit vertrauen die Jugendlichen der EU etwas mehr als den Vereinten Nationen und dem Bundestag und deutlich mehr als politischen Parteien (a. a. O., 93).

Was die europäische Identität der Jugendlichen in Deutschland angeht, ist ein Rückgang einer rein nationalen Identität zu verzeichnen bei gleichzeitiger Zunahme einer „hybriden Identität", bei der sich die Jugendlichen sowohl als Deutsche als auch als Europäerinnen bzw. Europäer sehen (vgl. TUI Stiftung 2019, 30 ff.). Auch die Ergebnisse der *International Civic and Citizenship Education Study* 2016 (ICCS-Studie, Abs/Hahn-Laudenberg 2017), welche Jugendliche im Alter von 14 Jahren befragte und an der auch das Bundesland Nordrhein-Westfalen

(NRW) mit einem repräsentativen Sample teilgenommen hat, legen insgesamt positive Einstellungen von Jugendlichen zu Europa und der Europäischen Union offen (Ziemes u.a. 2017, 184ff.). Allerdings gehören Jugendliche in Nordrhein-Westfalen hinsichtlich ihrer Sicht auf die Legitimität und Performanz der EU zur eher skeptischeren Ländergruppe. So zeigt sich hier „eine zwar insgesamt positive, aber im europäischen Vergleich eher skeptische Sicht auf die Europäische Union" (a.a.O., 188). Die Identifikation mit Europa fällt bei Jugendlichen in allen europäischen Ländern der ICCS-Studie hoch aus (Jasper u.a. 2017, 121ff.). Auch die Jugendlichen in Nordrhein-Westfalen identifizieren sich überwiegend mit Europa (ca. 90 Prozent sehen sich als Europäerinnen bzw. Europäer und sind stolz darauf, in Europa leben zu dürfen), jedoch fällt diese Identifikation schwächer aus als im europäischen Vergleich. Die Ergebnisse der ICCS-Studie sprechen dabei wiederum für die Entwicklung von hybriden Identitäten, bei denen eine höhere Identifikation mit der Nation auch mit einer höheren Identifikation mit Europa einhergeht (a.a.O., 124).

Insgesamt zeichnen die empirischen Studien *kein* Bild einer breit verankerten fundamentalen Euroskepsis, wenn auch die hohen Zustimmungswerte der frühen 1990er-Jahre (siehe z.B. Knelangen 2015) bislang nicht wieder erreicht wurden. Gerade die jüngere Generation, also die Kohorte der Jugendlichen bzw. jungen Erwachsenen 15- bis ca. 27-Jährigen, hebt sich zumeist durch positivere EU-Einstellungen von älteren Befragten ab. Ein nicht unbedeutender Teil der Befragten äußert jedoch durchaus eine fundamentale EU-Skepsis und ein fehlendes Vertrauen in die EU, wobei solche negativen Einstellungen in bildungsfernen Schichten und ländlichen Regionen stärker ausgeprägt sind. Unentschiedene Antworten wie „weder noch" und „keine Angabe" sind schwer interpretierbar und könnten auch einer Abwesenheit von Orientierungen zur EU entspringen (vgl. Oberle/Stamer 2020), welche für ein demokratisches Gemeinwesen ebenfalls eine bedeutsame Herausforderung darstellt.

3. Kenntnisse und Einstellungen zur Europäischen Union als Ziele der politischen Bildung

Welche Rolle sollte die politische Bildung mit Blick auf EU-Kenntnisse und EU-Einstellungen von Jugendlichen spielen? Inwiefern sind Kenntnisse und Einstellungen zur EU bei Schülerinnen und Schülern Ziele des Politikunterrichts?

Zum einen ist festzustellen, dass sich Politik in Deutschland heute ohne Berücksichtigung der europäischen Dimension weder angemessen begreifen noch gestalten lässt. Dem muss eine zeitgemäße politische Bildung Rechnung tragen. In der politischen Europabildung kommt der EU ein zentraler Stellenwert zu – als transnationaler Zusammenschluss mit supranationalen und intergouvernementalen Elementen prägen ihre Entscheidungen zunehmend das Leben der hier ansässigen Menschen und sind zugleich auch über europäische Beteiligungsverfahren wie die Europawahlen zu beeinflussen. Die Komplexität der EU erschließt sich den (jungen) Bürgerinnen und Bürgern, trotz frei verfügbarer Informationen, ja Informationsfluten, jedoch nicht nebenbei. Entsprechend sehen heutzutage die Curricula der Sekundarstufen allgemeinbildender Schulen in allen Bundesländern die Behandlung der EU im politischen Fachunterricht verbindlich vor. Zum Teil sind EU-bezogene Themen auf verschiedene Fächer, neben dem Politikunterricht z. B. auf die Fächer Wirtschaftskunde oder Geografie, verteilt. Damit ist allerdings noch nichts über die Umsetzung dieser Vorgaben und die realisierte Qualität des Unterrichts zur EU gesagt.

Neben Kenntnissen über die Eingebundenheit Deutschlands in die EU und Wissen um die Bedeutung von deren Entscheidungen für das eigene Leben sollen bei den Lernenden laut Empfehlung der Kultusministerkonferenz (2020) auch ein Bewusstsein europäischer Zusammengehörigkeit bzw. eine europäische Identität gefördert werden. In Anlehnung an das Modell der Politikkompetenz (Detjen u. a. 2012) bestehen die Ziele der politischen EU-Bildung in der Förderung einer auf die europäische Integration bezogenen politischen Urteilsfähigkeit, kommunikativen und partizipativen politischen Handlungsfähigkeit, konzeptuellen Wissens zur Europapolitik in ihren Dimensionen *polity, politics* und *policy* sowie in der Förderung europapolitischer Motivationen (z. B. Interesse, Selbstwirksamkeitsüberzeugung) und Einstellungen (z. B. Institutionenvertrauen).

Wissen stellt dabei einen zentralen Bestandteil von Kompetenz dar. Kompetenzen umfassen in Anlehnung an Definitionen des Psychologen Franz E. Weinert „Wissen und Können" (Klieme 2004, 13). Mit Blick auf fachliches Lernen diskutiert Weinert verschiedene Kompetenzbegriffe, wobei das von ihm präferierte Konzept neben Können explizit auch Wissen umfasst. Es ist ein *„knowledge-centered concept of competence"*, wobei er argumentiert: *„key competencies, however, are no substitute for content-specific knowledge, especially when solving more difficult problems. Even the hope that one could use a few key competencies to quickly acquire content-specific knowledge through electronic media is a purely utopian view. Only those with enough initial knowledge are able to use new knowledge effectively"* (Weinert 1999, 28).

Fachspezifische Kompetenzen bedürfen für ihren Erwerb, aber auch für ihre Anwendung fachlicher Kenntnisse. Die systematische Vermittlung eines konzeptuellen Grundwissens neben der kontinuierlichen Förderung der übrigen Kompetenzfacetten ist keine Aushöhlung der Kompetenzorientierung, sondern ihr inhärent (vgl. Oberle/Tatje 2014, 63).

Angesichts des Kontroversitätsgebots und Überwältigungsverbots als Grundprinzipien politischer Bildung stellt sich die Frage, inwiefern pro-europäische bzw. positive EU-Einstellungen sowie eine europäische Identität legitime Ziele politischer Bildung sein können (vgl. Oberle 2020). So wird eine „emphatisch-gesinnungsethische Prägung" (Massing 2004, 146) der politischen Europabildung in der Politikdidaktik deutlich kritisiert. Zugleich ist zu berücksichtigen, dass der Beutelsbacher

Konsens (vgl. Frech/Richter 2017; Oberle 2016; Wehling 1977) nicht wertneutral ist, sondern einen klaren Grundgesetzbezug hat. Die dort verankerte Europaoffenheit (Art. 23 GG) rechtfertigt eine grundsätzlich positive Bewertung der europäischen Integrationsbestrebungen im Unterricht. In Anlehnung an David Easton (1965, Unterscheidung von diffuser und spezifischer politischer Unterstützung) lassen sich generelle und performanzbezogene politische Einstellungen unterscheiden und damit ein „harter" von einem „weichen" Euroskeptizismus (Knelangen 2015; Weßels 2009). Während eine „fundamentale" EU-Skepsis nicht im Zielbereich schulischer Bildung in Deutschland liegt, entspricht eine „konstruktive" EU-Skepsis durchaus den Zielen der politischen EU-Bildung.

Zu den motivationalen Orientierungen gehören insbesondere das politische Interesse sowie das subjektive politische Kompetenzgefühl bzw. die Selbstwirksamkeitsüberzeugungen. Diese können in ein internes und externes Effektivitätsgefühl unterschieden werden (vgl. Oberle 2012, 65 ff.): Während *internal political efficacy* sich auf die Einschätzung der eigenen auf Politik bezogenen Fähigkeiten bezieht, ist unter *external political efficacy* die subjektiv wahrgenommene Responsivität des Systems gegenüber den Bürgerinteressen zu verstehen, also die Einschätzung, ob „das politische System für Einflüsse der Bürger offen ist und auf sie reagiert" (Vetter/Maier 2005, 57). Das Responsivitätsgefühl ist eng verwandt mit dem Vertrauen in das politische System bzw. dessen diffuser politischer Unterstützung (vgl. Massing 2012, 28). Als Teil der Selbstwirksamkeitsüberzeugung lässt sich das politische Responsivitätsempfinden also einerseits den politischen Motivationen, als Element der politischen Unterstützung andererseits den politischen Einstellungen zuordnen. Selbstverständlich hängen Responsivitätsgefühl und Vertrauen als Element der Politikkompetenz entscheidend von der Vertrauenswürdigkeit des politischen Systems, seiner Institutionen und Akteure ab. Zugleich ist festzustellen, dass ohne ein Mindestmaß an Vertrauen der Bürgerinnen und Bürger in ihre politischen Institutionen eine repräsentative Demokratie nicht funktionieren kann (vgl. Fuchs u.a. 2002).

Einigkeit besteht, dass sich Politikunterricht auch mit Kritikpunkten am europäischen Einigungsprozess sowie mit alternativen Entwicklungsszenarien, institutionellen Designs und *policies* auseinandersetzen muss. Unterrichtsziel ist es, den Schülerinnen und Schülern ihre eigenen Einstellungen kognitiv zugänglich zu machen, Vorurteile in begründete, sachlich fundierte Urteile zu überführen und die Lernenden zu einer selbstständigen, reflektierten Teilnahme an politischen Entscheidungsprozessen zu befähigen. Bei der Identitätsbildung ist kritisch zu reflektieren, dass Identifikation auch Ab- und Ausgrenzung beinhalten kann (Stichwort: Festung Europa), dass aber zugleich von hybriden bzw. multiplen Identitäten auszugehen ist. Eine europäische Identität kann damit z.B. mit einem lokalen, nationalen und globalen Zugehörigkeitsgefühl einhergehen, die je nach Situation unterschiedlich aktiviert werden. Selbstverständlich gilt, dass politische Einstellungen nicht Gegenstand schulischer Benotung sein dürfen.

4. Veränderung von EU-Wissen und EU-Einstellungen durch politische Bildung? Befunde empirischer Studien

Zu den Wirkungen von Interventionen der politischen Bildung zum Thema EU liegen hierzulande mittlerweile einige empirische Studien vor. Sie zeigen zunächst, dass es einen deutlichen Unterschied macht, ob die EU im Politikunterricht behandelt wird oder nicht.

So untersuchte die Studie „Wissen und Einstellungen von Schüler/-innen zur Europäischen Union" (WEUS-II) (Oberle/Forstmann 2015a) das politische EU-Wissen sowie die politischen Einstellungen, Motivationen und Volitionen von 885 Schülerinnen und Schülern aus 41 Klassen der Sekundarstufen niedersächsischer Gymnasien und Gesamtschulen, wobei ein

Teil des Samples (n=722) die EU im politischen Fachunterricht bereits durchgenommen hatte, bei einigen Klassen (n=163) die gezielte Auseinandersetzung mit der EU noch bevorstand. Die zweite Gruppe fungierte als Kontrollgruppe. Wie andere Studien zeigen, erfolgt die Behandlung der EU im alltäglichen Politikunterricht zumeist als thematischer Block, u.a. unter Nutzung des entsprechenden Schulbuchkapitels (vgl. Tatje 2017; Oberle/Forstmann 2015b, 202). EU-Wissen wurde in der Studie mit einer Batterie aus 44 Mehrfach-Antwort-Items erhoben (aufbauend auf dem von Oberle 2012 entwickelten und u.a. mit einem Expertenreview validierten Messinstrument), EU-Einstellungen mit Batterien aus jeweils mehreren Likert-skalierten Items. Die Forschungsergebnisse zeigen, dass die Behandlung der EU im alltäglichen Fachunterricht auch unter Kontrolle der übrigen erhobenen potenziellen Einflussfaktoren, wie Geschlecht, Alter, kulturelles Kapital des Elternhauses, Gespräche über die EU mit Eltern und Peers, Nachrichtenkonsum in Qualitätsmedien sowie Aufenthalte im europäischen Ausland, einen deutlichen Effekt (r=1.29***) auf das politische EU-Wissen der Schülerinnen und Schüler hat (hohe Effektstärke des signifikanten Wissensunterschiedes der beiden Gruppen Cohens d=1.44). Auch das subjektive EU-Wissen wird vom politischen Fachunterricht positiv beeinflusst, während sich für politische Einstellungen, diskursbezogenes politisches Effektivitätsgefühl und politische Partizipationsbereitschaften hier höchstens indirekte Effekte der EU-Behandlung im Unterricht zeigen, jeweils vermittelt über den Erwerb von EU-Kenntnissen. Interventionsstudien der Pädagogischen Hochschule Karlsruhe konnten ebenfalls einen Zuwachs an EU-Wissen bei Schülerinnen und Schülern nachweisen, die an Unterrichtsreihen zur Europäischen Union teilgenommen hatten (vgl. Eck/Weißeno 2013; Landwehr 2017).

Mehrere Studien der Universität Göttingen untersuchten die Wirkungen einer planspiel-basierten Unterrichtsintervention zur politischen EU-Bildung. Eine Studie fokussierte den

Einsatz von dreistündigen EU-Kurzplanspielen in Sekundarstufen an Gymnasien, Gesamtschulen und Berufsschulen (Niedersachsen und Nordrhein-Westfalen), die einen Willensbildungs- und Entscheidungsprozess des Europaparlaments zu den Themen Asylpolitik, Datenschutz oder Umweltpolitik simulierten (entwickelt und durchgeführt durch die planpolitik GbR, www.planpolitik.de), und analysierte Effekte auf EU-bezogenes politisches Wissen, Einstellungen, Motivationen und Volitionen (Pre-Post-Design, N=308; vgl. Oberle/Leunig 2018; Oberle u. a. 2020). Eine weitere Studie (Jean Monnet Projekt PEP, siehe http://pep.uni-goettingen.de) untersuchte die Wirkungen von EU-Planspielen auf politisches Wissen, Einstellungen, Motivationen und Volitionen bei Grundschulkindern (N=318, überwiegend vierte Jahrgangsstufe, deutschlandweit; vgl. Oberle u. a. 2018), wobei hier während eines Vormittags eine Entscheidung des Rats der EU zu den Themen Gesunde Ernährung, Umweltschutz oder Tierschutz simuliert wurde. Die PEP-Studie beinhaltete einen dritten Messzeitpunkt ca. sechs bis acht Wochen nach Durchführung der Planspiele und eine Kontrollgruppe, die ohne Intervention ebenfalls zu drei Messzeitpunkten befragt wurde. Ergänzend zu den schriftlichen Fragebogenerhebungen, die in den Sekundar- und Primarstufenstudien zahlreiche Parallelen aufweisen und so auch Bezugnahmen ermöglichen, wurden leitfadengestützte Schülerinterviews geführt und mittels kategorialer Inhaltsanalysen ausgewertet.

Die Studien konnten deutliche Effekte der Interventionen sowohl auf EU-Wissen als auch EU-Einstellungen sowie politische Motivationen der Schülerinnen und Schüler sichtbar machen. Die EU-Einstellungen der Lernenden entwickeln sich tendenziell zum Positiven, wobei besonders der wahrgenommene Alltagsbezug der EU und die empfundene Responsivität der EU Veränderungen erfuhren. Die Entwicklung des Responsivitätsgefühls der Teilnehmenden wurde tiefergehend untersucht, u. a. auf Basis latenter Klassenanalysen. Dabei zeigte sich, dass sich Veränderungen vor allem bei den vorab negativ eingestellten Schülerinnen und Schülern ergaben: So veränderte sich in der Sekundarstufenstudie das Responsivitätsgefühl vor allem bei dem Typ mit niedrigem Ausgangsniveau, dort aber außerordentlich stark (Cohens d = 1.34) hin zu einem mittleren Wert. Auch angesichts der begleitenden Interviews lässt sich vermuten, dass durch das Planspiel Vorurteile der Schülerinnen und Schüler abgebaut wurden und durch die Rollenübernahme eine generelle Identifikation mit Abgeordneten des Europaparlaments erhöht wurde. Eine EU-Euphorie wurde durch das Planspiel nicht ausgelöst. In der Grundschulstudie PEP zeigten sich in der Follow-Up-Erhebung auch längerfristige Wirkungen, insbesondere auf das EU-Wissen und das politische Effektivitätsgefühl der Kinder. Auch zeugen die Studien von einer hohen subjektiven Zufriedenheit der Teilnehmenden mit den Planspielen, die sich nicht zuletzt aus einem erlebten Lernzuwachs speist. Mädchen scheinen von der Teilnahme an diesen analogen Planspielen besonders zu profitieren. Insgesamt verringerten sich sozio-demografisch bedingte Unterschiede im Vorwissen der Kinder und Jugendlichen durch die Teilnahme an den schulischen Bildungsinterventionen (vgl. auch Weißeno u.a. 2019). Die Forschungsergebnisse unterstreichen die besonderen Potenziale der Planspielmethode für die Überwindung einer konstatierten politischen „Prozessverdrossenheit“ (Schöne 2017, 92).

5. Fazit und Ausblick

Die Europäische Union bedarf für ihren Bestand und die Weiterentwicklung ihrer demokratischen Funktionsfähigkeit einer Bürgerschaft, die über politisches EU-Wissen und konstruktive Einstellungen zur europäischen Integration verfügt. Auch wenn die Einstellungsforschung heute nicht das Bild einer verbreiteten fundamentalen Euroskepsis oder einer akuten EU-Vertrauenskrise zeichnet, bleibt die Legitimität der EU angesichts einer

Ablehnung der EU bei ca. einem Fünftel der Befragten, einem weiterhin bestehenden Netto-Misstrauen in der Bevölkerung und eines bedeutenden Anteils an Unentschlossenen bzw. einer „lauen Mitte“ doch prekär (Nullmeier u. a. 2010). Die großen Defizite an Grundkenntnissen über die EU in der Bevölkerung zeigen, über wie viel „Luft nach oben“ künftige Interventionen der politischen EU-Bildung verfügen. Wissensvermittlung ist dabei nicht mit Frontalunterricht gleichzusetzen. Für alle Altersgruppen braucht es kreative Bildungsansätze, die grundlegende Aspekte der Bedeutung und Funktionsweise der europäischen Institutionen, ihrer *polity-*, *politics-* und *policy*-Dimensionen und der eigenen Partizipationsmöglichkeiten verständlich, exemplarisch, problemorientiert, konfliktorientiert, handlungsorientiert und teilnehmendenorientiert vermitteln.

Auch wenn im Schnitt ca. 50 Prozent der Jugendlichen hierzulande der EU positiv gegenüberstehen, so dürfen die bildungsabhängige Varianz mit deutlich weniger positiven Einstellungen in bildungsferneren Schichten und an nichtgymnasialen Schulformen sowie der große Anteil an „Nicht-Einstellungen“ gerade bei diesen Jugendlichen in der Analyse nicht fehlen. Der Befund eines sozialen Gradienten in den EU-bezogenen politischen Kompetenzen sollte Anlass für verstärkte Bildungsbemühungen sein, die eine gezielte Auseinandersetzung mit der EU gerade auch in Grundschulen, in Haupt- und Realschulen und in Berufsbildenden Schulen befördern. Der politische Fachunterricht hat durch die Schulpflicht die große Chance, sozio-demografische Unterschiede im EU-bezogenen politischen Wissen, in den europapolitischen Motivationen und weiteren politischen Kompetenzen durch passende Bildungsmaßnahmen auszugleichen. Damit geht auch eine besondere Verantwortung einher.

Ein verständiger Zugang zur EU bedarf mehrerer Anläufe. Politische EU-Bildung sollte bereits in der Grundschule ansetzen und auch dort über soziales, kulturelles und geografisches Lernen hinausgehen. Dass sich Kinder für Politik im engeren

Sinne interessieren und bereits über Wissen und Einstellungen zu Europa und der Europäischen Union verfügen, zeigen empirische Studien (vgl. auch Schöne/Detterbeck 2018). Allerdings ist festzustellen, dass es auch ausgebildeten Politiklehrkräften oftmals an fachwissenschaftlichen und fachdidaktischen Kenntnissen für eine gelingende EU-Bildung mangelt, da die europäische Integration in der Lehrerbildung noch immer zu wenig berücksichtigt wird – die Problematik verschärft sich bei fachfremd unterrichtenden Lehrkräften und Grundschullehrkräften. Um die erforderliche EU-bezogene politische Bildung der heranwachsenden Generation tatsächlich zu realisieren, bedarf es daher auch einer Europaorientierung der Lehreraus- und -fortbildung für den politischen Fachunterricht an allen Schulformen.

Literatur

Almond, G./Verba, S. (1963): The Civic Culture. Political Attitudes and Democracy in Five Nations. Princeton.

Braun, D./Tausendpfund, M. (2018): Politisches Wissen und Europawahlen. In: Westle, B./Tausendpfund, M. (Hg.): Politisches Wissen. Relevanz, Messung und Befunde. Wiesbaden, S. 207-236.

Detjen, J./Massing, P./Richter, D./Weißeno, G. (2012): Politikkompetenz – ein Modell. Wiesbaden.

Easton, D. (1965): A System Analysis of Political Life. 2. Auflage, New York.

Europäische Union (Hg.) (2020): Standard-Eurobarometer 92. Herbst 2019 – Die Öffentliche Meinung in der Europäischen Union. Erste Ergebnisse. URL: https://ec.europa.eu/commfrontoffice/publicopinionmobile/index.cfm/Survey/getSurveyDetail/surveyKy/2255 [29.11.2020].

Europäisches Parlament (Hg.) (2019): Parlemeter 2019. Heading the call beyond the vote. Eurobarometer Survey 92.2 of the European Parliament. URL: https://www.europarl.europa.eu/pdf/eurobarometre/2019/parlemeter-2019-heeding-the-call-beyond-the-vote/report/en-report.pdf [29.11.2020].

Europäischer Rat (2001): Erklärung von Laeken zur Zukunft der Europäischen Union (15. Dezember 2001). URL: http://www.cvce.eu/obj/erklarung_von_laeken_zur_zukunft_der_europaischen_union_15_dezember_2001-de-a76801d5-4bf0-4483-9000-e6df94b07a55.html [29.11.2020].

Fuchs, D./Gabriel, O. W./Völkl, K. (2002): Vertrauen in politische Institutionen und politische Unterstützung. In: Österreichische Zeitschrift für Politikwissenschaft, Heft 4/2002, S. 427-450.

Frech, S./Richter, D. (Hg.) (2016): Der Beutelsbacher Konsens – Bedeutung, Wirkung, Kontroversen. Schwalbach/Ts.

Hogh, E./Larsen, M. V. (2016): Can Information Increase Turnout in European Parliament Elections? Evidence from a Quasi-experiment in Denmark. In: Journal of Common Market Studies, Volume 54, Issue 6, S. 1495-1508.

Holzinger, K. u. a. (2005): Die Europäische Union. Theorien und Analysekonzepte. Paderborn.

Jasper, J./Ziemes, F. J./Abs, H. J. (2017): Identität und politische Selbstwirksamkeit. In: Abs., H. J./Hahn-Laudenberg, K. (Hg.): Das politische Mindset von 14-Jährigen. Ergebnisse der International Civic and Citizenship Education Study 2016. Münster, New York, S. 112-134.

Klieme, E. (2004): Was sind Kompetenzen und wie lassen sie sich messen? In: Pädagogik, Heft 6/2004, 10-13.

Knelangen, W. (2015): Die Europäische Union und die Bürgerinnen und Bürger – Stimmungsschwankungen oder handfeste Vertrauenskrise? In: Oberle, M. (Hg.): Die Europäische Union erfolgreich vermitteln. Perspektiven der politischen EU-Bildung heute. Wiesbaden, S. 13-26.

Kultusministerkonferenz (2020): Europabildung in der Schule. Beschluss der KMK vom 08.06.1978 i. d. F. vom 15.10.2020. URL: https://www.kmk.org/fileadmin/Dateien/veroeffentlichungen_beschluesse/1978/1978_06_08_Europabildung_2020-10-15.pdf [29.11.2020].

Landwehr, B. (2017): Partizipation, Wissen und Motivation im Politikunterricht. Eine Interventionsstudie. Wiesbaden.

Leiße, O. (Hg.) (2010): Die Europäische Union nach dem Vertrag von Lissabon. Wiesbaden.

Massing, P. (2004): Bürgerleitbilder – Anknüpfungspunkte für eine europazentrierte Didaktik des Politikunterrichts. In: Weißeno, G. (Hg.): Europa verstehen lernen. Eine Aufgabe des Politikunterrichts. Schwalbach/Ts., S. 144-157.

Massing, P. (2012): Die vier Dimensionen der Politikkompetenz. In: Aus Politik und Zeitgeschichte, 46-47/2012, S. 23-29.

Nullmeier, F. u. a. (2010): Prekäre Legitimitäten. Rechtfertigung von Herrschaft in der postnationalen Konstellation. Frankfurt/M.

Oberle, M. (2012): Politisches Wissen über die Europäische Union. Subjektive und objektive Politikkenntnisse von Jugendlichen. Wiesbaden.

Oberle, M. (2016): Der Beutelsbacher Konsens – eine kritische Würdigung. In: Widmaier, B./Zorn, P. (Hg.): Brauchen wir den Beutelsbacher Konsens? Eine Debatte der politischen Bildung. Bonn, S. 251-259.

Oberle, M. (2020): Europabildung. In: Achour, S./Busch, M./Massing, P./Meyer-Heidemann, C. (Hg.): Wörterbuch Politikunterricht. Frankfurt/M., S. 65-68.

Oberle, M./Forstmann, J. (2015a): Förderung EU-bezogener Kompetenzen bei Schüler/innen – zum Einfluss des politischen Fachunterrichts. In: Oberle, M. (Hg.): Die Europäische Union erfolgreich vermitteln. Perspektiven der politischen EU-Bildung heute. Wiesbaden, S. 81-98.

Oberle, M./Forstmann, J. (2015b): Lehrerfortbildungen zur politischen EU-Bildung – eine empirische Begleitstudie. In: Oberle, M. (Hg.): Die Europäische Union erfolgreich vermitteln. Perspektiven der politischen EU-Bildung heute. Wiesbaden, S. 193-209.

Oberle, M./Ivens, S./Leunig, J. (2018): EU-Planspiele in der Grundschule – Ergebnisse einer Interventionsstudie. In: Schöne, H./Detterbeck, K. (Hg.): Europabildung in der Grundschule. Frankfurt/M., S. 101-117.

Oberle, M./Leunig, J. (2018): Wirkungen politischer Planspiele auf Einstellungen, Motivationen und Kenntnisse von Schüler/innen zur Europäischen Union. In: Ziegler, B./Waldis, M. (Hg.): Politische Bildung in der Demokratie. Interdisziplinäre Perspektiven. Wiesbaden, S. 213-237.

Oberle, M./Leunig, J./Ivens, S. (2020): What do students learn from political simulation games? A mixed-method approach exploring the relation between conceptual and attitudinal changes. European Political Science 19, 367-386. (https://doi.org/10.1057/s41304-020-00261-2, open access)

Oberle, M./Stamer, M.-M. (2020): Reaching the Hard-To-Reach with Civic Education on the European Union: Insights from a German Model Project. Social Sciences 9 (10), 173. (https://doi.org/10.3390/socsci9100173, open access).

Oberle, M./Tatje, C. (2014): Die Europäische Union vermitteln – Vorschläge für eine kompetenzorientierte EU-Didaktik. In: Manzel, S. (Hg.): Politisch mündig werden. Politikkompetenz in der Schule aufbauen und diagnostizieren. Opladen, S. 63-77.

Schmidt, M. G. (2019): Demokratietheorien. Eine Einführung. 6. Auflage, Wiesbaden.

Schneekloth, U./Albert, M. (2019): Jugend und Politik: Demokratieverständnis und politisches Interesse im Spannungsfeld von Vielfalt, Toleranz und Populismus. In: Deutsche Shell Holding (Hg.): 18. Shell Jugendstudie. Jugend 2019. Jugendliche melden sich zu Wort. Weinheim, Basel, S. 47-102.

Schöne, H. (2017): Politikwissenschaftliche Mikroanalyse und Politische Bildung. In: Oberle, M./Weißeno, G. (Hg.): Politikwissenschaft und Politikdidaktik. Theorie und Empirie. Wiesbaden, S. 87-101.

Schöne, H./Detterbeck, K. (Hg.) (2018): Europabildung in der Grundschule. Frankfurt/M.

TUI Stiftung (Hg.) (2019): Junges Europa 2019. So denken Menschen zwischen 16 und 26 Jahren. URL: https://www.tui-stiftung.de/wp-content/uploads/2019/05/2019_Report_DE_TUI-Stiftung_Junges-Europa.pdf [29.11.2020].

Vetter, A./Maier, J. (2005): Mittendrin statt nur dabei? Politisches Wissen, politisches Interesse und politisches Kompetenzgefühl in Deutschland, 1994-2002. In: Gabriel, O. W. (Hg.): Wächst zusammen, was zusammengehört? Stabilität und Wandel politischer Einstellungen im wiedervereinigten Deutschland. Baden-Baden, S. 51-90.

Wehling, H.-G. (1977). Konsens à la Beutelsbach? In: Schiele, S./Schneider, H. (Hg.): Das Konsensproblem in der politischen Bildung. Stuttgart, S. 173-184.

Weidenfeld, W. (2006): Die Europäische Verfassung verstehen. Bonn.

Weinert, F. E. (1999): Concepts of Competence. Paris.

Weißeno, G./Eck, V. (2013): Wissen, Selbstkonzept und Fachinteresse. Ergebnisse einer Interventionsstudie zur Politikkompetenz. Münster, New York.

Weißeno, G./Weißeno, S./Götzmann, A. (2019): Theoriebildung und Messen politischer Kompetenz in der Didaktik des Sachunterrichts. In: Giest, H./Gläser, E./Hartinger, A. (Hg.): Methodologien der Forschungen zur Didaktik des Sachunterrichts. Bad Heilbrunn, S. 67-91.

Westle, B. (2015): Wissen um die Direktwahl des Europäischen Parlaments – eine Frage des Alters? Deutsche im westeuropäischen Vergleich. In: Oberle, M. (Hg.): Die Europäische Union erfolgreich vermitteln. Perspektiven der politischen EU-Bildung heute. Wiesbaden, S. 39-63.

Westle, B./Johann, D. (2010): Das Wissen der Europäer/innen über die Europäische Union. In: Faas, T./Arzheimer, K./Roßteutscher, S. (Hg.): Information – Wahrnehmung – Emotion. Politische Psychologie in der Wahl- und Einstellungsforschung. Wiesbaden, S. 352-374.

Weßels, B. (2009): Spielarten des Euroskeptizismus. In: Decker, F./Höreth, M. (Hg.): Die Verfassung Europas. Perspektiven des Integrationsprojekts. Wiesbaden, S. 50-68.

Ziemes, J. F./Hahn-Laudenberg, K./Batista, I. B./Abs, H. J. (2017): Institutionenbezogene Einstellungen. In: Abs., H. J./Hahn-Laudenberg, K. (Hg.): Das politische Mindset von 14-Jährigen. Ergebnisse der International Civic and Citizenship Education Study 2016. Münster, New York, S. 161-204.

Helmar Schöne

EU unterrichten in der Schule – eine Bestandsaufnahme

1. Einleitung: Von normativen Ansprüchen und fehlendem Wissen

Alltagserfahrungen aus der Arbeit mit Studienanfängerinnen und -anfängern in Seminaren zur Europäischen Union (EU) zeigen dreierlei: Viele Studierende bringen wenig bis gar kein belastbares Wissen über die EU aus ihrer Schullaufbahn mit. Ein großer Teil der jungen Leute berichtet, in der Schule gar nichts oder so gut wie gar nichts über das politische System der EU und sein Funktionieren erfahren zu haben. Zugleich wird eine überwiegend wohlwollende Haltung der Studierenden gegenüber der europäischen Integration sichtbar; es existiert eine relative Zufriedenheit mit der EU und typische Anti-EU-Forderungen werden nur von einer Minderheit der Studierenden unterstützt. Diese Beobachtungen decken sich mit Befunden aus der Bildungsforschung, aus Jugendstudien und aus Arbeiten zur Politischen Soziologie: Das Wissen in der Bevölkerung über die EU ist bescheiden (Westle/Johann 2010; Oberle 2012; Westle 2015), in sozioökonomisch benachteiligten Milieus ist es noch mal geringer. Diese sozialen Unterschiede sind bereits in der Grundschule angelegt (Abendschön/Tausendpfund 2018). Beim Vertrauen in die EU zeigt sich unter Jugendlichen zwar eine verbreitete „eher positive Sicht", die aber stark von der Bildungsposition abhängt. Je höher der Bildungsstand, desto positiver das Bild von der EU (Schneekloth/Albert 2019, 73).

An die Stelle des verbreiteten permissiven Konsenses, der über Jahrzehnte den Fortschritt der europäischen Integration befördert hat, ist eine zunehmende Polarisierung in der Einschätzung der EU getreten. Der Begriff „permissiver Konsens" stammt bereits aus den 1970er-Jahren und beschreibt das Phänomen, dass die Bürgerinnen und Bürger lange Jahre mit freundlicher Indifferenz auf die Europapolitik blickten (Lindberg/Scheingold 1970). Vorherrschend war eine stillschweigende Akzeptanz der EU, weder offener Widerspruch noch jubelnde Zustimmung, solange die EU zu einer Verbesserung der Lebensbedingungen beitrug. Den meisten Bürgerinnen und Bürger war die EU schlicht egal, so lange sie von der Europäisierung Vorteile hatten (Laumen/Maurer 2006). Dieser Konsens sei, so die EU-Forschung, am Verschwinden. Einige Beobachter sehen seine Auflösung mit der Einrichtung der Währungsunion beginnen, also der Einführung des Euros (Müller 2014), andere erst mit den ersten Wahlerfolgen der AfD, die zunächst im Wesentlichen auf Anti-Euro-Kampagnen basierten. Statt des Konsenses existiere heute eine Polarisierung; eine neue Konfliktlinie zwischen Kosmopolitismus und Kommunitarismus sei entstanden. Während Vertreterinnen und Vertreter der ersten Gruppe als „Grenzöffner" auftreten und von der Globalisierung und Internationalisierung profitieren, betonen Vertreterinnen und Vertreter der zweiten die Bedeutung nationalstaatlicher Grenzen und werden als EU-Skeptikerinnen bzw. EU-Skeptiker oder Gegnerinnen und Gegner sichtbar. Die Zugehörigkeit zu den Gruppen hängt stark von der Bildungsposition ab. Kommunitaristen sind unterdurchschnittlich gebildet, Kosmopoliten verfügen über hohes Human- und Kulturkapital (Merkel 2017).

Teil der Erzählung über den permissiven Konsens ist die Beschreibung der EU als ein Elitenprojekt. Vor dem Hintergrund der stillschweigenden Zustimmung der Bevölkerung trieben alle Bundesregierungen, unabhängig von ihrer parteipolitischen Zusammensetzung, das europäische Integrationsprojekt voran. *„Most mainstream parties are more Euro-supportive than voters"*, haben Liesbet Hooghe, Gary Marks und Kermit Blank

(2009) zusammenfassend formuliert. Diese europapolitische Begeisterung der politischen Klasse wurde immer und wird auch aktuell in der Bildungspolitik sichtbar. Die turnusmäßige Vorsitzende der Kultusministerkonferenz (KMK), die rheinland-pfälzische Kultusministerin, Stefanie Hubig hat Europa sogar zum Schwerpunkt ihrer Amtszeit erklärt. „Dass wir seit über 70 Jahren in Frieden, Freiheit und Wohlstand leben, ist eben keine Selbstverständlichkeit, sondern das Ergebnis eines langen Prozesses (der europäischen Integration, d. Verf.). In Zeiten, in denen Extremismus und Nationalismus wieder auf dem Vormarsch sind, braucht es Bildung. Demokratiebildung. Wir müssen den Wert Europas erlebbar machen" (taz, 15.01.2020, 18). Die Vorsitzende reiht sich damit in eine lange Liste von Verlautbarungen durch die KMK ein, die bereits seit 1978 eine verstärkte Europabildung propagiert. Aus dem Jahr 2008 stammt ein bekannter KMK-Beschluss zur „Europabildung in der Schule". Dort ist u. a. von der Aufgabe der Schule die Rede, „ein Bewusstsein europäischer Zusammengehörigkeit" zu schaffen. Grundsätzlich sollen „alle Fächer und Lernbereiche der Schule" europäische Themen zum Gegenstand machen. Der Politikunterricht solle mit Blick auf die EU „die bestehenden und sich verändernden politischen, gesellschaftlichen und wirtschaftlichen Abläufe und Ordnungssysteme, ihre Werte, Normen und Realitäten" in den Mittelpunkt stellen (Kultusministerkonferenz 2008).

Wir haben also einerseits den Befund, dass nicht viel über Europa und die EU gewusst wird, verbunden mit der Beobachtung eines weitgehend aufgelösten permissiven Konsenses. Andererseits gibt es das wiederholte Bekenntnis der Bildungspolitik, dass das Lernen über Europa und die EU eine wichtige Aufgabe der Schule sei. Dieser normativen Forderung wird angesichts des Einflusses, welche Entscheidungen der EU auf unseren Alltag haben, in der Regel nicht widersprochen. Die Bearbeitung vieler politischer Themen der Gegenwart, seien es die Umweltverschmutzung und der Klimawandel oder die Migrationsbewegungen, werden durch europäische Entscheidungen geprägt. Das Handeln bzw. Nichthandeln der EU bedeutet einen Unterschied für die Gestaltung unseres Gemeinwesens. Daher ist ohne die Beschäftigung mit der Europäischen Union in der Schule das zentrale Ziel politischer Bildung – der mündige Bürger und die mündige Bürgerin – nicht erreichbar. Die Herausbildung politischer Urteilsfähigkeit ist ohne Basiswissen über die Funktionsbedingungen europäischer Politik heute nicht mehr denkbar. Es braucht Europabildung, wenn wir Schülerinnen und Schüler in die Lage versetzen wollen, mindestens als sogenannte „reflektierte Zuschauer" (Detjen 2002) zu agieren.

Es stellt sich daher die Frage, wie der Gegensatz zwischen bildungspolitischem Bemühen und der Wirklichkeit erklärt werden kann. Welchen Anteil hat die Schule am skizzierten Defizitbefund, dass es an EU-Wissen fehlt und an europapolitischem Interesse mangelt? Was geschieht diesbezüglich in der Schule – oder was passiert gerade nicht? Zur Beantwortung dieser Fragen werden im Folgenden fünf Aspekte untersucht: 1) die Lehrpläne, 2) der Lehrgegenstand, 3) die Lehrmaterialien, 4) die Lehrpersonen und 5) die Lehrsituation. Betonen die Lehrpläne den europäischen Aspekt nicht ausreichend? (Abschnitt 2). Fehlt es möglicherweise an geeigneten Lehr- und Unterrichtsmaterialien? (Abschnitt 4). Hält der Lehrgegenstand EU Herausforderungen bereit, welche Lehrerinnen und Lehrer besonders beanspruchen? (Abschnitt 3). Welche Rolle spielt der europäische Aspekt in der Aus- und Fortbildung der Lehrkräfte? (Abschnitt 5). Oder ist es die Lehrsituation, also der schulische und unterrichtliche Rahmen, der eine gelingende Europabildung erschwert? (Abschnitt 6).

2. Lehrpläne

Das Thema Europäische Union wird nicht nur in bildungspolitischen Verlautbarungen betont, sondern hat tatsächlich Einzug in die Bildungspläne aller Schularten gefunden. Bereits in der ersten großen Civic-Education-Studie Ende der 1990er-, Anfang der 2000er-Jahre wurde festgestellt, dass die EU in den Lehrplänen zu den häufig thematisierten Gegenständen zählt (Trommer 1999). Das gilt, wenn wir beispielsweise auf die aktuellen Bildungspläne in Baden-Württemberg schauen, nicht nur für das Fach Gemeinschaftskunde, sondern ebenso für den Geschichtsunterricht, in dem der europäische Einigungsprozess behandelt werden soll, und für das neue Fach Wirtschaft/Berufs- und Studienorientierung (WBS), in dem der europäische Binnenmarkt als Unterrichtsgegenstand vorgesehen ist (Ministerium für Kultus, Jugend und Sport Baden-Württemberg 2016). Zu ähnlichen Ergebnissen ist Thomas Goll bei der Analyse der Lehrpläne des Landes Nordrhein-Westfalen gekommen. Er schlussfolgert prägnant: „So viel Europa war nie." (Goll 2015, 188). Selbst für die Grundschule trifft das zu. Hier mag man zwar, wie z. B. Dagmar Richter es getan hat, kritisieren, dass verbindliche Themenvorgaben fehlen und das Thema Europa zu selten auf das politische Lernen bezogen sei (Richter 2015). Insgesamt gilt aber, dass es kaum einen Bildungsplan in den Bundesländern gibt, in dem nicht die Möglichkeit eröffnet würde, auch im Sachunterricht europapolitische Aspekte zu thematisieren (vgl. Schöne/Detterbeck 2018).

Es sind also offensichtlich nicht in erster Linie die Lehrpläne, die das Fehlen einer gelingenden Wissensvermittlung über die EU erklären. Dieses Bild wird aber durch eine überraschende Leerstelle getrübt; überraschend deshalb, weil sie nicht in die Kontinuität bildungspolitischer Verlautbarungen zur Europabildung passt. In jüngerer Zeit sind in verschiedenen Bundesländern von den Kultusministerien Leitfäden zur Demokratiebildung ausgearbeitet worden, so in den Ländern Baden-Württemberg (Ministerium für Kultus, Jugend und Sport Baden-Württemberg 2019), Bayern (Bayerisches Staatsministerium für Unterricht und Kultus 2017) und Hessen (Hessisches Kultusministerium 2019). Diese Handreichungen, die teils verbindliche Vorgaben für die Gestaltung von Demokratiebildung in den Schulen formulieren, haben alle eines gemeinsam: Europa und die EU tauchen hier allenfalls am Rande auf. In der bayrischen und hessischen Version sucht man die Stichworte „EU" oder „Europa" vollends vergeblich. In der baden-württembergischen Variante sind sie an verschiedenen Stellen eingestreut, fehlen aber bezeichnenderweise im Kapitel zum Politikunterricht. Ganz offensichtlich gehören Europa und die EU nicht zum Wahrnehmungshorizont der Protagonisten der Demokratiebildung.

3. Lehrgegenstand

Es ist eine Binsenweisheit, dass die Bildungspläne häufig nicht viel mit der Unterrichtsrealität zu tun haben – und der Unterricht wird auch durch Herausforderungen geprägt, welche die Unterrichtsgegenstände selbst bereithalten. Joachim Detjen hat bereits vor einigen Jahren aufgezeigt, dass es eine Reihe von Gründen gibt, welche die Europäische Union zu einem besonders herausfordernden Unterrichtsthema machen – das gilt für Schülerinnen und Schüler wie für die Lehrpersonen gleichermaßen. Er hat dafür das Stichwort „europäische Unübersichtlichkeiten" verwendet (Detjen 2004). Die Mühsal beginnt mit den unklaren Begrifflichkeiten. So wird der Terminus des „Rates" für drei verschiedene europäische Institutionen verwendet: den Europarat, den Europäischen Rat und den Rat der Europäischen Union, wobei ersterer kein Organ der EU ist.

Weiter zeigt die Lehrerfahrung, wie wichtig Grundlagenbildung zu den europäischen Richtlinien und Verordnungen ist, die von vielen Lernenden gar nicht als Gesetze verstanden werden. Noch schwieriger ist es, Verständnis für die Steuerungswirkung herzustellen, welche die europäische Gesetzgebung entfaltet. Schließlich kommt noch einmal erschwerend hinzu, dass sich die europäischen Zuständigkeiten nur auf bestimmte Politikfelder beziehen, zunächst also Wissen über die Aufgabenteilung zwischen der europäischen und der nationalstaatlichen Ebene benötigt wird. Fällt die Analogiebildung zum deutschen Fall bei der Gesetzgebung noch leicht, ist sie für die Arbeits- und Funktionsweise des gesamten politischen Systems schon komplizierter, weil die EU als ein System „sui generis" (ohne gleichen) gilt. Aus all diesen Gründen kann es häufig herausfordernd sein, die Funktionsweise der einzelnen EU-Institutionen sowie ihr Zusammenwirken zu durchdringen und die europäischen Entscheidungsverfahren zu verstehen. Von der Politikdidaktik wird als Mittelpunkt eines gelungenen Europaunterrichts das Erklären der wechselseitigen Verflechtung von nationaler und europäischer Ebene angesehen, um die Auswirkungen der europäischen Politik auf das Alltagsleben richtig einschätzen zu können (vgl. z. B. Weißeno u. a. 2010). Wo die Darstellung der EU als ein Mehrebenensystem zu kurz kommt, wird die Bedeutung europäischer Politik nicht verstanden.

Für die Vermittlung der skizzierten Grundlagen, vor allem aber auch für das Erklären, wie die EU als verflochtenes Mehrebenensystem funktioniert, braucht es daher politikwissenschaftliches Fachwissen auf der Seite der Lehrkräfte und einen angemessenen Umfang an originär politischer Bildung auf der Seite der Schülerinnen und Schüler. Insbesondere dort, wo der Politikunterricht fachfremd stattfindet, fehlt solches politikwissenschaftliche Wissen beim Lehrpersonal am ehesten. Das ist in einigen Schulformen oft Alltag (vgl. Abschnitt 6). Aufgrund der Komplexität des Gegenstandes braucht Europabildung einen Unterricht, der in der Fachwissenschaft wurzelt. Eine erziehungswissenschaftlich geprägte „auf das Ganze der Schule bezogene Demokratiepädagogik" (Fauser 2004, 47) kann die komplexen Funktionsbedingungen der europäischen Integration und des europäischen Regierens nicht vermitteln.

4. Lehrmaterialien

Weil europäische Themen in den Bildungsplänen breit verankert sind, finden sie auch in den Schulbüchern an zentraler Stelle Erwähnung. Auch über den Schulbuchmarkt hinaus steht für die Thematisierung von Europa im Schulunterricht eine große Menge an Unterrichtsmaterialien für verschiedene Klassenstufen zur Verfügung. Schier unüberschaubar ist inzwischen das Internetangebot zum Unterrichten über Europa und die EU (vgl. Kessler 2013). Die Fachverlage und Zentralen für politische Bildung halten sehr viele Publikationen und Arbeitshilfen zum Unterrichten über die EU bereit. Selbst zu einzelnen Methoden der politischen Bildung existiert ein überbordendes Angebot: Unter den Planspielangeboten finden sich etliche zur Arbeits- und Funktionsweise der EU. Schließlich bietet die EU selbst kostenfreie Unterrichtsmaterialien an. Es existiert also eine regelrechte Materialfülle. Das ist die eine Seite der Medaille. Die andere Seite ist, dass in den Unterrichtsmaterialien manche Schwächen zu entdecken sind.

Schulbuchanalysen haben gezeigt, dass das Thema Europa nicht immer ideal aufbereitet wird. Das ist deshalb von Relevanz, weil Schulbücher, wie jüngere empirische Erhebungen beschreiben, nach wie vor „häufig im bzw. für den Politikunterricht verwendet" werden und sie insbesondere für fachfremde Lehrkräfte (vgl. Abschnitt 6) eine wichtige „Orientierung" und „Anleitung" darstellen (Tatje 2017, 158 f.). Oft wird in den Schulbüchern die Europäische Union als ein isoliertes Thema behandelt, wobei die Erläuterung der Verflechtung von nationaler und europäischer Ebene zu kurz kommt. Es fehlt also in den Unterrichtsmaterialien häufig gerade das charakteristische Merkmal der politischen Entscheidungsfindung im europäischen Raum.

Eine andere Herausforderung stellt die Frage dar, wie in der europapolitischen Bildung mit Europa- bzw. EU-skeptischen Positionen zu verfahren ist. Die Grundsätze des Beutelsbacher

Konsens sprechen eine eindeutige Sprache, wie mit solchen Ansichten umzugehen ist. Aber die Vorgaben der Bildungspolitik sind klar proeuropäisch. Die eingangs zitierte KMK-Vorsitzende ist dafür ein aktuelles Beispiel. Ihre Äußerungen klingen nicht nach Kontroversität, sondern nach der normativen Setzung, bei der EU handele es sich um ein unverzichtbares rationales Fortschrittsprojekt, das selbstverständlich voranzutreiben sei. Mit dem Verweis auf die Vergangenheit wird für die EU der Gegenwart Werbung gemacht. Auch ein Großteil der verfügbaren Unterrichtsmaterialien sind klar „pro-EU“ ausgelegt (Immerfall 2018). Bei den vielen EU-Planspielen fällt das besonders auf: Ihr Ziel ist es nicht, die europäische Vergemeinschaftung kritisch zu hinterfragen, sondern über das Erleben politischer Entscheidungsverfahren Verständnis für die Mühen und Nöte europäischer Entscheidungsträgerinnen und -träger zu wecken. Insofern bietet der aktuelle Anlass des Brexits nicht nur reichlich Stoff für die Europa-, sondern auch für die fachdidaktische Forschung: Überprüfen ließe sich z. B. die These, dass der Austritt Großbritanniens in der Europabildung seltener Anlass für Kontroversen um das Für und Wider der europäischen Integration gewesen ist, sondern häufig als Vorlage für die Aktualisierung proeuropäischer Positionen genutzt wurde.

Im Übrigen führen die Verweise auf Reisefreiheit, Frieden und Wohlstand – wie sie auch die KMK-Präsidentin vorträgt – dazu, eine wichtige Errungenschaft der europäischen Integration zu übersehen. Peter Graf Kielmansegg (2015) hat darauf hingewiesen: Die Bedeutung des europäischen Integrationsprojektes liegt vor allem darin begründet, dass sich Staaten freiwillig einer supranationalen Rechtsetzung – wenn auch nur auf bestimmten Feldern und mit begrenzten Zuständigkeiten – unterworfen haben. Dieser freiwillige Souveränitätsverzicht ist historisch einzigartig und wird in vielen Unterrichtsmaterialien nicht ausreichend thematisiert.

Generell fällt eine ganze Anzahl von Materialien auf, in denen die politischen Aspekte Europas weitgehend fehlen. Das gilt insbesondere für die Grundschulmaterialien, in denen oft die kulturelle und sprachliche Vielfalt Europas im Vordergrund stehen. Auch in fachbezogenen Lehrwerken anderer Fächer, etwa des Fremdsprachenunterrichts, fehlt es an einschlägiger Thematisierung der EU. Bestandteil des Fremdsprachenunterrichts soll immer auch landeskundliche und kulturelle Bildung sein. Bezeichnenderweise gibt es dabei, das wurde für den Französischunterricht gezeigt, keine Vorschläge für EU-bezogene Unterrichtseinheiten (Michler 2003). Schließlich besteht eine weitere Lücke: Viele Unterrichtsmaterialien richten sich an die gymnasiale Oberstufe, während niedrigschwellige Angebote für die Europabildung überschaubar sind. Wenn es solche gibt, sind sie oft aber für die annoncierte Zielgruppe gar nicht geeignet.

Unabhängig von den skizzierten Mängeln ergeben sich aus der Materialfülle vor allem zwei Herausforderungen für den Unterrichtsalltag: Der beständige Wandel der EU fordert die Recherche- und Weiterbildungsbereitschaft der Lehrkräfte heraus, um mit ihrem Wissen auf dem neuesten Stand zu bleiben. Zudem sind die Komplexität und die Kompliziertheit des europäischen Mehrebenensystems eine Herausforderung für die Beurteilung der Qualität von Unterrichtsmaterialien: Was gelungene didaktische Reduktionen und was unzulässige Vereinfachungen sind, ist nicht immer leicht zu unterscheiden. Aus Gesprächen in Fortbildungsveranstaltungen für Referendarinnen, Referendare, Lehrerinnen und Lehrer wissen wir, dass ein Bedürfnis nach Darstellungen besteht, welche die großen Linien der europäischen Einigung und der Funktionsweise der europäischen Institutionen betonen. Häufig ginge angesichts der Fülle an Informationen über Details, die sich überdies rasch änderten, das Große und Ganze verloren.

5. Lehrpersonen

Es existiert also eine Vielzahl von Gründen, die für ein großes Angebot an Fortbildungen zu europäischen Themen sprechen würden: Die Lehrkräfte sind gefordert, sich über aktuelle Entwicklungen des europäischen Integrations- bzw. Desintegrationsprozesses auf dem Laufenden zu halten. Fachfremd unterrichtende Lehrpersonen benötigen Angebote, in denen Grundlagenwissen zur EU vermittelt wird. Fortbildungsangebote könnten Erkenntnisse der Politikdidaktik und der Lehr-Lern-Forschung für die Anwendung in europazentrierten Unterrichtseinheiten verfügbar machen. Außerdem ruft die Fülle der zur Verfügung stehenden Unterrichtsmaterialien, das große Angebot an Medien und Methoden sowie die diversen Förderprogramme zur Gewinnung von finanzieller Unterstützung für Europa-Projekte nach Veranstaltungen, welche den Teilnehmerinnen und Teilnehmern Orientierung in der Angebotsvielfalt vermitteln.

Die Annahme ausgedehnter Fortbildungsprogramme aber bestätigt sich nicht. Vor wenigen Jahren wurde diesbezüglich einmal akribisch nachgezählt und das Angebot von Lehrerfortbildungen zur Behandlung europäischer Themen im Unterricht in allen Bundesländern recherchiert (Kessler/Immerfall/Schöne 2015). Es zeigte sich, dass das Fortbildungsangebot, in dem Kenntnisse zur Vermittlung der EU im Unterricht angeboten werden, relativ schmal ist. Es ist also zweifelhaft, ob sich fehlende fachwissenschaftliche und fachdidaktische Kenntnisse zur Durchführung eines gelingenden EU-Unterrichts durch Fort- oder Weiterbildungen aufwiegen lassen.

Fortbildungen aber bedarf es auch deshalb, weil die EU in der Lehramtsausbildung an den Hochschulen zwar nicht nicht vorkommt – das Thema hat durchaus seinen Platz in den Curricula –, aber doch in überschaubarer Breite behandelt wird. Üblicherweise finden sich in den politikwissenschaftlichen Studiengängen ein oder zwei Veranstaltungen zur EU (vgl. Schöne 2021).

6. Lehrsituation

Der eingangs hervorgehobene Befund einer umfangreichen Verankerung europäischer Themen in den Lehrplänen kollidiert in der Schulrealität mit dem – geringen – Anteil der politischen Bildung an den Stundentafeln. Die Randstellung der politischen Bildung (Gökbudak/Hedtke 2020) setzt der Umsetzung der ambitionierten Kompetenzkataloge schnell Grenzen. Darüber hinaus liegt in der Alltagsrealität des Politikunterrichts anderes im Argen: Oft fehlt es an Politikunterricht durch ausgebildete Fachlehrer, Politikunterricht wird in einem erheblichen Umfang fachfremd unterrichtet (Immerfall u. a. 2008; Zurstrassen 2013). Weil die oben dargestellte Komplexität der EU die Lehrenden vor außergewöhnliche Herausforderungen stellt, ist der fachfremde Unterricht für die Europabildung in besonderem Maße eine Herausforderung. Hier schließt sich der Kreis zur oben skizzierten Fortbildungssituation: Inwiefern sich die fehlenden fachwissenschaftlichen und fachdidaktischen Kenntnisse der fachfremd unterrichtenden Lehrerinnen und Lehrer durch Fort- oder Weiterbildungen aufwiegen lassen, ist mehr als zweifelhaft, weil das entsprechende Programm dünn ist. Es entsteht ein Teufelskreis.

Im Prinzip wären europapolitische Themen sehr gut für fächerübergreifenden Unterricht geeignet. Die KMK-Forderung, dass „alle Fächer und Lernbereiche der Schule" einen Beitrag „zur Erschließung der europäischen Dimension" leisten sollen (Kultusministerkonferenz 2008), lädt ein zur Kooperation zwischen politischer Bildung einerseits und einer breiten Palette von Fächern andererseits, u. a. Geschichte, Geographie, Deutsch, Fremdsprachen und selbst den Naturwissenschaften, etwa zum Stichwort Klimawandel. Aber auch hier zeigen sich große Diskrepanzen zwischen dem Wünschenswerten und der Unterrichtsrealität. Das Fach Gemeinschaftskunde nämlich ist „als Partner fächerverbindender Zusammenarbeit" nicht besonders gefragt (Immerfall u. a. 2008). Eine Zusammenarbeit mit dem

Fach findet vergleichsweise selten statt. Sehr viel beliebter ist eine Kooperation mit anderen Fächern – an der Spitze das Fach Biologie. Das ist eine denkbar schlechte Voraussetzung für eine fächerverbindende Europabildung.

Wo Europa an Projekttagen oder in Schulprojekten behandelt wird, besteht zudem die Gefahr, dass das eingangs erwähnte Charakteristikum der EU, die Verflechtung von nationaler und europäischer Ebene im Mehrebenensystem, zu kurz kommt.

7. Fazit: ein streitbares Plädoyer

Der Versuch einiger Kultusministerien, Demokratiebildung und politische Bildung dadurch zu stärken, dass sie zum Unterrichtsprinzip und zum Auftrag für alle Lehrkräfte erklärt werden, wird die Europabildung nicht verbessern. Einerseits fällt die bemerkenswerte Lücke in den entsprechenden Leitfäden auf; die EU und Europapolitik werden hier allenfalls am Rande thematisiert. Andererseits benötigt die politische Europabildung ausgebildete Fachlehrerinnen und -lehrer. Europa ist ein äußerst komplexer Gegenstand, und selbst in Lehrwerken des Faches fällt auf, dass das, was die EU ausmacht, nämlich die Verbindung von nationaler und europäischer Ebene, nicht immer optimal aufbereitet ist. Die entsprechende Qualifikation der Lehrkräfte über Fortbildungen sicher zu stellen, scheitert aber schon daran, dass es keine ausreichenden Angebote gibt.

Noch einmal deutlicher formuliert: Jüngste Maßnahmen im Bereich der politischen Bildung – die Einführung von Demokratieleitfäden und das Vorhaben der KMK-Präsidentin, mehr Schülerbegegnungen zu ermöglichen – zielen gerade nicht auf die Herausforderungen, die typisch für die Europabildung sind. Alle diese Herausforderungen lassen sich unter der Überschrift „mehr Fachlichkeit" subsumieren. Mehr Fachlichkeit aber wird weder durch Leitperspektiven noch Projekttage nachhaltig geschaffen.

Statt Demokratieleitfäden benötigen wir die Stärkung des Politikunterrichts in der Stundentafel, der von ausgebildeten Fachlehrkräften erteilt werden muss. Sicher ist auch die Ausbildungssituation weiter verbesserungsfähig: Die Mischung und Zusammenführung von politikdidaktischen und fachwissenschaftlichen Ausbildungsinhalten kann noch besser gelingen. Vor allem ist es notwendig, bei der Verbesserung des „Europa-Unterrichts" nicht nur die Gymnasien im Auge zu haben, sondern zunächst an die anderen Schulformen zu denken. Viel stärker zu fördern ist darüber hinaus die Europabildung in der Grundschule, die in der Realität fast nicht stattfindet.

Literatur

Abendschön, S./Tausendpfund, M. (2018): Was wissen Kinder von Europa? In: Schöne, H./Detterbeck, K. (Hg.): Europabildung in der Grundschule. Schwalbach/Ts., S. 69-86.

Bayerisches Staatsministerium für Unterricht und Kultus (2017): Gesamtkonzept für die Politische Bildung an bayerischen Schulen. München.

Detjen, J. (2002): Leitbilder der Demokratie-Erziehung: Reflektierte Zuschauer – interventionsfähige Bürger – Aktivbürger. URL: http://www.bpb.de/veranstaltungen/dokumentation/130030/leitbilder-der-demokratie-erziehung-reflektierte-zuschauer-interventionsfaehigebuerger-aktivbuerger [09.07.2020].

Detjen, J. (2004): Europäische Unübersichtlichkeiten. Wie soll die politische Bildung mit der Kompliziertheit und Intransparenz der Europäischen Union umgehen? In: Weißeno, G. (Hg.): Europa verstehen lernen. Eine Aufgabe des Politikunterrichts. Bonn, S. 126-143.

Die Tageszeitung, 15.01.2020, S. 18.

Fauser, P. (2004): Demokratiepädagogik oder politische Bildung? In: Journal für politische Bildung, Heft 1/2004, S. 44-48.

Gökbudak M./Hedtke R. (2020): 3. Ranking Politische Bildung. Politische Bildung an allgemeinbildenden Schulen der Sekundarstufe I im Bundesländervergleich 2019. Social Science Education Working Papers No. 11. Bielefeld.

Goll, T. (2015): Besondere Schwierigkeiten bei der Vermittlung der EU in der Politischen Bildung? In: Oberle, M. (Hg.): Die Europäische Union erfolgreich vermitteln. Perspektiven der politischen EU-Bildung heute. Wiesbaden, S. 111-120.

Hessisches Kultusministerium (2019): Grundrechtsklarheit, Wertevermittlung, Demokratieerziehung. Eine Handreichung für hessische Lehrkräfte. Wiesbaden.

Hooghe, L./Marks, G./Blank, K. (2009): A Postfunctionalist Theory of European Integration. From Permissive Consensus to Constraining Dissensus. In: British Journal of Political Science, Heft 1/2009, S. 1-23.

Immerfall, S. (2018): EU-Bildung zwischen Affirmation und Skepsis – wie kritisch soll EU-Unterricht sein? In: Schöne, H./Detterbeck, K. (Hg.): Europabildung in der Grundschule. Schwalbach/Ts., S. 119-132.

Immerfall, S./Benk, A./Erb, R./Quesel, C. (2008): Gemeinschaftskunde im Fächerverbund. Zum Stellenwert des Schulfaches im Lichte einer Befragung von Lehrkräften in Baden-Württemberg. In: Journal für politische Bildung, Heft 4/2008, S. 66-75.

Kessler, S. (2013): Über Europa und die EU unterrichten. Kommentierte Link-Liste. URL: http://www.ph-gmuend.de/deutsch/downloads/politikwissenschaft-gk/Linkliste_Ueber_Europa_und_die_EU_unterrichten__2__Sep_13.pdf [09.07.2020].

Kessler, S./Immerfall, S./Schöne, H. (2015): Die Europäische Union im Unterricht – das Feld der Lehrer/innen-Fortbildung. In: Zeitschrift für Didaktik der Gesellschaftswissenschaften, Heft 1/2015, S. 168-182.

Kielmannsegg, P. G. (2015): Wohin des Wegs, Europa? Beiträge zu einer überfälligen Debatte. Baden-Baden.

Kultusministerkonferenz (2008): Europabildung in der Schule. URL: http://www.kmk.org/fileadmin/veroeffentlichungen_beschluesse/1978/1978_06_08_Europabildung.pdf [09.07.2020].

Laumen, A./Maurer, A. (2006): Jenseits des „Permissive Consesus". Bevölkerungsorientierungen gegenüber Europäischer Integration im Wandel? Diskussionspapier Forschungsgruppe EU-Integration der Stiftung Wissenschaft und Politik. Berlin.

Lindberg, L. N./Scheingold, S. A. (1970): Europe's Would-Be Polity. Patterns of Change in the European Community. Englewood Cliffs.

Merkel, W. (2017): Kosmopolitismus versus Kommunitarismus. Ein neuer Konflikt in der Demokratie. In: Harfst, P./Kubbe, I./Poguntke, T. (Hg): Parties, Government and Elites. Wiesbaden, S. 9-23.

Michler, C. (2003). Die europäische Einigung als Gegenstand des Französischunterrichts. In: Praxis des neusprachlichen Unterrichts, Heft 4/2003, S. 400-408.

Ministerium für Kultus, Jugend und Sport Baden-Württemberg (Hg.) (2019): Leitfaden Demokratiebildung. URL: http://www.bildungsplaene-bw.de/,Lde/LS/BP2016BW/ALLG/LP/LFDB [09.07.2020].

Ministerium für Kultus, Jugend und Sport Baden-Württemberg (Hg.) (2016): Bildungspläne 2016 Baden-Württemberg. Stuttgart. URL: http://www.bildungsplaene-bw.de [09.07.2020].

Müller, M. (2014): Jenseits der Gleichgültigkeit. Das politische System der EU und die Europaskepsis. In: Dossier Rechtsextremismus der Bundeszentrale für politische Bildung. Bonn. URL: https://www.bpb.de/politik/extremismus/rechtsextremismus/192050/jenseits-der-gleichgueltigkeit-das-politische-system-der-eu-und-die-europaskepsis [09.07.2020].

Oberle, M. (2012). Politisches Wissen über die Europäische Union. Subjektive und objektive Politikkenntnisse von Jugendlichen. Wiesbaden.

Richter, D. (2015): Politische EU-Bildung in der Grundschule? In: Oberle, M. (Hg.): Die Europäische Union erfolgreich vermitteln. Perspektiven der politischen EU-Bildung heute. Wiesbaden, S. 111-120.

Schöne, H. (2021): Politikwissenschaftliche Lehrer/innenbildung in Baden-Württemberg. Stärken und Entwicklungspotenziale. In: Oberle, M./Haus, M./Bieling, H.-J./Ewert, B./Wohnig, A. (Hg.): Fachwissenschaft trifft Fachdidaktik – Stand und Perspektiven der politikwissenschaftlichen Lehrerbildung. Wiesbaden, i. E.

Schneekloth, U./Albert, M. (2019): Jugend und Politik: Demokratieverständnis und politisches Interesse im Spannungsfeld von Vielfalt, Toleranz und Populismus. In: Shell Deutschland Holding (Hg.): Jugend 2019. Eine Generation meldet sich zu Wort. Weinheim, Basel, S. 47-101.

Schöne, H./Detterbeck, K. (Hg.) (2018): Europabildung in der Grundschule. Schwalbach/Ts.

Tatje, C. (2017): Die Rolle des Schulbuchs bei der Vermittlung der Europäischen Union. Nutzung und Wirkung im politischen Fachunterricht. Wiesbaden.

Trommer, L. (1999). Eine Analyse der Lehrpläne zur Sozialkunde in der Sekundarstufe I. In: Händle, C./Oesterreich, D./Trommer, L. (Hg.): Aufgaben politischer Bildung in der Sekundarstufe I. Studien aus dem Projekt Civic Education. Opladen, S. S. 69-129.

Weißeno, G./Detjen, J./Juchler, I./Massing, P./Richter, D. (2010): Konzepte der Politik. Ein Kompetenzmodell. Bonn.

Westle, B. (2015): Wissen um die Direktwahl des Europäischen Parlaments – eine Frage des Alters? Deutsche im westeuropäischen Vergleich. In: Oberle, M. (Hg.): Die Europäische Union erfolgreich vermitteln. Perspektiven der politischen EU-Bildung heute. Wiesbaden. S. 39-63.

Westle, B./Johann, D. (2010): Das Wissen der Europäer/innen über die Europäische Union. In: Faas, T./Arzheimer, K./Roßteutscher, S. (Hg.): Information – Wahrnehmung – Emotion. Politische Psychologie in der Wahl- und Einstellungsforschung. Wiesbaden, S. 352-374.

Zurstrassen, B. (2013): Fachfremder Unterricht in den sozialwissenschaftlichen Unterrichtsfächern – zwischen bildungspolitischer Naivität und Fahrlässigkeit. In: Politisches Lernen, Heft 1-2/2013, S. 35-36.

Benedikt Widmaier

Active Citizenship – Kein Thema für die politische Bildung in Deutschland?

1. Einführung

Als Monika Oberle, Robby Geyer und Siegfried Frech, die federführend die Beutelsbacher Gespräche des Jahres 2020 realisierten, mich fragten, ob ich zu den Beutelsbacher Gesprächen einen Beitrag liefern könnte, habe ich das Angebot gerne angenommen. Inhaltlich sollte das Thema „Europa im Unterricht" auf die Agenda der Tagung gesetzt werden. Nachdem ich deutlich gemacht hatte, dass ich als Vertreter der non-formalen politischen Bildung zum Thema „Unterricht" nicht viel beizutragen hätte, einigten wir uns auf das Arbeitsthema „Active Citizenship".

Als ich dann mit der Vorbereitung für meinen Vortrag begann, musste ich leider schnell feststellen, dass ich mich etwas blauäugig auf ein Thema eingelassen hatte, das große Herausforderungen mit sich bringen würde. Eigentlich hatte ich mich gefreut, nach etwa zehn Jahren noch einmal an das Thema heranzugehen und die zwischenzeitlichen Entwicklungen aufzuarbeiten. Insbesondere hoffte ich auf einen Fortschritt in der Sekundäranalyse und auf neue wissenschaftliche Literatur zum Thema „Active Citizenship". Ich wurde aber schnell enttäuscht. Das Thema wird in der fachwissenschaftlichen Diskussion zur politischen Bildung in Deutschland faktisch kaum zur Kenntnis genommen. Einige Wissenschaftlerinnen und Wissenschaftler, die sich schon länger mit Europäischer Bürgerschaft oder Europa als Thema der politischen Bildung beschäftigen, haben dazu weiter gearbeitet. Dabei standen aber nicht allgemeine Erkenntnisinteressen im Vordergrund, das scheint ein Trend der Wissenschaft zu sein, stattdessen haben eigene inhaltliche Schwerpunktsetzungen und Forschungsinteressen eine Rolle gespielt, etwa die empirische Unterrichtsforschung (Oberle 2012) oder die „Kritische Politische Bildung“ (Eis/Moulin-Doos 2018).

Gemeinsam mit dem Landesverband Hessen der Deutschen Vereinigung für politische Bildung und der Akademie für politische und soziale Bildung „Haus am Maiberg“ hatte ich im Jahr 2009 eine Tagung mit dem Titel „Active Citizenship & Citizenship Education. Europäische Anstöße für die Politische Bildung“ angeregt und durchgeführt. Die Tagung ist später gut dokumentiert worden (Widmaier/Nonnenmacher 2011). In der Einleitung des Tagungsbandes kommt ebenfalls die (bisher nicht eingelöste) Hoffnung zum Ausdruck, dass die internationalen Anstöße auch zum Nachdenken über den der Profession eigenen „methodologischen Nationalismus“ (Ulrich Beck) und zu Bewegung in der deutschen Debatte über politische Bildung führen könnten:

> „Die interessanten und inspirierenden europäischen Impulse zu ‚Active Citizenship‘ und ‚Citizenship Education‘ werden hier aufgenommen und in verschiedenen Facetten vorgestellt. Damit soll die deutsche Diskussion über eine Weiterentwicklung sowohl der formalen als auch der non-formalen Politischen Bildung angeregt und bereichert werden. Es soll gleichsam Appetit geweckt und Mut gemacht werden, diese Inspirationen nicht links liegen zu lassen, sondern weiter zu diskutieren über Chancen und ggf. auch notwendige Abgrenzungen gegenüber diesen europäischen Anstößen“ (Einleitung zu Widmaier/Nonnenmacher 2011, 7 f.).

Karlheinz Dürr, damals Leiter des Fachreferats „Europa“ in der Landeszentrale für politische Bildung Baden-Württemberg und deutscher Vertreter beim Europarat zum Thema „Education for Democratic Citizenship“ (EDC), hat auf dieser Tagung in einem sehr authentischen Bericht seine Erfahrungen zum Thema eingebracht. Karlheinz Dürr hat große Verdienste bei der strategischen Positionierung des Themas in Deutschland. Nach ihm hat kein Kollege bzw. keine Kollegin das Thema in gleicher Weise in Deutschland vorangetrieben. Auch um seine Rolle im Kontext eines aktuellen Tagungsbands seiner Landeszentrale zu würdigen, sei zum gleichen Gedankengang eine längere Passage aus seinem damaligen Text zitiert:

> „Die Unionsbürgerschaft der EU wird durch den Vertrag von Lissabon festgeschrieben. Diese Tatsache muss als Ansporn verstanden werden, das staatsbürgerliche Selbstverständnis der EU-Bürgerinnen und -Bürger um eine dezidiert europäische Dimension zu ergänzen und zu erweitern. Denn die europäische bürgerschaftliche Dimension ist auf Dauer. Der ‚Mehr-Ebenen-Bürger', dessen Mitwirkungsmöglichkeiten von der kommunalen (Gemeinde), der regionalen (Bundesland) und nationalen Ebene über die EU-Ebene bis hin zur ‚Globalen Ebene' skizziert werden, nimmt damit mit Blick auf die EU-Ebene immer konkretere Gestalt an.
>
> Trifft diese Einschätzung zu, so muss dies gleichermaßen als Chance und Herausforderung für das Demokratie-Lernen in Europa verstanden werden. Vielleicht wird sich in den nächsten Jahren aus dem zunehmenden europäischen Austausch in der Civic Education-Community über Ansätze, Erfahrungen, Methoden sowie Lehr-Lern-Modelle so etwas wie ein allgemeines Grundlagenverständnis für Unionsbürgerschaftliches Lernen herauskristallisieren. Dabei sollte es gelingen, nicht nur die vom Europarat geleisteten Vorarbeiten zu berücksichtigen, sondern auch die in vielen EU-Projekten und -Initiativen gewonnenen Erfahrungen einzubeziehen" (Dürr 2011, 27).

Zehn Jahre danach hat sich dennoch nicht viel getan – abgesehen von wenigen Veröffentlichungen, die sich zwar auf die schulische Europabildung konzentrierten, das Thema Active Citizenship aber nur am Rande aufgriffen (vgl. Schöne/Detterbeck 2018; Oberle 2015; Frech u. a. 2014). Diese große Lücke ist hier natürlich nicht annähernd zu füllen und ich will mich auf einige wenige Impulse konzentrieren. Dabei muss ich mich fast ausschließlich auf englischsprachige neuere Quellen beziehen. Denn nachdem ich zunächst enttäuscht war über die nicht fortgesetzte deutsche Debatte, zeigte sich, dass die europäische Diskussion weiter fortgeschritten ist. Ich stellte im Folgenden, getrennt nach Institutionen, Entwicklungen beim Europarat (Teil 2) und dann bei der Europäischen Union (Teil 3) vor. Im vierten Teil werde ich die vorgestellten Dokumente abschließend einordnen und einige kritische sowie weiterführende Gedanken im Hinblick auf die Entwicklung der politischen Bildung dazu vortragen.

2. Der Europarat als treibende Kraft der „Education for Democratic Citizenship"

Der Europarat hat traditionell die Funktion eines Wächters über Menschenrechte, Demokratie und Rechtsstaat. Dabei hat er den Vorteil, dass einige Länder des ehemaligen sozialistischen Ostblocks Mitglied im Europarat waren, lange bevor sie EU-Mitglieder wurden, und dass dort auch Länder der sogenannten „Östlichen Partnerschaft der EU" oder die Russische Föderation Mitglied sind. Mit seinen besonderen inhaltlichen Aufgaben und aufgrund der Zahl und Struktur der Mitglieder lag es auf der Hand, dass der Europarat sich seit dem Fall des Eisernen Vorhangs, also seit Anfang der 1990er-Jahre, dem Thema Demokratiebildung verpflichtet sah, um so den Aufbau der Demokratien in Mittel-, Ost- und Südosteuropa zu unterstützen.

In der „All European Study on Education for Democratic Citizenship Policies" des Europarats von 1994 wird in einer frühen wichtigen Quelle bereits von „active citizenship" gesprochen, interessanterweise mit Verweis auf die nordeuropäischen Länder, an denen sich nicht nur der allgemeine pädagogische Reformdiskurs nach PISA, sondern auch die Entwicklung der politischen Bildung in Europa orientiert:

> „Few countries explicitly use the term ‚citizenship' when they talk about the preparation of their young people for active and meaningful participation in society. There is considerable variety in terminology and in definitions of the concept of active citizenship in the Nordic and the Baltic countries. Most of the Nordic countries, for example, take a broad definition of citizenship education, which

> encompasses knowledge, skills, attitudes and actions – including ‚about', ‚for' and ‚through' approaches" (Birzéa 2004, 62).

Auf der europäischen Bühne ist „active citizenship" also seit nunmehr 25 Jahren ein zentrales bildungspolitisches und demokratiepolitisches Thema (vgl. Dürr 2011). Hier sollen zwei Meilensteine aus der Arbeit des Europarats vorgestellt werden: Zunächst die „Charter on Education for Democratic Citizenship (EDC) and Human Rights Education (HRE)" von 2010 und danach der „Reference Framework of Competences for Democratic Culture (RFCDC)" von 2018.

In der Charta für EDC und HRE, die im Übrigen in der amtlichen deutschen Übersetzung mit „Europarats-Charta zur Politischen Bildung (!) und Menschenrechtsbildung" überschrieben ist, heißt es u. a.: In Anbetracht der „zentralen Mission des Europarates, Menschenrechte, Demokratie und Rechtsstaatlichkeit zu fördern" und getragen von der „Überzeugung, dass Bildung und Ausbildung bei der Unterstützung dieser Mission eine zentrale Rolle spielen" sowie „in der Absicht, das Bewusstsein der Bürgerinnen und Bürger für ihre Rechte und Pflichten in einer demokratischen Gesellschaft zu fördern", hat der Europarat eine Charta zur Demokratie- und Menschenrechtserziehung verabschiedet – so einige einleitende Bemerkungen, zitiert nach der inoffiziellen Übersetzung der Charta (vgl. Council of Europe 2010, 1 f.).

Die Charta definiert Demokratiebildung (Politische Bildung?) wie folgt:

> „Bildung, Ausbildung, Bewusstseinsbildung, Information, Praktiken und Aktivitäten, deren Ziel es ist, Lernende durch die Vermittlung von Wissen, Kompetenzen und Verständnis sowie der Entwicklung ihrer Einstellungen und ihres Verhaltens zu befähigen, ihre demokratischen Rechte und Pflichten in der Gesellschaft wahrzunehmen und zu verteidigen, den Wert von Vielfalt zu schätzen und im demokratischen Leben eine aktive Rolle zu übernehmen, in der Absicht, Demokratie und Rechtsstaatlichkeit zu fördern und zu bewahren" (ebd., 3).

Die Charta beschreibt Demokratie- und Menschenrechtsbildung als eng miteinander verbundene pädagogische Arbeitsfelder, die sich gegenseitig befruchten und unterstützen sollten. Beide unterscheiden sich mehr in Bezug auf Schwerpunkt und Geltungsbereich als in ihren Zielen und ihrem pädagogischen Vorgehen:

> „Während die Demokratiebildung sich hauptsächlich auf die demokratischen Rechte und Pflichten und auf aktive Partizipation in der Zivilgesellschaft, in den politischen, sozialen, wirtschaftlichen, rechtlichen und kulturellen Bereichen der Gesellschaft konzentriert, beschäftigt sich die Menschenrechtsbildung mit dem breiteren Spektrum der Menschenrechte und den Grundfreiheiten, die jeden Aspekt menschlichen Lebens betreffen" (ebd.).

Interessant erscheint ein Blick auf zwei praktische Konsequenzen: So wird (1) gefordert, dass demokratische Prinzipien auch gelebt werden, um Demokratie und Respekt vor den Menschenrechten nicht nur zu lernen, sondern auch zu erleben. Infolgedessen soll eine „aktive Beteiligung der Lernenden, des Bildungspersonals und der verschiedenen Interessensvertreter, einschließlich der Eltern an der Führung der Bildungsinstitutionen" begünstigt werden (ebd., 5). Und es soll deshalb (2) Forschung im Bereich der Demokratie- und Menschenrechtsbildung initiiert und gefördert werden, „um Interessensgruppen, einschließlich politischer Entscheidungsträger und -trägerinnen, Bildungsinstitutionen, Schulleitungen, Lehrkräften, Lernenden, Nichtregierungs- und Jugendorganisationen vergleichende Informationen bereitstellen zu können, die diesen helfen, die Wirksamkeit und Effizienz ihrer Maßnahmen zu messen, zu steigern und ihre Arbeitsweisen zu verbessern, Forschungsaktivitäten im Bereich der EDC/HRE initiieren und fördern" (ebd.).

Seit der Europarat sich das Thema politische Bildung auf die Fahnen geschrieben hat, gab es neben den deklaratorischen politischen Dokumenten und Verlautbarungen starke, auf die Praxis ausgerichtete Aktivitäten wie Trainingskurse beim Europarat und praxisorientierte Publikationen mit sehr konkreten Hinweisen, etwa zur demokratischen Schulentwicklung (Dürr 2004). Die wohl wichtigste aktuelle praxisorientierte Publikation ist der „Reference Framework of Competences for Democratic Culture (CDC)". Die dreibändige Publikation ist sicher als der neue Leuchtturm in den Aktivitäten des Europarats zur politischen Bildung zu betrachten (Gebauer/Lenz 2019). Bisher gibt es keine deutsche Übersetzung dazu, lediglich eine Art Zusammenfassung (Europarat 2018). Dafür gibt es den Referenzrahmen u.a. in georgischer, mazedonischer, rumänischer und ukrainischer Sprache.

In der Einleitung zum Referenzrahmen heißt es:

> „Our education systems and schools need to prepare young people to become active, participative and responsible individuals: the complex, multicultural and rapidly evolving societies we live in cannot do with less. [...] The starting point for the development of the Council of Europe's Reference Framework of Competences for Democratic Culture was the belief that education systems, schools and universities should make preparation for democratic citizenship one of its key missions" (European Council 2018, 7).

Dem Referenzrahmen liegt ein Modell zugrunde, das Kompetenzen in vier Hauptkategorien (Werte, Einstellungen, Fähigkeiten, Wissen und kritisches Denken) und zwanzig einzelne Kompetenzen einteilt (vgl. Abb. 1, S. 108).

Band 1 des Referenzrahmens greift unter dem Titel „Context, concepts and model" grundlegende Aspekte des Projekts auf. Dabei wird u.a. stark auf die „active citizen"-Metapher eingegangen. Sowohl zur Vorbereitung auf den Arbeitsmarkt, zur Vorbereitung eines Lebens als „active citizen" in der demokratischen Gesellschaft, zur Entwicklung der eigenen Persönlichkeit und zur Erweiterung des eigenen Wissens sei „democratic education" unumgänglich. All dies sei nötig, „to enable individuals to live independent lives and to take part as active citizen in all spheres of modern, rapidly changing societies" (European Council 2018a, 14).

Abb. 1: Kompetenzmodell des „Referenzrahmens Kompetenz für eine demokratische Kultur“ des Europarats

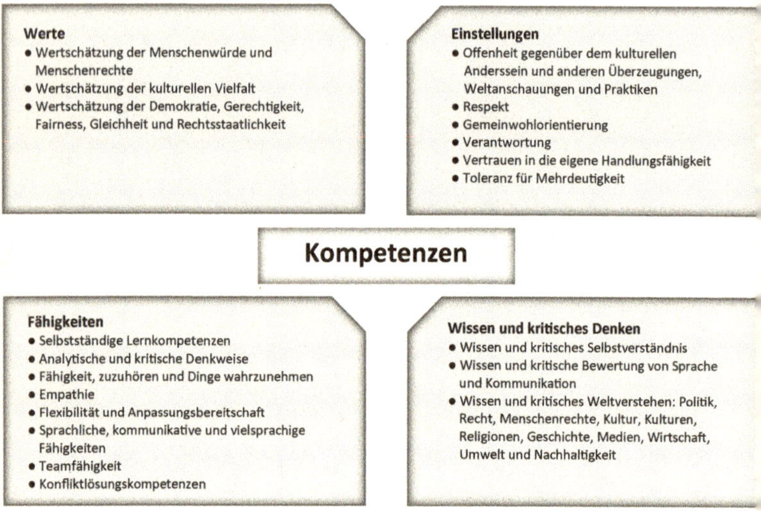

Quelle: Europarat 2018, S. 35

Band 2 mit dem Titel „Descriptors of competences for democratic culture“ greift die in Grafik 1 dargestellten Kompetenzen auf und fächert sie weiter in über einhundert Schlüsseldeskriptoren (key descriptors) (European Council 2018b, 15-23) und über zweitausend detailliert beschrieben Kompetenzen auf, die sich aus der bisherigen Praxis während der Entwicklung des Referenzrahmens ergeben haben (ebd., 25-51).

Band 3 gibt ausführliche Hinweise für die Implementierung des Referenzrahmens. Er beschäftigt sich in einzelnen Kapiteln u. a. mit der Entwicklung von Curricula, wendet sich an Pädagoginnen und Pädagogen, die „Competences for Democratic Culture“ (CDC) umsetzen wollen, u. a. mit methodischen Vorschlägen, Hinweisen zur Bewertung der Kompetenzen und geht auf die Lehrerbildung und die demokratische Schulentwicklung ein (Council of Europe 2018c).

3. Active Citizenship als zentrales Bildungsziel der EU

Bildungspolitisch hat „Active Citizenship" in der Europäischen Union eine herausragende Bedeutung. Die entsprechende Markierung stammt aus dem sogenannten „Memorandum über lebenslanges Lernen" der EU aus dem Jahr 2000, einem internationalen bildungspolitischen Grundlagentext, den der ehemalige Direktor des Deutschen Instituts für Erwachsenenbildung, Ekkehard Nuissl, als eines der bedeutendsten Dokumente der (Weiter-)Bildung der letzten Jahre eingeschätzt hat (Nuissl 2007).

Das Memorandum ist u. a. bedeutend, weil es eine neue Einteilung von Bildung in formale und non-formale Bildung sowie informelles Lernen vorgeschlagen hat, Begrifflichkeiten, die sich in der (Weiter-)Bildung inzwischen international durchgesetzt und etabliert haben. In unserem Kontext ist das Memorandum aber insbesondere wichtig, weil es für die europäische Bildungspolitik „employability" (Beschäftigungsfähigkeit) und „active citizenship" (aktive Bürgerschaft) als *die* beiden, gleich bedeutenden Ziele benannt hat (vgl. Widmaier 2008).

Um die Fragen des Lebenslangen Lernens breiter wissenschaftlich zu fundieren, hat die EU mit dem Centre of Educational Research for Lifelong Learning (CRELL) in Ispra/Italien ein eigenes wissenschaftliches Institut gegründet (das inzwischen im sogenannten Joint Research Centre der EU aufgegangen ist), in dem u. a. in einer Arbeitsgruppe unter Leitung von Bryony Hoskins intensiv zum Thema „Active Citizenship" gearbeitet wurde (vgl. Widmaier 2011a). CRELL hat in diesem Rahmen eine Definition von „Active Citizenship" entwickelt, die wegen ihrer häufigen Zitation in Dokumenten der EU als „halbamtliche Definition" der Union bezeichnet werden kann. Danach ist „Active Citizenship": „Participation in civil society, community and/or political life, characterised by mutual respect and non-violence and in accordance with human-rights and democracy" (CRELL 2006, 10). Die internationale Gruppe von Wissenschaftlern bei CRELL, in der von deutscher Seite Hermann-Joseph Abs mitgearbeitet hat, hat sich sehr intensiv mit „Active Citizenship" beschäftigt. Eine der zentralen Publikationen von CRELL war „Measuring Active Citizenship in Europe" (CRELL 2006). Bei diesem Versuch, Indikatoren für aktive Bürgerschaft zu beschreiben und auf der Basis empirischer Daten einen Vergleich zwischen europäischen Ländern vorzunehmen, landete Deutschland immer auf mittleren Plätzen (vgl. dazu insbesondere Widmaier 2011a).

Im Jahr 2006 und dann in einer überarbeiteten Version im Jahr 2018 hat die EU „Schlüsselkompetenzen für lebenslanges Lernen" beschrieben. Als eine von acht Schlüsselkompetenzen wird dort auch die „Bürgerkompetenz" genannt. Nach diesem Grundlagenpapier sind Schlüsselkompetenzen „diejenigen Kompetenzen, die alle Menschen für ihre persönliche Entfaltung und Entwicklung, Vermittelbarkeit, soziale Inklusion, eine nachhaltige Lebensweise, ein erfolgreiches Leben in friedlichen Gesellschaften, eine gesundheitsbewusste Lebensgestaltung und *aktive Bürgerschaft* (Hervorhebung, B.W.) benötigen" (ebd., C 189/7). Und Bürgerkompetenz wird im entsprechenden Passus einleitend wie folgt beschrieben:

> „Bürgerkompetenz ist die Fähigkeit, als verantwortungsvoller Bürger zu handeln und uneingeschränkt am gesellschaftlichen und sozialen Leben teilzunehmen, und zwar auf der Grundlage der Kenntnis gesellschaftlicher, wirtschaftlicher, rechtlicher und politischer Konzepte und Strukturen sowie einem Verständnis von globalen Entwicklungen und Nachhaltigkeit" (ebd., C 189/10).

Für unser Thema einer aktiven Bürgerschaft erscheint aus der differenzierten und an die aktuellen Zeitfragen (etwa Klimawandel oder Neue Medien) angepassten weiteren Beschreibung wichtig, dass die „Fähigkeit zum kritischen Denken", die „Entwicklung von Argumenten und [einer] konstruktiven Teilnahme an gemeinschaftlichen Aktivitäten und an der Entscheidungsfindung auf allen Ebenen – von der lokalen über die nationale bis hin zur europäischen und internationalen Ebene" als Teil von Bürgerkompetenz beschrieben werden (ebd., C 189/11). Damit wird mindestens an einer markanten Stelle deutlich, dass es auch um das Ziel einer aktiven *europäischen* Bürgerschaft geht, eine Präzisierung, die man in vielen europäischen Dokumenten, beispielsweise auch im Referenzrahmen CDC des Europarats, vermisst.

Unter den politischen Verlautbarungen der EU ist die sogenannten „Paris Declaration" vom 17. März 2015 zu erwähnen. Wenige Wochen nach dem islamistisch motivierten Anschlag auf die Redaktion der Satirezeitschrift Charlie Hebdo am 7. Januar 2015 traf sich der Rat der Bildungsminister der EU und gab diese „Declaration on promoting citizenship and common values of freedom, tolerance and non-discrimination through education" ab, die in der deutschen Übersetzung interessanterweise als „Erklärung zur Förderung von Politischer Bildung" veröffentlicht worden ist (Rat der EU-Bildungsminister 2015). In dem Papier heißt es u. a. mit Blick auf eine aktive und engagierte Bürgerschaft in deutlichen Worten:

> „Das wichtigste Ziel der Bildung ist nicht nur das Vermitteln und das Fördern von Kenntnissen, Fähigkeiten, Kompetenzen, Verhaltensweisen und demokratischen Grundwerten. Ihr obliegt es auch, jungen Menschen, gemeinsam mit den Eltern und Familien, zu ermöglichen, aktive, verantwortungsbewusste und weltoffene Mitglieder der Gesellschaft zu werden.
>
> Die Jugend stellt unsere Zukunft dar. Deshalb muss sie diese auch gestalten können. Nur gemeinsam kann es uns gelingen, Ausgrenzung, Intoleranz, Rassismus und Radikalisierung vorzubeugen und zu bekämpfen und uns für Chancengleichheit einzusetzen. Dazu müssen wir den Initiativgeist und das Engagement der jungen Menschen stärken und die gemeinsamen Grundwerte bekräftigen, die unseren Demokratien zugrunde liegen" (ebd.).

4. Einordnung und Diskussion

Das Thema „Active Citizenship" und die europäischen Angebote zu einer „Active Citizenship Education" konnte hier nur einführend im Blick auf die beiden europäischen Institutionen Europarat und EU zusammengefasst werden. Es wurde jedoch deutlich, dass beide Institutionen ein umfangreiches Angebot zu einem Thema liefern, das auch in der deutschen Politikdidaktik seinen angemessenen Platz hat, nämlich die Frage nach Bürgerbildern in der politischen Bildung (Detjen 2007, 215-226). Vor diesem Hintergrund ist es erstaunlich, wie wenig die europäischen Debatten und Texte in Deutschland rezipiert werden.

Der Referenzrahmen CDC (RFCDC) des Europarats liegt bisher nur in einer deutschsprachigen Zusammenfassung vor (Europarat 2018). Nach Auskunft des Kollegen Bernt Gebauer, der die deutsche Kultusministerkonferenz im sogenannten „Education Policy Advisors Network" des Europarats (EPAN) vertritt, ist eine deutsche Übersetzung des gesamten RFCDC zur Zeit im Gespräch, ein Erscheinungstermin steht aber noch nicht fest (vgl. aktuell auch Gebauer 2020).

Am stärksten werden die europäischen Aktivitäten zur politischen Bildung sicher im Kontext von „Networking European Citizenship Education" (www.nece.eu) wahrgenommen, einem insbesondere von der Bundeszentrale für politische Bildung aufgebauten und getragenen Netzwerk (Grüne 2016). Im Rahmen von NECE findet inzwischen jährlich eine große internationale Konferenz statt, 2020 im November in Berlin aus Anlass der deutschen EU-Ratspräsidentschaft. Bei NECE engagieren sich auf deutscher Seite vor allem Nichtregierungsorganisationen. So ist es kein Zufall, dass sich in einer NECE-Fokusgruppe zum Referenzrahmen CDC zwei Dachverbände der non-formalen politischen Bildung aus Deutschland engagieren, der Arbeitskreis deutscher Bildungsstätten und die Evangelische Trägergruppe für gesellschaftspolitische Bildung.

Dass das auf österreichischer Seite ganz anders aussieht und auch die schulbezogene politische Bildung sehr europäisch orientiert ist, lässt sicher Fragen aufkommen, denen hier nicht weiter nachgegangen werden kann. Die benannte NECE-Fokusgruppe wird jedenfalls vom „Zentrum polis – Politik lernen in der Schule" in Wien koordiniert.

Dort wo offizielle Übersetzungen vorliegen, fällt immer wieder auf, dass mit Sprache einerseits Bildungspolitik betrieben werden kann, dass aber andererseits eine fachliche Debatte dazu unbedingt notwendig erscheint, wenn die politische Bildung nicht in einem „methodologischen Nationalismus" (Ulrich Beck) verharren will. Für die Auseinandersetzung mit dem Thema „Active Citizenship" kann es jedenfalls zu großen Missverständnissen in der deutschen Rezeption und Diskussion kommen, wenn der Begriff „Active Citizenship" wie beispielsweise im aktuellen Ratsbeschluss der EU über „Schlüsselkompetenzen" in der amtlichen Übersetzung mir „bürgerschaftlichem Engagement" übersetzt wird (Rat der EU 2018, C 181/1). Wie vielschichtig dieses Thema Sprache ist, wurde bereits im Vorläuferdokument zu Schlüsselkompetenzen von 2006 deutlich, in dem das englische „citizenship" in der offiziellen deutschen Übersetzung mit Staatsbürgerschaft, Bürgerschaft und Bürgersinn übersetzt worden war (vgl. dazu Widmaier 2011b). Als der Europarat im Jahr 2005 ein „Year of Citizenship Through Education" ausrief, wurde das in Österreich mit „Europäisches Jahr der Politischen Bildung", in Deutschland mit „Europäisches Jahr der Demokratieerziehung" übersetzt. Dieser „Übersetzungsfehler" oder die gezielte falsche Übersetzung ist meines Erachtens ein Ausdruck und Teil der Debatte zwischen „Demokratiepädagogik" und „Politischer Bildung", die seit einigen Jahren in Deutschland geführt wird – nicht immer zum Vorteil des eigentlich gemeinsamen Anliegens einer ganzheitlichen politischen Bildung (Widmaier 2018).

Insgesamt bieten die vorgesellten europäischen Dokumente zu „Active Citizenship" und zur „Citizenship Education" sehr interessante Diskussionsanregungen zu grundlegenden Themen der politischen Bildung. Demokratietheoretisch sind die Papiere eindeutig einem an Robert Putnam orientierten Modell des „Sozialen Kapitals“ und einer „Starken Demokratie“ (Benjamin Barber) zuzuordnen. Das lässt sich bis in die Literaturbezüge hinein gut nachweisen (Widmaier 2011b). Die starke zivilgesellschaftliche und bürgerschaftliche Orientierung einer „Embedded Democracy“ (Wolfgang Merkel) wird auch in den aktuellen Texten deutlich. In der Zusammenfassung des Referenzrahmens CDC wird beispielsweise einleitend postuliert, dass eine „Demokratie nicht ohne demokratische Institutionen und Gesetze existieren kann, solche Institutionen und Gesetze aber in der Praxis nur dann funktionieren können, wenn sie in einer Kultur der Demokratie, i. e. in demokratischen Werten, Einstellungen und Bräuchen verankert wird“ (Europarat 2018, 15)

Literatur

Birzéa, C./Froumin, I./Kerr, D./Losito, B./Mikkelsen, R./Pol, M./Sardoc, M. (2004): All-European Study on Education for Democratic Citizenship Policies. Herausgegeben vom Europarat. Straßburg.

Council of Europe (2010): Charter on Education for Democratic Citizenship and Human Rights Education, Strasbourg 11 May 2010. Hier wurde die deutsche Fassung des Europarats zugrunde gelegt; URL: https://rm.coe.int/16806b0526 [14.02.2020].

CRELL (2006): Measuring Active Citizenship. Ispra.

Detjen, J. (2007): Politische Bildung. Geschichte und Gegenwart in Deutschland. München, Wien.

Dürr, K. (2004): The School – a Democratic Learning Community. The All-European Study on Pupils Participation in School. Straßburg. URL: https://rm.coe.int/16802f726f [14.02.2020].

Dürr, K. (2011): Ansätze zur Citizenship Education in Europa. Aktivitäten des Europarats und der Europäischen Union. In: Widmaier, B./Nonnenmacher, F. (2011) (Hg.): Active Citizenship Education. Internationale Anstöße für die Politische Bildung. Schwalbach/Ts., S. 13-29.

Frech, S./Kalb, J./Templ, K.-U. (Hg.) (2014): Europa in der Schule. Perspektiven eines modernen Europaunterrichts. Schwalbach/Ts.

Eis, A./Moulin-Doos, C. (Hg.) (2018): Kritische politische Europabildung. Die Vielfachkrise Europas als kollektive Lerngelegenheit? Kassel.

Europarat (2018): Kompetenzen für eine demokratische Kultur. Gleichberechtigtes Zusammenleben in kulturell unterschiedlichen demokratischen Gesellschaften. Straßburg. URL: https://rm.coe.int/prems-000818-deu-2508-competences-for-democratic-culture-8556-couv-tex/168078e34e [14.02.2020].

European Council (2018a): Reference Framework of the Competences for Democratic Culture, Volume 1: Context, concepts and model. Strasbourg. URL: https://rm.coe.int/prems-008318-gbr-2508-reference-framework-of-competences-vol-1-8573-co/16807bc66c [14.02.2020].

European Council (2018b): Reference Framework of the Competences for Democratic Culture, Volume 2: Descriptors of competences and democratic culture. Strasbourg. URL: https://rm.coe.int/prems-008418-gbr-2508-reference-framework-of-competences-vol-2-8573-co/16807bc66d [14.02.2020].

European Council (2018c): Reference Framework of the Competences for Democratic Culture, Volume 3: Guidance for implementation. Strasbourg. URL: https://rm.coe.int/prems-008518-gbr-2508-reference-framework-of-competences-vol-3-8575-co/16807bc66e [14.02.2020].

Gebauer, B. (2020): „Teaching Controversial Issues". Was kann Politische Bildung aus internationalen Debatten lernen? In: Journal für politische Bildung, Heft 4/2020, i. E.

Gebauer, B./Lenz, C. (2019): Kompetenzen für demokratische Kultur. Eine Ressource für Demokratielernen in der Schule? In: Gloe, M./Rademacher, H. (Hg.): Demokratische Schule als Beruf. 6. Jahrbuch Demokratiepädagogik. Frankfurt/M., S. 175-189.

Grimonprez, K. (2014): The European Dimension in Citizenship Education: Unused Potential of Article 165 TFEU, 1 European Law Review (2014); University of Luxembourg Law Working Paper No. 2014-04. URL: https://ssrn.com/abstract=2456143 [28.02.2020].

Grüne, P. (2016): Internationaler Austausch als Impuls zur Weiterentwicklung politischer Bildung. NECE – Networking European Citizenship Education. In: Bildung für Europa, Hg. von der Nationalen Agentur Bildung für Europa beim Bundesinstitut für Berufsbildung, Heft 7/2016, S. 13-14.

Himmelmann, G. (2005): Was ist Demokratiekompetenz? Ein Vergleich von Kompetenzmodellen unter Berücksichtigung internationaler Ansätze. Bonn.

Hoskins, B. (2006): Draft Framework for Indicators on Active Citizenship. Ispra.

Krammer, R. (2008): Kompetenzen durch Politische Bildung. Ein Kompetenz-Strukturmodell. In: Informationen zur Politischen Bildung, Bd. 29, Innsbruck, Bozen, Wien, S. 5-14.

Massing, P. (2012): Die vier Dimensionen der Politikkompetenz. In: Aus Politik und Zeitgeschichte, Heft 46/47-2012, S. 23-29.

Nuissl, E. (2007): Das „Memorandum über Lebenslanges Lernen" (2000) der Europäischen Kommission. In: Koerrenz, R. u. a. (Hg.): Wegweisende Werke zur Erwachsenenbildung. Jena, S. 545-556.

Oberle, M. (Hg.) (2015): Die Europäische Union erfolgreich vermitteln. Perspektiven der politischen EU-Bildung heute. Wiesbaden.

Oberle, M. (2012): Politisches Wissen über die Europäische Union. Subjektive und objektive Politikkenntnisse von Jugendlichen. Wiesbaden.

Rat der EU (2018): Empfehlungen des Rates vom 22. Mai 2018 zu „Schlüsselkompetenzen für lebenslanges Lernen". In: Amtsblatt der Europäischen Union vom 04.06.2018, S. C 189/1-C 189/13.

Rat der Bildungsminister der EU (2015): Erklärung zur Förderung von Politischer Bildung und der gemeinsamen Werte von Freiheit, Toleranz und Nichtdiskriminierung vom 17.03.2015. Paris.

Schöne, H./Detterbeck, K. (Hg.) (2018): Europabildung in der Grundschule. Frankfurt/M.

Widmaier, B. (2008): Active Citizen & Citizenship Education. Europäische Referenzrahmen für non-formale politische Bildung. In: Praxis Politische Bildung, Heft 1/2008, S. 5-12.

Widmaier, B./Nonnenmacher, F. (2011) (Hg.): Active Citizenship Education. Internationale Anstöße für die Politische Bildung. Schwalbach/Ts.

Widmaier, B. (2011a): Lassen sich Aktive Bürgerschaft und Bürgerschaftliche Kompetenzen messen? Europäische Planungsdaten für Lebenslanges Lernen und Politische Bildung. In: Widmaier, B./Nonnenmacher, F. (Hg.): Active Citizenship Education. Internationale Anstöße für die Politische Bildung. Schwalbach/Ts., S. 45-64.

Widmaier, B. (2011b): Active Citizenship. Ein praktischer Ansatz europäischer Menschenrechtsbildung und seine Probleme. In: Menschenrechte und Bildung. Jahrbuch für Pädagogik 2011. Frankfurt/M., S. 287-308.

Widmaier, B. (2012): Aktive Bürgerschaft. Europäisches Paradigma für Internationale Jugendarbeit? In: IJAB – Fachstelle für Internationale Jugendarbeit der Bundesrepublik Deutschland e.V. (Hg.): Internationale Jugendarbeit und ihre Bildungswirkung. Forum Jugendarbeit International 2011/2012. Bonn, S. 164-175.

Widmaier, B. (2014): Active Citizenship 3.0/2020. Youth Participation and Social Capital after Postdemocracy. In: Council of Europe/Youth Partnership (Hg.): 2020 – What do you see? Perspectives on Youth, Volume 1. Strasbourg, S. 119-134 (auch in deutscher und französischer Sprache im Internet zu finden).

Widmaier, B. (2018): Demokratiebildung, Demokratieförderung, Demokratiepädagogik, Demokratieerziehung, Demokratiedidaktik, Demokratielernen, Demokratieentwicklung ... wie jetzt? Die neue Unübersichtlichkeit in der politischen Bildung. In: Hessische Blätter für Volksbildung – Zeitschrift für Erwachsenenbildung in Deutschland, Heft 3/2018, S. 258-266.

Georg Weißeno

Wirkung und Qualität des Politikunterrichts in Baden-Württemberg

> „Eine empirische Wissenschaft vermag niemanden zu lehren, was er soll, sondern nur, was er kann und – unter Umständen – was er will." (Max Weber)

1. Anlass und Ziel der Untersuchung

Der Politikunterricht hat die Aufgabe, die Bildung zu politisch mündigen Bürgerinnen und Bürgern zu ermöglichen. Das Bildungsziel Mündigkeit kann nur erreicht werden, wenn der Politikunterricht qualitätsvoll ist und politische Kompetenz erworben wird. Hierzu ist es hilfreich zu wissen, welche unterstützenden Faktoren gegeben sein müssen, damit die erwünschten Bildungsfolgen bewirkt werden. Die normative Wertfrage „Wann ist eine Schülerin bzw. ein Schüler politisch mündig?" kann eine Politikdidaktik als empirische Wissenschaft nicht beantworten. Möglich ist jedoch eine Antwort darauf, welches Niveau an Politikkompetenz eine Schülerin bzw. ein Schüler erreicht hat. Der Grad an Politikkompetenz kann auf allgemeiner Ebene als Grad an politischer Mündigkeit gelesen werden. Schwieriger gestaltet sich die Suche nach operationalisierbaren Indikatoren für guten und wirksamen Unterricht. Hier hat die politikdidaktische Forschung neue Wege beschritten, um zu belastbaren Ergebnissen zu kommen. Sie kann Daten für eine evidenzbasierte Praxis bereitstellen.

Hauptaufgabe des Politikunterrichts ist es, die Indikatoren für Unterrichtsqualität umzusetzen und Lernprozesse auszulösen, die das Verstehen politischer Situationen ermöglichen. Über entsprechende Kompetenzen müssen die Lehrkräfte verfügen. Erfahrungsbasiert haben sie individuelle Vorstellungen von gutem Unterricht entwickelt. Meist liegen ihnen nur die eigenen Überzeugungen oder tradierte didaktische Erfahrungswerte der Ausbildung im Studienseminar zugrunde. Nicht immer reichen sie aus, um kompetent handeln zu können. Theoriebasiertes Unterrichten ist solchen normativen Vorstellungen überlegen, wenn Theorien auf belastbaren empirischen Befunden beruhen. Die Vorstellungen von wirksamem Unterricht können somit theoretisch fundiert und zugleich praktisch nutzbar sein.

Zunächst geht der Beitrag auf die in der Theorie entwickelten Indikatoren guten bzw. wirksamen Politikunterrichts nach dem Angebots-Nutzungs-Modell ein. Im Folgenden werden ausschließlich Ergebnisse zum Politikunterricht in Baden-Württemberg vorgestellt, die auf unterschiedlichen Tests von ca. 10.000 Schülerinnen und Schülern aller Schulformen in den vergangenen 15 Jahren beruhen. Es werden nur Studien einbezogen, die am Institut für Politikwissenschaft der Pädagogischen Hochschule Karlsruhe entstanden sind. Der Beitrag stellt Ergebnisse zu Schülermerkmalen vor, nicht zu den fachlichen und fachdidaktischen Kompetenzen der Lehrkräfte (Überblick hierzu in Weschenfelder 2014; Weißeno u. a. 2013). Im dritten Abschnitt werden die Wirkungen des Politikunterrichts für den Wissensaufbau dargelegt. Darauf folgt viertens die Beschreibung von individuellen Eingangsvoraussetzungen anhand der Indikatoren Mediationsprozesse und Lernaktivitäten. Der fünfte Abschnitt stellt den Einfluss von Kontextfaktoren vor, im sechsten wird auf Indikatoren der Unterrichtsqualität im engeren Sinne eingegangen. Diese Zusammenschau von Hinweisen zur Unterrichtsqualität kann ein vorläufiges Bild von der Politikkompetenz bei den Schülerinnen und Schülern sowie von der Unterrichtsqualität in der Schülerperzeption zeichnen. Ein kurzer Ausblick wird am Schluss formuliert.

2. Indikatoren wirksamen Politikunterrichts

Ein umfassendes allgemeines Modell für eine Vielzahl von Indikatoren des Unterrichts hat Andreas Helmke (2003) vorgelegt. Es beinhaltet die Angebots- und Nutzungsaspekte von Unterricht. Zum einen sind dies Indikatoren der Unterrichtsqualität und zum anderen der Rahmenbedingungen. Der Ertrag (die Wirkung) des Politikunterrichts hängt von der Qualität des Angebots und den Rahmenbedingungen wie dem Klassenkontext oder den individuellen Eingangsvoraussetzungen der Schülerinnen und Schüler ab. Maßstab hierbei ist, dass der Politikunterricht als Angebot die Schülerinnen und Schüler zu eigenständigen Lernaktivitäten anregt. Denn der Wissensaufbau bzw. die Nutzung des Angebots vollzieht sich bei jeder Schülerin und jedem Schüler anders. Zum einen hängt dies davon ab, ob das Angebot des Politikunterrichts das Denken herausfordert und unterstützt, was nicht immer gegeben ist, und zum anderen davon, ob die Lernfreude und Lernmotivation bei der Nutzung, also die emotionale und motivationale Ebene, angesprochen sind.

Das Modell von Helmke (Abb. 1, S. 120) zeigt die Wirkungszusammenhänge, die zu fortlaufender Veränderung der Wissensstrukturen und mentalen Repräsentationen beim Lernen führen.

Im Folgenden werden vier Aspekte des Modells aufgegriffen: (1.) die Wirkung auf die fachliche Kompetenz, (2.) die Motivation als Mediationsprozess und die Lernstrategien als Lernaktivität, (3.) die Kontextfaktoren sowie (4.) die Qualität des Unterrichts.

1. Der Politikunterricht als Angebot hat viele beabsichtigte und nicht-intendierte Wirkungen. Es geht allgemein im Unterricht um die „zu erwerbenden Kompetenzen, die in modernen Gesellschaften für eine befriedigende Lebensführung in persönlicher und wirtschaftlicher Hinsicht sowie für die aktive Teilhabe am gesellschaftlichen Leben notwendig sind“ (OECD, zit.

Abb. 1: Angebots-Nutzungs-Modell der Wirkungsweise des Unterrichts

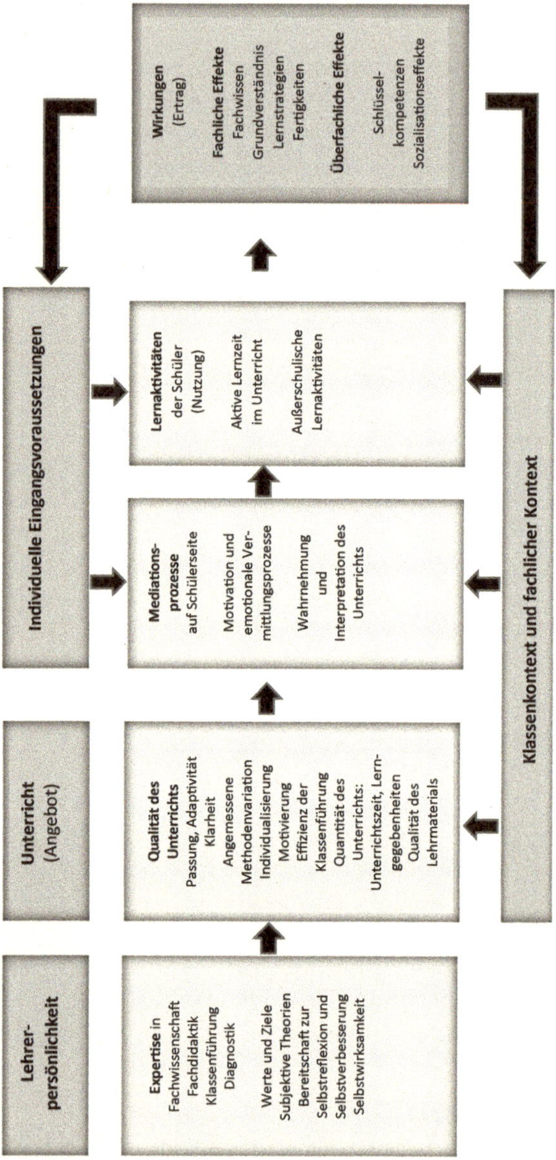

Quelle: Eigene Darstellung nach Helmke 2003: 42

nach Helmke 2003, 27). Für die Fragestellungen der Politikdidaktik sind die fachlichen Kompetenzen zentral, dazu zählen insbesondere das Fachwissen sowie die politische Argumentations- und Urteilskompetenz. Bildungsprozesse bauen auf inhaltlichem Vorwissen auf und dienen dem intelligenten Wissensaufbau. Darunter versteht Helmke in Anlehnung an Franz E. Weinert ein wohlorganisiertes, disziplinär und lebenspraktisch vernetztes System von nutzbaren Kenntnissen und metakognitiven Kompetenzen.

Neue Informationen werden als Ergebnisse des Lernens im Gedächtnis behalten. Damit verbunden ist eine Veränderung des Verhaltenspotentials einer Person. Es kommt dabei auf die konstruktive Eigentätigkeit des Lernenden an. Der Korpus für das schulbezogene politische Wissen ist im Modell der Politikkompetenz konkret beschrieben und dem systematischen Wissensaufbau in den drei Bildungsetappen zugeordnet (Weißeno u. a. 2010; Detjen u. a. 2012). Mit 30 Fachkonzepten und ihren weiteren 220 Fachbegriffen kann das bis zum Abitur zu erwerbende Wissen beschrieben und vermittelt werden. Dies ist in der von den länderspezifischen Stundentafeln vorgegebenen Lernzeit und für alle Unterrichtsthemen möglich. Es ist das einzige theoretische Kompetenzmodell, das bisher vorliegt und in der systematischen Forschung genutzt wird. Das Konstrukt Politikkompetenz lässt sich von den kognitiven Grundfähigkeiten und der fluiden Intelligenz unterscheiden.

2. Die Nutzung und damit die Wirkung des Politikunterrichts wird zum einen von den individuellen Eingangsvoraussetzungen von Schülerinnen und Schülern beeinflusst. Schülerinnen und Schüler haben das Bedürfnis, Kompetenz, Selbstbestimmung und soziale Eingebundenheit zu erleben. Unterrichtliche Mediationsprozesse führen zu motiviertem Lernen und der Bereitschaft zu höheren Lernanstrengungen. Motivation und Emotion sind wichtige Indikatoren, wichtige Voraussetzungen für den Wissensaufbau. Sie sind gekoppelt an den Schwierigkeitsgrad der Lernanforderungen. Das Interesse am

Schulfach und das Vertrauen in die eigene Leistungsfähigkeit im Fach sind entscheidend für die Motivation. Folgt man der weiten Kompetenzdefinition, so sind diese Kompetenzen der Dimension Einstellung und Motivation (Detjen u.a. 2012) zuzuordnen.

Interesse als motivationales Konstrukt ist die Neigung einer Person, sich wiederholt und aus eigenem Antrieb mit einem Gegenstand aus dem Unterricht zu beschäftigen. Interesse ist ein psychologischer Zustand, der mit positiven Emotionen verknüpft ist. Das Interesse am Schulfach – hier Politik – gilt als motivationales Merkmal einer Person, d.h. es ist eine relativ stabile Präferenz und Ausdruck einer besonderen Beziehung eines Lernenden zu einem schulischen Gegenstand. Schulbezogenes Fachinteresse ist vom politischen Interesse, das sich auf politische Ereignisse allgemein bezieht, zu unterscheiden. Unter dem Selbstkonzept (der Selbstwirksamkeit) werden Einschätzungen und Bewertungen einer Person über sich selbst, ihre Eigenschaften und Fähigkeiten verstanden. Insbesondere die fachspezifischen Fähigkeitseinschätzungen erweisen sich als günstig für die Lernleistung in einem Schulfach.

Für den Lernerfolg sind des Weiteren eine Reihe von Lernaktivitäten hilfreich. Hierzu zählen oberflächen- und tiefenstrategische Lernstrategien. Das Verständnis von Politik bildet sich im Laufe der Schulzeit heraus und manifestiert sich in den wissenschaftsbezogenen Überzeugungen. Die Erreichbarkeit von Leistungen im Politikunterricht bedarf der Unterstützung durch das Einüben in wissenschaftliche Herangehensweisen und die kritische Reflexion über Wissenschaft. Die wissenschaftsbezogenen Überzeugungen wirken sich indirekt über die Lernstrategien auf das Wissen aus. Sie sind unterschiedlich elaboriert, die Lernstrategien ebenfalls.

Schülerinnen und Schüler benötigen Strategien der Verarbeitung politischer Informationen. Lernstrategien sind als epistemologisch einzustufen. Die Lernstrategien des Wiederholens und Memorierens zählen zum oberflächenstrategischen Vorgehen. Die Strategie des Elaborierens dient dazu, das neue in bestehendes Wissen zu integrieren. Schülerinnen und Schüler konstruieren mit Material, Kontext und Vorwissen neue Bedeutungsstrukturen. Man kann es als tiefenstrategisches Lernen bezeichnen. Kontrollstrategien sind ebenfalls tiefenstrategisch und beziehen sich auf die Beobachtung, Planung und Steuerung der eigenen kognitiven Prozesse. Lernstrategien und Überzeugungen sind Filter für die Informationsverarbeitung.

3. Die vorgefundenen Kontextfaktoren beeinflussen zum anderen das Lernergebnis. Die Wirkung des Unterrichts hängt nicht nur von der Qualität des Angebots, sondern auch von den Rahmenbedingungen ab. Der kulturelle und der schulische Kontext sowie die unterrichteten Klassen in ihren Eingangsvoraussetzungen und ihrer Zusammensetzung sind wichtige Indikatoren.

4. Die Bestimmung von Indikatoren für qualitätsvollen Politikunterricht kann sich an den theoretischen Modellen aus der Lernpsychologie orientieren. Mareike Kunter und Ulrich Trautwein (2013) unterscheiden kognitive Aktivierung, konstruktive Unterstützung und effiziente Klassenführung. Andreas Gold (2015) fügt noch das Erkennen und Bewerten von Lernfortschritten (Diagnose) als vierte Dimension hinzu. Diese drei bzw. vier Dimensionen werden zu den Tiefenstrukturen des Unterrichts gezählt. Empirisch belegt ist, dass die Tiefenstrukturen das Lernen deutlich stärker beeinflussen als die Sichtstrukturen. Zu den Sichtstrukturen zählen die Organisationsformen des Unterrichts, die Unterrichtsmethoden, die Sozialformen etc. Sie sind leicht zu beobachten, aber allein nicht lernwirksam. Für den Lernfortschritt ist die Qualität der Tiefenstrukturen von entscheidender Bedeutung. Die Unterrichtsmethoden als Sichtstrukturen haben kaum eigene Effekte. Lernwirksam werden sie erst in Verbindung mit adäquaten Tiefenstrukturen (Kunter/Ewald 2016, 14). Zur Unterrichtsqualität zählt des Weiteren die fachlich-didaktische Qualität des Lehrmaterials.

Die Lernangebote des Politikunterrichts können in unterschiedlicher Weise genutzt werden. Im Folgenden werden die Ergebnisse zum schulbezogenen politischen Wissen berichtet, um einen vorläufigen Eindruck von der Qualität des Angebots zu erhalten.

3. Wirkungen des Politikunterrichts für den Wissensaufbau

In der Erwartung der Gesellschaft ist Hauptaufgabe von Unterricht, auch des Politikunterrichts, der kontinuierliche Wissensaufbau. Die Wirkung des Politikunterrichts kann mit Leistungstests empirisch untersucht werden. Der Wissensaufbau bei den Lernenden erfolgt durch die strukturierte Veränderung bereits vorhandener Wissensrepräsentationen als Folge einer gelungenen Informationsverarbeitung. Die Informationen müssen dabei interpretiert und ihre Bedeutung erzeugt werden. Informationsverarbeitung erfolgt nicht als Begriffsvermittlung bzw. Begriffslernen, wie es Politikdidaktiker behauptet haben (u. a. Henkenborg 2012; Sander 2011).

Eine unterstützende Qualität des Politikunterrichts trägt zum Wissensaufbau bei. „Nichts gelernt wird übrigens nur dann, wenn ein Verhalten sichtbar folgenlos bleibt oder wenn die Verhaltenskonsequenzen keiner ersichtlichen Systematik folgen, also nicht kontingent sind“ (Gold 2015, 31). Es gibt mithin qualitätsvollen und schlechten Politikunterricht. Auf der Basis empirischer Befunde ist die Qualität des Unterrichts deshalb auch vor dem Hintergrund des Wissensaufbaus einzuschätzen, wenn auch manche Schülerin bzw. mancher Schüler trotz schlechten Unterrichts selbst etwas lernt. Guter Unterricht fordert zum Denken heraus und unterstützt die Lernprozesse. Die vorzustellenden Studien basieren auf der detaillierten Beschreibung der Standards des zugrundeliegenden Modells des Fachwissens (Weißeno u. a. 2010). Sie sind deshalb nicht nach zufälligen individuellen Definitionen der Testentwickler realisiert worden. Die erste systematische Studie zur Europäischen Union (Eck/Weißeno 2009; Weißeno/Eck 2013) zeigt einen Wissenszuwachs durch die Unterrichtsintervention. Für den in der pädagogischen Diskussion betonten Mehrwert des Selbstlernens mit *WebQuests* kann keine empirische Evidenz gefunden werden. Differenziertere Ergebnisse bringt eine weitere Interventionsstudie zur Europäischen Union (Landwehr 2017). In der Versuchsgruppe führt konzeptueller Wissensaufbau mit den nach den Fachkonzepten konstruierten Unterrichtsmaterialien zu einem mittleren Wissenszuwachs, während herkömmlicher Unterricht mit dem Schulbuch einen kleinen Zuwachs bringt. Eine Blankogruppe erhält im Untersuchungszeitraum zwar Politikunterricht, aber nicht zum Thema EU. Sie lernt nichts dazu. Wenig überzeugend ist, dass sich etwa 50 Prozent der Unterschiede im Posttestwissen auf Individualebene durch das Vorwissen erklären lassen.

Die Wirksamkeit des Politikunterrichts mit einer gleichfalls theoriegeleitet erarbeiteten Unterrichtsreihe ist auch für die Primarstufe nachgewiesen worden (Weißeno u. a. 2019b). Die Ergebnisse des längsschnittlichen Modells ergeben, dass sich die Kompetenzen wiederum im mittleren Bereich positiv verändern. Es gibt also wie in anderen Fachdidaktiken Hinweise für die Überlegenheit theoriegeleiteten Politikunterrichts, hier nach dem Modell der Politikkompetenz (Detjen u. a. 2012).

Für die erste Querschnittstudie zum politischen System der Bundesrepublik Deutschland (Goll u. a. 2010) wurde ein Wissenstest zum politischen System der Bundesrepublik Deutschland (POWIS-Studie) entwickelt. Darin hat die allgemeine Sprachfähigkeit in Deutsch einen starken positiven Effekt auf die Leistung im Wissenstest, die geringere Sprachfähigkeit einen entsprechend negativen. Eine weitere Studie (Hahn-Laudenberg 2017) mit zwei Messzeitpunkten am Anfang und Ende eines Schulhalbjahres zeigt differenziertere Ergebnisse. Es ist die unterdurchschnittliche Sprachkompetenz, die sich negativ auf den Erfolg im Wissenstest auswirkt, während eine überdurchschnittliche Sprachkompetenz keinen eigenen signifikanten Beitrag zur Vorhersage leistet. Sie erhebt zusätzlich zum Wissenstest die Wissensstrukturen mit *Concept Maps*. Die vergleichende Betrachtung der Modalnetze aus Pretest und Posttest macht typische Wissensveränderungen sichtbar. Bei den semantischen Maßen, die die Vorstellungen zu den Fachkonzepten erfassen, zeigen sich erwartungsgemäß Effekte des Wissenszuwachses. Die Zusammenhänge zum politischen Wissenstest sind gegeben und zeigen übereinstimmende Strukturen.

Der vorliegende POWIS-Wissenstest wird in einer Reihe weiterer Studien kontinuierlich erweitert und verbessert. Es kommen schwerere Items hinzu. Zusätzlich werden Tests für die berufsbildende und gymnasiale Oberstufe entwickelt (Weißeno u.a. 2015; Weißeno u.a. 2019a; Grobshäuser/Weißeno 2020; Weißeno/Weißeno 2020). Validiert wurden die Testinstrumente inzwischen durch erwartbare Zusammenhänge zu den Noten in Deutsch, Mathematik, Gemeinschaftskunde sowie zu den kognitiven Grundfähigkeiten in der Grundschule und der Sekundarstufe I sowie der fluiden Intelligenz in der Sekundarstufe II. Hinsichtlich des Geschlechts verfügen Mädchen und Jungen im Durchschnitt annähernd über den gleichen Wissensstand. Über alle Studien hinweg sind die Ergebnisse hierzu aber inkonsistent.

Die Ergebnisse zu den Hintergrundvariablen sind in allen Studien ähnlich und markieren Defizite des Politikunterrichts. Der kulturelle Einfluss des Elternhauses auf das Lernergebnis ist auf allen Ebenen sehr hoch. Es gelingt nicht ihn auszugleichen. Der Migrationshintergrund hat einen konstant negativen Effekt (Eck/Weißeno 2009; Goll u.a. 2010; Götzmann 2015; Weißeno u.a. 2015; Weißeno u.a. 2019a; Landwehr 2017; Hahn-Laudenberg 2017). Schülerinnen und Schüler aus türkisch und italienisch sprechenden Familien schneiden mit schlechteren Testleistungen ab, Schülerinnen und Schüler mit einer osteuropäischen Sprache aber nicht (Goll u.a. 2010).

Einen Weg zum Ausgleich dieser strukturellen Benachteiligungen und zur Verbesserung des Lernertrags zeigen die Interventionsstudien zur EU auf (Landwehr 2017; Weißeno u. a. 2019b). Hier sind die Schülerinnen und Schüler mit Migrationshintergrund im Posttest aufgrund der systematischen Anwendung der Fachsprache nicht mehr benachteiligt. Die Nutzung des Modells schulischen (nicht allgemeinen) politischen Fachwissens in den Unterrichtsmaterialien und Lernaufgaben fördert den Wissensaufbau. Er ist dann immer weniger von den Zufälligkeiten des politischen Alltagswissens aus dem Elternhaus oder den Medien abhängig. Ein Politikunterricht, der systematisch am schulischen politischen Wissen ausgerichtet ist, führt offenbar zu intelligenterem Wissensaufbau als ein Unterricht, in dem politisches Alltagswissen ausgetauscht wird. Außerdem schneiden Mädchen in den Posttests besser ab als Jungen.

Wie eine theoriegeleitete Planung *(design based)* konkret aussehen kann, ist in der Literatur mehrfach beispielhaft dargestellt und erläutert worden (Breit/Weißeno 2008; Breit/Weißeno 2013; Breit/Weißeno 2015; Weißeno/Landwehr 2014). Umgesetzt wird sie in der Praxis offenbar bisher nicht.

Inzwischen liegen mit den POWIS-Items auch Trendanalysen zur Wirkung des Politikunterrichts in Baden-Württemberg vor. Anhand von drei Studien, die zwischen 2008 und 2016 in Baden-Württemberg eingesetzt worden sind, wird überprüft, ob es eine Veränderung im Fachwissensniveau nach fast einem Jahrzehnt gibt (Weißeno 2019). Die Entwicklung wird anhand gleicher Items (Ankeritems) aus drei Studien bestimmt und mit einem Trendmodell der Item-Response-Theorie überprüft. Im Ergebnis zeigt die Trendanalyse, dass das Niveau des politischen Wissens anders als in PISA-Fächern leicht, aber nicht signifikant zurückgegangen ist. Trotz des kompetenzorientierten Bildungsplans zeigen sich bisher keine Verbesserungen im Politikunterricht.

In der Politikdidaktik werden vor allem Tests zum konzeptuellen Wissen eingesetzt. Inzwischen gibt es aber auch erste belastbare Untersuchungen zur politischen Urteilskompetenz, die auf der Basis von schulischem politischen Fachwissen (Manzel/Weißeno 2017) erhoben wird und deshalb zu den fachlichen Kompetenzen zählt. Urteile unterscheiden sich dann von Meinungen bzw. Überzeugungen. Hierzu liegt eine Studie für die gymnasiale Oberstufe in Baden-Württemberg vor, die die Komplexität der Urteile mit sechs Essays untersucht (Weisseno/Weisseno 2021). Auf der Basis einer mehrstufigen Kodierung des Urteilstests sind Urteilsstufen als voneinander abhängig angenommen. Eine höhere Stufe erfordert die Lösung aller vorangegangenen Aufgaben. Allerdings erreicht bereits ein erheblicher Anteil der Schülerinnen und Schüler nicht einmal die niedrigste Stufe, d. h. sie stellen nur unbegründete Behauptungen auf oder keinen Bezug zur Aufgabenstellung her. Nach dieser Studie wird die politische Urteilsfähigkeit bis zum Abitur nicht erreicht. Meinungsgirlanden stellen kein sachlich begründetes Urteil dar.

Die Ergebnisse für die Grundschule sind vergleichbar. Anke Götzmann (2015) befragte Schülerinnen und Schüler der Klassenstufen 1 und 4. Schülerinnen und Schüler der Klasse 4 verfügen erwartungsgemäß über ein signifikant höheres Wissen. Das Verbalisieren eigener konzeptueller Vorstellungen fällt den Grundschülerinnen und Grundschülern schwerer als das Beantworten geschlossener Fragen. Für die weiteren Bildungsetappen konnte Monika Oberle (2012) zeigen, dass Schülerinnen und Schüler der Oberstufe erwartungsgemäß über mehr Kenntnisse zur EU verfügen als Schülerinnen und Schüler der Realschule. Allerdings wissen Oberstufenschülerinnen und -schüler an Berufsschulen weniger als am Gymnasium (Weißeno u. a. 2019c). Die positive Nachricht ist, dass das Fachwissen in den drei Bildungsetappen bis zum Abitur zunimmt.

Eine aktive Informationsverarbeitung erfordert eine metakognitive Steuerung, um das Lernen ertragreich zu gestalten. Das Denken der Schülerinnen und Schüler über ihr eigenes Lernen wird über die Theorien zur Metakognition beschreibbar. Die metakognitiven Strategien zum Textverstehen hängen zwar positiv mit dem politischen Fachwissen zusammen. Wer weiß, wie an politische Texte heranzugehen ist, um sie zu verstehen, verfügt tendenziell über mehr Wissen. Allerdings sind die Zusammenhänge nur moderat bis gering (Weißeno u. a. 2019c). Die Mädchen weisen in allen Klassenstufen deutlich bessere metakognitive Strategien auf, schneiden beim politischen Wissen allerdings schlechter ab als ihre Mitschüler. Obwohl nach Tiefenstrategien gefragt wurde, dürfte es den Schülerinnen und Schülern nach den Ergebnissen vermutlich eher schwerfallen, die Informationen aus mehreren Texten gedanklich beim Argumentieren zu verbinden. Die Performanz beim Textverstehen ist wenig überzeugend. Fraglich ist, ob dies mit der Angebots- oder Nachfrageseite zu erklären ist.

Die Untersuchungen der Wirkungen des Politikunterrichts und der sie beeinflussenden Hintergrundvariablen geben erste Hinweise auf Qualitätsprobleme. Sie zeigen aber auch einen Weg auf, wie sich die Lernraten in der Praxis verbessern lassen. Systematische Wissensvermittlung durch theoriegeleitete Planung sowie Durchführung des Unterrichts stärkt das Kompetenzerleben und führt zu mehr inhaltlichem Wissen. Als Indikatoren, die den Wissensaufbau zusätzlich fördern oder einschränken, wirken die im Folgenden darzustellenden individuellen Eingangsvoraussetzungen.

4. Individuelle Eingangsvoraussetzungen

Die Nutzung des Unterrichts kann zu motiviertem Lernen und zu höheren fachbezogenen Leistungsemotionen führen. Das fachspezifische Selbstkonzept hat dabei einen hohen positiven Effekt auf das schulische politische Wissen, das Fachinteresse einen geringen. Das allgemeine politische Interesse zeigt kaum Effekte (Weißeno/Landwehr 2015a). Schülerinnen und Schüler, die sich stärker für das Fach interessieren und ihre Fähigkeiten im Fach besser einschätzen, verfügen auch über mehr Wissen (Weißeno/Eck 2013). In der Grundschule ist das fachspezifische Selbstkonzept noch nicht so stark ausgeprägt wie in den beiden anderen Bildungsetappen (Weißeno/Götzmann 2016; Götzmann/Weißeno 2019). Das Interesse an den Themen des Schulfaches Politik hat in der Oberstufe den erwarteten geringen Effekt auf das schulische Fachwissen (Weißeno/Schmidt 2019d). Der Ertrag des Unterrichts ist höher, wenn es gelingt, das Kompetenzerleben rechtzeitig und kontinuierlich positiv zu anzuregen. Von Bedeutung ist, dass die Schülerinnen und Schüler die Nutzung des Lernangebots im Fach als persönlich wichtig empfinden. Mit fachbezogenem Interesse lernt es sich leichter und vor allem effektiver.

Die ernüchternden Ergebnisse zu den wissenschaftstheoretischen Überzeugungen können darauf hindeuten, dass die intuitiven Theorien der Lernenden am Ende der Sekundarstufe I kaum Antworten darauf geben, welche Fragen in der Politik gestellt und mit welchen Verfahren sie beantwortet werden können. Die Skala Rechtfertigung des Wissens hat nur einen kleinen Effekt auf die Kontrollstrategie und einen mittleren auf die Memorierstrategie des Lernens. Es gibt keinen signifikanten indirekten Effekt der Skala Rechtfertigung des Wissens auf die Lernraten (Weißeno u.a. 2019e). Insgesamt lassen sich kaum stabile und theoretisch sinnvoll interpretierbare Muster identifizieren. Tentativ ist davon auszugehen, dass die im Unterricht entwickelten politikwissenschaftsbezogenen Überzeugungen kaum das Lernverhalten beeinflussen.

Die Memorierstrategie des Lernens hat den erwartbaren kleinen negativen Effekt auf das schulische Wissen. Der mittlere Effekt der Kontrollstrategie zeigt, dass die Schülerinnen und Schüler ihre Lernprozesse aktiv durch Beobachtung und Planung steuern wollen. Wie schon Georg Weißeno und Barbara Landwehr (2017) aufgezeigt haben, hat die tiefenstrategische Elaborationsstrategie des Verstehens und Begreifens von neuem Wissen gleichwohl nicht den wünschenswerten Effekt auf das Wissen. Die Ergebnisse zu den Lernstrategien deuten darauf hin, dass sie im Angebot des Politikunterrichts nicht angemessen angesprochen werden. Möglicherweise sind sie für die Nutzung des Politikunterrichts aus Sicht der Schülerinnen und Schüler nicht nötig. Sie setzen überwiegend das oberflächenstrategische Memorieren ein, was offenbar ausreicht. Dies kann auf eine geringe Nachhaltigkeit des Lernens hindeuten. Eine tentative Interpretation mit Blick auf die Qualität wäre dann, dass der Politikunterricht zu wenig Nachdenken fordert.

Neben den Eingangsvoraussetzungen beeinflussen auch die Kontextfaktoren den Wissenserwerb. Auf die Rahmenbedingungen des Unterrichts geht der folgende Abschnitt ein.

5. Die Kontextfaktoren des Politikunterrichts

Kontextfaktoren sind eine Reihe von relativ theoriearm konzipierten unabhängigen und abhängigen Variablen wie die Schulklasse, das Elternhaus, das Elterninteresse, das Schulsystem, das Geschlecht oder der Migrationshintergrund. Sie können sowohl die Unterrichtsgestaltung als auch den Wissensaufbau der Schülerinnen und Schüler beeinflussen.

Aus Mehrebenenanalysen ist bekannt, dass die Klassengröße entgegen alltagstheoretischer Annahmen keinen eigenen Effekt auf die Lernraten aufweist. Der Wissensstand scheint nicht von der Klassengröße beeinflusst zu sein (Goll u.a. 2010). In einer Studie in der 9. Klasse Realschule (Weißeno u.a. 2017) zeigt sich, dass nur 0,3 Prozent der Gesamtvarianz der Leistung auf Unterschiede zwischen Klassen zurückgeführt werden können. Eigentlich erwartbare Unterschiede zwischen Klassen wirken sich nicht auf die mittlere Lernleistung der Klassen aus. Die Zusammensetzung der Klasse hingegen beeinflusst die Lernraten. Eine hohe Zahl von Schülerinnen und Schüler mit Migrationshintergrund ergibt auf der Klassenebene einen zusätzlichen negativen Effekt (Goll u.a. 2010; Weißeno/Eck 2013; Landwehr 2017; Hahn-Laudenberg 2017). Sprachliche Defizite scheinen sich kumulativ auf die Testleitung in Politik auszuwirken.

Die Klassenzusammensetzung hat durch die sozialen Vergleiche eine Auswirkung auf die Leistung. Dieser Zusammenhang wird als „*Big-Fish-Little-Pond*-Effekt“ diskutiert, der die Abhängigkeit des schulischen Selbstkonzepts vom Leistungsniveau der jeweiligen Bezugsgruppe ausdrückt. In einer leistungsstarken Klasse ist eine Schülerin bzw. ein Schüler mit Mitschülerinnen und -schülern konfrontiert, die höhere Fähigkeiten aufweisen. Ist dieselbe Schülerin bzw. derselbe Schüler dagegen in einer leistungsschwächeren Klasse oder Schule, nehmen die Gelegenheiten zu Abwärtsvergleichen zu, was wiederum mit höheren selbst eingeschätzten Fähigkeiten einhergeht. Auch für das fachbezogene Interesse gelten diese Bezugsgruppeneffekte.

Der erwartete Effekt der individuellen Leistung auf das fachspezifische Selbstkonzept zeigt sich unter Kontrolle der Schulnote deutlich. Ein *pond*-Effekt unter Kontrolle der Leistung ist hingegen nicht darstellbar. Der soziale Vergleichsaspekt fehlt. Leistungsstarke Klassen, hier gemessen über den Wissensschnitt, weisen in Politik kein höheres Wissen aus. Auch das Fachinteresse lässt sich nicht auf die Wirkung von leistungsstarken oder -schwachen Klassen auf die einzelnen Schülerinnen und Schüler zurückführen (Weißeno/Eck 2013). Dies kann als ein weiterer Hinweis darauf gelesen werden, dass im Politikunterricht über Politik auf der Ebene des Alltags- oder Medienwissens diskutiert wird. Auf schwächere Schülerinnen und Schüler hat es dann aber eher keinen positiven Ausstrahlungseffekt. Im Politikunterricht scheint insgesamt zu wenig systematisches Wissen aufgebaut zu werden. Politik wird als weniger „schwierig“ empfunden.

Das Elterninteresse am Politikunterricht kann ein Kontextfaktor des Unterrichts sein. Das von den Schülerinnen und Schülern wahrgenommene Elterninteresse an der Leistung hängt kaum interpretierbar mit dem leistungsbezogenen Selbstkonzept zusammen (Weißeno/Landwehr 2016). Der Zusammenhang zwischen Elterninteresse und Leistung ist entgegen der Erwartung negativ. Wenn die Eltern dem politischen Lernen einen höheren Stellenwert zuschreiben, könnten sich vielleicht die Leistungen verbessern und das Bild eines ernst zu nehmenden Fachs entstehen.

Die Selektivität des Schulsystems zeigt sich für die Schulstufen und -formen. Das Vorwissen und der Wissenszuwachs von Gymnasiastinnen und Gymnasiasten sind signifikant größer als von Realschülerinnen und Realschülern (Oberle 2012; Eck/Weißeno 2013; Landwehr 2017). Oberstufenschülerinnen und -schüler an berufsbildenden Schulen wissen weniger als Gymnasiastinnen bzw. Gymnasiasten (Weißeno u.a. 2019c).

6. Unterrichtsqualität im engeren Sinne

Aufgabe der Lehrkräfte ist es, die unterrichtlichen Lernmöglichkeiten ihrer Schülerinnen und Schüler zu maximieren. Gut geplanter und vorbereiteter Politikunterricht führt zu den drei Hauptfaktoren bzw. Tiefenstrukturen der Unterrichtsqualität. Qualitätsvoller Unterricht unterstützt den Konzeptaufbau durch das Auslösen mentaler Aktivitäten. Die kognitive Aktivierung ist deshalb die bedeutsamste leistungsrelevante Qualitätsdimension. Das Qualitätsmerkmal der konstruktiven Unterstützung betrifft das Ausmaß, in dem die Lehrkräfte Schülerinnen und Schülern bei (Verständnis-)Schwierigkeiten helfen und die Lernprozesse begleiten. Eine positive Beziehungskultur zwischen den Lehrkräften, Schülerinnen und Schülern ist ein weiteres Qualitätsmerkmal. Schließlich kommt es noch auf die Klassenführung an, d.h. nutzt der Unterricht die Lernzeit ohne Störungen und Disziplinprobleme optimal?

Die Beziehungen zwischen den drei Faktoren untereinander zeigen empirisch für den Politikunterricht zunächst die erwartbaren signifikanten positiven Zusammenhänge. In einer Studie mit Gymnasiastinnen und Gymnasiasten in Klasse 10 (Weißeno/Landwehr 2015b) zeigt sich lediglich ein positiver Effekt der kognitiven Aktivierung auf das schulbezogene politische Wissen. In einer weiteren Studie mit Realschülerinnen und Realschülern (Weißeno u. a. 2017) zeigen sich hingegen keine Effekte der drei Tiefenstrukturen auf das Wissen. Der Politikunterricht in der Realschule scheint nicht lernförderlich zu sein. Eine aktuelle Studie für die gymnasiale Oberstufe ergibt für acht Skalen zu den drei Tiefenstrukturen nur einen schwachen Effekt für die Skala offenes Unterrichtsklima (Weißeno/Grobshäuser 2021). Ebenfalls ein ernüchterndes Ergebnis. Es gibt also bisher keinen eindeutigen Hinweis darauf, dass der Politikunterricht in Baden-Württemberg lernförderlich ist. Die Tiefenstrukturen des Unterrichts entfalten wie schon die tiefenstrategischen Lernstrategien möglicherweise keine prädiktive Wirkung.

Eine Studie zum Sachunterricht mit theoriegeleitet konstruierten Unterrichtsmaterialien zeigt einen Effekt kooperativen Lernens als Sichtstruktur. Sie hat bei vorhandener Tiefenstruktur in den Materialien, die die kognitive Aktivierung anregen, den erwartbaren geringen Effekt auf das Wissen und stärkt zudem moderat das fachspezifische Selbstkonzept (Götzmann/Weißeno 2019). Der Zugang zu politischem Wissen wird mit kooperativem Lernen bei vorhandener Tiefenstruktur unterstützt.

Schulbücher könnten eine Vermittlungsinstanz für eine evidenzbasierte, die theoretischen und empirischen Ergebnisse reflektierende Praxis sein. Sie können zur Unterrichtsqualität beitragen, weil viele Lehrkräfte sie zur Erleichterung der Unterrichtsvorbereitung nutzen. Mit der Genehmigung durch die Kultusministerien verbindet sich bei den Lehrkräften die Erwartung, dass sie die Kompetenzorientierung des Curriculums angewandt haben. Für die Nutzung sind Strategien zur Textarbeit zentral, weil sie zum tieferen Verstehen führen können.

Für einen systematischen Wissensaufbau können die 250 Fachbegriffe des Modells der Politikkompetenz genutzt werden. Daran gemessen bewegt sich die Dichte der genannten Fachbegriffe zwischen 0,25 und 0,5 Prozent, die Häufigkeit der in verschiedenen Anwendungssituationen genannten Fachbegriffe

(Mehrfachnennungen möglich) zwischen 2,1 und 3,4 Prozent. Die Materialien und Lernaufgaben der zwischen 2008 und 2018 erschienenen sechs Schulbücher sind vom fachlichen Ertrag zu gering, weil die Fachbegriffe nicht vernetzend ausgebreitet und somit fachlich systematische Informationen nicht hinreichend genutzt werden (Weißeno 2013; Götzmann/Weißeno 2020). Dadurch sind die Schulbücher zu leicht und kognitiv nicht aktivierend. Mit der Fachsprache Politik kann mehr geschehen. Bedenklich ist die hohe Zahl an nicht und ganz selten genannten Fachbegriffen. Der Konzeptaufbau ist nachhaltig erst erfolgreich, wenn es viele Anwendungssituationen für das jeweilige zu erwerbende Fachvokabular gibt.

Der ernüchternde Befund in der Zusammenschau der referierten Ergebnisse ist, dass der Politikunterricht in Baden-Württemberg ein Qualitätsproblem zu haben scheint. Seine Wirkung ist begrenzt. Wenn man nach Tiefenstrategien fragt, sind sie zwar bekannt, aber nicht relevant für den Wissensaufbau. Der Politikunterricht fordert möglicherweise zu wenig zum Verstehen, Nachdenken, Problemlösen und Bewältigen neuer Aufgaben heraus. Ergebnisse zum Unterricht in anderen Fächern fallen deutlich besser und konsistenter aus. Erst wenn sich die Lehrkräfte mit einem nationalen Standard vergleichen können, wird der Unterricht meist besser.

7. Ausblick

Der Politikunterricht hat die Aufgabe, die Politikkompetenz zu fördern und dadurch die Bildung zu politisch mündigen Bürgerinnen und Bürgern zu ermöglichen. Lernende bilden sich an Inhalten. Bildung an Inhalten bedeutet insbesondere Zunahme an Wissen. Wissen wird aber kaum nachgefragt, wenn das Angebot des Politikunterrichts neue Informationen nicht adäquat präsentiert. Da das Unterrichtsgeschehen immer multikriterial ist, bedeutet Bildung auch die Stärkung motivationaler und emotionaler Indikatoren. Der Erfolg des Politikunterrichts in

Baden-Württemberg scheint aber nicht durchschlagend zu sein. Es gelingt seit Jahren nicht, die Kontextfaktoren des Politikunterrichts zu beeinflussen. Bildungspolitisch wird dies gewünscht.

Die vorliegenden Ergebnisse der Forschung sind noch vorläufig und in ein breiteres Forschungskonzept einzubetten. Sie machen aber bereits auf mögliche Ursachen der Qualitätsprobleme aufmerksam. Die Neuausrichtung der Bildungspolitik bereitet vielen Lehrkräften Schwierigkeiten, weil sie dafür weder an der Universität noch an den Studienseminaren ausgebildet sind. Die Kenntnis statistischer Methoden und der Ergebnisse politikdidaktischer Forschung ist bis heute erst an wenigen Universitätsstandorten ein Teil in der Ausbildung von Politiklehrkräften. Die Daten aus der empirischen Forschung haben noch keinen Einfluss auf die praktische Ausbildung im Studienseminar. Fachleiterinnen und Fachleiter reflektieren mit ihren Referendarinnen und Referendaren den erlebten Unterricht nicht vor dem Hintergrund empirischer Daten und der ihnen zugrundeliegenden Theorien.

Wer wie bisher nur *window dressing* betreibt, weicht vor der Realität aus. Alle sind aufgefordert, von der Kultur des Wegschauens zu einer Kultur des Hinschauens auf der Basis von Daten zu kommen. Die bildungstheoretische Politikdidaktik blendet in ihren Diskursen die unterrichtliche Realität meist aus. Wissenschaftspolitische und philosophische Debatten gehen an der Wirklichkeit vorbei. Was sein soll, ist nicht.

Die Kenntnis der obigen Forschungsergebnisse ermöglicht den (angehenden) Lehrkräften, Konsequenzen zu ziehen und ihren Unterricht weiter zu entwickeln. Der Beitrag zeigt, dass schon sehr viele belastbare Daten für eine evidenzbasierte Praxis politischer Bildung vorliegen. Wege der Verbesserung des Unterrichts sind erforscht. Veränderungswissen liegt vor. Bislang ist dies in der Praxis des Unterrichts und der Studienseminare nicht recht sichtbar. Die Hoffnung ist, dass konsequente Rückmeldungen aus der systematischen Forschung Veränderungsprozesse auslösen. Zu warnen ist aber vor der Vorstellung, die Kompetenzorientierung würde kurzfristig zur Qualitätsverbesserung beitragen (Köller 2019). Veränderungen benötigen viel Zeit. An den empirischen Daten geht zukünftig kein Weg vorbei.

Literatur

Breit, G./Weißeno, G. (2008): Von der traditionellen Aufgabenkultur im Politikunterricht zu kompetenzorientierten Lernaufgaben. In: Weißeno, G. (Hg.): Politikkompetenz: was Unterricht zu leisten hat. Bonn, S. 402-419. URN: https://nbn-resolving.org/urn:nbn:de:0168-ssoar-55207-9 [20.11.2020].

Breit, G./Weißeno, G. (2013): Entwicklung von Urteilsaufgaben im kompetenzorientierten Politikunterricht. In: Frech, S./Richter, D. (Hg.): Politische Kompetenzen fördern. Schwalbach/Ts., S. 145-163. URN: https://nbn-resolving.org/urn:nbn:de:0168-ssoar-56103 [20.11.2020].

Breit, G./Weißeno, G. (2015): Kompetenzorientierter Politikunterricht – in neun Schritten vom Modell zur Unterrichtsplanung. In: Frech, S./Richter, D. (Hg.): Politikunterricht professionell planen. Schwalbach/Ts., S. 167-187. URN: https://www.ssoar.info/ssoar/handle/document/67621 [20.11.2020].

Detjen, J./Massing, P./Richter, D./Weißeno, G. (2012): Politikkompetenz – ein Modell. Wiesbaden. doi: 10.1007/978-3-658-00785-0 [20.11.2020].

Eck, V./Weißeno, G. (2009): Political knowledge of 14- to 15-year-old students – Results of the TEESAEC intervention study in Germany. In: Eck, V./Weißeno, G. (Eds.): Teaching European Citizens. Münster, S. 19-30. URN: https://nbn-resolving.org/urn:nbn:de:0168-ssoar-68573-6 [20.11.2020].

Götzmann, A. (2015): Entwicklung politischen Wissens in der Grundschule. Wiesbaden. doi: 10.1007/978-3-658-09116-3 [20.11.2020].

Götzmann, A./Weißeno, G. (2019): Kooperatives Lernen, fachbezogenes Selbstkonzept und politisches Wissen im Sachunterricht der Grundschule. In: Weißeno, G. (Hg.): Politik lernen. Studien und theoretische Ansätze. Wiesbaden, S. 111-134. doi: https://doi.org/10.1007/978-3-658-27896-0_9 [20.11.2020].

Gold, Andreas (2015): Guter Unterricht. Was wir wirklich darüber wissen. Göttingen.

Goll, T./Richter, D./Weißeno, G./Eck, V. (2010): Politisches Wissen von Schüler/-innen mit und ohne Migrationshintergrund (POWIS-Studie). In: Weißeno, G. (Hg.): Bürgerrolle heute. Migrationshintergrund und politisches Lernen. Bonn, S. 21-48. URN: https://www.ssoar.info/ssoar/handle/document/53461 [20.11.2020].

Grobshäuser, N./Weißeno, G. (2020). Does political participation in adolescence promote knowledge acquisition and active citizenship? In: Education, Citizenship and Social Justice, Volume 15, Issue 3, S. 1-15. doi: 10.1177/1746197919900153 [20.11.2020].

Hahn-Laudenberg, K. (2017): Konzepte von Demokratie bei Schülerinnen und Schülern. Erfassung von Veränderungen politischen Wissens mit Concept-Maps. Wiesbaden. doi: 10.1007/978-3-658-18392-9 [20.11.2020].

Helmke, A. (2003): Unterrichtsqualität: Erfassung, Bewertung, Verbesserung. Velber.

Henkenborg, P. (2012): Unterrichtsleitbilder und Philosophien der politischen Bildung. In: Juchler, Ingo (Hg.): Unterrichtsleitbilder in der politischen Bildung. Schwalbach/Ts., S. 47-58.

Köller, O. (2018): Kompetenzorientierung und Lehrerprofessionalisierung – Ein mühsames Geschäft. In: Manzel, S./Oberle, M. (Hg.): Kompetenzorientierung. Potenziale zur Professionalisierung der Politischen Bildung. Wiesbaden, S. 57-70. doi: 10.1007/978-3-658-16889-6 [20.11.2020].

Kunter, M./Trautwein, U. (2013): Psychologie des Unterrichts. Paderborn.

Kunter, M./Ewald, S. (2016): Bedingungen und Effekte von Unterricht: Aktuelle Forschungsperspektiven aus der pädagogischen Psychologie. In: McElvany, N./ Bos, W./Holtappels, H. G./Gebauer, M. M./Schwabe, F. (Hg.): Bedingungen und Effekte guten Unterrichts. Münster, S. 9-31.

Landwehr, B. (2017): Partizipation, Wissen und Motivation im Politikunterricht. Wiesbaden. doi: 10.1007/978-3-658-16507-9_9 [20.11.2020].

Manzel, S./Weißeno, G. (2017): Modell der politischen Urteilsfähigkeit – eine Dimension der Politikkompetenz. In: Oberle, M./Weißeno, G. (Hg.): Politikwissenschaft und Politikdidaktik. Wiesbaden, S. 59-86. doi: 10.1007/978-3-658-072 46-9_5 [20.11.2020].

Oberle, M. (2012): Politisches Wissen über die Europäische Union. Wiesbaden.

Sander, W. (2011): Konzepte und Kategorien in der politischen Bildung. In: Goll, T. (Hg.): Politikdidaktische Basis- und Fachkonzepte. Schwalbach/Ts., S. 32-43.

Weißeno, G. (2013) Fachsprache in Schulbüchern für Politik/Sozialkunde: eine empirische Studie. In: Massing, P./Weißeno, G. (Hg.): Demokratischer Verfassungsstaat und Politische Bildung. Schwalbach/Ts., S. 151-170. URN: https:// nbn-resolving.org/urn:nbn:de:0168-ssoar-61027-5 [20.11.2020].

Weißeno, G./Eck, V. (2013): Wissen, Selbstkonzept und Fachinteresse. Ergebnisse einer Interventionsstudie zur Politikkompetenz. Münster.

Weißeno, G./Landwehr, B. (2014): Vermittlung konzeptuellen Wissens über die Europäische Union – ein Unterrichtsbeispiel. In: Frech, S./Kalb, J./Templ, K.-U. (Hg.): Europa in der Schule. Schwalbach/Ts., S. 77-89. URN: https://nbn-resol ving.org/urn:nbn:de:0168-ssoar-68674-5 [20.11.2020].

Weißeno, G./Landwehr, B. (2015a): Konfliktfähigkeit, Selbstkonzept und Interesse im Politikunterricht. In: Petrik, A. (Hg.): Formate fachdidaktischer Forschung in der politischen Bildung. Schwalbach/Ts., S. 79-88. URN: https://nbn-resolving. org/urn:nbn:de:0168-ssoar-68535-6 [20.11.2020].

Weißeno, G./Landwehr, B. (2015b): Effektiver Unterricht über die Europäische Union – Ergebnisse einer Studie zur Schülerperzeption von Politikunterricht. In: Oberle, M. (Hg.): Die Europäische Union erfolgreich vermitteln. Wiesbaden, S. 99-109. doi: 10.1007/978-3-658-06817-2_7 [20.11.2020].

Weißeno, G./Landwehr, B. (2016): Effekte des Elterninteresses und der Motivation auf die Leistung im Politikunterricht. In: Goll, T./Oberle, M./Rappenglück, S. (Hg.): Herausforderung Migration. Perspektiven der politischen Bildung. Schwalbach/Ts., S. 135-142. URN: https://nbn-resolving.org/urn:nbn:de:0168-ssoar -62939-2 [20.11.2020].

Weißeno, G./Landwehr, B. (2017): Lernmotivation und Lernstrategien als Schülervoraussetzungen für den Erwerb politischen Wissens – Ergebnisse einer Studie. In: Engartner, T./Krisanthan, B. (Hg.): Politische und ökonomische Bildung. Integration oder Separation. Schwalbach/Ts., S. 137-147. URN: https://www.ssoar.info/ssoar/handle/document/63092 [20.11.2020].

Weißeno, G./Götzmann, A. (2020): Empirische Analysen zur politischen Fachsprache in Schulbüchern – ein Trendbericht. In: Juchler, I. (Hg.): Politik und Sprache. Handlungsfelder der politischen Bildung. Wiesbaden, S. 139-153. doi: https://doi.org/10.1007/978-3-658-30305-1_11 [20.11.2020].

Weißeno, G./Grobshäuser, N. (2021): Unterrichtsqualität des Politikunterrichts in der gymnasialen Oberstufe. In: Deichmann, C./Partezke, M. (Hg.): Demokratie im Stresstest. Wiesbaden (im Druck).

Weißeno, G./Weschenfelder, E./Landwehr, B. (2015): Motivation, Systemvertrauen und Leistungsfähigkeit von Schülerinnen und Schülern im Politikunterricht. In: Weißeno, G./Schelle, C. (Hg.): Empirische Forschung in gesellschaftswissenschaftlichen Fachdidaktiken. Schwalbach/Ts., S. 53-66. doi: 10.1007/978-3-658-06191-3_4 [20.11.2020].

Weißeno, G./Götzmann, A./Weißeno, S. (2016): Politisches Wissen und fachspezifisches Selbstkonzept von Grundschüler/-innen. In: Transfer Forschung – Schule, Heft 2/2016, S. 162-172. URN: https://nbn-resolving.org/urn:nbn:de:0168-ssoar-65865-1 [20.11.2020].

Weißeno, G., Schmidt, A./Landwehr, B. (2019a): Zusammenhänge wissenschaftsbezogener Überzeugungen und Lernstrategien mit politischem Wissen. In: Weißeno, G. (Hg.): Politik lernen. Studien und theoretische Ansätze. Wiesbaden, S. 151-171. doi: 10.1007/978-3-658-27896-0_10 [20.11.2020].

Weißeno, G./Weißeno, S./Götzmann, A. (2019b): Theoriebildung und Messen politischer Kompetenz in der Didaktik des Sachunterrichts. In: Giest, H./Gläser, E./Hartinger, A. (Hg.): Methodologien der Forschungen zur Didaktik des Sachunterrichts. Bad Heilbrunn, S. 67-91. URN: https://www.ssoar.info/ssoar/handle/document/68141 [20.11.2020].

Weißeno, G./Grobshäuser, N./Schmidt, A. (2019c): Metakognitive Strategien beim Textverstehen und ihre Bedeutung für das politische Fachwissen in allgemeinbildenden und beruflichen Schulen. In: Weißeno, G. (Hg.): Politik lernen. Studien und theoretische Ansätze. Wiesbaden, S. 89-109. doi: 10.1007/978-3-658-27896-0_7 [20.11.2020].

Weißeno, G./Schmidt, A. (2019d): Fachinteresse, Selbstwirksamkeit, Partizipationsbereitschaft und politisches Wissen von Oberstufenschüler/-innen. In: Weißeno, G. (Hg.): Politik lernen. Studien und theoretische Ansätze. Wiesbaden, S. 195-211. doi: https://doi.org/10.1007/978-3-658-27896-0_12 [20.11.2020].

Weißeno, G./Schmidt, A./Landwehr, B. (2019e): Zusammenhänge wissenschaftsbezogener Überzeugungen und Lernstrategien mit politischem Wissen. In: Weißeno, G. (Hg.): Politik lernen. Studien und theoretische Ansätze. Wiesbaden, S. 151-171. doi: https://doi.org/10.1007/978-3-658-27896-0_10 [20.11.2020].

Weißeno, G./Richter, D./Massing, P./Detjen, J. (2013): Politikkompetenz kurzgefasst – zur Arbeit mit dem Kompetenzmodell. In: Frech, S./Richter, D. (Hg.): Politische Kompetenzen fördern. Schwalbach/Ts., S. 246-276. URN: https://nbn-resolving.org/urn:nbn:de:0168-ssoar-56124-3 [20.11.2020].

Weißeno, G./Detjen, J./Juchler, I./Massing, P./Richter, D. (2010). Konzepte der Politik – ein Kompetenzmodell. Schwalbach/Ts. URN: https://www.ssoar.info/ssoar/handle/document/53462 [20.11.2020].

Weißeno, G./Köhle, N./Schmidt, A./Weißeno, S./Landwehr, B. (2017): Sind die Lernumgebungen im Politikunterricht lernförderlich? Eine Studie zu den Tiefenstrukturen. In: Mittnik, P. (Hg.): Empirische Einsichten in der politischen Bildung. Innsbruck, S. 9-21. URN: https://nbn-resolving.org/urn:nbn:de:0168-ssoar-62226-4 [20.11.2020].

Weißeno, S. (2019): Trendanalyse politisches Fachwissen: Wie haben sich die Kompetenzen zwischen 2008 und 2016 entwickelt? In: Weißeno, G. (Hg.): Politik lernen. Studien und theoretische Ansätze. Wiesbaden, S. 75-88. doi: 10.1007/978-3-658-27896-0_6 [20.11.2020].

Weisseno, S./Weisseno, G. (2021): Political judgement competency among upper secondary-school pupils. Citizenship Teaching and Learning, Volume 16, Issue 1. (angenommen).

Weschenfelder, E. (2014): Professionelle Kompetenz von Politiklehrkräften. Eine Studie zu Wissen und Überzeugungen. Wiesbaden. doi: 10.1007/978-3-658-04193-9 [20.11.2020].

Michèle Schilt

Blicke über den Tellerrand – Europabildung in Luxemburg

1. Vorbemerkung

Europa hat in Luxemburg einen hohen Stellenwert, Europabildung hingegen ist institutionell nicht verankert. Es gibt kein spezielles Curriculum, und die Lehrpläne der sozialwissenschaftlichen Fächer oder des Sprachunterrichts geben wenig Aufschluss über mögliche Zielsetzungen, Inhalte und Methoden einer Bildung über Europa und/oder die Europäische Union (EU). Der vorliegende Artikel versteht sich demnach als Spurensuche.

2. Luxemburg – ein europäisches Land

Einige Zahlen vorweg: Luxemburg hat fast 627.000 Einwohner. Davon haben rund 297.000 nicht die luxemburgische Staatsbürgerschaft, also etwas weniger als die Hälfte. 244.000, sprich die große Mehrheit, sind Bürgerinnen und Bürger anderer europäischer Staaten.[1] Die meisten von ihnen kommen aus Portugal, gefolgt von Frankreich, Italien, Belgien und Deutschland. Das spiegelt sich auch in der Zusammensetzung der Schülerschaft wider.[2] Rund zwei Drittel der Kinder in den Grundschulen (65,5 %) und die meisten Jugendlichen in den Sekundarschulen (58,9 %) sprechen zu Hause kein Luxemburgisch (vgl. Abb. 1, S. 143). Die Vermutung liegt nahe, dass die Mehrheit dieser Kinder und Jugendlichen eine europäische Sprache spricht. Außerdem hat das Großherzogtum offiziell drei Landessprachen: Luxemburgisch, Deutsch und Französisch. Jeden Tag kommen ungefähr 160.000 Grenzpendler und -pendlerinnen (40.000 aus Belgien, 40.000 aus Deutschland und 80.000 aus Frankreich) hinzu. Etwas lapidar könnte man demnach behaupten: die luxemburgische Bevölkerung ist europäisch, am Tag sogar noch etwas mehr als bei Nacht. Das trifft vor allem auf die Hauptstadt Luxemburg zu, die mit fast 120.000 Einwohnern nicht nur das größte Ballungsgebiet des Landes darstellt, sondern auch zahlreiche EU-Institutionen, wie z. B. den Gerichtshof der Europäischen Union (EuGH), das Generalsekretariat des Europäischen Parlaments und etliche mehr beherbergt. Somit schmückt sich die Hauptstadt denn auch gerne mit dem Titel „Europäische Hauptstadt", und auch die Bevölkerung scheint dies so zu sehen. Laut dem Eurobarometer aus dem Jahr 2019 verbinden die Befragten in Luxemburg vor allem „Hoffnung" mit der EU (36%), und sogar 89 Prozent sind der Meinung, dass die Gemeinsamkeiten der EU-Bürgerinnen und -Bürger wichtiger sind als die Unterschiede.[3] Soweit die Zahlen. Generell kann man festhalten, dass die EU hohe Zustimmung genießt. Europakritik in welcher Form auch immer ist eher selten, und die europäische Zusammenarbeit und Integration wird von den meisten politischen Parteien als positiv oder gar lebenswichtig für Luxemburg gedeutet.

3. Europa in der Schule: Geographie der Länder, Institutionenkunde und die EU als Friedensprojekt

Die Analyse der Europabildung in Luxemburg ist demnach im Kontext eines tendenziell positiven Images der EU zu sehen. Untersucht man Lehrpläne der Grund- und Sekundarschulen, findet man zwar hier und da das Stichwort „Europa", aber keinerlei Hinweise darauf, wie man das Thema im Unterricht behandeln soll oder kann. Meist bleibt sogar unklar, was mit „Europa" eigentlich gemeint ist, ob es um den Kontinent oder um die EU geht, oder um beides.

Abb. 1: Sprache und Migrationshintergrund in Luxemburgs Schulen

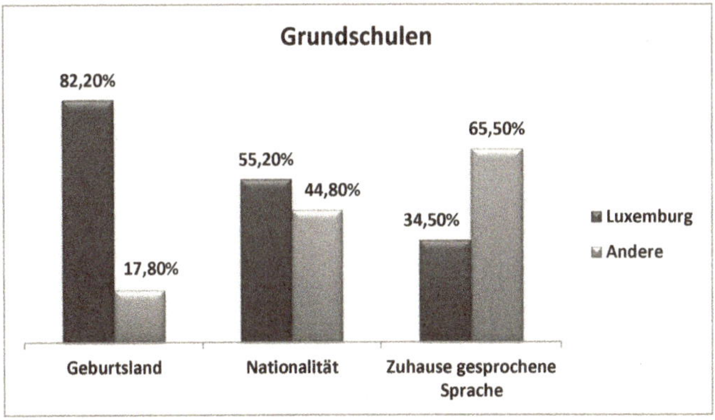

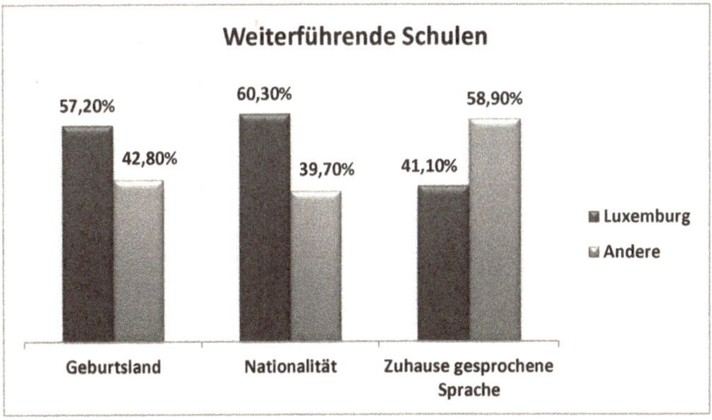

Die Zusammensetzung der Schülerschaft spielt eine Rolle bei der Analyse der Europabildung: Europa ist quasi im Klassenzimmer.

Quelle: https://frama.link/qGGYpgNf [15.07.2020]

3.1 Die Grundschulen

In den Lehrplänen für die Grundschule findet man das Thema Europa ab der 3. Klasse. In dieser Klassenstufe sind die Kinder ca. acht Jahre alt. In „Éveil aux sciences“ (ein Kombinationsfach, das natur- und sozialwissenschaftliche Fragestellungen vereint) sollen sich die Kinder mit den Ländern der EU, vor allem mit den geographischen Gegebenheiten auseinandersetzen. Ein spezielles Schulbuch gibt es nicht. Die Lehrpersonen stellen sich ihr Material selbst zusammen. Der Lehrplan schlägt auch ein „Projekt Europa“ vor, allerdings ohne weitere spezifische Angaben; außerdem kann man alternativ auch einen anderen Kontinent zum Projektthema machen.[4] In Musik beispielsweise stehen europäische Folklorelieder und die Nationalhymnen auf dem Lehrplan.

3.2 Die weiterführenden Schulen

Unterschieden wird im Großherzogtum zwischen dem *allgemeinen Sekundarunterricht* (vergleichbar mit den Berufs- und Realschulen in Deutschland) und dem *klassischen Sekundarunterricht* (Gymnasien). Beide Formen ermöglichen – zumindest theoretisch – den Zugang zu Hochschulen und zu Universitäten, wobei allerdings die Schülerinnen und Schüler der Gymnasien sehr viel höhere Chancen haben, universitäre Laufbahnen erfolgreich abzuschließen. In allen Formen der Sekundarschulen wird Europa sowohl in den unteren Klassen als auch in den oberen Klassen unterrichtet, meist in den Unterrichtsfächern Geographie und Geschichte.

Im *klassischen Sekundarunterricht* gibt es die sogenannte „Instruction civique“, bei der es sich um eine Form von Bürgerkunde mit einem deutlichen Fokus auf der Wissensvermittlung handelt.

Auf dem Programm der „Instruction civique“ steht kurz und knapp die Angabe „Europa“. Dabei wird auf ein Schulbuch verwiesen, das wie eine Art Lexikon die Geschichte, die Instituti-

Abb. 2: Beliebtes Unterrichtsmaterial

Herausgegeben von der Vertretung der EU-Kommission in Luxemburg, bietet das Material Rätsel, Karten, einen Überblick über europäische Programme usw. und zeigt die EU von ihrer besten Seite. Seit der ersten Auflage 2009 wird es von Lehrerinnen und Lehrern vor allem in der Grundschule genutzt.

onen und die europäische Zusammenarbeit resümiert. Ferner ist die EU Teil des Geschichtslehrplans der Abschlussklassen. Dort geht es noch einmal verstärkt um die europäische Integration. Im Vordergrund steht auch hier Faktenwissen, und die EU wird als Friedensprojekt propagiert: Dies spiegelt die (offizielle) Politik sämtlicher luxemburgischer Regierungen seit 1952 wider.

In Luxemburg gibt es Politik- oder Sozialkundeunterricht als eigenständiges Unterrichtsfach oder als Bestandteil anderer sozialwissenschaftlicher Fächer (z. B. Geschichte) nicht in allen Schulformen. Auch der Ausdruck „politische Bildung" ist noch nicht lange bekannt, ebenso wenig wie deren Konzepte und Methoden. Erst mit der Einführung des kompetenzorientierten Schulbuches *Éducation à la citoyenneté* im Jahr 2012 wurde politische Bildung ein Thema an Luxemburger Schulen.

Im *allgemeinen Sekundarunterricht* besteht die Möglichkeit einer etwas vertieften Auseinandersetzung mit der EU. Hier findet man im entsprechenden Schulbuch zur politischen Bildung im 11. Kapitel („Blickpunkt Europa") Materialien und Arbeitsvorschläge zu den Errungenschaften der EU (z. B. Frieden und Freiheit, Charta der Grundrechte, Unionsbürgerschaft

Abb. 3: Blickpunkt Europa

Inhaltsverzeichnis des Kapitels „Blickpunkt Europa". Das Schulbuch *Éducation à la citoyenneté* steht in der 10. und 11. Klasse im gleichnamigen Fach (zwei Stunden pro Woche) auf dem Programm. Auch die berufsbildenden Klassen nutzen das Buch während zwei oder drei Schuljahren von der 10. Klasse bis zur Abschlussklasse.

usw.), ohne Probleme wie Entwicklungsunterschiede oder Uneinigkeit bei innen- oder außenpolitischen Fragen auszublenden. Insgesamt stehen wiederum die positiven Aspekte der EU im Vordergrund. Eine grundsätzliche Auseinandersetzung mit der europäischen Integration fehlt ebenso wie kontroverse Fragen rund um Mitsprachemöglichkeiten in der EU oder um alternative Modelle der internationalen Kooperation.

4. Der Politikunterricht ist noch jung

Fachlehrerinnen und Fachlehrer für das Unterrichtsfach Politik gibt es an Luxemburgs Sekundarschulen erst seit 2017. Die allermeisten Stunden werden demnach von fachfremden Lehrkräften übernommen, die meistens in der Referendarausbildung keine oder nur eine kurze Einführung in die Fragestellungen der politischen Bildung oder in die Fachdidaktik erhalten haben. In den Grundschulen ist die Lage ähnlich: Lehrkräfte werden nur wenig auf das Unterrichten von sozialwissenschaftlichen Fächern vorbereitet. Dies ist eine mögliche Erklärung dafür, dass bislang keine fachwissenschaftliche Diskussion über Europabildung stattgefunden hat. Die Professionalisierung der Lehrerinnen und Lehrer in diesem Bereich läuft erst langsam an.

Die Merkmale der Europabildung in Luxemburg kann man wie folgt zusammenfassen:

- Inhaltliche Schwerpunkte sind die Geschichte der EU, das Funktionieren und Zusammenspiel der Institutionen.
- Die Geschichte der EU und der Verlauf der europäischen Integration werden als Erfolgsgeschichte präsentiert.
- Die Vermittlung eines positiven Bildes und der Vorteile der EU für Luxemburg und die Welt stehen im Vordergrund.

Kann es also sein, dass Begeisterung für die EU quasi ein verstecktes bildungspolitisches Ziel ist? Die Frage lässt sich nicht abschließend beantworten, vor allem, weil keine klaren Ziele in schriftlich formulierter Form vorliegen.

5. Was passiert im Unterricht?

Die kurze Analyse zeigt, dass es keine stringent organisierte Europabildung in Luxemburg gibt. Allerdings ist bis dato auch unbekannt, was tatsächlich im Unterricht passiert. Sowohl im Sprachenunterricht als auch in Geschichte, Geographie oder in dem Fach „Leben und Gesellschaft", das seit 2016 den Religionsunterricht in allen Schulen ersetzt, greifen Lehrerinnen und Lehrer sicher aktuelle Themen auf, sei es im Kontext von EU-Wahlen oder bei Fragen, die einen aktuellen politischen Hintergrund haben (z. B. Brexit). Zur Unterrichtspraxis gibt es jedoch noch keine systematischen Untersuchungen.

6. Europäische Programme und Angebote der Stiftung Zentrum fir politesch Bildung

Fest steht, dass sich europäische Bildungsprogramme an vielen luxemburgischen Schulen großer Beliebtheit erfreuen:

- Das *European Parliament Ambassador School Programme (EPAS)* des Büros des EU-Parlaments in Luxemburg hat die Sensibilisierung für die europäische parlamentarische Demokratie zum Ziel. Hier wird der Austausch zwischen Schülerinnen, Schülern und den sechs luxemburgischen EU-Abgeordneten gefördert. Aus diesem Programm heraus ergeben sich Teilnahmen am *Model European Parliament,* einem Simulationsworkshop. Auch Exkursionen nach Straßburg und Brüssel finden in diesem Kontext regelmäßig statt.
- Das *Erasmus+-Programm* zum Austausch sowohl zwischen Jugendlichen als auch Lehrkräften aus verschiedenen EU-Ländern wird häufig genutzt.
- Das *Schuman-Programm* ermöglicht Schülerinnen und Schülern der 8. und 9. Klassen zweiwöchige Aufenthalte in Gastfamilien in der Großregion. Das *European Youth Parliament* und die *European Youth Delegates* bieten Jugendlichen die Möglichkeit bzw. Plattformen, sich aktiv mit (und für) Europa auseinander- und einzusetzen.

Viele Lehrerinnen und Lehrer haben großes Interesse an diesen Programmen. Die Teilnahme an europäischen Austauschprogrammen oder ähnlichen Initiativen wird von den Schulleitungen befürwortet und vom Bildungsministerium unterstützt.

Die 2016 vom Bildungsministerium gegründete Stiftung Zentrum fir politesch Bildung hat anlässlich der Europawahl im Jahr 2019 eigene Angebote entwickelt, die sich sowohl an Lehrkräfte der Grund- als auch der Sekundarschulen richten und in verschiedenen Fächern einsetzbar sind. Es handelt sich um unterschiedliche Formate: Kurzvideos, Informationsmaterial in leichter Sprache, Arbeitsblattsammlungen und Hintergrundinformationen zum Thema Europa und Europawahlen. Das Material soll den Lehrkräften nicht nur zusätzliches und aktuelles Unterrichtsmaterial zur Verfügung stellen, sondern die Lehrerinnen und Lehrer bei der Realisierung einer kritischen Europabildung unterstützen. Die Angebote sind mehrsprachig (vor allem Deutsch und Französisch), daneben wird

Abb. 4: Der Film „Du und die EU“

Der Film „Du und die EU“ entstand in der Reihe *Kannerkamera* (Kinderkamera). Bei diesem Projekt realisierten Kinder für Kinder Filme zum Thema „Europäische Union“. Sie setzten sich zunächst mit Fragen zur EU auseinander, schrieben das Drehbuch und drehten die Szenen.

mit luxemburgischen, englischen und portugiesischen Publikationen der Mehrsprachigkeit des Landes Rechnung getragen.

7. Sprachenlernen, Sprachpraxis und Europabildung

Tatsächlich spielt die eben erwähnte Mehrsprachigkeit eine nicht unwesentliche Rolle im Kontext der Spurensuche zur Europabildung. Das Erlernen vieler Sprachen ist ein Schwerpunkt der Luxemburger Bildungspolitik. Jedes Kind lernt und spricht Luxemburgisch, Deutsch, Französisch und Englisch. Sprachunterricht kann man sicher als Teil einer Europabildung sehen, zumal er, wie in den allgemeinen Zielen im Gesetz zur Sekundarschule von 2017 formuliert, dazu beitragen soll, nicht nur Sprachkenntnisse zu fördern, sondern auch die europäische Literatur und die ihr zugrundeliegenden Kulturen zu verstehen. Im Unterricht sollen „Sprachen, Literaturen, Kulturen und Zivilisationen des Großherzogtums, der Großregion und der europäischen Union" thematisiert werden (Art. 17). Der Sprachunterricht soll einen wesentlichen Teil dazu beitragen, sich mit Europa auseinanderzusetzen, wenn nicht sogar sich „europäisch zu fühlen", nicht zuletzt, weil es „normal" ist, sich in allen Nachbarländern verständlich zu machen, französische, deutsche und belgische Radiosender zu hören, TV-Programme anzusehen und sich insofern immer mal wieder – auch unbeabsichtigt – als Mittler zwischen unterschiedlichen Welten wiederzufinden. Die europäische Dimension scheint in gewisser Weise zum Selbstverständnis der Luxemburgerinnen und Luxemburger zu gehören. Hier ist vielleicht auch die Erklärung zu suchen, warum es keine stringent organisierte Europabildung in Luxemburg gibt: In den Schulen wird einerseits Wissen über die Geschichte der EU und die EU-Institutionen in verschiedenen Unterrichtsfächern vermittelt und andererseits ist „Europa" für die jungen (quasi *de facto*) Europäerinnen und Europäer längst eine Selbstverständlichkeit geworden. Beide Dimensionen sind so allgegenwärtig, dass sich – bis heute – niemand die Frage gestellt hat, wie man Europabildung eigentlich genau machen müsste.

8. Perspektiven für eine Europabildung in Luxemburg

Die EU und Europa sind im Bildungswesen des Großherzogtums also durchaus präsent. Was allerdings noch fehlt, sind eine profunde Reflexion über mögliche Bildungsziele, Methoden, Inhalte und Konzepte einer Europabildung, Unterrichtsforschung und nicht zuletzt Politiklehrerinnen und Politiklehrer, die eine kritische politische Europabildung umsetzen können.

Die Leitfrage für das Konzept der Europabildung in Luxemburg könnte lauten: „[Was sollen] alle Menschen, die in Europa und der EU leben, können und wissen […], um aktiv und kompetent an der europäischen Integration und dem gesellschaftlichen, politischen und kulturellen Leben in Europa partizipieren zu können." (LISUM 2019, 5). Im Idealfall wäre Europabildung als Querschnittsthema in allen Unterrichtsfächern präsent – in den sozialwissenschaftlichen Fächern auf jeden Fall. Ferner könnte man darüber nachdenken, wie man Kooperationen mit außerschulischen Partnern und die Teilnahme an Programmen der EU in Schulen kohärent implementiert. Für Luxemburg wäre die systematische Einbeziehung der Großregion wichtig, zumal die Zusammenarbeit hier schon teilweise funktioniert, z. B. was transnationale Praktika vor allem im Bereich der Berufsausbildung angeht.

Abschließend noch ein Ergebnis der anfangs zitierten Umfrage: Während 36 Prozent der Befragten in Luxemburg laut dem Eurobarometer 2019 „Hoffnung" mit der Europäischen Union verbinden, so sagen doch auch 28 Prozent, dass das erste Gefühl, das ihnen im Zusammenhang mit der EU in den Sinn kommt, „Zweifel" ist. Diese Zwiespältigkeit kombiniert mit der Tatsache, dass die EU sozusagen schon in luxemburgischen Klassenzimmern „sitzt", bietet gute Voraussetzungen, um eine „echte" Europabildung zu denken und umzusetzen.

Anmerkungen

1 Das entspricht einem Verhältnis von 39 Prozent (EU-Ausländer) zu acht Prozent (Nicht-EU-Ausländer). Im Vergleich: Das Verhältnis zwischen EU-Bürgerinnen und -Bürgern und Nicht-EU-Bürgerinnen bzw. -Bürgern liegt in Deutschland bei fünf Prozent zu sieben Prozent (Stand 25.06.2020). URL: https://ec.europa.eu/eurostat/web/products-eurostat-news/-/DDN-20200625-1 [15.07.2020].

2 Zahlen zur Bevölkerung findet man beim nationalen statistischen Institut: www.statec.lu. URL: https://s.42l.fr/uBYh23Av [21.01.2021].

3 Eurobarometer 2019: Emotions and Political Engagement Towards the EU. URL: https://www.europarl.europa.eu/at-your-service/files/be-heard/eurobarometer/2019/emotions-and-political-engagement-towards-the-eu/report/en-flash-2019.pdf [15.07.2020].

4 Plan d'études école fondamentale, S. 160. URL: https://frama.link/jTvfxSUU [15.07.2020]

Literatur

Internetseite der Stiftung Zentrum fir politesch Bildung: www.zpb.lu.

Landesinstitut für Schule und Medien Berlin-Brandenburg (LISUM) (2019): Orientierungs- und Handlungsrahmen für das übergreifende Thema Europabildung in der Schule. Ludwigsfelde.

Béatrice Ziegler

„Europa“ als Thema der politischen Bildung in der Deutschschweiz

Eine „politische Europabildung“ ist in der Deutschschweiz nur ansatzweise ein Gegenstand schulischen Unterrichts. Dies hat zum einen mit der nach wie vor unklaren Standortbestimmung der Schweiz in einem – zunehmend vernetzten – Europa zu tun. Zum anderen damit, dass es bis in die jüngste Zeit auch keine professionalisierte politische Bildung gegeben hat (Waldis/Ziegler 2019). Dieser Beitrag beginnt deshalb mit einigen allgemeinen Erläuterungen zur politischen Bildung in der Schweiz (1). Dabei soll die Positionierung der „politischen Europabildung“ vor und mit dem 2014 verabschiedeten Lehrplan für die Volksschule in den deutschschweizerischen Kantonen vorgestellt werden (2.1). Weiter werden dann aufgrund eher spärlicher Forschungsergebnisse Perspektiven auf die „politische Europabildung“ in der Schweiz geworfen (2.2-2.4), bevor ein Fazit gezogen wird (3).

1. Politische Bildung in der formalen Bildung der Schweiz – ein Blick zurück

In einer Zeit, in welcher in der Bundesrepublik Deutschland das Schulfach Politische Bildung, begleitet von der universitären Verankerung der Didaktik der politischen Bildung, aufgebaut worden ist, ist politische Bildung in der Schweiz als ein Resultat der individuellen Sozialisierung in die Gesellschaft gedacht worden. Eltern haben als verantwortlich für die Vermittlung von Wissen, Interesse und Partizipationsbereitschaft gegolten. Der frühe Einbezug (schon als Kinder, Jugendliche oder junge Erwachsene) in Vereinsaktivitäten sollte den Gemeinschaftssinn und die Praxis des Engagements hervorbringen und festigen (Ziegler 2014, 552-553; Ziegler 2018b). Politische Bildung war zudem lange zutiefst geschlechtsspezifisch. Von jungen Mädchen bzw. Frauen wurde ein politisches Interesse nicht erwartet. Sie waren ja auch bis 1971 vom Stimm- und Wahlrecht ausgeschlossen. Entsprechend sollte ihr Gemeinschaftssinn auf karitative Freiwilligenarbeit gelenkt werden (EKF 2019; Lötscher/Schneider/Ziegler 2016).

Entsprechend der Erwartung, die gesellschaftliche Sozialisierung bringe politische Bildung hervor, war in der Volksschule keine politische Bildung vorgesehen. Im Geschichtsunterricht wurden Schülerinnen und Schüler mit den Gründungsmythen vertraut gemacht, was auch einer Wertevermittlung gleichkam: z. B. Wilhelm Tell als der freiheitsliebende Individualist oder der Rütlischwur als das Bekenntnis zum Zusammenhalt verständiger Männer. Für die Sekundarstufe I (Sek I) erwartete man von Lehrpersonen, dass sie im Kontext der schweizerischen Staatsgründung einige wenige Stunden den Institutionen des Bundesstaates widmeten, wobei die Gewaltenteilung für zentral erachtet wurde. Daneben sollten sie eine meist ein- oder zweistündige methodische Einführung in das Wählen und Abstimmen durchführen. Am Gymnasium erhielten die Schüler und weniger die Schülerinnen im Geschichtsunterricht ein historisch geprägtes Wissen und die Fähigkeit zur Urteilsbildung an historischen Themen vermittelt, was als gute Voraussetzung für politisches Urteilen und Handeln eingeschätzt wurde. In den Berufsschulen nach den 1970er-Jahren bot der Allgemeinbildende Unterricht (ABU) relativ viel Zeit und Möglichkeiten für den Unterricht in politischer Bildung, was von vielen Berufsschullehrpersonen wahrgenommen wurde. Allerdings erfolgten um das Jahr 2000 für den ABU-Unterricht massive Stundenkürzungen, und der Unterricht in politischer Bildung wurde auf die Arbeitswelt fokussiert.

Die Unterschiedlichkeit dessen, was in den Schulen an politischer Bildung tatsächlich geschehen sein mag, war auch beeinflusst davon, dass Lehrpläne bis 2014 kantonal waren und für Gymnasien teilweise in jeder Schule ein eigener Lehrplan existierte. Insgesamt war der Unterricht zur politischen Bildung so gut und so engagiert, wie der einzelne Lehrer bzw. die einzelne Lehrerin sich dieser Aufgabe widmete. Es ist nicht bekannt, dass das Unterrichten von Politik in der Lehrerausbildung fest verankert gewesen wäre. Wie die Studie von Nadine Ritzer zum Geschichtsunterricht im Kalten Krieg zeigt, wurden insbesondere gesellschaftskritische Lehrpersonen (in ihrer schulischen Tätigkeit) zudem scharf beobachtet und allenfalls auch sanktioniert (vgl. Ritzer 2015, insbes. Kap. III und IV).

2. „Politisches Europalernen“

2.1 „Europalernen“ im Lehrplan 21

2014 wurden neue Lehrpläne für die obligatorische Schulzeit (elf Jahre, davon zwei ehemals Kindergartenjahre) in Kraft gesetzt und zur Einführung durch die Kantone freigegeben. Zum ersten Mal werden seither Kinder kantonsübergreifend nach dem gleichen sprachregionalen Lehrplan unterrichtet (EDK, o. J.). Für den deutschsprachigen „Lehrplan 21 (LP21)“ wurde vorgesehen, „Nachhaltige Entwicklung“ als fächerübergreifende Leitidee zu konzipieren und zur Bildung für Nachhaltige Entwicklung (BNE) verschiedene Themen in die Fachbereiche zu integrieren. Für das Thema „Politik, Demokratie und Menschenrechte“ erfolgte die Integration für die Primarschule (1. bis 6. Klasse) in den Fachbereich „Natur, Mensch, Gesellschaft (NMG)“, für die Sekundarstufe I (7.-9. Klasse) in den Fachbereich „Räume, Zeiten, Gesellschaften (RZG)“ (vgl. Abb. 1, S. 156).

Das Grundlagenthema von „Politik, Demokratie und Menschenrechte“ wurde wie folgt spezifiziert: „Demokratie und Menschenrechte sind Grundwerte unserer Gesellschaft und bilden zusammen mit der Rechtsstaatlichkeit die Leitlinien für die Politik. Die Schülerinnen und Schüler befassen sich mit unter-

Abb. 1: Die Integration des überfachlichen Themas „Politik, Demokratie und Menschenrechte“ in die Fachbereiche des LP 21

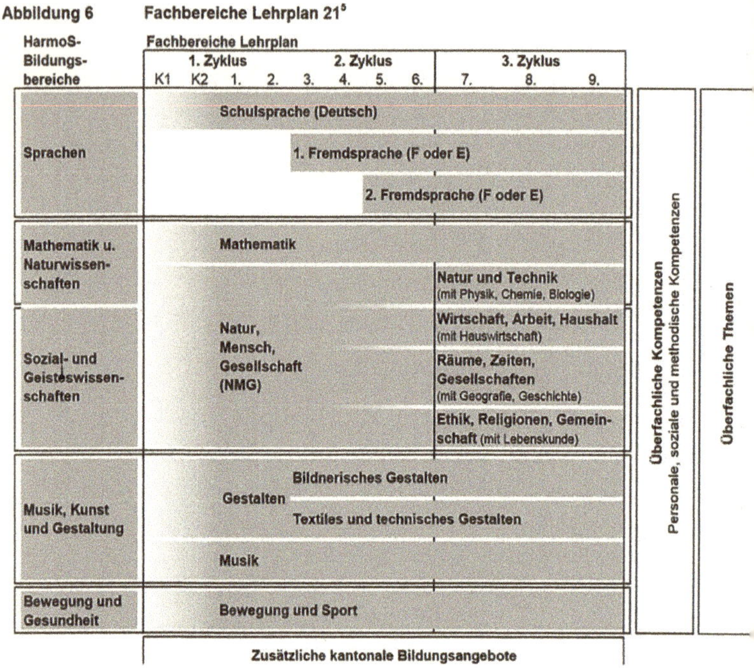

Quelle: www.lehrplan21.ch

schiedlichen Gesellschaftsformen, Traditionen und Weltsichten, diskutieren deren Entstehung und Wandel und lernen historische, gesellschaftliche und politische Zusammenhänge verstehen. Sie setzen sich mit politischen Prozessen auseinander, lernen diese zu erkennen, verstehen Grundelemente der Demokratie und kennen grundlegende Funktionen öffentlicher Institutionen. Sie befassen sich mit den Menschenrechten, kennen deren Entwicklung und Bedeutung und sind in der Lage, Benachteiligung und Diskriminierungen zu erkennen. Die Schülerinnen und Schüler engagieren sich in der schulischen Gemeinschaft und gestalten diese mit. Sie lernen, sich eine eigene Meinung zu bilden, eigene Anliegen einzubringen und diese begründet zu vertreten. Sie befassen sich mit dem Verhältnis von Macht und Recht, diskutieren grundlegende Werte und Normen und setzen sich mit Konflikten, deren Hintergründe sowie möglichen Lösungen auseinander“ (LP21, BNE, 2014).

Diese breite, wenig systematische und primär normative Auslegeordnung wurde für die betreffenden Kompetenzformulierungen für die Primarschule (NMG Kompetenzbereich 10) und für die Sekundarstufe I (insbesondere RZG Kompetenzbereich 8, teilweise auch implizit Fachbereich Ethik, Religionen, Gemeinschaft – ERG) beigezogen. Der achte Kompetenzbereich von RZG lautet: „Demokratie und Menschenrechte verstehen und sich dafür engagieren“. Er ist in drei Kompetenzen aufgefächert. Davon heißt die dritte: „Die Schülerinnen und Schüler können die Positionierung der Schweiz in Europa und der Welt wahrnehmen und beurteilen“ (LP21, RZG, 2014, Abb. 2). Diese Facette kann in gewisser Weise an den sechsten Kompetenzbereich von RZG angeschlossen werden, der mit „Weltgeschichtliche Kontinuitäten und Umbrüche erklären“ überschrieben ist. Darin wird die Geschichte des 20. und 21. Jahrhunderts thematisiert und auch nach ihren Wirkungen für heute befragt, was weiter unten bei der Analyse der Lehrmittel nochmals bedeutsam wird.

„Europalernen“ oder Lernen zur „Positionierung der Schweiz in Europa (...)“ ist keine klare Fassung politischen Lernens. Europa ist vorerst ein geographischer Begriff. Weiter wird er auch in den EU-Staaten häufig als Kürzel für die Zugehörigkeit zu und Wertschätzung einer ganzen Bandbreite von identitären Merkmalen des „Kulturraums Europa“ verwendet. Diese reichen vom „christlichen Abendland“ bis zum Hort der Menschenrechte und der Demokratie. Wobei zumindest letztere Merkmale mit der politischen Verfasstheit der Gesellschaften in diesem Raum zu tun haben. Der diffuse Charakter der Kompetenzformulierung setzt sich dann in den Kompetenzfacetten fort (vgl. Abb. 2).

Abb. 2: „Europalernen" als Kompetenz im Lehrplan 21

◀ Vorangehende Kompetenzen: NMG.10.4 Querverweise

3. Die Schülerinnen und Schüler können die Positionierung der Schweiz in Europa und der Welt wahrnehmen und beurteilen.

Geschichte: Politische Bildung

RZG.8.3 Die Schülerinnen und Schüler ...

3	a	» können ausgewählte Ziele und Anliegen sowie die Entwicklung einer internationalen Organisation beschreiben, bei der die Schweiz Mitglied ist. ≡UNO
	b	» können Phasen der europäischen Einigung aufzählen und dabei die Position der Schweiz charakterisieren. ≡Neutralität; Europarat; OSZE
	c	» können unterschiedliche Positionen zum Verhältnis Schweiz - Europa skizzieren und selber dazu Stellung nehmen.

Quelle: www.lehrplan21.ch

Die Thematisierung von Europa (in der dritten Facette der Kompetenzbeschreibung 8) erfolgt der Lehrplanstruktur gehorchend also als sogenannte Kompetenzen: es handelt sich um Könnens-Formulierungen, die relativ eng an konkrete Inhalte gebunden sind. Diese Könnens-Formulierungen können zum einen hinsichtlich der verwendeten Operatoren, zum andern bezüglich der angesprochenen Inhalte kommentiert werden.

Zu den Operatoren: Die Lehrplanlogik gibt vor, dass die hier gezeigten drei Facetten als Graduierung der Kompetenz begriffen werden sollen: So heißt es in 3.a zu den internationalen Organisationen „beschreiben", in 3.b zur europäischen Einigung gar „aufzählen" und „charakterisieren", während dann in 3.c unterschiedliche Positionen „skizziert" und schließlich „Stellung genommen" werden soll (was wohl als einfache Form von Urteilsbildung zu verstehen ist). Damit zeigt sich, dass sowohl die internationalen Organisationen wie die Etappen der europäischen Einigung nicht Gegenstand von Befragung und Beurteilung sind, sondern Wissenselemente, die auf der Ebene reiner Faktenvermittlung zur Verfügung gestellt werden können. Die dritte Facette fordert auf, politische Positionen zum Verhältnis Schweiz-

Europa zu erkennen und zu benennen und dabei sich selbst positionieren zu können. Darunter kann viel verstanden werden, und es hängt von der Lehrperson ab, wie sie das Thema im Unterricht aufgreift. Allerdings signalisiert der Subtext im Rahmen des schweizerischen Europadiskurses, dass hier (wie auch jetzt schon vielerorts Praxis, vgl. dazu 2.3) die Verlautbarungen der Parteien, der Gewerkschaften und der *Economiesuisse* (Wirtschaftsdachverband) bezüglich der Beziehungen zur EU angeschaut werden und auf dieser Grundlage eine eigene Positionierung der Schülerinnen und Schüler erfolgen soll (vgl. auch Ziegler 2018a, 39-42).

Zum Inhalt: Ein Minimalwissen zur UNO ist das Ziel der ersten Facette, denn auch wenn diese viel offener formuliert ist, zeigt der Zusatz UNO einen obligatorisch zu thematisierenden Inhalt an (LP21, Überblick, 2014). Die zweite Facette thematisiert die Geschichte der europäischen Einigung mit den verpflichtenden Inhalten „Neutralität“, „Europarat“ und „OSZE“. Die EU und ihre Vorläuferorganisationen dagegen bleiben unerwähnt, also vernachlässigbar. Angesichts dieser Nicht-Thematisierung der EU beim Beschreiben, Aufzählen und Charakterisieren kann man sich die Frage stellen, auf welcher Grundlage Schülerinnen und Schüler das Verhältnis der Schweiz zu Europa und eben der EU überhaupt beurteilen sollen.

2.2 „Europalernen“ in aktuellen Lehrmitteln

Nachdem der Lehrplan 21 ein Lernen zur Schweiz in Europa verlangt, ist es von Belang, wie dieses Europa in aktuellen Lehrmitteln verstanden und thematisiert wird. Markus Furrer hat kürzlich das Europakonzept der beiden deutschschweizerischen Geschichtslehrmittel (mit politischer Bildung) untersucht (Furrer 2019), die mit Bezug zum LP21 entwickelt worden sind. Ausgehend von Schriften der Geschichts- und Politikwissenschaft zu Diskursen zu Europa, europäischer Identität bzw. europäischem Bewusstsein entwickelte er Kategorien zur Inhaltsanalyse von Lehrmitteln. Speziell kristallisiert er aus schweizerischen Werken Gesichtspunkte der Europabetrachtung heraus: nämlich „Kleinstaatlichkeit", die Lage „mittendrin" und die Verflechtung (von schweizerischen Sprachregionen) mit benachbarten „Kulturräumen", die zur Folge hat, dass Identität nicht auf (den Zusammenhalt der Schweiz gefährdende) Kultur, sondern stark auf Republikanismus, Föderalismus, direkte Demokratie und Neutralität lenkt. Mit diesen Kategorien untersucht er *zeitreise* (Bde. 1-3, Klett & Balmer, 2016-18) und *Gesellschaften im Wandel* (Bde. 1-2, Lehrmittelverlag Zürich, 2017), wobei er den Quellenband („Archiv") und die Online-Materialien zu politischer Bildung von *Gesellschaften im Wandel* leider nicht einbezog. Er eruierte, dass die Textstellen der Lehrmittel zu „europ*" am stärksten den Kategorien „das Europa gemeinsamer Strukturen" und „das Europa der Europäisierung" zuzuordnen sind. Dies bedeutet, dass in den beiden Lehrmitteln zum einen die Transnationalität struktureller Merkmale herausgearbeitet werden und zum anderen Europa nicht als eine zeitlose, allenfalls auch geographische Größe begriffen wird, sondern als ein sich über die Zeit wandelndes Konstrukt eingeführt wird.

Mit diesem Befund kann vorerst festgehalten werden, dass im Fachbereich RZG der Geschichtsunterricht mit beiden Lehrmitteln die Möglichkeiten eröffnet, die politische Bildung zur Thematik Europa auf ein prozesshaftes Verständnis der europäischen Gesellschaft, Kultur und Politik und mit Sicht auf gemeinsame Strukturen in europäischen Staaten aufzusetzen. Insofern ermöglicht dieser Geschichtsunterricht, eine isolationistische Sicht auf die Schweiz in Europa zu vermeiden. Zudem unterstützen die Lehrmittel die Lehrpersonen darin, die vorgegebenen Operatoren der Kompetenzfacetten des politischen Europalernens (RZG 8.3) „beschreiben", „skizzieren" sowie „Stellung nehmen" in Richtung einer Analyse von Zusammenhängen heutiger politischer Ordnungen bzw. einer Dekonstruktion von Positionierungen bezüglich der Schweiz in Europa zu entwickeln. Dies allerdings verlangt die entsprechende Ausbildung von Lehrpersonen.

Zudem thematisieren die Lehrmittel die europäische Einigung als Ausdruck eines Friedensprojektes. Sie beziehen im Gegensatz zum LP21 die EU und ihre Vorläuferinstitutionen zentral mit ein und thematisieren nicht nur die Geschichte der Einigungsbestrebungen, sondern auch die heutige EU. In den Vorschlägen zur Jahresplanung wird aber auch deutlich, wie wenig Zeit für dieses – wie für alle anderen Themen – zur Verfügung steht.

Die aktuellen Lehrmittel ermöglichen den Lehrpersonen also, den Schülerinnen und Schülern eine differenzierte und mehrperspektivische Sicht auf europäische Institutionen und die Position der Schweiz in Europa zu eröffnen, aber eine eigentliche fachliche Perspektive der politischen Bildung ist damit noch nicht angebahnt.

2.3 Lehrpersonen und „politisches Europalernen“

Lehrplan und Lehrmittel verlangen den Lehrpersonen einiges ab, wenn sie die Schülerinnen und Schüler bezüglich Europa politisch bilden wollen, wie sichtbar geworden ist. Forschungen zu Lehrpersonen in der Deutschschweiz und ihrem Unterricht zu Europa als Thema der Fächer Geschichte und Politische Bildung sind spärlich.

In der länderübergreifenden TEESAEC-Studie wurde in erster Linie Wissen von Schülerinnen und Schüler getestet (Weißeno/Eck 2009). Das schweizerische Team konnte aber die Zusammenarbeit nutzen, um neben der quantitativen Auswertung von Multiple-Choice-Fragestellungen für Lernende qualitative Untersuchungen durchzuführen (Ziegler/Reinhardt 2012). Insbesondere wurden auch Einstellungen und Vorstellungen von sieben Lehrpersonen der Sekundarstufe I (Sek I) mittels halb strukturierter Interviews erhoben (Aschwanden 2012). Ein spezieller Fokus lag dabei auf den Vorstellungen und Einstellungen von Lehrpersonen zum Lernen und Lehren zu Europa. Die Lehrpersonen, so Gina Aschwandens Schlussfolgerungen, fühlten sich bei dieser Thematik – wie erwartet – arg gefordert und benötigten Unterstützung durch Materialien. Sie erachteten das Thema als wichtig, nicht weil sie eine politische Affinität zu einem möglichen EU-Beitritt hätten, sondern – im Gegenteil – weil sie die politische Frage des Verhältnisses der Schweiz zur EU für zukünftige Stimmfähige für wichtig erachteten. Die Lehrpersonen hatten zudem vom schulischen Schwerpunkt Schweiz-EU genau die Vorstellung, die sich inzwischen im LP21 niedergeschlagen hat: Sie verbanden das Thema primär mit Faktenwissen. Demgegenüber wurde die EU als Ort politischer Aushandlung und Interessenwahrnehmung als sehr verwirrend eingeschätzt.

Die Lehrpersonen betonten außerdem mehrheitlich, dass sie sich an den Prinzipien des Beutelsbacher Konsenses orientierten, ohne dass derselbe in ihrer Ausbildung Thema gewesen wäre (Welge/Ziegler 2016). Sie interpretierten ihn aber eher als Pflicht zur eigenen „Neutralität". Die Idee, die eigene politische Position den Schülerinnen und Schülern nicht zu erkennen geben zu dürfen, hat eine lange Tradition (vgl. Ritzer 2015, Kap. IV). Die Lehrpersonen sehen dies eben auch als Schutz vor elterlichen Interventionen oder zur Vermeidung von Schwierigkeiten mit den Schulbehörden (Aschwanden 2012). Dies zeigt, dass sie die politische Dimension des Unterrichts in politischer Bildung als Bürger oder Bürgerin verstehen, statt dieselbe professionell einordnen und behandeln zu können. Angesichts weitgehenden Fehlens einer Ausbildung für die politische Bildung verwundert dies nicht.

Zeitgleich zur Einführung des LP21 hat ein Team von Monika Waldis bis zum Februar 2020 ein Nationalfonds-Projekt zur politischen Bildung im fächerübergreifenden Unterricht mit Geschichte auf Sek I-Stufe durchgeführt.[1] Noch sind die Ergebnisse zu den Coaching-Gesprächen, die mit den Teilnehmerinnen und Teilnehmern eines Weiterbildungskurses zur politischen Bildung geführt wurden, nicht veröffentlicht. Jedoch liegen die Analysen der videografierten Umsetzungen des Themas Europa im Unterricht vor (Thyroff/Scheller/Schneider/Waldis 2020). Darin zeigte sich erneut, dass Lehrpersonen vor allem Institutionenwissen hervorbringen wollen. Obwohl die videografierten Lehrpersonen die Unterstützung durch ein Coaching, das im Rahmen des Projekts angeboten wurde, als hilfreich erlebten (Waldis/Schneider/Hedinger/Thyroff 2017), fühlten sie sich weder in der politischen Perspektive noch im Thema zuhause. Zudem führte die mangelnde Expertise dazu, dass die Lehrpersonen trotz oberflächlicher Beachtung der Prinzipien des Beutelsbacher Konsenses diskursiv dominante Alltagsvorstellungen und Beurteilungen zum Verhältnis Schweiz-EU entweder als gesicherte Sachverhalte oder über den Alltagsdiskurs, in dem sie im Unterricht verhaftet blieben, transportierten (Waldis/Schneider/Hedinger/Thyroff 2017; Waldis/Scheller 2019; vgl. auch Ziegler 2018a).

Die bisher vorhandenen Texte zum Umgang von Lehrpersonen mit der politischen Europabildung zeigen, dass diese unbedingt Unterstützung brauchen im Sinne von Aus- und Weiterbildung in politischer Bildung und ihrer Didaktik. Erst damit kann auch erwartet werden, dass politische Bildung im fächerübergreifenden Unterricht politische Kompetenz aufzubauen imstande ist. Vorläufig lässt sich allerdings über die Konsequenzen der Integration von „Politik, Demokratie und Menschenrechte“ als fächerübergreifendes Thema in den LP21 für das Angebot der Pädagogischen Hochschulen zur politischen Bildung nichts Verlässliches sagen. Bisherige Aussagen zu den Möglichkeiten einer Integration von politischer Bildung in die Ausbildungsprogramme für Lehrpersonen der Volksschule deuten darauf hin, dass sehr wenig Gewicht auf die Domäne gelegt wird und gelegt werden kann.

2.4 Politisches Wissen zu und Interesse an der EU von Schülerinnen und Schülern der Sekundarstufe I

Zu den Kompetenzständen von Sek I-Schülerinnen und -schülern in der Schweiz bezüglich der politischen Europabildung ist nur wenig geforscht worden (vgl. Reinhardt 2012). Deshalb wird hier zuerst kurz auf Erkenntnisse zu politischer Bildung insgesamt eingegangen: Die Schweiz hat an zwei Vergleichsstudien, an der CivEd (1999) und an der ICCS (2009) teilgenommen. Die Ergebnisse bezüglich des Wissens sind in beiden Studien in etwa gleich und stufen die Schülerinnen und Schüler der achten Klasse im Ländervergleich in einem mittleren Drittel ein. 1999 lagen sie dabei eher im unteren, 2009 eher im oberen mittleren Drittel. Diese Positionierung ist nicht besonders gut, wenn berücksichtigt wird, dass die berufliche Stellung der Eltern einen hohen Einfluss hat auf die politische Kompetenz und in der Schweiz hohe und mittlere berufliche Qualifikationen wesentlich stärker vertreten sind als in den meisten Ländern. Die Studie von Horst Biedermann u. a. (2010) hat zudem deutlich gemacht, dass – erwartungsgemäß – zwischen 1999 und 2009 kaum eine Verbesserung der Leistungsscores erfolgte. Insbesondere der Befund, dass das untere Drittel deutlich abfällt, lässt aufhorchen. Prädiktoren der Leistungsvarianz sind wie erwähnt die berufliche Stellung der Eltern, ein Migrationshintergrund und das Interesse der Eltern an Politik. Obschon nur ein Teil der Varianz damit erklärt werden kann, wird dadurch zumindest deutlich, dass eine ausgleichende Wirkung des schulischen Unterrichts als Einflussfaktor nicht feststellbar ist.

Zum Wissen und Interesse von Sek I-Schülerinnen und -schülern zur EU können Aussagen aus der TEESAEC-Studie gewonnen werden: Das Wissen der Schülerinnen und Schüler wurde vor und nach einer Intervention mit Fragen erhoben, die mittels Multiple-Choice-Verfahren auf Konzepte der politischen Bildung zum Entscheidungsverfahren und zu den involvierten Institutionen in der EU abzielten. Im Vergleich zu den deutschen Lernenden schnitten die schweizerischen Schülerinnen und Schüler bezüglich ihres Wissens zur EU unterdurchschnittlich ab: Ihr Interesse an der Thematik war, allerdings wie überhaupt an der Politik, mässig (Waldis/Ziegler 2012).

Bereits 2007 hatte Margrit Stamm 16-Jährige zu ihren Einstellungen zu „Europa“ befragt. Das Resultat, allerdings aufgrund nur weniger Items, war ernüchternd: Es konnte ein starkes Desinteresse festgestellt werden. Die Einstellungen gegenüber „Europa“ waren von persönlichem Nutzen geprägt (Reisemöglichkeiten z. B.). Gymnasiastinnen und Gymnasiasten waren grundsätzlich aufgeschlossener als Absolvierende anderer Schularten. Diese Resultate könnten auf ein grundsätzliches Motivationsproblem beim Thema hindeuten und darauf, dass die Schülerinnen und Schüler zuerst hinsichtlich der Bedeutung der EU auch für die schweizerische Politik sensibilisiert werden müssten. Allerdings sind seit Stamms Befragung immerhin mehr als zehn Jahre vergangen. Aber es zeigte sich auch in der TEESAEC-Studie, dass die Motivation und das Wissen der Schülerinnen und Schüler, die einen Online-Studiengang zur Entscheidungsfindung in der EU absolvierten, in der Nachbefragung abgesunken waren. Demgegenüber waren die Werte derjenigen, die das Thema mit ihrer Lehrperson bearbeitet hatten, weniger schlecht. Auch wenn das Sample und die Modalitäten der Durchführung der Testung kritisch kommentiert werden müssen (Waldis/Ziegler 2012, 50-52), könnte dies darauf hindeuten, dass es besonderer Rahmung des Themas bzw. der Motivierung durch die Lehrperson bedarf, um die Aufmerksamkeit der schweizerischen Schülerinnen und Schüler zu gewinnen. Verlässlichere Aussagen zu Interesse, Wissen, Einstellungen zur EU heutiger Jugendlicher müssten allerdings mit einer neuerlichen Befragung erhoben werden.

3. Fazit: Das Thema „Europa" im Deutschschweizer Unterricht zu politischer Bildung

Die Resultate früherer Studien beinhalten, dass das Wissen zu und das Interesse an Themen der auf den europäischen Raum gerichteten politischen Bildung bei schweizerischen Lernenden der Sekundarstufe I gering waren. Der 2014 zur Einführung freigegebene Lehrplan LP21 ermöglicht und verlangt die Thematisierung der europäischen Einigungsvorgänge und der bestehenden Institutionen, wobei die EU nachrangig gesehen wird. Lehrmittel bieten zudem die Chance, dass Lehrpersonen in der Kombination von Geschichte und Politik auf die Ursachen und Bedingungen vergangener und gegenwärtiger Einigungsvorgänge und Problemlösungsversuche, auch im Rahmen der EU, vertiefter eingehen können. Eine eigentlich fachliche Auseinandersetzung im Rahmen politischer Bildung wird allerdings nicht angebahnt – dies beginnt mit dem diffusen Begriff „Europa", setzt sich bei den Operatoren der Kompetenzbeschreibungen des Lehrplans fort, die, zusammen mit den Stichworten der verlangten Inhalte, ein Pauken von oberflächlichem Wissen begünstigen.

Lehrpersonen sind für die politische Bildung nicht gerüstet und manche fühlen sich insbesondere bei den Themen des Europalernens wenig kompetent. Sie nehmen die EU als eine verwirrende und diffuse Institution wahr. Die aktuelle Unterrichtsforschung zum Thema Europalernen in der politischen Bildung, die Gegenstand des erwähnten SNF-Projekts ist, macht deutlich, dass sich weder an der bisherigen Orientierung auf Wissensvermittlung noch an der mangelnden Fachlichkeit Wesentliches verändert hat. Zwar wird das Verhältnis Schweiz-EU kontrovers dargestellt (vgl. auch Thyroff/Waldis 2018), aber die europäischen Institutionen selbst werden weder in ihrer Konstruktivität noch in ihrer Kontroversität und Konflikthaftigkeit erarbeitet. Schülerinnen und Schüler werden praktisch ausschließlich als Rezipienten des diesbezüglichen Unterrichts verstanden, ihre Urteils- und Handlungskompetenz kaum adressiert.

Wenn die bereits Tradition besitzenden institutionellen Zwänge und Mängel in der politischen Bildung (zu Europa und insbesondere die EU) berücksichtigt werden, ist davon auszugehen, dass der alltägliche Diskurs zu Schweiz-Europa gegenüber der schulischen Vermittlung bei Jugendlichen ein großes Gewicht besitzt. Damit können Jugendliche eine informierte, historisches und politisches Wissen und die Kontroversität der Einschätzungen und Beurteilungen einschließende eigene Position kaum entwickeln. Denn dieser Alltags- und Mediendiskurs ist historisch und politisch wenig informiert. Dennoch müssen bzw. können derart wenig politisch gebildete Schulabgängerinnen und Schulabgänger über bedeutende Sachgeschäfte wie etwa das aktuell in Aushandlung begriffene Rahmenabkommen mit der EU und damit über die bilateralen Verträge abstimmen. Derartige Abstimmungen werden so jedoch zu einem unberechenbaren Risiko – auch und insbesondere für die Abstimmenden selbst.

Anmerkung

1 Politische Bildung im fächerübergreifenden Unterricht mit Geschichte auf der Sekundarstufe I, SNF-Projekt, Nr. 166004, Laufdauer 09.2016-02.2020.

Literatur

Aschwanden, G. (2012): Einstellungen und Vorstellungen von Lehrkräften zum Europalernen in der Schule. In: Ziegler, B./Reinhardt, V. (Hg.): Was Schweizer Jugendliche von der EU wissen. Die schweizerische TEESAEC-Studie. Zürich, S. 75-98.

Biedermann, H./Oser, F./Konstantinidou, L./Widorski, D. (2010): Staatsbürgerinnen und Staatsbürger von morgen: Zur Wirksamkeit politischer Bildung in der Schweiz. Ein Vergleich mit 37 anderen Ländern. Fribourg. URL: https://edudoc.ch/record/87080?ln=de [04.06.2020].

EDK (Schweizerische Konferenz der kantonalen Erziehungsdirektoren) (o. J.): Lehrpläne obligatorische Schule. URL: https://www.edk.ch/dyn/18043.php [03.06.2020].

EKF (Eidgenössische Kommission für Frauenfragen) (2019): Geschichte der Gleichstellung. Frauen – Macht – Geschlecht. URL: https://www.ekf.admin.ch/

ekf/de/home/dokumentation/geschichte-der-gleichstellung–frauen-macht-geschichte.html [01.06.2020].

Furrer, M. (2019): Das Europakonzept in aktuellen deutschsprachigen Schweizer Geschichtslehrmitteln (Manuskript). Geplante Publikation: Furrer, M./Gorbahn, K./Hellmuth, Th. (Hg.): Europe, the Own Nation and Germany in Current Austrian, Danish and Swiss Textbooks. In: Gorbahn, K./Engberg, J./Farø, K./Hallsteinsdóttir, E. (Hg.): Exploring Interconnectedness: Constructions of European and National Identities in Educational Media. (In Vorbereitung).

Lötscher, A./Schneider, C./Ziegler, B. (Hg.) (2016): Reader Was soll Politische Bildung? Elf Konzeptionen von 1799 bis heute. Bern.

LP21 (Lehrplan 21) (2014): Überblick, Verbindliche Inhalte und Beispiele. URL: https://v-fe.lehrplan.ch/index.php?code=e|100|1 [03.06.2020].

LP21 (Lehrplan 21) (2014): Bildung für Nachhaltige Entwicklung. URL: https://v-fe.lehrplan.ch/index.php?code=e|200|4 [03.06.2020].

LP21 (Lehrplan 21) (2014): Räume, Zeiten, Gesellschaften (mit Geografie, Geschichte). URL: https://v-fe.lehrplan.ch/index.php?code=b|6|4 [03.06.2020].

Reinhardt, V. (2012): Empirische Untersuchungen in der Schweiz zu politischem Wissen und Einstellungen in Bezug auf Europa. In: Ziegler, B./Reinhardt, V. (Hg.): Was schweizerische Jugendliche von der EU wissen. Die schweizerische TEESAEC–Studie. Bern, S. 25-32.

Ritzer, N. (2015): Der Kalte Krieg in den Schweizer Schulen. Eine kulturgeschichtliche Analyse (Geschichtsdidaktik heute 6). Bern.

Stamm, M. (2007): Jugendliche in der Schweiz und ihr Blick nach Europa. Ausgewählte Ergebnisse einer Schweizer Langzeitstudie. In: Biedermann, H./Oser, F./Quesel, C. (Hg.): Vom Gelingen und Scheitern Politischer Bildung. Studien und Entwürfe. Zürich, S. 383-398.

Thyroff, J./Scheller, J./Schneider, C./Waldis, M. (2020): Politische Bildung auf Sekundarstufe I. Erscheinungsformen und Herausforderungen am Beispiel von Unterrichtssequenzen zu „Europa – EU – Schweiz". In: Schweizerische Zeitschrift für Bildungswissenschaften, Heft 1/2020, S. 127-146.

Thyroff, J./Waldis, M. (2018): Politische Bildung unterrichten. Eine Reflexion über Erscheinungsformen und Herausforderungen anhand eines Fallbeispiels auf Sekundarstufe I zum Thema. In: Ziegler, B./Glaser, A. (Hg.): Direkte Demokratie im Kanton Aargau in Geschichte und Gegenwart (Schriften zur Demokratieforschung 15). Zürich, S. 69-89.

Waldis, M./Schneider, C./Hedinger, F./Thyroff, J. (2017): Europa – eine Fallanalyse zur Umsetzung der politischen Perspektive im fächerübergreifenden Unterricht mit Geschichte. In: Mittnik, P. (Hg.): Empirische Einsichten in der Politischen Bildung (Österr. Beiträge zur Geschichtsdidaktik 12). Innsbruck u.a., S. 39-53.

Waldis, M./Scheller, J. (2019): Das Thema Schweiz–Europa im kompetenzorientierten Unterricht vermitteln. Eine vergleichende Fallanalyse. In: Glaser, A./Kübler, D./Waldis, M. (Hg.): Brennpunkt Demokratie. 10 Jahre Zentrum für Demokratie Aarau. Baden, S. 154-169.

Waldis, M./Ziegler, B. (2012): Wissenserwerb und Interessenentwicklung der Schweizer Schülerinnen und Schüler in der TEESAEC-Interventionsstudie. In: Ziegler, B./Reinhardt, V. (Hg.): Was schweizerische Jugendliche von der EU wissen. Die schweizerische TEESAEC–Studie. Bern, S. 33-53.

Waldis, M./Ziegler, B. (2019). Politische Bildung in der halbdirekten Demokratie der Schweiz. Jahrbuch für direkte Demokratie 2018. Zürich, S. 42-66.

Weißeno, G./Eck, V. (Hg.) (2009): Teaching European Citizens. A Quasi-experimental Study in Six Countries. Münster.

Welge, R./Ziegler, B. (2016): Die Rezeption des Beutelsbacher Konsens in der deutschsprachigen Schweiz. In: Widmaier, B./Zorn, P. (Hg.): Brauchen wir den Beutelsbacher Konsens? Bonn, S. 325-333.

Ziegler, B. (2014): Politische Bildung in der Schweiz. In: Sander, W. (Hg.): Handbuch politische Bildung. Bonn, S. 552-559.

Ziegler, B. (2018): Welche Politische Bildung braucht die direkte Demokratie? In: Ziegler, B./Glaser, A. (Hg.): Direkte Demokratie im Kanton Aargau in Geschichte und Gegenwart (Schriften zur Demokratieforschung 15). Zürich, S. 51-66.

Ziegler, B. (2018a): Politische Bildung im fächerübergreifenden Unterricht. Gefestigte Perspektiven und fachliche Konzepte als Grundlage. In: Manzel, S./Oberle, M. (Hg.): Kompetenzorientierung – Potenziale zur Professionalisierung der Politischen Bildung. Wiesbaden, S. 35-46.

Ziegler, B./Reinhardt, V. (2012): Was schweizerische Jugendliche von der EU wissen. Die schweizerische TEESAEC-Studie. Bern.

Tatjana Meijvogel-Volk

Europa vermitteln – Formate und Zielgruppen in den Niederlanden

1. Vorbemerkung

Der vorliegende Beitrag beruht auf der Bildungsarbeit und den praktischen Erfahrungen von ProDemos, *Huis voor democratie en rechtsstaat*, einer in Den Haag angesiedelten unabhängigen Stiftung, die jährlich für mehr als 100.000 Schülerinnen und Schüler Tagesveranstaltungen zu den Themen Demokratie und Rechtsstaat durchführt.[1] ProDemos hat den expliziten Auftrag, politische Bildung mit Jugendlichen und Erwachsenen wahrzunehmen. Hierzu wurden zahlreiche, vor allem interaktive Methoden entwickelt. Zum Aufgabengebiet von ProDemos gehört u. a. auch die Europabildung.

Es gibt ein altes Sprichwort in den Niederlanden: „Onbekend maakt onbemind." Sinngemäß bedeutet dieses Sprichwort: „Was man nicht kennt, das mag man nicht!" Glaubt man den regelmäßig erscheinenden Eurobarometern[2], finden Niederländer, dass sie hinreichend über Europa informiert sind. Experten hingegen sind der Meinung, dass mit Blick auf das Wissen über die EU noch so manches im Argen liegt; vor allem bei der Europabildung in den niederländischen Schulen.

Bis zum Jahr 2001 machte man sich in den Niederlanden relativ wenig Gedanken über die Europabildung in Schulen. Das Projekt der Europäischen Union (EU) konnte in der niederländischen Bevölkerung Jahrzehnte lang mit einer breiten Unterstützung rechnen. Erst mit dem Aufkommen europakritischer Bewegungen – u. a. der rechtspopulistischen Lijst Pim Fortuyn – nahm der Euroskeptizismus zu, der seinen spektakulärsten Ausdruck im Referendum zur geplanten europäischen Verfassung im Jahre 2005 fand. Bei einer Wahlbeteiligung von 63,3 Prozent sprachen sich 61,5 Prozent gegen die europäische Verfassung aus. Spätestens zu diesem Zeitpunkt kam die Frage auf, welche Aufgabe angesichts der EU-Skepsis den Schulen zukommen solle.

Die Tatsache, dass die Niederlande eine sehr breit gefächerte Schullandschaft haben, in der es neben öffentlichen Schulen auch Schulen diverser Konfessionen und Weltanschauungen gibt, macht das Unterfangen, die Europabildung zu stärken, allerdings nicht leichter. Jede Schule entwickelt ihren eigenen Lehrplan, der allerdings vom Bildungsministerium vorgegebene Standards erfüllen muss. Um das zu bewerkstelligen, werden sogenannte Bildungsziele definiert. Wie diese Bildungsziele erreicht werden können, ist in der täglichen Unterrichtspraxis zu einem großen Teil der jeweiligen Schule und ihren Lehrkräften überlassen.

2. Die Theorie – Europa in den niederländischen Curricula

Was die Theorie angeht, so ist Europa durchaus in den Curricula der Grundschulen und auch der weiterführenden Schulen verankert. Die Lernziele, die den Unterricht über Europa betreffen, sind ziemlich ambitioniert. Das Curriculum für Grundschulen nennt insgesamt 58 sogenannte Kernziele. Diese Kernziele beschreiben, was Kinder lernen müssen, um aktiv in der Gesellschaft teilhaben zu können. Die Schulen entscheiden selbst, wie sie dafür sorgen, dass diese Kernziele erreicht werden. Die Zahl der Kernziele wurde im Jahre 2006 von ursprünglich 115 auf 58 reduziert.

In der niederländischen Grundschule *(basisschool)*[3] wird das Unterrichtsfach „Orientierung auf dich selbst und die Welt“ unterrichtet. Innerhalb dieses Faches gibt es die Bereiche „Mensch und Gesellschaft“, „Natur und Technik“, „Raum“ und „Zeit“. Im Teilgebiet „Mensch und Gesellschaft“ ist das

Kernziel mit der Nummer 36 wie folgt definiert: „Die Schüler lernen die hauptsächlichen Grundlagen der niederländischen und europäischen staatlichen Verfasstheit und die Rolle des Bürgers kennen."[4] Im Bereich „Raum" lautet das mit der Nummer 47 versehene Lernziel: „Die Schüler lernen, die räumlichen Gegebenheiten ihrer Umgebung mit anderen Umgebungen im In- und Ausland aus den Perspektiven Landschaft, Wohnen, Arbeit, Verwaltung, Verkehr, Freizeit, Wohlfahrt, Kultur und Einstellungen zu vergleichen. In diesem Zusammenhang sollte mindestens zwei Staaten der Europäischen Union Aufmerksamkeit geschenkt werden, neben den USA und je einem Land in Asien und in Südamerika." Ein weiteres Lernziel (Nr. 50) sieht vor, dass Schülerinnen und Schüler mit Landkarten und Atlanten umgehen können, dass sie die Basistopographie der Niederlande, Europas und der restlichen Welt kennen lernen und damit ein angemessenes geographisches Bild der Welt vor Augen haben.

In weiterführenden Schulen wird das Thema EU in den Fächern Wirtschaft, Geschichte und Erdkunde gestreift. Seinen eigentlichen Platz hat das Thema jedoch im Fach Gemeinschaftskunde. Dieses Unterrichtsfach kann im Examen als Wahlfach gewählt werden. Die Ausführungen zum Examen schreiben eine breite Kenntnis über die EU vor. So müssen die Schülerinnen und Schüler auf dem Niveau des VMBO[5] (vergleichbar mit der deutschen Haupt-, Werkreal- und Gemeinschaftsschule) das Zustandekommen von politischen Entscheidungen auf nationaler und europäischer Ebene ebenso erklären können wie den Einfluss der EU auf die nationale Politik und Gesetzgebung.

Auf dem Niveau des HAVO-Abschlusses[6] (vergleichbar mit dem deutschen Realschulabschluss) ist Gemeinschaftskunde ebenfalls ein Prüfungsfach, das abhängig vom Schulprofil als Prüfungsfach gewählt werden kann. Erklärtes Lernziel ist es, dass die Schülerinnen und Schüler die Auswirkungen der EU auf die politischen und sozialen Rechte der EU-Bürgerinnen und -Bürger kennen und die Folgen der europäischen Integration auf die niederländische Kultur und (nationale) Identität erklären können.

Die Examensanforderungen in Gemeinschaftskunde sind im VWO-Bildungsgang[7], dem niveauvollsten in der niederländischen Schullandschaft, der in propädeutischer Absicht den Zugang zu Universitäten ermöglichen soll, noch anspruchsvoller. Über das Wissen hinausgehend, das für das HAVO-Examen verlangt wird, sollen die Schülerinnen und Schüler in der Lage sein, die Niederlande mit einem anderen EU-Mitgliedstaat hinsichtlich der gesellschaftlichen und sozialen Schichtungen sowie der Integrationsmöglichkeiten von Migrantinnen und Migranten zu vergleichen.

3. Der Blick auf die Realität

Soweit die Theorie! In der Praxis stellt die Wissensvermittlung über die EU für niederländische Lehrerinnen und Lehrer eine ziemliche Herausforderung dar. Lehrermangel, inhaltlich überfrachtete Lehrpläne und ein Mangel an adäquatem Lehr- und Lernmaterial führten in der Vergangenheit nur allzu leicht dazu, dass die Europabildung im Klassenzimmer schlichtweg zu kurz kam. Ein Grund dafür ist sicherlich auch darin zu sehen, dass bildungspolitisch lange Zeit das kompetenzorientierte Lernen favorisiert wurde. Die Wissensvermittlung über das Funktionieren der EU und der EU-Institutionen, d. h. die eigentliche Institutionenkunde, geriet dadurch in den Hintergrund.

Die Tatsache, dass das Fach Gemeinschaftskunde lange ein stiefmütterliches Dasein innerhalb der Schulen fristete, geraume Zeit nicht benotet wurde und unter Umständen nur ein Jahr lang innerhalb einer Schülerlaufbahn als Fach belegt werden musste, hat auch dazu beigetragen, dass das Wissen der Schülerinnen und Schüler über die EU (wie übrigens auch über nationale politische Strukturen und Prozesse) sehr dürftig ist.

Erschwerend kommt hinzu, dass sich Lehrerinnen und Lehrer häufig beim Vermitteln von Grundwissen über die EU überfordert fühlen und – insofern möglich – auf externe Angebote zur EU-Bildung zurückgreifen. Ob und wieviel „Europa“ im Klassenzimmer stattfindet, hängt oftmals von den Kenntnissen und der Initiative des einzelnen Lehrers bzw. der einzelnen Lehrerin ab.

Ein erfolgreiches Beispiel solcher Eigeninitiativen war das im Jahre 2005 gestartete DVD-Projekt „Europe is us“. Liane Vissers van 't Hof, selbst Lehrerin an einem zweisprachigen Gymnasium, produzierte zusammen mit Schülerinnen, Schülern, Politikerinnen und Politikern eine durch den Europa-Fonds des niederländischen Außenministeriums finanzierten Serie von sechs DVDs mit einem begleitenden Lehrbuch. Ab 2008 war es Lehrerinnen und Lehrern an weiterführenden Schulen möglich, mit dieser DVD-Reihe und dem dazugehörigen Buch in ihren Klassen Grundwissen über die EU zu vermitteln. Indem die Auswirkungen der EU auf den Alltag thematisiert wurden, konnten die Lehrkräfte an der Lebenswelt ihrer Schülerinnen und Schüler anknüpfen.

4. Wachsende Bedeutung der Europabildung

Seit der Abstimmung im Vereinigten Königreich über den Brexit im Jahr 2016 ist in den Niederlanden ein gestiegenes Interesse für europäische Fragen zu bemerken. Die Betroffenheit, dass dieses Land die EU verließ, war in den Niederlanden weitaus größer als in anderen europäischen Ländern. Das hatte auch damit zu tun, dass die Niederlande in Großbritannien häufig einen Verbündeten in der europäischen Arena fanden, einen „großen Bruder“, der je nach den Umständen auch für die Interessen der kleinen Niederlande einstand.

Aufgrund dieser Situation stellen wir bei Lehrerinnen und Lehrern in den letzten vier Jahren ein gestiegenes Interesse an europäischen Fragestellungen fest, ob es nun um Publikationen oder Fortbildungen zu aktuellen europapolitischen Themen geht.

5. EU-Aktivitäten von ProDemos

Wie bereits erwähnt, greifen Lehrerinnen und Lehrer gerne auf externe Angebote zur Europabildung zurück. ProDemos führt deswegen u. a. an Schulen Workshops über die EU durch. Auf Anfrage besuchen von ProDemos beauftragte Dozentinnen und Dozenten Schulen und vermitteln auf interaktive und spielerische Weise das Funktionieren der EU. Diese Veranstaltungen werden in ihrem Niveau und Anspruch an die jeweilige Schulart angepasst.

ProDemos bietet auch einen Workshop über die sogenannte Schokoladenrichtlinie der EU an.[8] Durch ein Planspiel, in dem sie selbst ein EU-Mitgliedsland im Ministerrat vertreten, lernen die Schülerinnen und Schüler den komplizierten Entscheidungsprozess innerhalb der EU kennen.

Seit 2019 haben Gemeinschaftskundelehrerinnen und -lehrer im Rahmen einer von ProDemos ausgerichteten Studienreise nach Brüssel die Gelegenheit, bei einem Besuch in der Zentrale des Europäischen Parlaments die parlamentarischen Strukturen der EU sowie andere EU-Institutionen hautnah zu erleben und daraus Anregungen für den eigenen Unterricht zu gewinnen. Die Studienreisen erfreuen sich großer Beliebtheit, und die Teilnehmerplätze sind schnell vergeben.

6. Andere Akteure der EU-Bildung in den Niederlanden

Neben ProDemos gibt es noch andere Akteure in den Niederlanden, die Bildungsangebote zu Europa anbieten. So führen Freiwillige des niederländischen Nationalen Jugendrats[9] Workshops in niederländischen Schulen durch. Das Außenministerium hat das Projekt „Back to School“ initiiert. Im Rahmen dieser europaweiten Initiative besuchen niederländische Bedienstete, die in europäischen Institutionen arbeiten, ihre ehemaligen Schulen, um Schülerinnen und Schülern über ihre Arbeit zu berichten.

Die durch die Europäische Kommission eingerichteten und mitfinanzierten niederländischen Europe-Direct-Informationszentren (EDIC) sind ebenfalls an der schulischen Europabildung beteiligt. In den Informationszentren ist es möglich, Sachverständige für EU-Fragen zu treffen und/oder Tipps zu anderen Informationsquellen oder europäischen Netzwerken zu bekommen. So können beispielsweise Grundschullehrerinnen und Grundschullehrer den sogenannten EU-Geschichtenkoffer ausleihen und mit diesem Medienpaket über die EU auf Grundschulniveau unterrichten.

7. „Curriculum nu" und Europa

Im Jahre 2016 gab der damalige Staatssekretär für Bildung, Sander Dekker, den Auftrag zu einer gründlichen Überarbeitung der bestehenden Curricula. Expertengruppen wurden gebildet, um die Bildungspolitik zu beraten. Auch zum Thema Europa wurden Expertisen bei Europafachleuten verschiedener staatlicher und nichtstaatlicher Organisationen eingeholt. Seit März 2020 erörtert nun die Politik die Vorschläge der Bildungsexperten und -expertinnen, die in vielerlei Hinsicht noch vage sind. Das neu in Aussicht genommene Fach Bürgerkunde, das Schülerinnen und Schüler ab der Grundschule durch ihre gesamte Schulkarriere hinweg begleiten soll, enthält die Bausteine „Freiheit", „Gleichheit", „Solidarität", „Nachhaltigkeit", „Globalisierung" und „Digitalisierung". Diese Bausteine bieten vielfältige Anknüpfungspunkte zum Unterrichtsthema EU. Neben Kompetenzen soll in den neuen Curricula vermehrt Wissen über europäische Sachverhalte und Institutionen vermittelt werden.

Wie viel die Bildungspolitik von der Expertise der Expertinnen und Experten annimmt, bleibt abzuwarten. Im Übrigen waren sich die Europafachleute, die zum geplanten „Curriculum nu“ konsultiert wurden, einig, dass europäische Themen in niederländischen Schulen einen größeren Raum einnehmen sollten. Ob und wie viel „Europa“ in den Schulen zum Tragen kommt, wird wohl auch in der Zukunft vor allem von der Initiative der Lehrerinnen und Lehrer abhängen.

Angesichts stofflich überbordender Stundenpläne und des Zeitdrucks in der Schule bleibt es eine Herausforderung, gründliche Kenntnisse über die EU zu vermitteln. Hoffnungsfroh stimmt, dass seit der letzten Direktwahl zum Europäischen Parlament im Jahr 2019 und seit den Brexit-Verhandlungen immer mehr Lehrerinnen und Lehrer die Notwendigkeit sehen, sich vermehrt europapolitischen Themen zu widmen. Die inzwischen durch die EU in 23 Sprachen eingerichtete „EU-Lernecke“[10] bietet Lehrerinnen und Lehrern für alle Altersstufen inzwischen adäquates Material, das immer mehr Lehrkräfte (auch in Ermangelung nationaler Angebote) zu schätzen wissen. Die EU fördert mit diesem Angebot das Niveau der niederländischen Lehr- und Lernmaterialien.

Anmerkungen

1 Vgl. URL: www.prodemos.nl [23.07.2020].

2 Das Eurobarometer ist eine in regelmäßigen Abständen von der Europäischen Kommission in Auftrag gegebene öffentliche Meinungsumfrage in den Ländern der EU. Dabei werden sowohl immer die gleichen Standardfragen als auch wechselnde Fragen zu aktuellen Themen (Soziales, Gesundheit, Kultur, Umwelt) gestellt.

3 Die niederländischen Grundschulen umfassen acht Klassen. Der Schuleintritt erfolgt mit vier Jahren. Im letzten Grundschuljahr legen die Zwölfjährigen eine zentrale Prüfung ab.

4 Vgl. URL: https://www.cultuureducatiemetkwaliteit.nl/user-files/uploads/2016/06/kerndoelenboekje.pdf [23.07.2020].

5 Der vierjährige berufsvorbereitende Sekundarunterricht *(voorbereidend middelbaar beroepsonderwijs, vmbo)* bereitet die Schülerinnen und Schüler auf den späteren Besuch der Berufsschule vor. Viele Schülerinnen und Schüler mit dem VMBO-Abschluss streben danach den HAVO-Abschluss (vgl. Endnote 7) an. Auf VMBO-Niveau handelt es sich dabei um ein Staatsexamen, während des beim HAVO- und VVO-Bildungsgang unter das Schulexamen fällt.

6 Der fünfjährige höhere allgemeinbildende Ausbildungsgang *(hoger algemeen voortgezet onderwijs, havo)* ist darauf angelegt, die Schülerinnen und Schüler auf eine „höhere" Berufsausbildung vorzubereiten.

7 Der voruniversitäre Bildungsgang *(voorbereidend wetenschappelijk onderwiys, vwo)* dauert sechs Jahre und soll die Schülerinnen und Schüler für die Aufnahme an der Universität vorbereiten.

8 Die Schokoladenrichtlinie ist diejenige Richtlinie, deren Verhandlungen mit einer Dauer von fast 30 Jahren die umfassendsten der EG/EU-Geschichte waren. Dies liegt vor allem an der Verknüpfung aller großen Themenfelder der EU: der EU-Binnenmarkt, das Verhältnis zu Entwicklungsländern, Verbraucherschutz, Ausnahmeregelungen, Lobbyismus usw. Die Verhandlungen zu diesem scheinbar harmlosen Thema sprengten den Rahmen der üblichen Konsensfindung. Die Schokoladenrichtlinie eignet sich für Unterrichtszwecke (z. B. in Form von Planspielen) gut, um die Verflechtung verschiedener Politikgebiete und Interessenlagen in der EU darzustellen. Aufgrund des großen Konfliktpotenzials bei diesen Verhandlungen können die Schülerinnen und Schüler unmittelbar die Schwierigkeiten bei der politischen Problemlösung erfassen.

9 Seit 2002 gibt es in den Niederlanden einen Nationalen Jugendrat *(Nationale Jeugdraad)*, der durch den Zusammenschluss verschiedener Jugendorganisationen entstanden ist. 18 große Dachverbände aus dem Jugendbereich sind Mitglied im Nationalen Jugendrat. Partizipation ist ein Schwerpunkt der letzten Regierungsperioden gewesen.

10 Vgl. URL: https://europa.eu/learning-corner/home_de [23.07.2020].

Literatur

Blankert, W./Oonk, W. (2009): European and International orientation: Teacher guide for secondary education. Haarlem. Europees Platform.

Vissers van 't Hof, L. (2009): Europa dichter bij de burger. Haarlem. Europees Platform.

Internetquellen

https://www.examenblad.nl/vak/maatschappijleer/2019 [23.07.2020]

https://www.curriculum.nu/ [23.07.2020].

Sabine Keitel, Beatrix Melchinger

Don@u Online – Den europäischen Austausch von jungen Menschen fördern

1. Was ist Don@u Online? – Kontext und Ziele

Ein Fluss, der zehn europäische Länder berührt oder gar durchfließt, ist ein kraftvolles Symbol für europäische Begegnungen. Die Donau verbindet mehr Länder als jeder andere Fluss auf der Welt. Und zählt man die Länder hinzu, deren Flüsse später in die Donau münden, sind es ganze 14 europäische Staaten. Sie machen die Donauraumstrategie der Europäischen Union (EU) aus, deren Ziel es ist, grenzüberschreitend die Zusammenarbeit im Donauraum zu fördern. Genau dies sind die Grundlage und der Rahmen für Don@u Online: Die Projektziele und die beteiligten Länder sind auf die Donauraumstrategie, die von der Europäischen Kommission erarbeitet und 2011 vom Europäischen Rat gebilligt wurde, zurückzuführen. Inhaltlich formuliert die EU-Strategie vier Themenfelder: „Anbindung des Donauraums", Umweltschutz im Donauraum", „Aufbau von Wohlstand im Donauraum" und „Stärkung des Donauraums". Inhaltlich lehnt sich Don@u Online an diese Themenfelder an und konzentriert sich auf junge Menschen, indem es die länderübergreifende Zusammenarbeit von Schulklassen in den Mittelpunkt stellt. Aus dieser Zielsetzung ergibt sich die Methode: Die Kommunikation von in 14 Ländern beheimateten Jugendlichen sowohl in Echtzeit als auch zeitversetzt funktioniert vor allem online. Don@u Online steht damit auch für einen „Datenstrom", der digital den Austausch verschiedener Meinungen, Erfahrungen und Erlebnisse junger Menschen ermöglicht.

2. Wer ist „Don@u Online"? – Zielgruppen und Organisationsteam

Die Donauraumstrategie hat auch die Zusammenarbeit von Institutionen zum Ziel. Innerhalb Baden-Württembergs setzen die Landeszentrale für politische Bildung Baden-Württemberg gemeinsam mit dem Europa Zentrum Baden-Württemberg, dem Donaubüro Ulm/Neu-Ulm und der Kulturreferentin für den Donauraum am Donauschwäbischen Zentralmuseum, finanziell und beratend unterstützt vom Ministerium für Jugend, Kultus und Sport Baden-Württemberg, das Projekt um. Die in Baden-Württemberg ansässigen Organisationen arbeiten mit schulischen Einrichtungen und Institutionen in den anderen Donauländern zusammen, um für das Projekt zu werben und interessierte Zielgruppen zu gewinnen. Das deutschsprachige Projekt richtet sich an Schülerinnen und Schüler ab ca. 16 Jahren. Es stehen Plätze für 27 Schulklassen zur Verfügung. Möglichst aus allen Donauanrainerstaaten sollen Klassen oder Gruppen in dem Projekt vertreten sein.

3. Wie fließt die Don@u Online? – Ziele und Methoden

Über die Ländergrenzen hinweg arbeiten Jugendliche in jeweils drei miteinander kooperierenden Schulklassen an einem durch den vorgegebenen inhaltlichen Rahmen abgesteckten Thema. Innerhalb dieses Rahmens können die konkreten Einzelthemen selbst gewählt werden. Das heißt, die Schulklassen vernetzen sich über die Lernplattform Moodle in für sie eingerichteten Kursräumen und werden durch die Projektleitung, Lehrkräfte, Tutorinnen und Tutoren unterstützt. Entgegen der reinen Fließrichtung der Donau ist der Arbeits- und Informationsfluss also eher ein Netz, und die Donau steht ja als Symbol für viele Themen wie den Handel, historische Entwicklungen, Reisen, Austausch und Kommunikation.

Die Lehr- und Lernziele sind vor allem auf zwei Ebenen anzuordnen: politisch bildend und sozial-interaktiv. Die Schülerinnen und Schüler tauschen sich über historische und aktuelle gesellschaftspolitisch relevante Schwerpunkte aus, recherchieren und vergleichen, arbeiten sich inhaltlich ein und erwerben jede Menge neues Wissen sowie ganz nebenbei Medienkompetenz. Mindestens genauso wichtig ist die Stärkung der interkulturellen, emotionalen und sozialen Kompetenz durch die Nutzung verschiedener Kommunikationskanäle und die Bewusstmachung von Gemeinsamkeiten, Unterschieden und verschiedenen persönlichen Meinungen. Die Jugendlichen lernen sich gegenseitig kennen und erfahren, wie verschiedene Aspekte (z.B. Geschichte, Politik, Lebensalltag) in anderen Ländern und Regionen wahrgenommen und gelebt werden. Dadurch werden die Schülerinnen und Schüler damit konfrontiert, ihre eigene Denkweise zu hinterfragen und über den eigenen Tellerrand hinauszuschauen. Die Kooperation in diesem interkulturellen Projekt kann also Toleranz fördern und Vorurteile abbauen, durch Diskussion und Kooperation mit Gleichaltrigen.

4. don@u.online.macht – Themen und Beispiele

Das alle zwei Jahre stattfindende Projekt Don@u Online steht jedes Mal unter einem neuen, aktuellen Oberthema. 2020 hieß das Thema „die.donau.macht“: Das Wort „Macht“ oder „macht“ von „machen“ wurde bewusst doppeldeutig gewählt. Macht – heißt das beherrscht werden oder selbst mitwirken? Wo früher in (Donau-)Monarchien ein Herrscher die Linie vorgab, haben in einer Demokratie viele Menschen gemeinsam die Macht, Entscheidungen zu treffen. Das kann anstrengend und unbequem sein, bietet aber die Möglichkeit, sich selbst einzubringen und das Gemeinwesen in vielen Bereichen des Lebens zu gestalten.

Doch wie geht man mit unterschiedlichen Meinungen um, wie löst man die daraus entstehenden Konflikte? Welche Werte lenken unsere Entscheidungen? Wo kann ich mitentscheiden, wann entscheiden andere? Welche Verantwortung und welche Möglichkeiten habe ich? Was bestimmen Mehrheiten, und wann müssen Minderheiten geschützt werden? Und welche Persönlichkeiten haben in der Geschichte des Donauraums prägende Entscheidungen getroffen, deren Auswirkungen wir heute noch spüren? Die Idee der Demokratie wird in jedem Land anders gelebt – umso spannender, wenn sich je drei Schulklassen aus verschiedenen Ländern Europas darüber austauschen. Sie beschäftigen sich nicht nur im eigenen Unterricht mit dem Thema, sondern teilen ihre Ideen und Erkenntnisse virtuell mit Schulklassen aus anderen Donauländern und setzen gemeinsam eine Idee um. Der Untertitel „Von der Monarchie zur Demokratie" bot hier noch einmal konkrete Anknüpfungspunkte an die Geschichte, an politischen Wandel und die Idee der Demokratie.

Davon ausgehend wurden verschiedene Themen in den Fokus der Arbeit in den Schulklassen gestellt. Während sich ein Team zum Beispiel überlegte, wie es wäre, heute (noch) in einer Donaumonarchie zu leben, und welche Lebensbereiche wie davon betroffen wären, führte eine andere Gruppe eine Umfrage unter den Schülerinnen und Schülern ihrer Klasse durch, in welchen Bereichen ihres Lebens sie mitbestimmen, d. h. Demokratie erleben können, wo sie gerne mehr zu sagen hätten und welche Unterschiede es zwischen den einzelnen Ländern gibt.

Einen anderen Ansatz wählte ein Dreierteam, das eine Bildergeschichte mit Persönlichkeiten, die auf den Geldscheinen der verschiedenen Länder abgebildet sind, gestaltete, Hintergründe zu diesen Personen erarbeitete und sich dann die Frage stellte: Wer hätte es heute verdient, auf einem europäischen Geldschein verewigt zu werden?

Da in den Donauländern ganz unterschiedliche Schultypen und Klassen an dem Projekt beteiligt sind, wählt das Organisationsteam eher weite Themenbereiche aus, damit die doch sehr unterschiedlichen Klassen gemeinsame Schnittmengen und In-

Abb. 1: Schülerinnen und Schüler produzieren die Zeitung „Die Stimme der Monarchie“

BREAKING: Königs ältestes Kind outet sich als eine Transgenderfrau

Von Adele Maxutov & Rafaela Kesoglou

Samstag, 28. März 2020

Seine Hoheit, König Arthur III., gab gestern Abend im nationalen Fernsehen bekannt, dass sein ältester Sohn, ursprünglich Maximilian, beschlossen hat, fortan als Frau zu leben. Der König erwähnte den neuen Namen seiner Tochter, Maxine, und ihre Wunschpronomen sind sie/ihr. Er bat die Öffentlichkeit um Verständnis und Respekt und erinnerte die Zuhörer daran, dass wir am Ende des Tages alle Menschen sind, die nach persönlichem Glück streben.

Ausschnitt aus der der Zeitung „Die Stimme der Monarchie“, erstellt von Schülerinnen und Schülern aus Kroatien, Ukraine und Deutschland; https://www.donau-online-projekt.de/fileadmin/donau-online/images/Ergebnisse_2020/2_donau_zeitung.pdf [28.07.2020]

Abb. 2: Ergebnisse einer Umfrage zum Thema „Mitbestimmung“

Wie kannst du in der Schule MITBESTIMMEN?

- ✓ Mehr bei der Lektüreauswahl mitbestimmen. 8/18
- ✓ Mehr am Projekt der Öko-Schule teilnehmen. 5/18
- ✓ Mehr den leistungsschwächeren Schülerinnen und Schülern beim Lernen helfen. 6/18
- ✓ Sich mehr daran engagieren, die Konflikte unter meinen Mitschülern zu lösen. 5/18
- ✓ Toleranz unter den Andersdenkenden, den Mitgliedern anderer Nationalitäten und Religionen entwickeln und pflegen. 8/18
- ✓ Den Lehrkräften mit kreativen Ideen bei einer interessanteren Unterrichtsgestaltung helfen. 13/18
- ✓ Mehr an zukünftigen Erasmus-Projekten teilnehmen. 8/18

Ergebnisse einer Teilumfrage zum Thema „Mitbestimmung“ aus der trinationalen Sonderausgabe des Schülermagazins „Wechselstrom“; https://www.donau-online-projekt.de/fileadmin/donau-online/images/Ergebnisse_2020/5_donauprojekt_spezialausgabe.pdf [28.07.2020] teressen innerhalb des vorgegebenen Rahmens finden. Jedes Online-Projekt steht unter einem gesellschaftspolitisch relevanten Thema, das sich häufig aus den aktuellen Entwicklungen ergibt. War es 2016 die Migrationsbewegung, drückte zwei Jahre später der Brexit dem Thema seinen Stempel auf – immer mit der Fragestellung, wie Europa als offene Wertegemeinschaft zusammenwachsen kann.

5. Don@u Online und Don@u Offline – Realer und virtueller Austausch

Auch wenn der überwiegende Teil des Projekts digital umgesetzt wird, spielten Präsenzveranstaltungen in der bisherigen Projektgeschichte eine wesentliche Rolle. Im Sinne des *blended learning* wechselten sich On- und Offlinephasen für Lehrkräfte, Schülerinnen und Schüler ab. Stets startete die Zusammenarbeit mit einer Online-Einführung, in der sich die beteiligten Lehrkräfte in synchronen Chats und asynchronen Kommunikationsphasen kennen lernen und die digitale Lernumgebung erkunden konnten. Diese Phase findet in dem für jedes Don@u-Online-Projekt neu erstellten Kursraum statt, der auf der Lernplattform Moodle didaktisch-methodische und inhaltliche Impulse für die Umsetzung des Projekts im Unterricht gibt. Dort beginnt bereits die erste Zusammenarbeit der Dreierteams, indem die beteiligten Lehrkräfte gemeinsam eine Präsentation ihrer Schulklassen mit inhaltlichem Bezug zum Projekt vorbereiten.

Das erste Präsenztreffen im Haus auf der Alb in Bad Urach ist jedoch ein Höhepunkt, bei dem die Lehrkräfte die Zusammenarbeit ihrer Schulklassen konkret planen. Je genauer die Absprachen getroffen und der Projektplan erstellt wird, desto größer ist die Wahrscheinlichkeit, auch online die verabredeten Ziele zu erreichen. Nicht zu unterschätzen ist der Motivationseffekt, der durch gemeinsame Erlebnisse rund um die eigentliche Planung durch die persönliche Begegnung entsteht. Es ist schwer einschätzbar, ob ein derart komplexes Projekt ganz ohne persönlichen direkten Kontakt funktionieren würde. Zudem ist der Vernetzungseffekt, der durch den direkten Austausch der Lehrkräfte entsteht, ein Wert an sich. Nicht selten dauern die Schulkontakte auch nach dem Don@u-Online-Projekt an, und sogar Klassenfahrten führten zu den Schulen der Partnerländer. Ein weiteres Präsenztreffen rundet das Projekt am Ende ab: Jeweils zwei Schülerinnen bzw. Schüler aus den beteiligten Schulklassen werden zu dem Internationalen Donaujugendcamp nach Ulm eingeladen, das Bestandteil des alle zwei Jahre stattfindenden Donaufestes in Ulm ist. Eine Woche lang lernen sich ausgewählte Jugendliche kennen, machen Workshops, sind kreativ und haben Spaß miteinander. Das Präsenztreffen in Ulm ist ein wesentlicher Motivationsfaktor für die jungen Leute, um sich im Projekt zu engagieren. Ob wesentlich oder verzichtbar – das sollte sich 2020 erweisen.

6. Don@u Online trotzt Corona – Vorteile oder Nachteil?

Die trinationalen Teams waren gefunden, die Themen festgelegt und die ersten Schritte zur Zusammenarbeit gestartet – und dann kam Corona. Dies stellte alle Beteiligten vor neue Herausforderungen. Die Schulen schlossen erst einmal. Die Lehrkräfte selbst konnten nur noch digital mit ihren Schülerinnen und Schülern kommunizieren. Alle waren verunsichert, wie ein internationales Projekt überhaupt fortlaufen kann, zumal sich die Aufgaben und die Arbeitsweisen vor allem der Lehrpersonen drastisch änderten. Dazu stellte sich eine Verunsicherung ein, was Corona für das Leben der Teilnehmenden bedeutet, gesundheitlich, sozial und politisch. Besonders wichtig waren daher die Absprachen und die Kommunikation zwischen Projektleitung, Tutorinnen, Tutoren und den teilnehmenden Lehrkräften – denn nur wenn Fragen rasch geklärt und Hilfestellungen schnell gegeben werden können, kann Unsicherheit abgebaut werden. Nun war Don@u Online irgendwie noch viel mehr „online“ geworden.

Da sich die Gedanken und die Lebenssituation aller nun plötzlich um Corona drehten, entschlossen sich einige Gruppen, ihr gewähltes Thema anzupassen, da in den Schülerforen Fragen wie „Wie sieht Dein Leben gerade aus?“ oder „Was macht der Lockdown mit uns?“ heiß diskutiert wurden. Eine Gruppe erstellte z. B. eine Umfrage dazu, inwieweit die Corona-Maßnahmen die Mitbestimmung der Jugendlichen nun vielleicht einschränken, ein anderes Team stellte fest, dass eine

Abb. 3: Ergebnisse einer Umfrage aus dem trinationalen Schülermagazin „Wechselstrom“

Welche Freiheiten werden deiner Meinung nach am meisten betroffen?

Man kann sehen, dass mehr als die Hälfte der Teilnehmenden (58 %) die Option „Bewegungsfreiheit“ gewählt hat. 28 Prozent meinen, dass in dieser Zeit die Versammlungsfreiheit verletzt ist. Nur 6 Prozent entschieden sich für das Recht auf Privatsphäre und 8 Prozent für die Freizügigkeit. Niemand beantwortete die Frage mit „Recht auf Bildung“ oder „Religionsausübung“.

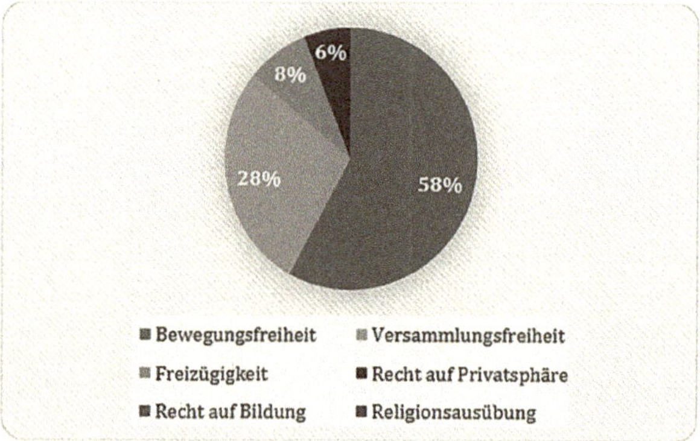

Ergebnisse einer Umfrage von Laura und Gabriela aus der Republik Moldau aus der trinationalen Sonderausgabe des Schülermagazins „Wechselstrom“; https://www.donau-online-projekt.de/fileadmin/donau-online/images/Ergebnisse_2020/5_donauprojekt_spezialausgabe.pdf [28.07.2020]

Abb. 4: Screenshot des Videos „Zusammenstehen"

Screenshot des Videos „Zusammenstehen" der Gruppe aus Rumänien, der Slowakei und Deutschland; https://www.youtube.com/watch?v=4dCi-DTHStk) [28.07.2020]

derartige Krise Kooperation und Verständnis über Ländergrenzen hinweg noch dringender macht und verarbeitete Bilder ihres „Corona-Lebens" als grenzenlose Collage zu einem Lied, das ein deutscher Künstler dafür zur Verfügung stellte. So gelang es durch großen Einsatz der Tutorinnen, Tutoren, Lehrkräfte, Schülerinnen und Schüler, das Projekt anzupassen und sich der Herausforderung zu stellen. Allerdings gab es auch Teilnehmende, die nicht wie geplant mitarbeiten konnten, sowie einige Schülerinnen und Schüler, die den lehrerfernen Freiraum des *home schooling* als Anlass nutzten, nicht weiter mitzuarbeiten. Aber in jedem Team fanden sich – gerade durch Corona – besonders motivierte Jugendliche, die dem Projekt ein der Situation angepasstes, teilweise verändertes Gesicht gaben.

Der Austausch fand nun nicht nur international, sondern auch klassenintern über Moodle, Videochats, E-Mails und Handy statt. Online eben.

7. Don@u only online – Virtuelles für alle!

Für Anfang Juli war die bewährte gemeinsame Abschlusspräsentation auf dem Internationalen Donaujugendcamp im Rahmen des Donaufests geplant gewesen — auch dieses entfiel coronabedingt. Die Projektleitung suchte nun nach digitalen Alternativen. Dass die Gruppen dennoch ihre Ergebnisse präsentieren sollten, nicht nur sich gegenseitig, sondern auch für ein breiteres Publikum, stand fest. Die Herausforderungen hierbei waren vor allem das Finden einer geeigneten Plattform und die Vorbereitung der Schülerinnen und Schüler, die die Ergebnisse in einem Team von bis zu drei Personen vorstellen sollten. Da eine Zuschauerzahl von 50 bis 300 Personen möglich war, fiel die Entscheidung zugunsten einer Videokonferenzplattform für das Moderationsteam und die Präsentierenden, die per Livestream für die Zuschauerinnen und Zuschauer übertragen wurde. Fragen konnten über die jeweiligen Chatfunktionen gestellt werden, und mit einem zusätzlichen digitalen Tool konnten alle Beteiligten interaktiv Einstiegsfragen beantworten, die am Ende ausgewertet und visuell ansprechend aufbereitet wurden – so konnten sich alle Interessierten beteiligen, kommentieren und live dabei sein.

Durch Corona war Don@u Online 2020 so online wie noch nie; vermutlich war das über Jahre gewachsene, stabile Netzwerk von engagierten Lehrerinnen und Lehrern ein Garant dafür, auch in Krisenzeiten konstruktiv zusammenzuarbeiten. Es ist Neues entstanden, das überdauern kann: Streaming kombiniert mit Präsenztreffen kann auch zukünftig die Möglichkeit bieten, alle beteiligten Jugendlichen in ihren Heimatländern an den Ergebnissen teilhaben zu lassen. Don@u Online trotzt Corona und entfaltet in der Krise seine Chancen!

Weitere Informationen: www.donau-online-projekt.de

Sven Ivens, Thomas Franke

Fokus Balkan Online – Ein Blended-Learning-Planspiel für die europapolitische Bildung

1. Einleitung

Nicht nur ein wichtiger Aspekt, sondern eine Notwendigkeit für eine zeitgemäße politische Europabildung ist ein zielgruppengerechtes Angebot an Bildungsmaßnahmen, das sich an die junge Generation von *Digital Natives* wendet (Palfrey/Gasser 2011). Daher versucht sich die Landeszentrale für politische Bildung Baden-Württemberg (LpB) ständig an neuen und vielfältigen Bildungsformaten. Eines dieser neuen Angebote in der politischen Europabildung, das Blended-Learning-Planspiel *Fokus Balkan Online*, wird in diesem Beitrag vorgestellt. Das Planspiel wurde zwischen 2015 und 2019 auf der Grundlage seiner analogen Vorlage umfangreich digitalisiert und wird seitdem als Blended-Learning-Planspiel an weiterführenden Schulen in Baden-Württemberg durchgeführt. Einige der in Schulen durchgeführten Planspiele wurden durch den Lehrstuhl Politikwissenschaft/Didaktik der Politik (Georg-August-Universität Göttingen) begleitend erforscht. Die Begleitstudie verfolgt einen quantitativen Ansatz mit Prä-, Interims-, Post- und Follow Up-Befragungen.

In diesem Beitrag wird deshalb nicht nur das Planspiel als neues, innovatives Angebot der politischen Europabildung beschrieben, sondern auch Ergebnisse der Begleitstudie über die Bewertung des Planspiels aus Sicht der teilnehmenden Schülerinnen und Schüler sowie über die Wirkung des Planspiels auf die Teilnehmenden vorgestellt. Zudem wird betrachtet, ob sich die Bewertung des Planspiels durch verschiedene Zielgruppen mit Blick auf das Geschlecht, auf Alter und kulturelles Kapital unterscheidet. Hierbei geht der Beitrag folgenden Fragestellungen nach:

1. Wie bewerten die Teilnehmenden das Blended-Learning-Planspiel *Fokus Balkan Online* und welche Hintergrundvariablen haben Einfluss auf die Bewertung?
2. Welche Wirkung hat *Fokus Balkan Online* auf die Teilnehmenden? Ist die Wirkung längerfristig?

Für die Beantwortung der Forschungsfragen werden vor allem quantitative Daten aus Fragebögen herangezogen. Die erste Frage wird durch die Analyse der Evaluation des Planspiels im Postfragebogen und durch multiple Regressionen sowie ein Strukturgleichungsmodell beantwortet. Die zweite und dritte Frage werden mithilfe des Vergleichs der Prä-, Post- und Follow Up-Ergebnisse durch Cohen's d Werte (Cohen 1988) und t-Tests beantwortet. Der Beitrag endet mit einem Fazit über den Einsatz von *Fokus Balkan Online* in der europapolitischen Bildung.

2. Politische Planspiele – Analog? Digital? Blended!

Spielerisches Lernen gehört zum didaktisch-methodischen Repertoire einer zeitgemäßen politischen Bildung (Scholz 2003; Scholz 2014). Eine weit verbreitete spielerische bzw. simulative Methode der politischen Bildung ist das Planspiel (Massing 2010). Der Einsatz von Planspielen ermöglicht die Behandlung eines Problems oder eines Konflikts im Rahmen eines vereinfachten Wirklichkeitsmodells (Klippert 1984). Die Teilnehmenden schlüpfen dabei in die Rollen der am Konflikt beteiligten Akteurinnen und Akteure, vertreten deren Positionen und versuchen, den Konflikt oder das politische Problem zu lösen (ebd.).

In der europapolitischen Bildung bieten sich Planspiele über die Europäische Union (EU) an, da sie den Teilnehmenden einen einfacheren Zugang zum komplexen System und den politischen Prozessen der EU ermöglichen (Capaul 2001; Rappenglück 2008; Usherwood 2014). Dementsprechend gibt es viele qualitative Studien über die Anwendung von europapolitischen Planspielen aus der Sicht von Schulpraktikerinnen und -praktikern (Hunstiger 2010; Dierßen/Rappenglück 2015; Prinz u.a. 2017) und Universitäten (Schirm u.a. 2011; Plank u.a. 2018). Erste empirische Studien zeigen positive Effekte von politischen Planspielen im schulischen (Oberle u.a. 2018; Oberle u.a. 2020) und im universitären Bereich (Fink 2015; Lohmann 2019; Duchatelet 2019). Dabei fördern Planspiele insbesondere politisches Wissen und das interne Effektivitätsgefühl, also die politische Selbstwirksamkeit der Teilnehmenden.

Ähnlich positive Effekte werden auf die Anwendung von digitalen Planspielen projiziert. Die Entwicklerinnen und Entwickler sehen in digitalen Planspielen viel Potenzial. Digitale Planspiele können ortsungebunden durchgeführt werden. Es werden keine geschulten Teamleiterinnen und -leiter vor Ort gebraucht, wodurch die Kosten der Durchführung gesenkt werden und die Reichweite der Methode enorm gesteigert wird (Kaiser u.a. 2017). Damit sind digitale Planspiele für wesentlich mehr Schülerinnen und Schülern zugänglich. Die Politikdidaktik verspricht sich von digitalen Planspielen zudem einen positiven Effekt auf die intrinsische Motivation (Le u.a. 2013) sowie eine Förderung wichtiger Kompetenzen wie Teamwork und Empathie (Gabriel 2012). Bisher gibt es noch wenige empirische Studien über den Einsatz und die Effekte digitaler Planspiele in der politischen Bildung bzw. im Politikunterricht (Bachen u.a. 2015; Vlachopoulos/Makri 2017; Young u.a. 2012).

Die wenigen empirischen Beispiele für den Einsatz digitaler Planspiele im Politikunterricht zeigen gemischte Ergebnisse. In einer Studie einer amerikanischen Highschool konnten digitale Simulationen, in denen die Schülerinnen und Schüler die Rollen weniger privilegierter Personen übernahmen, das politische Interesse vor allem bei uninformierten Schülerinnen und

Schülern sowie bildungsfernen Teilnehmenden steigern (Bachen u.a. 2015). Dagegen stellten Monika Oberle sowie ihre Kolleginnen und Kollegen (2017) bei einer Pilotstudie über ein digitales, zeitlich kürzeres Planspiel, welches das Europäische Parlament fokussiert, keine Effekte auf das Wissen, die Einstellungen und Motivationen der Lernenden im Hinblick auf die EU fest. Im Vergleich mit einem analogen Planspiel mit ähnlichen Inhalten schneidet die digitale Version in der Bewertung durch die Teilnehmenden und in der Wirkung auf die Teilnehmenden wesentlich schlechter ab (Oberle u.a. 2017). Die Autorinnen und Autoren der Studie weisen aber darauf hin, dass ein direkter Vergleich der Planspiele schwierig ist, da das analoge Planspiel länger dauerte und es vorab noch einen Input durch Teamerinnen bzw. Teamer vor Ort gegeben hat, was bei dem digitalen Planspiel nicht der Fall war (ebd.).

Mit dem Blended-Learning-Ansatz (Ifenthaler 2012) gibt es eine Option, die wichtigen Elemente von analogen Planspielen wie Face-to-Face-Verhandlungen und parlamentarische Debatten mit den Vorteilen von digitalen Planspielen wie motivierende Spieloberflächen (Le u.a. 2013) und ortsungebundene, kostensparende Einarbeitungsphasen (Raiser u.a. 2018) zu verbinden. Planspielpraktikerinnen und -praktiker sehen daher im Blended-Learning-Ansatz eine gute Option, analoge Planspiele zu digitalisieren, ohne die Vorteile dieser aufzugeben (Raiser u.a. 2018). Genau wie Oberle und ihre Kolleginnen und Kollegen (2017) kommen sie zu dem Schluss, dass mehr empirische Forschung über Blended-Learning-Ansätze für politische Planspiele notwendig sei. Bisher gibt es in diesem Bereich hauptsächlich qualitative Fallstudien aus der universitären Lehre, wie die Studie von Matthes A. Schnurr, Elizabeth de Santo und Rachael Craig (2013) über ein Blended-Learning-Planspiel, das internationale Umweltverhandlungen mit Studierenden simuliert. Dabei berichten die Autorinnen und Autoren über ein positives Feedback der Teilnehmenden. Diese legten aber auch besonderen Wert auf die Face-to-Face-Verhandlungen. Aus dem außerschulischen Bereich gibt es eine empirische Studie, welche die positiven Effekte eines Blended-Learning-Planspiels im Bereich der politischen Bildung bzw. der Bildung für nachhaltige Entwicklung aufzeigt (Ivens u. a. 2020). Neben den positiven Rückmeldungen der Teilnehmenden gab es auch einen positiven Effekt auf das subjektive Wissen und das Effektivitätsgefühl (ebd.).

Mit der begleitenden Forschung des Blended-Learning-Planspiels *Fokus Balkan Online* wurde der Einsatz eines Online-Planspiels im schulischen Bereich erstmalig begleitend evaluiert, um die Bewertung des Planspiels durch die Teilnehmerinnen bzw. Teilnehmer und die Wirkung des Blended-Learning-Planspiels aufzuzeigen. Wie das Planspiel aufgebaut ist, welche digitalen und analogen Elemente es verbindet, und wie es im schulischen Kontext durchgeführt wird, beschreibt das folgende Kapitel.

3. *Fokus Balkan Online* – Das Blended-Learning-Planspiel

Fokus Balkan Online ist die teildigitalisierte Version des analogen Planspiels *Fokus Balkan* (Arndt u. a. 2019), das unter anderem von der LpB für Schulen angeboten wird. Das Planspiel thematisiert das Aufnahmeverfahren von Drittstaaten bzw. potentiellen Beitrittskandidaten mit dem Fokus auf Bewerberstaaten aus dem Westbalkan. Im Gegensatz zu vielen anderen EU-Planspielen wird der gesamte Ablauf des Beitrittskandidatenprozesses simuliert. Das bietet den Vorteil, dass alle relevanten Akteurinnen und Akteure im Prozess vertreten sind, also die Europäische Kommission, das Europäische Parlament, der Ministerrat, die Medien und die Delegation der Bewerberstaaten – und so bis zu 80 Schülerinnen und Schüler teilnehmen können. Außerdem wird ein sehr komplexer Prozess innerhalb der EU in dem Planspiel komplett durchlaufen. Dadurch kann das Zusammenspiel der europäischen Institutionen exemplarisch verdeutlicht werden.

Für die Digitalisierung des Planspiels hat die LpB zwischen 2015 und 2019 in Zusammenarbeit mit dem CIVIC-Institut für internationale Bildung und dem IT-Unternehmen „Kastanie Eins" eine Online-Plattform für das Planspiel entwickelt. Mithilfe dieser Plattform kann die gesamte Vorbereitungsphase des Planspiels digital gestaltet werden. Informationen und Wissen werden online durch Aufgaben, Texte, Videos und Quizspiele vermittelt. Dafür gibt es mehrere Phasen, in denen die Teilnehmenden vor verschiedene Aufgaben gestellt werden (siehe Abb. 1). Die Plattform hat zudem eine Chatfunktion, eine Nachrichtenfunktion für die Mediengruppe, verschiedene Foren für die unterschiedlichen Institutionen und Gruppierungen sowie eine Cloud mit vielen Informationen über die EU, die Bewerberstaaten und den Bewerbungsprozess.

Insgesamt können die Phasen 0 bis 3 komplett online auf der Plattform gespielt werden. Das Einreichen der Beitrittsgesuche am Ende von Phase 3 symbolisiert den Übergang in die Face-to-Face-Phasen 4 und 5 mit Verhandlungen, Plenardebatten und Abstimmungen. Dabei kann und wird auch in den analogen Phasen auf die digitale Plattform zurückgegriffen, z. B. um Informationen zu recherchieren. Durch die Digitalisierung kann man *Fokus Balkan Online* in zwei Varianten spielen. Einer Kompaktvariante wie in Abb. 1 dargestellt, die ein oder zwei Tage direkt mit Teamerinnen und Teamern an der Schule durchgeführt wird, oder eine zweite Variante mit einem Auftakttreffen und einer Einführung sowie der Phase 0. Die digitalen Phasen 1 bis 3 werden asynchron in einem Zeitraum von ein bis zwei Wochen durchgeführt. Abschließend werden die Phasen 4 und 5 als Präsenzveranstaltung durchgeführt. Beide Formate enden mit einer finalen Abstimmung im Rat und einem Debriefing über den Prozess und das Ergebnis. Beide Varianten kombinieren die Vorteile der digitalen und analogen Elemente. Durch das Digitale werden Informationen auf spielerische Art über verschiedene Medien vermittelt, und die Teilnehmenden sollen durch die unterschiedlichen Aufgabentypen

Abb. 1: Ablaufplan der Kompaktversion von Fokus Balkan Online

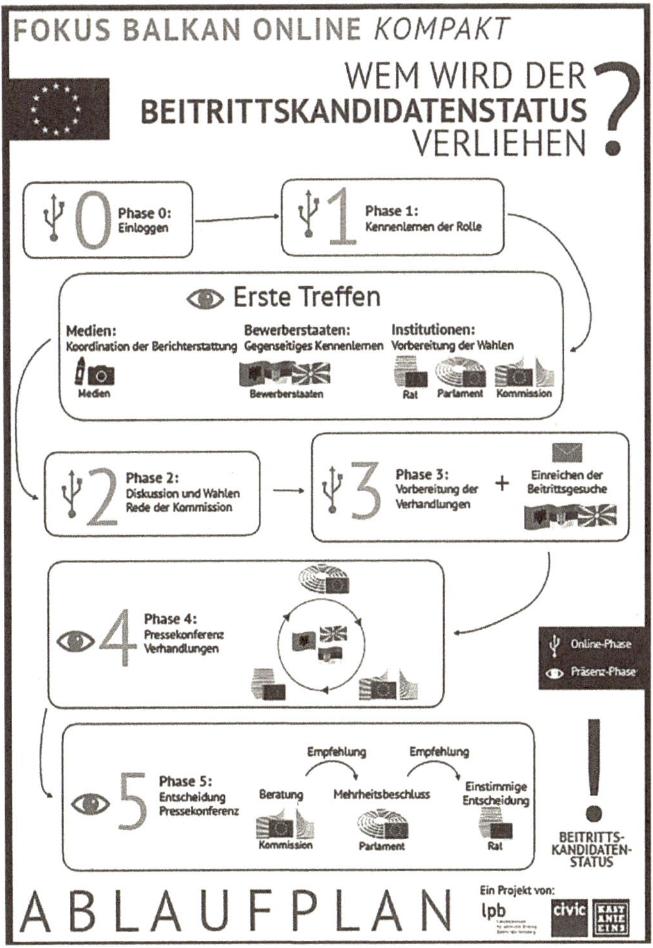

Quelle: Fokus Balkan Online

der Plattform motiviert werden. Auch die Kommunikation untereinander und die Rolle der Medien werden attraktiv gestaltet. Durch die analogen Verhandlungen und Abstimmungen sollen Verhandlungsgeschick und Argumentationsfähigkeit gestärkt werden.

Bisher wurde nur die kompakte Version angefragt, weshalb sich die wissenschaftliche Begleitstudie nur mit dieser Variante befasst. Wie die Studie aufgebaut ist, wird im folgenden Abschnitt beschrieben.

4. Die Begleitstudie – Studiendesign, Sample, Erhebungsinstrumente

Die umfassende Begleitstudie von *Fokus Balkan Online* besteht aus einem quasi-experimentellen Design, bei dem fünf Kompaktdurchführungen in Baden-Württemberg mit Prä-, Interims-, Post und Follow Up-Befragungen begleitet wurden. Dabei wurden die Prä- und Posttests möglichst direkt vor und nach der Durchführung angesetzt oder in der letzten Gemeinschaftskundestunde vor bzw. der ersten Unterrichtsstunde unmittelbar nach der Teilnahme am Planspiel durchgeführt. Die Interimsbefragung wurde im Übergang des digitalen Spielabschnittes am Ende von Phase 3 zum analogen Teil in Phase 4 (siehe Abb. 1) angesetzt. Die Follow Up-Befragung wurde zwei Monate nach der Planspielteilnahme durchgeführt, um die langfristigen Effekte durch die Planspielteilnahme zu erfassen. Für einen Kontrollgruppenvergleich für das quasi-experimentelle Design wurden die Befragungen auch bei Durchführungen des analogen Planspiels *Fokus Balkan* eingesetzt. Der Vergleich beider Planspiele wird in weiteren Studien ausgeführt (Ivens 2020).

An der Prä- und Postbefragung haben 186 Schülerinnen und Schüler im Altersdurchschnitt von 16 Jahren (Standardabweichung 1.23) teilgenommen. 51,4 Prozent von ihnen waren weiblich. Sie besuchen allesamt Gymnasien in Baden-Württemberg. 46,2 Prozent der Teilnehmenden hatten nach eigenen Angaben einen Migrationshintergrund. Für die meisten Ergebnisse wird das vorher beschriebene Sample verwendet. An der Follow Up-Befragung haben die Teilnehmenden einer Durchführung des Planspiels nicht teilgenommen. Die Ausschöpfungsquote bei den anderen Gruppen war geringer, wodurch nur 98 der Schülerinnen und Schüler an allen Befragungen teilgenommen haben. Die Ergebnisse der Follow Up-Befragung werden für die langfristigen Effekte auf das interne Effektivitätsgefühl und das objektive Wissen der Teilnehmenden herangezogen.

Die eingesetzten Fragebögen enthalten einige wenige semioffene sowie offene Fragen und bestehen hauptsächlich aus geschlossenen Fragen und einem Wissenstest. Für die geschlossenen Fragen wurden vier Likert-Skalen verwendet, mit dem Wert 1 für „hohe Zustimmung" und dem Wert 4 für „keine Zustimmung" ohne eine mittlere Option. Alle Werte wurden für diesen Beitrag auf 1 (keine Zustimmung) und 4 (hohe Zustimmung) umcodiert. Durch die likert-skalierten Fragen werden unter anderem, wie in Tabelle 1 dargestellt, das subjektive EU-Wissen, das interne Effektivitätsgefühl, das (EU-)politische Interesse, die Einstellungen gegenüber der EU, die Partizipationsbereitschaft der Teilnehmenden sowie die Computerspiel- und Internetaffinität gemessen. Die dafür eingesetzten Fragebögen bestehen aus validierten Fragen, die aus anderen Studien zusammengestellt wurden (Deutsche Shell 2010; Gille u. a. 2006; Kerr u. a. 2010; Oberle 2012; Oberle/Forstmann 2015; Vetter 2013; Westle 2006) und bereits vorher in der Planspielforschung eingesetzt worden waren (Oberle u. a. 2018). Außerdem wurde das Modell für die Planspielbewertung aus Sicht der Teilnehmenden von Monika Oberle und Johanna Leunig (2016) mit den drei Facetten generelle Planspielzufriedenheit, subjektiver Verständniszuwachs und Motivationszuwachs im Posttest verwendet (siehe Tabelle 2).

Sowohl die Cronbachs Alphawerte als auch die anderen statistischen Kennwerte für die Modellgüte der Erhebungsinstru-

Tabelle 1: Messmodelle mit Fitwerten und Beispielitems

	Items	α	x^2	CFI/TLI	RMSEA	Beispiel Items
Einstellungen zur EU (4-faktoriell: I = Generelle Einstellungen; II = Zufriedenheit Performanz; III = Alltagsbezug; IV = Bedeutung Parlamentswahl)	I = 4 II = 7 III = 7 IV = 3	I = .71/.84 II = .77/.84 III = .67/.80 IV = .85/80.	245.178(183)* */ 309.626(183)ns	.94/94// .92/91	.04./.06	I = „Ich bin froh, dass Deutschland Mitglied der EU ist." II = „Wie zufrieden oder unzufrieden bist du mit der Art und Weise, wie die EU insgesamt funktioniert?" III = „Die politischen Entscheidungen der EU haben Einfluss auf mein Leben."
EU verbundenes internes Effektivitätsgefühl (2-faktoriell: I = subjektives Wissen; II = internes Effektivitätsgefühl)	I = 6 II = 6	I = .81/.79 II = .77/.80	43.422(43)ns/ 75.551(43)	1.00/1.00// .95/.93	.01/.06	I = „Ich weiß ungefähr, wie die Europäische Union funktioniert." II = „Wenn über die Europäische Union diskutiert wird, habe ich gewöhnlich auch etwas zu sagen."
Partizipationsbereitschaft (3-faktoriell: I = weitergehend; II = illegal; III = digital)	I = 5 II = 2 III = 3	I = .84/.88 II = .79/.78 III = .81/.90	40.509(41)ns/ 70.735(41)**	1.00/1.00//.8 7/.96	.00/.06	An welchen der Folgenden kannst du dir vorstellen dich zu beteiligen? I = „An einer Unterschriftensammlung zu einem europäischen Thema." II = „Protestparolen gegen Entscheidungen der EU an die Wand sprayen." III = „Post zu politischen Sachverhalten in sozialen Medien kommentieren."
Politisches Interesse	5	.87/.86	2.537(2)ns/ 0.872(2)ns	1.00/1.00// 1.00/1.02	.04/.00	„Die Beschäftigung mit Politik ist für mich sehr wichtig – unabhängig von der Schule und anderen Personen."
Politisches Interesse EU	5	.87/.85	1.789(2)ns/ 4.674(2)ns	1.00/1.00// .99/.98	.04/.08	„Es ist für mich persönlich wichtig, über die EU Bescheid zu wissen."
Computerspiel-Affinität	3	.63				„Spielst du gerne Computerspiele?"
Internet-Affinität	5	.66	4.533(5)ns	1.00/1.01	.00	„Wie oft gehst du folgenden Aktivitäten nach: Emails versenden?

Quelle: Eigene Darstellung, Sven Ivens

Tabelle 2: Facetten der Planspielbewertung mit Fitwerten und Beispielitems

	Items	*α*	x^2	**CFI/TLI**	**RMSEA**	**Beispiel Items**
Planspielzufriedenheit (Nur Posttest; 3-faktoriell: I = Generelle Zufriedenheit; II = Subjektiver Verständniszuwachs; III = Motivationszuwachs)	I = 10 II = 8 III = 4	I = .85 II = .81 III = .91	317.083(206)***	.97/.96	.05	I = „Alles in allem, wir zufrieden bist du mit dem Planspiel?" II = „Inwiefern würdest du folgenden Aussagen Zustimmen? Durch das Planspiel ... verstehe ich insgesamt besser, wie die EU funktioniert." III = „Und inwiefern würdest du folgenden Aussagen zustimmen? Das Planspiel hat mein Interesse an Politik geweckt/erhöht."

Quelle: Eigene Darstellung, Sven Ivens

mente für den Prä- und Posttest befinden sich im annehmbaren bis sehr guten Bereich (siehe Tabelle 1 und 2). Der Wissenstest für das objektive Wissen wurde mithilfe eines Multiple-Choice-Tests (angelehnt an Oberle 2012) mit 24 Wissensfragen zur EU und zum Beitrittsprozess durchgeführt. Alle Rechnungen in diesem Beitrag wurden mit dem Programm SPSS 25 und Mplus 7 durchgeführt.

5. Die Ergebnisse

Generell stehen die Teilnehmenden dem Planspiel positiv gegenüber. 85 Prozent gaben an, zufrieden mit dem Planspiel zu sein, davon waren 21,5 Prozent sogar sehr zufrieden. Das deckt sich mit der Bereitschaft von 80,5 Prozent der Schülerinnen und Schüler, noch einmal an einem solchen Planspiel teilzunehmen. 82,1 Prozent würden *Fokus Balkan Online* weiterempfehlen. Auch im Bewertungsmodell von Planspielen nach Oberle und Leunig (2016) wird *Fokus Balkan Online* auf zwei Facetten, der generellen Planspielzufriedenheit und dem subjektiven Verständniszuwachs, gut bewertet. Der Motivationszuwachs wird jedoch weder positiv noch negativ wahrgenommen. Schaut man sich im Vergleich die Durchführungen mit technischen Problemen und Serverausfällen gegenüber den späteren fehlerfreien Durchläufen an, zeigt sich noch einmal eine Steigerung in der generellen Planspielbewertung und im Motivationszuwachs bei den fehlerfreien Durchführungen (siehe Tabelle 3).

Gefragt nach der Wahrnehmung des Planspiels anhand vorgegebener Adjektive, haben die Schülerinnen und Schüler mehrheitlich angegeben, dass sie das Planspiel als lehrreich, interessant, abwechslungsreich, aber auch anstrengend empfanden. Es wurde zudem nicht als zu schwer, oberflächlich oder langweilig eingeschätzt.

Die Auswertung der offenen Fragen zur positiven Einschätzung ergab, dass die Teilnehmenden insbesondere die Online-

Tabelle 3: Mittelwertvergleiche Planspielbewertung zwischen Planspielen mit und ohne technischen Ausfällen

Planspiel-bewertung	Digital mit Ausfällen (N 108)	Digital ohne Ausfälle (N 79)	Cohen's d Digital – Digital ohne Ausfälle
Generelle Bewertung	M = 2.97; SD = .47	M = 3.18; SD = .40	.48
Subjektiver Verständnis-zuwachs	M = 3.03; SD = .56	M = 3.05; SD = .54	.04
Motivations-zuwachs	M = 2,44; SD = .68	M = 2.63; SD = .74	.27

1 = geringe Zustimmung –4 = hohe Zustimmung; Cohen's d: ab 02.-0.5 kleiner Effekt, 0.5-0.8 mittlerer Effekt; > 0.8 großer Effekt

Quelle: Eigene Darstellung, Sven Ivens

Plattform (25 %) und die direkten Diskussionen und Debatten (20,7 %) gut fanden. Es wurden Online- und Offline-Elemente des Planspiels geschätzt. Kritisch haben die Schülerinnen und Schüler vor allem die Länge des Planspiels (21,7 %), das Zeitmanagement (16,7 %) und das Lesen zu vieler Texte (15 %) gesehen. Als Verbesserungsvorschläge gaben sie dementsprechend ein effizienteres Zeitmanagement (18,1 %), kürzere Texte (13 %) und den Wunsch nach mehr Diskussionen (12,3 %) an. Auch der Vorschlag, die Simulation an zwei Tagen durchzuführen, wurde angebracht (11,6 %).

Aufgrund der Bewertungen der einzelnen Aspekte des Planspiels wird deutlich, dass das Layout des Planspiels überzeugt. Auch die Technik wird trotz Ausfällen bei drei Durchführungen von den Schülerinnen und Schülern als gut befunden (siehe Abb. 2). Überarbeitungsbedarf hat das Planspiel bei der Zeiteinteilung. Damit waren nur knapp 50 Prozent der Teilnehmenden zufrieden, und über 10 Prozent bewerteten diese als sehr schlecht.

Abb. 2: Bewertung der Planspielaspekte in Prozent

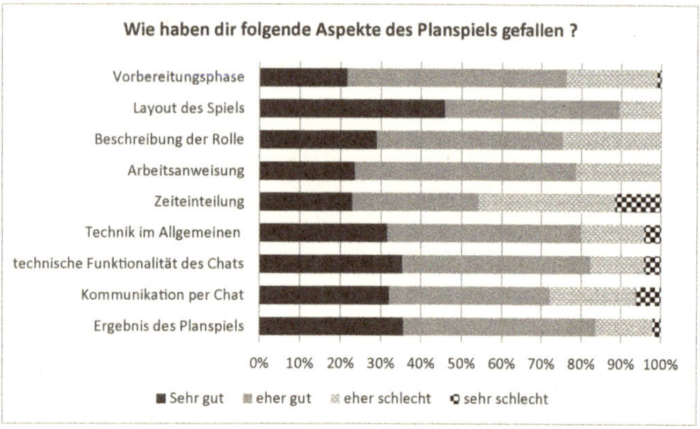

Quelle: Eigene Darstellung, Sven Ivens

6. Einflüsse auf die Planspielbewertung

Es gibt insgesamt keinen Einfluss des Geschlechts oder des Migrationshintergrundes auf die Bewertung des Planspiels. Der subjektive Verständniszuwachs und der Motivationszuwachs durch das Planspiel sind bei älteren Schülerinnen und Schülern etwas geringer. Der negative Einfluss des soziokulturellen Hintergrundes auf die generelle Bewertung signalisiert, dass Schülerinnen und Schüler aus besser gestellten sozialen Milieus das Planspiel etwas negativer bewerten. Der stärkste Einfluss ergibt sich aus den technischen Störungen. Wie schon im Mittelwertvergleich festgestellt wurde, haben technische Ausfälle während der Durchführung einen sehr negativen Einfluss auf die generelle Bewertung des Planspiels nach sich gezogen. Keine Bedeutung haben Internet- und Computerspielaffinität, denn computerspielaffine Schülerinnen und Schüler scheinen weder mehr aus dem Planspiel mitzunehmen, noch dieses positiver zu bewerten. Das politische Interesse hat einen starken Einfluss auf den Motivationszuwachs. Politisch interessierte Schülerinnen und Schüler werden also zusätzlich durch das Planspiel motiviert (siehe Tabelle 4).

Tabelle 4: Multiple Regression verschiedener Hintergrundvariablen auf die drei Facetten von Planspielbewertung: PS-BEW 1= Generelle Planspielbewertung; PS-Bew 2= Subjektiver Verständniszuwachs; PS-Bew 3= Motivationszuwachs

	MOD I			MOD II			MOD III		
	PS-Bew 1	PS-Bew 2	PS-Bew 3	PS-Bew 1	PS-Bew 2	PS-Bew 3	PS-Bew 1	PS-Bew 2	PS-Bew 3
Geschlecht (m)	ns	ns	ns	ns	ns	ns	ns	ns	ns
Alter	ns	-.08**	-.12***	ns	-.08**	-.12***	ns	-.12***	-.08**
Soziokultureller Hintergrund	-.12***	ns	ns	-.12***	ns	ns	-.12***	ns	ns
Migrations-hintergrund	ns	ns	ns	ns	ns	ns	ns	ns	ns
Technische Störungen	-.74***	ns	ns	-.74***	ns	ns	-.74***	ns	ns
Politisches Interesse				.23***	.22**	.57***	.25*	ns	.56***
Internet-Affinität							ns	ns	ns
Computer-Affinität							ns	ns	ns
R^2	.14	.02	.04	.19	.07	.36	.19	.07	.36

Quelle: Eigene Darstellung, Sven Ivens

Schaut man sich die Zusammenhänge in einem Strukturgleichungsmodell (vgl. Abb. 3) genauer an, zeigt sich, dass Internet- und Computerspielaffinität unter Berücksichtigung der Einflüsse von Hintergrundvariablen doch einen signifikanten Einfluss auf die Zufriedenheit mit dem Planspiel und den subjektiven Verständniszuwachs haben. Dabei hat die Internetaffinität einen besonders starken Einfluss auf die Motivation. Gleichbleibend ist der negative Einfluss der technischen Ausfälle und des kulturellen Kapitals auf die generelle Bewertung des Planspiels. Das Alter beeinflusst die Facetten der Planspielbewertung nicht mehr direkt.

Interessant ist die Auswirkung eines möglichen Migrationshintergrunds. In der Regression hat dieser keine sichtbare Wirkung, er beeinflusst aber stark die Internetaffinität. Die Schülerinnen und Schüler mit Migrationshintergrund sind wesentlich

Abb. 3: Strukturgleichungsmodell mit den drei Facetten der Planspielbewertung und verschiedenen Hintergrundvariablen

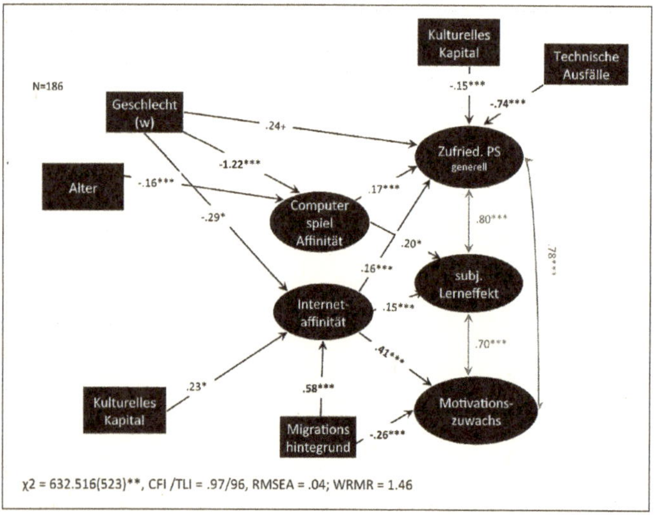

Quelle. Eigene Darstellung, Sven Ivens

internetaffiner als ihre Mitschülerinnen und Mitschüler. Dafür nehmen sie das Planspiel als wenig motivierend wahr. Es ist anzunehmen, dass sich dies mit der positiven Wahrnehmung des Motivationszuwachses von internetaffinen Schülerinnen und Schülern ausgleicht, weshalb insgesamt kein Einfluss des Migrationshintergrunds in der multiplen Regression zu sehen ist. Zusammenfassend kann man sagen, dass computerspiel- und internetaffine Schülerinnen und Schüler das Planspiel positiver erlebt, Teilnehmende aus gebildeten Elternhäusern das Planspiel generell negativer bewertet und Schülerinnen und Schüler mit Migrationshintergrund das Spiel als wenig motivierend wahrgenommen haben.

7. Wirkung von *Fokus Balkan Online*

Der Vergleich der im Prä- und Postfragebogen untersuchten Messmodelle (siehe Tabelle 5) verdeutlicht, was sich bei den Teilnehmenden durch die Planspielteilnahme verändert hat. Im Einklang mit der als nicht motivierend wahrgenommenen Bewertung durch die Teilnehmenden sieht man auch hier keine Veränderung im politischen Interesse oder am Interesse an der EU. Gleichfalls hat die Teilnahme am Planspiel keine signifikante Wirkung auf die Einstellungen zur EU und Partizipationsbereitschaft der teilnehmenden Schülerinnen und Schüler, es verschlechtert diese aber auch nicht.

Die Teilnahme hat aber eine signifikante positive Wirkung auf drei wichtige Punkte: das subjektive und objektive Wissen sowie das diskursbezogene Effektivitätsgefühl. Gerade beim Wissen hat es nach Cohen's d einen sehr robusten mittleren Effekt auf das objektive und subjektive Wissen. Demzufolge glauben die Schülerinnen und Schüler nicht nur, dass sie nach der Planspielteilnahme mehr über die EU wissen, sie schneiden auch objektiv besser beim Wissenstest über die EU ab. Zusätzlich gibt es eine leichte Steigerung des diskursbezogenen Effektivitätsgefühls. Die Teilnehmenden fühlen sich also eher in der

Tabelle 5: Mittelwertvergleiche Prä- und Posttest mit Cohen's d und t-Test

Messmodelle		**Prätest**	**Prätest**	**Posttest**	**Posttest**	**Cohen's d Prä-Post**	**Signifi-kanz T-Test**
		M	SD	M	SD		
EU-Einstellungen	Generell	3.49	.49	3.43	.43	-.13	-1.49ns
	Zufriedenheit mit der EU	2.78	.43	2.81	.46	.07	.82ns
	Alltagsbezug	2.90	.63	2.94	.54	.07	1.30ns
Partizipationsbereitschaft (EU)	Wählen gehen	3.49	.73	3.42	.80	-.09	-1.46ns
	Weitergehend	2.29	.64	2.29	.68	.00	.09ns
	Illegal	1.69	.83	1.79	.85	.12	1.85ns
	Digital	2.30	.81	2.34	.89	.05	.69ns
Internes Effektivitätsgefühl (EU)	Diskursbezogen	2.54	.60	2.72	.57	**.31**	**5.61*****
	Subjektives Wissen	2.77	.57	3.13	.47	**.69**	**9.88*****
Objektives Wissen EU		13.25	3.81	15.81	3.72	**.68**	**10.21*****
Interesse an der EU		2.56	.61	2.60	.65	.06	1.03ns
Politisches Interesse		2.51	.73	2.56	.71	.07	1.33ns

Quelle: Eigene Darstellung, Sven Ivens

Lage, an einem Gespräch über die EU teilzunehmen und ihren Standpunkt in einer Diskussion über die EU zu vertreten.

Nicht nur die kurzfristige Wirkung auf die Teilnehmenden ist wichtig, auch langfristige Effekte wurden in der Begleitstudie überprüft. Durch die Follow Up-Befragungen kann man Veränderungen der Werte über Zeit feststellen. Beim diskursbezogenen Effektivitätsgefühl konnte keine Veränderung über die Zeit hinweg festgestellt werden (Cohen's d= 0), dagegen nehmen das subjektive Wissen (Cohen's d= -.29) und das objektive Wissen (Cohen's d= -.20) leicht ab. Insgesamt sind beide Werte jedoch signifikant höher als vor der Planspielteilnahme (subjektives Wissen Prä-Follow Up= .59; objektives Wissen Prä-Follow Up= .46). Die Teilnahme an *Fokus Balkan Online* hat also nicht nur einen kurzzeitigen Effekt auf das diskursive Effektivitätsgefühl sowie das objektive und subjektive Wissen, sondern auch eine nachhaltige Bildungswirkung.

8. Fazit

Die LpB hat über einen langen Zeitraum ein Planspiel entwickelt, das über ein gutes Layout verfügt, als lehrreich, interessant und abwechslungsreich wahrgenommen und dessen digitale Umsetzung positiv bewertet wird. Jedoch gibt es noch Überarbeitsbedarf mit Blick auf die Zeiteinteilung sowie auf eine technisch einwandfreie Umsetzung ohne Ausfälle und Serverprobleme.

Durch den Vergleich der Prä-, Post- und Follow Up-Ergebnisse wird deutlich, dass die Stärke von *Fokus Balkan Online* vor allem in der Vermittlung von Wissen über die EU und ihrer Prozesse liegt und diese Lernerfahrung für einen langfristigen Wissensanstieg sorgt. Die Schülerinnen und Schüler haben auch größeres Vertrauen in ihr diskursbezogenes Effektivitätsgefühl. Sie geben an, besser an Gesprächen und Diskussionen über die EU teilnehmen zu können. Diese Ergebnisse ähneln denen über Blended-Learning-Planspiele zu agrarpolitischen

Fragen und Problemen (Ivens/Wiese 2020), bei denen auch das subjektive Wissen und das diskursbezogene Effektivitätsgefühl durch die Planspielteilnahme gesteigert wurden. Auf der anderen Seite gibt es Aspekte, die *Fokus Balkan Online* nicht fördert. Es steigert nicht das Interesse an Politik oder der EU, und es verändert nicht die Einstellungen zur EU oder die Partizipationsbereitschaft der Teilnehmenden.

Ähnlich spiegeln sich diese Ergebnisse in der Bewertung der Teilnehmenden wider. Das Spiel wird generell positiv bewertet, und vor allem der subjektive Verständniszuwachs wird positiv gesehen. Dafür wird es nicht als motivierend empfunden. Interessant ist, dass insbesondere Schülerinnen und Schüler aus Elternhäusern mit hohem kulturellem Kapital das Planspiel eher negativ bewerten. Besonders positiv nehmen das Planspiel politisch interessierte, computerspiel- und internetaffine Schülerinnen und Schüler wahr.

Fokus Balkan Online ist ein Beispiel für zeitgemäße politische Europabildung. Es verbindet Online-Elemente für junge digitale Zielgruppen mit den Vorteilen von analogen Planspielen und fördert dabei nachhaltig die Wissensvermittlung über die EU. Es lässt Teilnehmende einen komplexen politischen Prozess erleben. Dies steigert Wissen, ist jedoch nicht dienlich, um Interesse an der EU zu wecken. Dafür sollten andere Methoden in Betracht gezogen werden.

Für eine weitere Erforschung sollten Studien über Blended-Learning-Planspiele mit größerem Sample und Vergleiche zwischen analogen und rein digitalen Planspielen durchgeführt werden. Ebenso sollten digitalisierte Bildungsmethoden auf ihre soziale Wirkung hin analysiert werden. An den bisherigen Durchführungen von *Fokus Balkan Online* konnten z. B. nur technisch gut ausgestattete Schulen mit mehreren Computerräumen und guter Internetverbindung teilnehmen. Hier eröffnen sich weitere Forschungsansätze zu den Chancen und Potentialen digitaler Bildung und Gefahren sozialer Ungleichheit durch eine mangelnde Digitalisierung der Schullandschaft.

Literatur

Arndt, H.M./Behne, M./Rappenglück, S. (2019): „Fokus Balkan" Planspiel zur Erweiterung der Europäischen Union. Online veröffentlicht. URL: https://www.lpb-bw.de/fileadmin/lpb_hauptportal/pdf/planspiel/pl_fokus_balkan.pdf [26.02.2020].

Bachen, C. M./Hernández-Ramos, P. F./Raphael, C./Waldron, A. (2015): Civic Play and Civic Gaps: Can Life Simulation Games Advance Educational Equity? In: Journal of Information Technology & Politics, Volume 12, Issue 4, S. 378-395. URL: http://dx.doi.org/10.1080/19331681.2015.1101038 [06.08.2020].

Capaul, R. (2001): Die Planspielmethode in der Schulleiterausbildung. Theoretische Grundlagen. Bad Heilbrunn.

Cohen, J. (1988): Statistical Power Analysis for the Behavioral Sciences. 2. Edition, Hillsdale, NJ.

Deutsche Shell (2010) (Hg.): 16. Shell Jugendstudie. Jugend 2010. Eine pragmatische Generation behauptet sich. Frankfurt/M.

Duchatelet, D. (2019): „Yes I can! Can I?" At the heart of self-efficacy for negotiating in role play simulations of political decision-making. University of Antwerpen.

Dierßen, B./Rappenglück, S. (2015): Europabezogene Planspiele und ihre Wirkungen. In: Oberle, M. (Hg.): Die Europäische Union erfolgreich vermitteln. Perspektiven der politischen EU-Bildung heute. Wiesbaden, S. 223-234.

Fink, S. (2015): 36 different chocolate directives: how does the setting influence negotiation outcomes in an EU simulation? In: European Political Science, Volume 14, Issue 3, S. 241-253.

Gabriel, S. (2012): Spielend lernen?! Einsatz von digitalen Spielen im Unterricht. In: Blaschitz, E. u. a. (Hg.): Zukunft des Lernens. Wie digitale Medien Aus- und Weiterbildung verändern. Glückstadt, S. 275-290.

Gille, M./Sardei-Biermann, S./Gaiser, W./de Rijke, J. (2006): Jugendliche und junge Erwachsene in Deutschland. Lebensverhältnisse, Werte und gesellschaftliche Beteiligung 12- bis 29-Jähriger. Wiesbaden.

Hunstiger, A. (2010): Die EU hautnah erleben: Die Adaptation eines EU-Planspiels für den berufsbezogenen DaF-Unterricht. In: Informationen Deutsch als Fremdsprache, Heft 5/2010, S. 452-469.

Ifenthaler, D. (2012): Blended Learning. In: Seel, N. M. (Hg.): Encyclopedia of the Sciences of Learning. Volume 2. New York, S. 463-465.

Ivens, S./Wiese, G./Dittert, K./Mußhoff, O./Oberle, M. (2020): Bringing Policy Decisions to the People – Education for Sustainable Development through a Digital Simulation Game. In: Sustainability, 12, no. 20: 8743. URL: https://doi.org/10.3390/su12208743 [29.01.2021].

Ivens, S. (2021): Digitalization, What is it Good for? Zwischenstand einer Interventionsstudie über ein digitalisiertes Planspiel der politischen Europabildung. In: Lange, D./Möller, L. (Hg.): Augmented Democracy in der politischen Bildung. Neue Herausforderungen der Digitalisierung. Wiesbaden (im Erscheinen).

Kaiser, K./Raiser, S./Warkalla, B. (2017): Einfach digital? Onlineplanspiele in der politischen Bildung. In: Petrik, A./Rappenglück, S. (Hg.): Handbuch Planspiele in der politischen Bildung. Schwalbach/Ts., S. 267-274.

Kerr, D./Sturman, L./Schulz, W./Burge, B. (2010): ICCS 2009 European report: Civic knowledge, attitudes, and engagement among lower-secondary students in 24 European countries. Amsterdam.

Klippert, H. (1984): Wirtschaft und Politik erleben. Planspiele für Schule und Lehrerbildung. Weinheim.

Le, S./Weber, P./Ebner, M. (2013): Game-Based Learning. Spielend lernen? In: Ebner, M./Schön, S. (Hg.): L3T. Lehrbuch für Lernen und Lehren mit Technologien. 2. Auflage, Bad Reichenhall, S. 267-276.

Lohmann, J. R. (2019): Simulations Matter-Wirkungsweisen und Mehrwert von Politiksimulationen. Dissertation, Universität Passau.

Massing, P. (2010): Planspiele und Entscheidungsspiele. In: Frech, S./Kuhn, H.-W./Massing, P. (Hg.): Methodentraining für den Politikunterricht I. Mikromethoden – Makromethoden. 4. Aufl., Schwalbach/Ts., S. 163-194.

Oberle, M. (2012): Politisches Wissen über die Europäische Union. Subjektive und objektive Politikkenntnisse von Jugendlichen.

Oberle, M./Forstmann, J. (2015): Förderung EU-bezogener Kompetenzen bei Schüler/innen – zum Einfluss des politischen Fachunterrichts. In: Oberle, M. (Hg.): Die Europäische Union erfolgreich vermitteln. Perspektiven der politischen EU-Bildung heute. Wiesbaden, S. 81-98.

Oberle, M./Leunig, J. (2016) Simulation Games on the European Union in Civics – Effects on Secondary School Pupils' Political Competence. In: Citizenship, Social and Economics Education, Volume 16, Issue 3, S. 227-243.

Oberle, M./Raiser, S./Warkalla, B./Kaiser, K./Leunig. J. (2017): Online-Planspiele in der politischen Bildung – Ergebnisse einer Pilotstudie. In: Gapski, H./Oberle, M./Staufer, W. (Hg.): Medienkompetenz – Herausforderung für Politik, politische Bildung und Medienbildung. Bonn, S. 243-255.

Oberle, M./Ivens, S./Leunig, J. (2018): Effects of EU Simulation Games on Secondary School Students' Political Motivations, Attitudes and Knowledge: Results of an Intervention Study. In: Bursens, P./Gijbels, D./Donche, V./Spooren, P. (Hg.): Simulations of Decision-Making as Active Learning Tools. Cham, S. 145-164.

Oberle, M./Leunig, J./Ivens, S. (2020): What do students learn from political simulation games? A mixed-method approach exploring the relation between conceptual and attitudinal changes. In: European Political Science, June 2020, S. 1-20.

Palfrey, J. G./Gasser, A. (2011): Born Digital. Understanding the First Generation of Digital Natives. New York.

Plank F./Muno W./Niemann A. (2018): EU-Simulationen im Vergleich: Didaktik und Praxis von aktivem Lernen. In: Muno W./Niemann A./Guasti P. (Hg.): Europa spielerisch erlernen. Wiesbaden, S. 205-218.

Prinz, L./Gewering, M./Niemann, A. (2018): Die Umsetzung von EU-Simulationen für die gymnasiale Oberstufe: Probleme, Fragen, Hindernisse – Lehren aus der Praxis des Planspiels EU+. In: Muno W./Niemann A./Guasti P. (Hg.): Europa spielerisch erlernen. Wiesbaden, S. 111-138.

Raiser, S./Schneider, A./Kaiser, K. (2018): „Will It Blend?" Combining Online and On-Site Elements in Simulation Games. In: Bursens, P./Gijbels, D./Donche, V./Spooren, P. (Hg.): Simulations of Decision-Making as Active Learning Tools. Cham, S. 77-92.

Rappenglück, S. (2008): Demokratiekompetenz fördern – im Planspiel Europapolitik spielerisch vermitteln. In: Stiftung Mitarbeit (Hg): Das Planspielbuch. Bonn

Schirm, S./Smejkalova, K./Rötzmeier, M. (2011): Planspiel und Verhandlungssimulation als Universitätsseminar. In: Zeitschrift für Politikwissenschaft, Heft 4/2011, S. 649-659

Schnurr, M. A./De Santo, E./Craig, R. (2013): Using a blended learning approach to simulate the negotiation of a multilateral environmental agreement. In: International Studies Perspectives, Volume 14, Issue 2, S. 109-120.

Scholz, L. (2003): Spielerisch Politik lernen. Methoden des Kompetenzerwerbs im Politik- und Sozialkundeunterricht. Schwalbach/Ts.

Scholz, L. (2014): Spielend lernen: Spielformen in der politischen Bildung. In: Sander, W. (Hg.): Handbuch politische Bildung. 4., völlig überarbeitete Auflage, Schwalbach/Ts., S. 484-492.

Usherwood, S. (2014): Constructing effective simulations of the European Union for teaching: realising the potential. In: European Political Science, Volume 13, Issue 1, S. 53-60.

Vlachopoulos, D./Makri, A. (2017): The effect of games and simulations on higher education: a systematic literature review. In: International Journal of Educational Technology in Higher Education, Volume 14, Issue 1/2017. URL: https://doi.org/10.1186/s41239-017-0062-1 [06.08.2020].

Westle, B. (2006): Politisches Interesse, subjektive politische Kompetenz und politisches Wissen – eine Fallstudie mit Jugendlichen im Nürnberger Raum. In: Roller, E. (Hg.): Jugend und Politik – „Voll normal!“ Wiesbaden, S. 209-240.

Young, M. F. u. a. (2012): Our princess is in another castle: A review of trends in serious gaming for education. In: Review of educational research, Volume 82, Issue 1, S. 61-89.

Eva-Maria Goll

Europapolitik im Sachunterricht oder frühes Politiklernen nur anhand kommunaler Beispiele?

1. Vorbemerkungen

Viele Schülerinnen und Schüler haben Politik im Sachunterricht als Thema überhaupt nicht erlebt. Lange Zeit galt Politik insgesamt als zu komplex und anspruchsvoll für junge Lernende. Im Vergleich zu anderen Inhalten des Faches weisen sozialwissenschaftliche Themen insgesamt (politische eingeschlossen) eine besonders hohe Instabilität über die Zeit auf (vgl. Blaseio 2004, 243 f.). Mit Etablierung des Perspektivrahmens Sachunterricht durch die Gesellschaft für Didaktik des Sachunterrichts (GDSU) zunächst in erster Auflage 2002, dann in grundlegend überarbeiteter Version 2013, hat sich eine deutliche Veränderung ergeben. Die Inhalte und Ziele des Faches werden klar beschrieben und auch die politische Bildung als Bestandteil des Faches wird 2013 explizit benannt (vgl. GDSU 2013).

Ein genauerer Blick in die Ausführungen der sozialwissenschaftlichen Perspektive zeigt die große Nähe zum Kompetenzmodell der Autorengruppe um Joachim Detjen und Georg Weißeno (vgl. Goll 2019). Während in diesem Modell allerdings die europäische Ebene in der Dimension des Fachwissens mit angesprochen wird, fehlt genau dieser Aspekt im Perspektivrahmen Sachunterricht (vgl. GDSU 2013, 27 ff.) – dort gilt für über die Gemeinde hinausgehende Politik (explizit Europapolitik) das, was Dagmar Richter für den ersten Perspektivrahmen von 2002 noch für politisches Lernen in Gänze formuliert hat: „Man kann [es] erkennen bzw. hineininterpretieren, wenn man es möchte – man muss es aber nicht“ (Richter 2007, 38). In der geographischen Perspektive hingegen wird der Blick auf die ganze Welt sehr deutlich, wenn als konstitutiv für den Bereich die „Beziehungen und Verflechtungen unterschiedlicher Räume (lokal bis global)“ benannt werden (GDSU 2013, 46). Dies ist eine Diskrepanz, die im vielperspektivisch angelegten Fach verwundert, da sich Verknüpfungsmöglichkeiten zwischen beiden Perspektiven bei dieser unterschiedlichen Betrachtung von Welt reduzieren.

Folgender übergeordneter Fragestellung soll nun nachgegangen werden: Lässt sich mit Blick auf die Zielgruppe der Schülerinnen und Schüler in der Grundschule und Spezifika von Kommunal- und Europapolitik eine Reduktion auf den politischen Nahraum begründen? Hierzu werden vier Überlegungen näher betrachtet und kritisch diskutiert: (1) Sollte Politik als neues Thema im bekannten Raum kennengelernt werden? (2) Ist EU-Politik aufgrund der Vielzahl an Institutionen und handelnden Akteuren deutlich komplexer als Kommunalpolitik? (3) Sind auf Ebene der EU verhandelte politische Inhalte keine Inhalte aus der Lebenswelt von Kindern? (4) Ist ein Unterricht zu kommunalen Aspekten einfacher zu gestalten, und sind Urteils- und Handlungskompetenz besser zu adressieren?

Die ersten drei Aspekte fokussieren dabei stärker den Bereich von Wissen, während in der abschließenden Fragestellung Handlungs- und Urteilskompetenz intensiver betrachtet werden. Grundsätzlich und themenunabhängig (daher im Folgenden nicht im Fokus der Betrachtung) ist insbesondere bei der Zielgruppe der Grundschülerinnen und Grundschüler mit großen interindividuellen Unterschieden bezüglich Vorkenntnissen und Lernmöglichkeiten zu rechnen, die in der Ausgestaltung des Unterrichts konkret Berücksichtigung finden müssen.

2. Sollte Politik als neues Thema im bekannten Raum kennengelernt werden?

Dieser Argumentation liegen zwei Annahmen zugrunde. Zunächst wird unterstellt, Politik sei generell ein Thema, zu dem Schülerinnen und Schüler der Grundschule keine Vorkenntnisse mitbringen. Diese Annahme ist inzwischen längst widerlegt, denn schon Erstklässler zeigen durchaus ein breites politisches Wissen (vgl. van Deth u. a. 2007). Neben dieser Studie, der bisher umfangreichsten ihrer Art, belegen auch kleinere Studien das Vorhandensein von Vorwissen und Interesse am Thema, wie z. B. auch jüngst publizierte Ergebnisse aus dem Forschungsprojekt „PoWi-Kids – Politisches Wissen von Kindern" (vgl. Becher/Gläser 2020).

Ein differenzierter Blick auf die erhobenen Kenntnisse der Schülerinnen und Schüler zeigt, dass in den genannten Studien Aspekte der Bundespolitik ein erkennbarer Fokus sind. Amt und Funktion des Bundeskanzlers sind bereits mehr als 50 Prozent der Erstklässler bekannt (vgl. Vollmar 2007, 127). Vergleichende Studien zu Wissen von Grundschülerinnen und Grundschülern über die unterschiedlichen politischen Ebenen gibt es nicht. Für die EU allerdings konnte Monika Oberle das Vorhandensein von Wissen (und dessen Ausbaufähigkeit durch gezielte Intervention) nachweisen (vgl. Oberle 2018, 109 ff.). Ob Wissen über Akteure wie Bürgermeister und erst recht Bezirksbürgermeister oder Ortsvorsteher, Institutionen wie den Stadtrat, Bezirksvertretungen ebenfalls vorhanden ist? Da empirische Untersuchungen bisher nicht vorhanden sind, kann nur spekuliert werden. Das politische Wissen wird von Kindern laut vorliegender Daten in der Regel aus Medien und Gesprächen mit Eltern über Berichte in Medien entwickelt (vgl. Becher/Gläser 2020, 61 f.). Da jenseits der Lokalzeitung Kommunalpolitik in Medien keine nennenswerte Rolle spielt, kann vermutet werden, dass gerade für den kommunalpolitischen Bereich deutlich weniger Vorwissen vorhanden ist, an das Unterricht anknüpfen kann. Kommunalpolitik dürfte daher ein für viele der Lernenden „neues" Thema sein, während zu Politik insgesamt bereits vielfältiges Vorwissen besteht.

Die zweite Annahme in der oben genannten Fragestellung bezieht sich auf Kenntnisse des Raums. Ist den Schülerinnen und Schülern der kommunalpolitisch relevante Raum bekannt – und größere räumliche Dimensionen sind es nicht? Dass jenseits kleiner Orte der Raum, für den Kommunalpolitik zuständig ist, bekannt ist, erscheint fraglich. In großen Städten, wie z. B. Dortmund, sind die unterschiedlichen Ortsteile nicht einmal Erwachsenen bekannt, die in der Stadt aufgewachsen sind. Bereits in den 1980er-Jahren wurde das Modell der „verinselten Lebensräume" beschrieben, nach dem Kinder in Großräumen jeweils einzelne Orte oder Quartiere kennen – die Wege dazwischen und die übergeordnete Struktur jedoch nicht (vgl. Daum 2007, 145). Kommunalpolitik ist aber nicht reduziert auf den einzelnen Ortsteil, für den sicherlich zumindest in höheren Grundschulklassen gute Ortskenntnis zu erwarten ist.

In größerem Maßstab ist zu fragen, wie es sich mit räumlichen Kenntnissen über die eigene Stadt hinaus verhält. Sind das eigene Bundesland, Deutschland oder Europa als Räume den Schülerinnen und Schülern bekannt? Dass Kinder auch hierzu großes Vorwissen mitbringen, ist belegt. Zum Beispiel konnte Meike Schniotalle in ihrer Untersuchung zu räumlichen Schülervorstellungen über Europa aufzeigen, „dass sich auch Kinder im Grundschulalter ein Bild von der Welt machen, das nicht am elterlichen Gartenzaun oder an der Grenze des heimatlichen Bundeslandes endet, sondern von Anfang an mehr oder weniger weltumspannend ist" (Schniotalle 2003, 313). Auch für große räumliche Einheiten stellt sie eine unsystematische Lernentwicklung dar, bei der zunächst räumliche Ankerpunkte entwickelt und die Räume dazwischen sukzessive gefüllt werden (vgl. ebd., 314).

Warum nun sollte politisch bildender Sachunterricht sich auf die kommunale Ebene beschränken bzw. über diese in das

Thema Politik einsteigen? Vorwissen ist sowohl auf den Raum bezogen auf allen Ebenen vergleichbar strukturiert und jeweils vorhanden. Politisches Wissen ist ebenfalls bereits vorhanden – und wenn man die medialen Vorerfahrungen berücksichtigt, nicht unbedingt im kommunalen Kontext zu vermuten, sondern zu den national und international bewegenden Themen der Politik (z. B. Brexit, Flüchtlingssituation im Mittelmer).

Ob die Strukturen der Kommunalpolitik weniger komplex sind als jene der EU und sich somit für die Erarbeitung systematischen Wissens besser eignen, soll im folgenden Abschnitt erörtert werden.

3. Ist EU-Politik aufgrund der Vielzahl an Institutionen und handelnden Akteuren deutlich komplexer als Kommunalpolitik?

Dagmar Richter listet auf, welche Lernvoraussetzungen sie für einen auf politisches Fachwissen zur EU fokussierten Unterricht für notwendig hält: „Voraussetzung für den Unterricht über die EU sind [...] mindestens Kenntnisse des Fachkonzeptes Staat und eine Umschreibung für das Mehrebenensystem [...]. Zum Verständnis von Staat wiederum ist die politische Grenze ein wichtiger Begriff, aber auch Staatsvolk und Staatsgebiet sowie das staatliche Gewaltmonopol (z. B. Polizei)" (Richter 2015, 114).

Der Anspruch, die Komplexität politischer Zusammenhänge in Gänze zu erfassen, muss in der Grundschule für alle politischen Ebenen scheitern. Wenn man die Struktur von Kommunalpolitik betrachtet, kann man ähnliche Grenzen aufzeigen, wie Richter sie für die Thematisierung der EU formuliert. Auch die kommunale Ebene ist als der Exekutive zugeordnete Ebene ohne Gesetzgebungsfunktion eine im Mehrebenensystem einzigartige Konstruktion (vgl. Geis/Madeja 2010, 19). Hinzu kommt die Vielfalt an unterschiedlichen Gemeindeordnungen je nach Bundesland (vgl. ebd., 11). Nicht nur die direkte Abhängigkeit von der Landesgesetzgebung macht ein Grundverständnis des „Mehrebenensystems“ zum Verständnis nötig. In Städten wird ein solches Mehrebenensystem selbst erkennbar, wenn man z. B. in Nordrhein-Westfalen neben dem Rat der Stadt (der gesamtstädtisch relevante Entscheidungen trifft) auch die Ebene der Stadtbezirke berücksichtigt, die eine Zusammenfassung mehrerer Ortsteile darstellen und für die die Bezirksvertretungen im Rahmen ihrer Zuständigkeiten Entscheidungen treffen (vgl. GO NRW § 35 bis § 61). Hinzu kommen weitere beratende Gremien, die statusgruppenspezifisch ebenfalls gewählt werden und verbriefte Rechte haben wie z. B. der Integrationsrat, der Seniorenbeirat oder das behindertenpolitische Netzwerk (vgl. GO NRW § 27). Diese sind unterschiedlich besetzt, unterschiedlich vernetzt und unterschiedlich wirkmächtig. In ländlichen Räumen gehören auch Kreistag und Landrat zum Mehrebenensystem des Kommunalen.

Spielräume, in denen auf kommunaler Ebene Entscheidungen zu treffen sind, sind insgesamt überschaubar. Kommunen müssen neben den freiwilligen Aufgaben, über die sie (finanzielle Mittel vorausgesetzt) selbst entscheiden können, eine Vielzahl von Pflichtaufgaben erfüllen (vgl. Bogumil/Holtkamp 2013, 18). Investitionen sind weitgehend von Förderprogrammen abhängig – in denen sehr präzise Vorgaben durch die geldgebenden Instanzen formuliert werden. Ein Vergleich ist durchaus möglich: In einem vernetzten Mehrebenensystem gilt für alle Ebenen, dass sie in ihren Handlungsmöglichkeiten von der Kooperation mit anderen Ebenen und dort getroffenen Entscheidungen abhängig sind.

Ein Konzept von „politischer Grenze“ ist auch im kommunalen Kontext notwendig – die Abgrenzung unterschiedlicher Stadtbezirke sowie die Grenze zur Nachbarstadt beschränken den Raum, für den entschieden wird, und nicht zuletzt ist interkommunale Zusammenarbeit ebenfalls alltäglich.

Auch eine Vorstellung von „Volk“ ist für die Reflexion von Kommunalpolitik bedeutsam. Um zu verstehen, wer bei einer

Kommunalwahl wahlberechtigt ist, wird in gewisser Weise sogar die EU zur einschlägigen Lernvoraussetzung! Schließlich dürfen Bürgerinnen und Bürger aus dem EU-Ausland bei Kommunalwahlen an ihrem Wohnort ebenfalls wählen.

Hinsichtlich des staatlichen Gewaltmonopols kommen kommunal ebenfalls Schwierigkeiten in der Konzeptualisierung auf, die nicht zu unterschätzen sind. In der Stadt ist Landespolizei zu sehen. Neben der Polizei, die spezifische Rechte und Aufgaben hat, gibt es kommunale Ordnungsbehörden, die wiederum in den Bundesländern unterschiedlichen Regelungen unterliegen und in Kommunen unterschiedlich ausgestaltet werden (vgl. Balzer 2019). Zusammenarbeit zwischen den kommunalen Institutionen und denen des Landes ist eine Notwendigkeit und differenziertes Wissen über einzelne Akteure und ihre Aufgaben für ein vollständiges Verständnis von Organisation und Beschränkung staatlicher Gewalt ebenso.

Als These kann daher formuliert werden: Institutionenvielfalt und -verflechtung sind auf kommunaler Ebene nicht geringer als auf anderen Ebenen. Es ist nicht in Zweifel zu ziehen, dass Lernen über Politik auch anhand der Kommunalpolitik möglich ist. Das traditionelle Modell der konzentrischen Kreise, der quasi zwingende Beginn auf kommunaler Ebene, lässt sich jedoch angesichts des Dargelegten nicht rechtfertigen. Umgekehrt lässt sich jedoch konzeptueller Wissenserwerb unter Einbeziehung auch der Ebene der EU von Beginn an begründen (vgl. ausführlich dazu Goll/Goll 2018).

Wenn keine Unterschiede bezüglich der Komplexität im institutionellen Bereich erkennbar sind – sind es womöglich die Inhalte und Themen, die die Kommunalpolitik für den Sachunterricht so viel geeigneter erscheinen lassen als Europapolitik? Dieser Frage wird im nächsten Abschnitt nachgegangen.

4. Sind auf Ebene der EU verhandelte politische Inhalte keine Inhalte aus der Lebenswelt von Kindern?

Zum Bildungsauftrag des Sachunterrichts gehört es, Schülerinnen und Schüler „dabei zu unterstützen, Phänomene und Zusammenhänge der Lebenswelt wahrzunehmen und zu verstehen“ (GDSU 2013, 9). Um das zu konkretisieren, ist der Begriff „Lebenswelt“ zu klären. Nach Richter ist „[d]ie Lebenswelt [...] weder nur eine subjektive oder beliebige Interpretation der Menschen noch ist sie allein von ihnen gestaltet oder zu verantworten. Es lassen sich Strukturen der Lebenswelt identifizieren, die verallgemeinerte Bedürfnisse aufzeigen“ (Richter 2002, 19).

Über das Konzept Lebenswelt werden subjektive Perspektiven von Kindern mit einer in Systemen strukturierten Welt verknüpft (vgl. ebd.). Politik ist dabei zu verstehen als eine auf die Lebenswelt der Kinder Einfluss nehmende Instanz, deren Wirkung ihnen vielfach noch nicht bewusst ist (vgl. ebd.). Genau darüber muss Aufklärung im Unterricht erfolgen.

Die Bedeutung von Systemkompetenz im Fach Sachunterricht begründet Andreas Hartinger damit, dass einerseits in vielen Bezugsdisziplinen Systeme bedeutsam sind und andererseits ein Denken in Systemen auch Vernetzungen innerhalb des Sachunterrichts selbst fördert (vgl. Hartinger 2010, 82). Diese Kompetenz kann nicht von Inhalten abstrahiert erworben werden (vgl. ebd., S. 84). Als notwendig für politische Bildung betont Detjen den Erwerb von Kenntnissen über Institutionen. Dabei sind „[d]ie politischen Institutionen [...] in der politischen Bildung nicht ein Thema unter vielen anderen. Es handelt sich vielmehr um einen Gegenstandsbereich, der für das angemessene Verständnis der Demokratie von zentraler Bedeutung ist. Denn Demokratie ist nicht einfach Selbstregierung des Volkes, sondern eine auf Leistungsfähigkeit von Institutionen angewiesene Herrschaftsordnung“ (Detjen 2007, 282). Um angesichts dessen nicht bei trockener Institutionenkunde zu enden, ist „die Überwindung der Distanz zwischen der Alltagswelt und der Welt der politischen Institutionen [wichtig]. […] Die Politik vollzieht sich in räumlichen, sachlichen, zeitlichen und sozial-personellen Bezügen, die von der Alltagswelt sehr verschieden sind. Die Distanz lässt sich verringern, wenn Institutionen als Interaktionssysteme betrachtet werden. Entweder legt man Institutionen aus dem nahen, also bekannten Umfeld zugrunde, oder man lässt das Handeln politischer Institutionen simulativ nachspielen" (Detjen 2007, 285).

Genau mit der Simulation als Form des Lernens hat Oberle in der bereits erwähnten Studie Kompetenzerwerb bei Grundschülerinnen und Grundschülern zum Thema EU nachweisen können. Der Raum Europa und das Konstrukt EU stellten dabei keine Hindernisse dar – die Schülerinnen und Schüler waren in der Lage, die Rolle von Ministerinnen und Ministern im Rat der EU zu simulieren (vgl. Oberle 2018).

Wenn man nun die inhaltliche Seite von Politik betrachtet, geht es darum, zu unterschiedlichen Themen „gesamtgesellschaftlich verbindliche […] und/oder am Gemeinwohl orientierte […] und der ganzen Gesellschaft zugutekommende […] Entscheidungen" (Meyer 2003, 15) zu treffen.

Das geschieht auf allen Ebenen – mit unterschiedlichen Inhalten. Typische kommunalpolitische Fragestellungen reichen von der Diskussion über zusätzliche Zebrastreifen oder Tempo 30 auf Straßen bis zur Frage nach konkreten Bauvorhaben, der Entwicklung von Gewerbegebieten oder der Zukunft städtischer Beteiligungen. Weitere Themenfelder wären zu ergänzen. Man merkt schnell, dass viele Themen darunter direkt auf die Schülerinnen und Schüler wirken, manche auch indirekt, andere wiederum sehr weit von ihnen entfernt sind. Mit Recht kann man daher feststellen, dass sich Kommunalpolitik für Aufklärung über politischen Einfluss auf die Lebenswelt grundsätzlich eignet, aber nicht jedes kommunalpolitische Thema gleichermaßen.

Zu fragen ist nun, ob es strukturelle Unterschiede zu Themen gibt, die auf Ebene der EU verhandelt werden. Auch wenn auf Ebene der EU die Vielfalt an Themen ebenfalls sehr groß ist, können grundsätzliche Unterschiede markiert werden: Da EU-Politik zumeist indirekt wirkt und konkret erst über Ausgestaltungen auf zwischenliegenden politischen Ebenen wird, ist eine direkte Einflussnahme auf die Lebenswelt selten klar zu erkennen. Hinzu kommt, dass in den klassischen Massenmedien die Berichterstattung über konkrete Themen, die in der EU bearbeitet werden, ebenfalls nicht intensiv ist und daher die Vielfalt an Themen gar nicht so offenkundig zutage tritt. Dennoch gibt es Themen, die für Schülerinnen und Schüler greifbar sind und ihre Lebenswelt direkt berühren. Anke Götzmann hat z. B. Unterrichtsmaterial zum Gesetzgebungsverfahren für einheitliche Handyladegeräte entwickelt (vgl. Götzmann 2018). In Unterricht und Begleitstudie war das vorrangige Ziel, anhand dieses Themas Strukturwissen über die EU und europapolitische Fachbegriffe zu erwerben. Das Thema ist derzeit wieder aktuell – womit bei heutiger Thematisierung im Unterricht durch Anpassung des Materials auch zusätzlich Merkmale von Politik wie das notwendige und mühsame „Bohren dicker Bretter" verdeutlicht werden können. Der lebensweltliche Bezug ist nicht nur über den eigenen Besitz von Handy und Ladekabeln gegeben, auch das übergreifende Thema Umweltschutz ist für die Kinder in der heutigen Zeit allgegenwärtig und wird von ihnen vielfältig als persönliches Bedürfnis betrachtet. Oberle hat mit gesunder Ernährung, Tier- und Umweltschutz für ihre Planspielstudie gleich drei solcher geeigneten Inhalte aufgegriffen (vgl. Oberle 2018, 103).

Die Unterschiede liegen daher weniger im Verhältnis Schülerinnen und Schüler zu politischem Thema, sondern in der Zugänglichkeit von Inhalten für Lehrkräfte, die für den Sachunterricht in aller Regel nicht politikwissenschaftlich ausgebildet sind. Daher sind mögliche Themen für Lernen über die EU-Politik im Alltag von ihnen kaum eigenständig zu finden und auszuarbeiten. Julia Kristin Dörner weist zur Verbesserung dieser problematischen Situation auf die Notwendigkeit hin, geeignete Materialien für Lehrkräfte bereitzustellen – und das immer wieder neu, zu aktuellen Themen (vgl. Dörner 2018, 139 f.).

Politische Bildung zielt neben Fachwissen auf Urteils- und Handlungsfähigkeit sowie auf emotionale und motivationale Aspekte (vgl. Detjen u. a. 2012). Daher ist zu fragen, ob ein Unterricht über kommunale Aspekte womöglich eher geeignet ist, die vielfältigen Ziele zu erreichen. Ist ein auf Urteils- und Handlungskompetenz zielender Unterricht bei Fokussierung auf das Kommunale einfacher zu gestalten? Dieser Frage soll im folgenden Abschnitt nachgegangen werden.

5. Sind Handlungs- und Urteilskompetenz auf kommunaler Ebene besser zu adressieren, und ist ein solcher Unterricht methodisch ansprechender zu gestalten?

Lars Holtkamp konstatiert, dass sich die Vorstellung von Kommune als „Schule der Demokratie“ fest etabliert [hat]. „[D]emokratische Verhaltensweisen und politische Fähigkeiten [können] hier schon früh ausgebildet werden“ (Holtkamp 2010, 80). Begründet wird dieses Potential über vermutete „bessere Eingriffs- und Mitwirkungsmöglichkeiten für die Bürger“ und „[d]ie (vermeintliche) Überschaubarkeit der kommunalen Problemlagen“ (ebd.). Zur Frage der vermeintlichen Überschaubarkeit sei auf Abschnitt 2 dieser Ausführungen verwiesen. Es bleibt daher die These der besseren Beteiligungsmöglichkeiten zu erörtern.

Auch bezüglich der Handlungsmöglichkeiten verweist Holtkamp auf die Abhängigkeit kommunaler Politik: Partizipative Ansätze sind „von der kommunalen Praxis entfernt, die im Zuge der Haushaltskrisen von der massiven Kürzung freiwilliger Aufgaben, zunehmenden hierarchischen Eingriffen der Kommunalaufsicht und partiell auch von Demokratieabbau geprägt ist. Bürgerbeteiligung mutiert unter diesen restriktiven

Bedingungen nicht selten zu ausschließlich symbolischer Politik, ohne dass Beteiligungsergebnisse umgesetzt werden (können)" (Holtkamp 2010, 81). Hinzu kommt eine Problematik, die Weißeno in der kritischen Reflexion eines „interessenorientierten Ansatzes" politischer Bildung herausgearbeitet hat. Partizipation allein reicht nicht aus, um politische Zusammenhänge zu verstehen, und Mitwirkung und Beteiligung führen nicht zwingend zu erfolgreicher Durchsetzung des eigenen Interesses (vgl. Weißeno 2004, 213). Ein Unterricht aber, der vor allem durch Mitwirkung Schülerinnen und Schüler zu Politik hinführen möchte, ist auf erfolgreiche Beteiligung angewiesen, andernfalls entsteht Frustration (vgl. ebd.). Insofern mögen kommunalpolitische Strukturen stärker zu Partizipation einladen, allerdings droht auch die Gefahr einer Pseudopartizipation und der Entwicklung eines unzureichenden Politikbildes. Die im Perspektivrahmen Sachunterricht als Kompetenzerwartungen bezüglich der Denk-, Arbeits- und Handlungsweisen notierten Beispiele (Leserbriefe, E-Mails, Pro-Kontra-Diskussionen und Debatten) (vgl. GDSU 2013, 30) lassen sich für Themen auf allen politischen Ebenen anwenden.

Bezüglich der Urteilsbildung sind die Themen noch einmal in den Blick zu nehmen. Zu den jeweils politisch zu bearbeitenden Problemen sollen die Schülerinnen und Schüler sowohl eigene Urteile bilden als auch die Urteile von Politikerinnen und Politikern antizipieren und reflektieren. Eine Gemeinsamkeit zwischen Kommunal- und EU-Politik wird hier im Vergleich mit anderen Ebenen deutlich: Für die Politik auf kommunaler Ebene formuliert David Gehne: „In Deutschland ist eine konsensorientierte Einstellung der kommunalen Akteure weit verbreitet. Parteienstreit ist verpönt, denn wenn der Kanaldeckel klappert, muss er befestigt werden. Und dazu muss niemand zuerst das Parteiprogramm lesen" (Gehne 2012, 36). Konsensorientierung spielt auch bei der EU aus strukturellen Gründen eine wichtige Rolle. Während Konsens in der Kommune ob der geringen Bedeutsamkeit und Reichweite der Fragestellung oft weitgehend konfliktfrei hergestellt werden kann, ist die Koordination unterschiedlicher Staaten in der EU deutlich schwieriger.

Durch diese Einfachheit der Problemlösung auf kommunaler Ebene besteht die Gefahr, dass ein latent negativer Blick auf Parteien und Kontroversen entsteht. Warum, so kann als Frage leicht aus dem Unterricht resultieren, gelingt relativ konfliktfreie Kommunalpolitik, während auf allen anderen Ebenen der Konflikt zumindest medial zu dominieren scheint und parteipolitische Positionierungen eine mitunter blockierende Rolle spielen? Das mühsame Ringen um Konsens oder Mehrheiten und Ausgleich ist jedoch essentiell für Demokratie – und wird auf Ebene der EU besonders deutlich. Persönliche Werturteile zu fällen, ist noch relativ leicht – Entscheidungsurteile mit großer Reichwerte oder Gestaltungsurteile zu fällen (vgl. Detjen u.a. 2012, 52 ff.), ist bedeutend schwieriger. Das zu erkennen, ist ein wichtiges Lernziel.

Bleibt zuletzt die Frage nach methodisch ansprechender Gestaltung von Unterricht. Als dahingehend zugänglicher wird Kommunalpolitik wohl auch deshalb empfunden, weil der Ort der Entscheidung im Wortsinne „zugänglich" ist. Das Rathaus wird häufig als außerschulischer Lernort aufgesucht, Expertengespräche werden geführt. Ein Grundproblem außerschulischer politischer Lernorte lässt sich allerdings auch im Rathaus nicht lösen: Man sieht Räume und trifft Akteure, aber selbst wenn (was im Rahmen von Sachunterricht überhaupt nicht etabliert ist) eine Ratssitzung besucht wird: „Politik" sieht man nur sehr bedingt. Inhaltliche Debatten lassen sich zwar mitunter erleben, ein Großteil der Entscheidungen ist jedoch auch auf kommunaler Ebene bereits im Vorfeld getroffen worden. Prozesse der Diskussion und Abwägung, die diesen Entscheidungen in Fraktionen, zwischen einzelnen Akteuren und in Ausschüssen vorausgehen, finden nicht öffentlich statt und sind daher auch vor Ort nicht zu sehen (vgl. Schöne 2010, 383 ff.).

Wirkungen politischen Lernens vor Ort auf die Kompetenzentwicklung von Grundschülerinnen und Grundschülern sind nicht erforscht – was als Desiderat zu beschreiben ist. Dass eine Vor-Ort-Begegnung für das Gelingen simulativer Methoden nicht nötig ist, zeigen die Ergebnisse der genannten Studie von Oberle (2018). Auch sind diese Methoden nachweislich für Schülerinnen und Schüler ansprechend und motivierend.

Im geographischen Lernen zu Europa kann man als Lehrkraft auf zahlreiche publizierte Lernmittel zurückgreifen und auf Spiele, die für den Freizeitbereich und gleichzeitig als Lernspiele konzipiert wurden. Während Spiele, in denen z. B. die Lage von Kontinenten und Ländern, Städten und Flüssen sowie besonderen Sehenswürdigkeiten für jüngere Kinder auf dem Markt erhältlich sind (z. B. „Entdecke die Welt" – ab fünf Jahre empfohlen, wobei es auch deutlich jüngere Kinder bereits spielen können oder „Quer durch Europa" – ab sieben Jahren empfohlen; beide aus dem Ravensburger-Verlag), gibt es Spiele zu politischen Inhalten insgesamt nur sehr wenige, noch weniger zur EU, und mit Altersempfehlungen zumeist erst ab zehn oder gar 14 Jahren.

6. Fazit

Vielperspektivischer Sachunterricht zielt auf die Verknüpfung der Inhalte aus unterschiedlichen Domänen. Wenn Europa aus geographischer Perspektive behandelt wird, sollte die EU als politisches Konstrukt ebenfalls thematisiert werden (vgl. dazu ausführlich auch Schauenberg 2015).

Die Studien von Götzmann und Oberle zeigen, dass der Auf- und Ausbau von EU-Wissen und weitere Ziele politischer Bildung im Sachunterricht erreicht werden können. Im Sinne kumulativen Lernens im Laufe des Lebens spielt dabei (wie bei allen anderen Themen) nicht Vollständigkeit, sondern angemessene didaktische Reduktion die zentrale Rolle. Für den kommunalpolitischen Bereich ist das gang und gäbe, bezüglich der EU scheuen nicht nur Praktiker davor zurück.

Um das Thema inhaltlich angemessen und methodisch ansprechend aufzubereiten, benötigen Lehrkräfte Unterstützung.

Spielerische Zugänge, die es hinsichtlich geographischer Aspekte gibt, müssten ausgeweitet und ergänzt werden. Zum Beispiel könnten Puzzles (u. a. von der Landeszentrale für politische Bildung Baden-Württemberg) ergänzt werden um „Auflegefolien" zu EU-Mitgliedstaaten und Spielanregungen, durch die politische Konflikte veranschaulicht werden können. Andere Spiele zu Europa, die bisher ebenfalls weitgehend geographische Informationen vermitteln, könnten ergänzt werden um einschlägige politische Inhalte und Fragestellungen. Das Tiptoi-Format von Ravensburger oder das entsprechende Modell des BOOKii von Cornelsen, bei dem inhaltliche Aktualisierungen durch neue Downloads relativ leicht möglich sind, könnte genutzt werden, um Materialien mit längerer Haltbarkeit zu entwickeln.

Womöglich spielt ein Generationenphänomen in der Debatte eine gewisse Rolle – die EU ist für heutige Schülerinnen und Schüler nicht neu, für Kinder ist sie genauso vorhanden wie ihre eigene Kommune, ihr Bundesland oder (das vereinte) Deutschland. Auch wenn weiterhin Fragen nach Vertiefung oder Lockerung der Zusammenarbeit, der Zahl der Mitgliedstaaten oder unterschiedlichen Zukunftsmodi, vor allem aber nach inhaltlicher Ausrichtung gemeinsamer Politik hoch kontrovers diskutiert werden, anders als in den ersten Jahrzehnten europäischer Zusammenarbeit, die durch häufige Änderungen auch der institutionellen Organisation und deren Bezeichnungen geprägt waren, ist die EU an sich für junge Menschen nicht neu. Auch diese Normalität des Vorhandenseins der EU spricht für eine Thematisierung bereits in der Grundschule.

Literatur

Balzer, Ch. (2019): Kommunale Ordnungsdienste. Wiesbaden.

Becher, A./Gläser, E. (2020): Politisches Wissen von Grundschulkindern im Übergang zur Sekundarstufe. In: Offen, S. u. a. (Hg.): „Brüche und Brücken" – Übergänge im Kontext des Sachunterrichts. Bad Heilbrunn, S. 58-65.

Blaseio, B. (2004): Entwicklungstendenzen der Inhalte des Sachunterrichts – Eine Analyse von Lehrwerken von 1970 bis 2000. Bad Heilbrunn.

Bogumil, J./Holtkamp, L. (2013): Kommunalpolitik und Kommunalverwaltung. Bonn.

Daum, E. (2007): Geographische Aspekte. In: Kahlert, J. u. a. (Hg.): Handbuch Didaktik des Sachunterrichts. Bad Heilbrunn, S. 144-149.

Detjen, J. (2007): Politische Bildung – Geschichte und Gegenwart in Deutschland. München.

Detjen, J. u. a. (2012): Politikkompetenz – ein Modell. Wiesbaden.

Dörner, J. K. (2018): Wie Europabildung in der Grundschule gelingt. Empirische und praktische Erkenntnisse. In: Schöne, H./Detterbeck, K. (Hg.): Europabildung in der Grundschule. Frankfurt/M., S. 135-147.

Gehne, D. H. (2012): Bürgermeister – Führungskraft zwischen Bürgerschaft, Rat und Verwaltung. Stuttgart.

Gesellschaft für Didaktik des Sachunterrichts (GDSU) (2013): Perspektivrahmen Sachunterricht. Vollständig überarbeitete und erweiterte Ausgabe. Bad Heilbrunn.

Geis, M.-E./Madeja, S. (2010): Verfassungsrechtliche und kommunalrechtliche Grundlagen der Kommunen. In: Schieren, S. (Hg.): Kommunalpolitik. Schwalbach/Ts., S. 9-31.

GO NRW (Gemeindeordnung NRW) (Stand 07.07.2020). URL: https://recht.nrw.de/lmi/owa/br_text_anzeigen?v_id=2320021205103438063 [15.07.2020]. (15.07.2020)

Götzmann, A. (2018): Unterricht mit Concept Maps zur Europäischen Union. In: Schöne, H./Detterbeck, K. (Hg.): Europabildung in der Grundschule. Frankfurt/M., S. 160-173.

Goll, Th./Goll, E.-M. (2018): Europapolitische Bildung im Sachunterricht – Überlegungen zum konzeptuellen Wissenserwerb. In: Schöne, H./Detterbeck, K. (Hg.): Europabildung in der Grundschule. Frankfurt/M., S. 32-43.

Goll, E.-M. (2019): Implementierung der Politikkompetenz in den Sachunterricht. In: Weißeno, G. (Hg.): Politik lernen – Studien und theoretische Ansätze. Wiesbaden, S. 59-71.

Hartinger, A. (2010): Anspruchsvolles Fördern im Sachunterricht. In: Hanke, P. u. a. (Hg.): Anspruchsvolles Fördern in der Grundschule. Münster, S. 79-98.

Holtkamp, L. (2010): Zur aktuellen Lage der kommunalen Selbstverwaltung. In: Schieren, S. (Hg.): Kommunalpolitik. Schwalbach/Ts., S. 80-102.

Meyer, Th. (2003): Was ist Politik? Wiesbaden.

Oberle, M. (2018): EU-Planspiele in der Grundschule – Ergebnisse einer Interventionsstudie. In: Schöne, H./Detterbeck, K. (Hg.): Europabildung in der Grundschule. Frankfurt/M., S. 101-117.

Richter, D. (2002): Sachunterricht – Ziele und Inhalte. Baltmannsweiler.

Richter, D. (2007): Welche politischen Kompetenzen sollen Grundschülerinnen und -schüler erwerben? In: dies. (Hg.): Politische Bildung von Anfang an – Demokratie-Lernen in der Grundschule. Bonn, S. 36-53.

Richter, D. (2015): Politische EU-Bildung in der Grundschule? In: Oberle, M. (Hg.): Die Europäische Union erfolgreich vermitteln. Wiesbaden, S. 111-120.

Schauenberg, E.-M. (2015): Europa im vielperspektivischen Sachunterricht. In: Oberle, M. (Hg.): Die Europäische Union erfolgreich vermitteln. Perspektiven der politischen EU-Bildung heute. Wiesbaden, S. 121-132.

Schniotalle, Meike (2003): Räumliche Schülervorstellungen zu Europa. Ein Unterrichtsexperiment zur Bedeutung kartografischer Medien für den Aufbau räumlicher Orientierung im Sachunterricht der Grundschule. Berlin.

Schöne, H. (2010): Alltag im Parlament – Parlamentskultur in Theorie und Empirie. Baden-Baden.

van Deth, J. u.a. (2007): Kinder und Politik. Wiesbaden.

Vollmar, M. (2007): Politisches Wissen bei Kindern – nicht einfach nur ja oder nein. In: van Deth, J. u.a.: Kinder und Politik. Wiesbaden, S. 119-145.

Weißeno, G. u.a. (2010): Konzepte der Politik. Bonn.

Bettina Zurstrassen, Eva Kristin Vogt

Europa: ein Thema in der beruflichen Bildung?

1. Vorbemerkungen

Die Berufs- und Arbeitswelt ist heute stark von der Gesetzgebung der Europäischen Union beeinflusst. Europa ist damit Teil der Arbeitswelt von Beschäftigten. Welche europapolitischen Lernchancen werden Auszubildenden an berufsbildenden Schulen auf curricularer Ebene eröffnet? Zur Beantwortung dieser Frage wird in einem dreistufigen Verfahren analysiert, wie die politische Europabildung in der KMK-Handreichung für die Rahmenlehrplanentwicklung (2018), in den von den Bundesländern herausgegebenen Rahmenlehrplänen für Sozialkunde (und andere Fachbezeichnungen) sowie in Bildungsplänen implementiert ist. Die Analyse der Bildungspläne, die von den Kultusministerien der Bundesländer erlassen werden, erfolgt exemplarisch für das Berufsbild „Verkäufer/Verkäuferin und Kauffrau/Kaufmann im Einzelhandel“.

Anzumerken bleibt, dass Rahmen- und Bildungspläne nicht die schulische Realität spiegeln. Sie sind Instrumente bildungspolitischer Steuerung und dürften vermutlich im Bereich der politischen Bildung oft Fiktion bleiben. In vielen Bundesländern verhindern bereits die Rahmenbedingungen des Lernbereichs eine solide Umsetzung der Rahmen- und Bildungspläne, z. B. aufgrund der Stundentafeln oder aufgrund der unzureichenden Qualifikation der Lehrkräfte, weil Sozialkunde oft fachfremd erteilt wird.

Dennoch sind Rahmen- und Bildungspläne bedeutsam, weil sie bei den Schulbuchverlagen die didaktische Grundlage für die Konzeptualisierung von Lehrbüchern sind. Über die Nutzung der Lehrbücher werden bildungs- und fachdidaktische Innovationen im Unterricht implementiert.

2. Der europapolitische Bildungsauftrag der berufsbildenden Schulen gemäß der Kultusministerkonferenz

Bei der politischen Bildung an berufsbildenden Schulen lassen sich in den offiziellen Dokumenten der Kultusministerkonferenz (KMK) und der Kultusministerien der Bundesländer scharf konturiert zwei didaktische Perspektiven ausmachen. Einerseits der bildungstheoretische Ansatz, der von den Lern- und Orientierungsbedürfnissen der Lernenden ausgeht und politische Mündigkeit als Bildungsziel definiert, andererseits ein auf Affirmation der Lernenden ausgerichtetes Bildungsverständnis, bei dem betriebs- und volkswirtschaftliche Interessen leitend sind. Europabildung dient hier vor allem der Qualifizierung für einen liberalisierten Arbeitsmarkt und für eine Gesellschaft, in der Eigenverantwortung, Selbststeuerung, Flexibilität und Mobilität verankert werden sollen (KMK 2018, 14). Das Leitbild des „unternehmerischen Selbst", dessen Zielrichtung die Orientierung der gesamten Lebensführung am Verhaltensmodell des Entrepreneurship bildet (Bröckling 2016, 47), eignet sich, um dieses Bildungsverständnis zu charakterisieren.

In die offiziellen Dokumente gehen zumeist beide didaktische Perspektiven ein, aber im berufsbildenden Bereich wird zunehmend ein stärker auf Affirmation ausgelegtes Bildungsverständnis verankert (Zurstrassen 2020, 138; Wittau/Zurstrassen 2017).

Diese Entwicklung zeigt sich auch bei der politischen Europabildung. Es findet sich mit Bezugnahme auf Europa eine sehr enge, am unternehmerischen Selbst orientierte Definition des Bildungsauftrages in der KMK-Handreichung. Die Lernenden sollen „zur beruflichen Mobilität in Europa und einer globalisierten Welt" (KMK 2018, 14) befähigt werden.

Die Kultusministerkonferenz hat 2020 die Rahmenvorgabe „Berufliche Bildung als Chance für Europa“ herausgegeben. Europa-Bildung wird als Querschnittsaufgabe der gesamten Schule definiert (KMK 2020, 4). Ausgehend vom Lernfeldkonzept fehlt eine fachspezifische Zuweisung der Europabildung. Konzeptionell ist das nachvollziehbar, die Diversifizierung der Zuständigkeit birgt aber die Problematik, dass Europabildung weiterhin vernachlässigt wird.

Die neue Rahmenvorgabe stellt einen Fortschritt dar, weil nun auch Schülerinnen und Schüler an berufsbildenden Schulen lernen sollen, europäische Entscheidungsprozesse nachvollziehen zu können, sich gegen antieuropäische, antidemokratische und nationalistische Strömungen abgrenzen zu können und sich für ein friedliches Europa einzusetzen (ebd., 9). Die affirmativen Tendenzen bleiben weiterhin bestehen.

Hinsichtlich der Implementierung der nun erweiterten Bildungsziele muss noch viel Arbeit geleistet werden. Das zeigt die nachfolgende Auswertung der Rahmenvorgaben der Bundesländer sowie die exemplarische Analyse von berufsbildbezogenen Bildungsplänen.

3. Politische Europabildung in den Rahmenlehrplänen „Sozialkunde“

Im zweiten Schritt wurde analysiert, ob sich dieses enge didaktische Verständnis von politischer Europabildung an berufsbildenden Schulen auch in den 16 von den Kultusministerien der Länder verabschiedeten Rahmenlehrplänen für den Lernbereich „Sozialkunde“ (und andere Fachbezeichnungen) spiegelt.

Die Auswertung der Rahmenlehrpläne zeigt, dass politische Europabildung in den meisten Rahmenlehrplänen eine deutlich differenziertere Verankerung erfährt. Es gibt jedoch qualitativ erhebliche Unterschiede, wie der Tabelle 1 entnommen werden kann.

Tabelle 1: Verankerung von Europainhalten in den Rahmenlehrplänen für Sozialkunde in Deutschland

Bundesland/Rahmenlehrplan	Seite	Inhalte	Inhalte	Inhalte	Inhalte
Baden-Württemberg RLP: Gemeinschaftskunde (2016)	17 f.	Geschichte der europäischen Integration	Chancen eines zusammenwachsenden Europas	Herausforderungen und Probleme der europäischen Staatengemeinschaft	-
Bayern RLP: Sozialkunde (2011)	17 f.	eigenes Verhältnis zur EU; Einstellungen, Ängste u. Erwartungen der Schülerinnen u. Schüler gegenüber der EU	Spannungsfeld widersprüchlicher innenpolitischer, sowie unterschiedlicher nationaler und europäischer Interessen; Spannungsverhältnis zwischen Regionalismus, Nationalgedanke und Europaidee	Funktionsweise und Institutionen der EU	Europäischer Einigungsprozess und seine Zukunftsperspektiven: Motive u. Ziele, Übertragung nationaler Souveränitätsrechte (...), EU-Verfassung, Folgen der EU-Erweiterungen
		historische Triebkräfte für die Gründung und Entwicklung der EU; Chancen der europäischen Einigung	Auswirkungen des europäischen Einigungsprozesses im nationalen u. internationalen Bereich	Institutionen u. Entscheidungsprozesse in der EU	aktuelle Bestrebungen u. Widerstände einer Vertiefung und Erweiterung der EU
Berlin RLP: Sozialkunde/Wirtschafts- und Sozialkunde (2012)	21	Aufgabe der politischen Bildung: Veranschaulichung der Möglichkeiten der europäischen Integration für junge Europäerinnen u. Europäer	Chancen eines vereinten Europas im wirtschaftlichen Konkurrenzdruck des globalen Wettbewerbs	Schülerinnen u. Schüler sollen erkennen, dass sich durch die EU nicht nur Risiken, sondern auch Vorteile für ihre persönliche und berufliche Entwicklung ergeben	-
Brandenburg RLP: Wirtschafts- und Sozialkunde, Politische Bildung, Politische Bildung/Wirtschaftslehre (2009)	39	Chancen u. Risiken europäischer Entwicklungen für die Gestaltung von Bildungs-, Berufs- und Lebensverläufen	Erlangung von Kompetenzen (u. a. im politischen Bereich), um auf Herausforderungen der Zukunft reagieren zu können, ist eine Aufgabe der Schule	-	-
Bremen RLP: Politik (2016)	42	Deutschland und Europa	Die Europäische Union	Regionalismus, Nationalismus und Europäische Identität	-

Bundesland/Rahmenlehrplan	Seite	Inhalte	Inhalte	Inhalte	Inhalte
Hamburg RLP: Wirtschaft und Gesellschaft (2003)	38	Erlangung von Kompetenzen (u.a. im politischen Bereich), um [europäische] Entwicklung[en] eigenständig verfolgen u. daraus erwachsenden Chancen, wie etwa das europäische Aus- und Weiterbildungsangebot, realisieren zu können, ist eine Aufgabe der Berufsschule	-	-	-
Hessen RLPs: Politik und Wirtschaft RLP: Sozialkundlich-politischer Unterricht (1965) RLP: Wirtschaftskunde (1991), neuer RLP in Arbeit		-	-	-	-
Mecklenburg-Vorpommern RLP: Sozialkunde (2008)	13 f.	Historische Triebkräfte für Gründung u. Entwicklung der EU	Spannungsfeld von unterschiedlichen nationalen u. europäischer Interessen	Auswirkungen der Globalisierung auf die nationale Wirtschaft und das Leben und Arbeiten im vereinten Europa	Grundstrukturen der internationalen Politik u. die Rolle der EU sowie ihrer Mitgliedsstaaten
		Chancen der europäischen Einigung für Politik u. Wirtschaft/ Chancen u. Risiken des Zusammenwachsens des europäischen Marktes	Auswirkungen des europäischen Einigungsprozesses im nationalen u. internationalen Bereich	Historische Entwicklung u. Stationen des europäische Einigungswerkes: Mitgliedsstaaten, Organe, Rechtssystem, Vertragswerke (u.a. Maastrichter Vertrag, Schengener Abkommen)	Chancen u. Risiken im vereinten Europa: Wirtschafts- und Währungsunion, Freizügigkeit – Charta der sozialen Grundrechte der Arbeitnehmer, Sozialunion, Förderprogramme
		Eigenes Verhältnis zur EU	Funktionsweise der Institutionen der EU	aktuelle Bestrebungen u. Widerstände einer EU-Erweiterung	Künftige Entwicklungen der EU
Niedersachsen RLP: Politik (2015)	18 f.	EU innerhalb Europas u. der Einfluss europäischer Regelungen auf das Leben der Schülerinnen u. Schüler	Beschreibung eines bedeutsamen europapolitischen Ereignisses u. Analyse dessen politischer, wirtschaftlicher, historischer, ökologischer oder gesellschaftlicher Ursachen	Ermittlung eines bedeutsamen Ereignisses mit europapolitischer Dimension u. Analyse dessen mit politikwissenschaftlichen Kategorien	prägende Kräfte u. Leitbilder der Integration im Hinblick auf das europäische Rechts-, Staats- oder Freiheitsdenken u. Zusammenhänge mit aktuellen Entwicklungen

Bundesland/Rahmenlehrplan	Seite	Inhalte	Inhalte	Inhalte	Inhalte
		Vergleich Perspektiven junger Menschen in Europa u. sich daraus ergebender Chancen u. Risiken	Chancen u. Risiken für eigene Lebensplanung durch das Zusammenwachsen Europas	Motive und Leitbilder europäischen Einigung	weltpolitische Rolle Europas unter Einbeziehung nationaler u. internationaler Ansprüche
		Wahrnehmung des Zusammenschlusses der europäischen Staaten im persönlichen Lebensumfeld der Schülerinnen u. Schüler	Prüfung der Umsetzbarkeit von Strategien der europäischen Konfliktregelung bzw. Problembewältigung	kontroverse Standpunkte zum gewählten Ereignis und grundsätzliche europapolitische Positionen	politische Zukunftsentwürfe für Europa
		Auswirkungen der europäischen Integration	eigene Perspektiven für die Partizipation am europäischen Integrationsprozess	Empfehlungen für eine politische Weiterentwicklung Europas	-
Nordrhein-Westfalen RLP: Politik/ Gesellschaftslehre (2019)	28	Erschließung der Europäischen Union als wirtschaftlichen, sozialen, kulturellen u. politisch strukturierten Raum u. Einfluss auf Lebens- u. Berufswelt der Schülerinnen u. Schüler	Bedeutung der EU für Lebens-, Wirtschafts- u. Arbeitswelt	Bedeutung der gemeinsamen geschichtlichen u. kulturellen Bezüge in Europa als Chance für die Lebensgestaltung der Schülerinnen u. Schüler	-
Rheinland-Pfalz RLP: Sozialkunde-Wirtschaftslehre (2019)	17	Ideen der Europäischen Union/ Aktuelle Entwicklungen u. Herausforderungen der europäischen Union	Wirkungsmöglichkeiten eines EU-Organes, einer Institution oder eines EU-Ausschusses	Unterstützungssysteme für Leben, Lernen u. Arbeiten in Europa (Europass, Mobilitätsprogramme, europäische Sozialcharta)	Die Rolle der EU u. Wechselwirkungen zwischen Akteuren in der Globalisierung (z.B. Staaten, Unternehmen, NGO)
Saarland RLP: Sozialkunde (2012)	12	Motive der europäischen Einigung	Friedenssicherung	Leben, Lernen u. Arbeiten in der EU	Folgen der EU-Erweiterung
		Entwicklungsprozess	Europäischer Binnenmarkt	Institutionen der EU u. ihre Funktionen	-
		Drei Säulen der EU	Währungsunion	Übertragung nationaler Souveränität	-

Bundesland/Rahmenlehrplan	Seite	Inhalte	Inhalte	Inhalte	Inhalte
		Mitgliedsländer der EU	Freizügigkeit und Niederlassungsfreiheit	Demokratie und Akzeptanzdefizite	-
Sachsen RLP: Gemeinschaftskunde (2007)	21	Europäischer Einigungsprozess u. Europäische Union	Chancen und Risiken u. Notwendigkeit der Zusammenarbeit aller Mitgliedsländer	Verständnis für die gesellschaftlichen Strukturen aus Sicht eines EU Bürgers	Bereitschaft zur verantwortungsbewussten Mitgestaltung des vereinten Europas
Sachsen-Anhalt RLP: Sozialkunde (2015)	26	Entwicklung der EWG zur EU	Europäische Integration	Integrative Konzepte innerhalb der EU	Supranationalität
		Institutionen der EU u. deren Aufgaben	Spannungsverhältnis zwischen regionalen, nationalen u. europäische Interessen/Interessenausgleich zwischen der EU u. den Nationalstaaten	Entwicklung u. Ziele des europäischen Gedankens	Verantwortung für den Euro als gemeinsame Währung
		Deutschlands Stellung innerhalb der EU	Historische Dimension des europäischen Binnenmarktes	Der Euro und seine Stabilität	Interessen verschiedener europäischer Akteure
Schleswig-Holstein RLP: Wirtschaft/Politik (2014)	12	europäische u. globale Institutionen, deren Aufgaben u. Rollen für Europa u. die Welt	Subventionen, Staat als Auftraggeber (Sozial- und Wirtschaftspolitik)	Europass	Gesellschaftliche Stellung von Frau u. Mann in Europa
		Wirtschaftsordnung (Liberalismus usw.)	Wirtschaftskrise (national, international)	DIN-Normen, EU-Normen	OSZE (Organisation für Sicherheit und Zusammenarbeit in Europa)
		Konjunktur	Leben, Lernen und Arbeiten in Europa (z.B. schleswig-holsteinisch/dänische Nachbarschaft)	Europa	EU (Europäische Union)
Thüringen RLP: Sozialkunde (2008)	12	Europäischer Einigungsprozess – als Europa der Vaterländer?	-	-	-

Quelle: Eigene Darstellung; Bettina Zurstrassen, Eva Kristin Vogt

4. Politische Europabildung in Bildungsplänen

Rahmenlehrpläne dienen als Orientierung für Bildungsplankommissionen. Im dritten Schritt der Analyse wurde untersucht, ob und wie die politische Europabildung in den Lernfeldern implementiert ist.

Bevor auf die Ergebnisse der Analyse der Rahmenlehrpläne eingegangen wird, erfolgen zunächst zur fachdidaktischen Orientierung für Personen, die das Lernfeldkonzept nicht kennen, einige Anmerkungen zum Lernfeldansatz.

Die Lernfelddidaktik wurde 1996 von der Kultusministerkonferenz als leitendes didaktisches Prinzip an berufsbildenden Schulen in Deutschland festgelegt. Gemäß der Lernfelddidaktik sollen fächerintegriert berufsspezifische Handlungssituationen aufgegriffen, bearbeitet und auch sozial-gesellschaftlich reflektiert werden. Die Handreichung der Kultusministerkonferenz zur Erarbeitung von Rahmenlehrplänen für den berufsbezogenen Unterricht hat in den letzten 25 Jahren mehrere Überarbeitungsrunden erfahren. Während das Lernfeldkonzept in der frühen Implementierungsphase handlungstheoretisch sehr elaboriert war, erfährt es seit einigen Jahren durch die Orientierung am Konzept der Arbeits- und Geschäftsprozessorientierung zunehmend eine Verkürzung auf den praktischen Nachvollzug von betrieblichen Arbeitsabläufen (Wittau/Zurstrassen 2017; Zurstrassen 2020, 138). Bei der Arbeits- und Geschäftsprozessorientierung sollen für das Berufsbild „typische" Handlungsabläufe vor allem praktisch erprobt oder zumindest gedanklich nachvollzogen werden (KMK 2018, 17). Der Fokus liegt auf dem praktischen Handeln.

Martin Baethge empfiehlt entgegen der berufspraktischen Verkürzung: „bisweilen zu eng arbeitsprozesslich gefasste(n) Berufsbilder und Qualifizierungskonzepte durch Reflexion komplexerer Arbeitssituationen und Einbeziehung systemischer Perspektiven der institutionellen und gesellschaftlichen Kontexte zu erweitern" (2018, 19-20).

Zumindest auf der programmatischen Ebene ist die institutionelle und gesellschaftliche Reflexion arbeitsweltlichen und beruflichen Handelns seitens der Kultusministerkonferenz immer noch ein zentrales Element des Lernfeldansatzes. Ausgehend von lerntheoretischen und didaktischen Erkenntnissen werden in der KMK-Handreichung folgende Orientierungspunkte für die Umsetzung des nach Lernfeldern ausgerichteten handlungsorientierten Unterrichts vorgegeben:

- „Handlungen fördern das ganzheitliche Erfassen der beruflichen Wirklichkeit in einer zunehmend globalisierten und digitalisierten Lebens- und Arbeitswelt (zum Beispiel ökonomische, ökologische, rechtliche, technische, sicherheitstechnische, berufs-, fach- und fremdsprachliche, soziale und ethische Aspekte).
- Handlungen greifen die Erfahrungen der Lernenden auf und reflektieren sie in Bezug auf ihre gesellschaftlichen Auswirkungen.
- Handlungen berücksichtigen auch soziale Prozesse, zum Beispiel die Interessenerklärung oder die Konfliktbewältigung, sowie unterschiedliche Perspektiven der Berufs- und Lebensplanung“ (KMK 2018, 17).

Zielsetzung ist demnach das ganzheitliche Erfassen der beruflichen Wirklichkeit, indem die ökologischen, sozialen und ethischen Auswirkungen beruflichen Handelns eingeordnet und gesellschaftlich reflektiert werden.

Wird dieser Anspruch in den von den Kultusministerien der Länder erlassenen Bildungsplänen erfüllt? Die Überprüfung kann an dieser Stelle nur exemplarisch erfolgen, weil es für die 2019 anerkannten 326 Ausbildungsberufe deutschlandweit mehrere Tausend Bildungspläne gibt. Hierzu wäre eine Massentextanalyse notwendig.

Gesichtet haben wir die 16 Bildungspläne der Bundesländer für das Berufsbild „Verkäuferin/Verkäufer und „Kauffrau im Einzelhandel/Kaufmann im Einzelhandel“. Es handelt sich um das Berufsbild, das seit Jahren zu den zehn Ausbildungsberufen im dualen System gehört, für das die meisten Ausbildungsverträge abgeschlossen werden.

In den ausgewerteten Bildungsplänen für das Berufsbild wird mit Bezugnahme auf die KMK-Handreichung nur ein europapolitisches Bildungsziel aufgenommen:

„Berufliche Flexibilität zur Bewältigung der sich wandelnden Anforderungen in Arbeitswelt und Gesellschaft auch im Hinblick auf das Zusammenwachsen Europas zu entwickeln" (vgl. KMK 2018, 14; Ministerium für Kultus, Jugend und Sport Baden-Württemberg 2018, 5).

Es spiegelt sich hier erneut ein stark affirmatives Bildungsverständnis wider. Die Auszubildenden sollen beruflich flexibel sein, um sich den wandelnden Anforderungen anpassen zu können. Sie sollen aber gemäß der Definition des Bildungsziels nicht befähigt werden, ihre Interessen verfolgen zu können. Im Bildungsplan des Landes Thüringen wurde nicht einmal das oben zitierte Bildungsziel aufgenommen.

In den Bildungsplänen der Bundesländer Baden-Württemberg und Bayern sowie des Saarlands (mit Verweis auf den Bildungsplan Sozialkunde) wird darüber hinaus die politische Europabildung auch in einem Lernfeld aufgenommen.

So sollen sich die Lernenden in Baden-Württemberg im Kompetenzbereich 3 „Wirtschaftspolitische Einflüsse auf den Ausbildungsbetrieb, das Lebensumfeld und die Volkswirtschaft einschätzen" mit der europäischen Integration (Wirtschaftsraum), dem System der Europäischen Zentralbank und den Wirkungsweisen europäischer Geldpolitik befassen (ebd., 35). Im Bildungsplan für das Berufsbild „Fachverkäufer/Fachverkäuferin im Lebensmittelhandwerk" sind die Inhalte des Kompetenzbereichs 3 noch nicht aufgeführt (Ministerium für Kultus, Jugend und Sport Baden-Württemberg 2006). Der Fokus liegt auf der Wirtschaftspolitik.

5. Politische Europabildung in Lernfeldern und -situationen

Zu konstatieren ist, dass die politische Dimension beruflichen Handelns und die Spezifik der politischen Lernorte Berufsschule und Betrieb in den gesichteten Bildungsplänen für den Einzelhandel vielfach keine Berücksichtigung finden. Eine systematische Integration europapolitischer Bildung in den Lernfeldern findet nicht statt. In Baden-Württemberg können aber ausgehend vom Thema „europäische Integration" (Wirtschaftsraum) vielfältige Anschlüsse zum Berufsfeld des/der Verkäufers/-in und Einzelhandelskauffrau/-manns erschlossen werden, z. B. durch die Bearbeitung folgender Inhalte:

- die Lebensmittel-Informationsverordnung der EU (Nr. 1169/2011), deren Zielsetzung es ist, durch die Bereitstellung von Informationen über Lebensmittel einen umfassenden Schutz der Gesundheit und der Interessen der Verbraucher zu gewähren, indem, so die weiteren Ausführungen in Artikel 3, Abs. 1, den „Endverbrauchern eine Grundlage für eine fundierte Wahl und die sichere Verwendung von Lebensmitteln unter besonderer Berücksichtigung von gesundheitlichen, wirtschaftlichen, umweltbezogenen, sozialen und ethischen Gesichtspunkten geboten wird".
- die EU-Verordnung für ökologischen Landbau, z. B. das EU-Bio-Logo, Betrugsprävention;
- die Auseinandersetzung mit dem EU-Wettbewerbsgesetz ist ein weiteres europapolitisches Thema, das für Auszubildende im Einzelhandel relevant ist.

Unterrichtlich aufgegriffen werden können und sollten aber auch Themen wie „Rassismus in Europa – Rassismus im Beruf", Europäisches Arbeitsrecht oder die ökologischen Folgen des internationalen Güterwarenverkehrs.

In diesem Artikel können nur wenige inhaltliche Beispiele aufgezählt werden, sie verdeutlichen aber, dass auch Auszubildende im Einzelhandel Europa und die Europäische Union durch berufsspezifische, für sie auch lebensweltlich nahe Themen sich erschließen können (Zurstrassen 2019).

Zu betonen ist jedoch, dass an berufsbildenden Schulen auch politische Bildungsinhalte ohne einen direkten Arbeitswelt- und Berufsbezug legitim sind. Die Arbeitswelt ist nur eine Lebenswelt der Lernenden, aber eine, die sie biografisch stark fordert.

In einem von der Vereinigung der Bayerischen Wirtschaft e. V. herausgegebenen Gutachten „Bildung zu demokratischer Kompetenz" (2020, 179) wird dieser Missstand ebenfalls konstatiert und folgende bildungspolitische Empfehlung ausgesprochen:

„Förderung des Zusammenwirkens der Lernorte und gezielte Nutzung der spezifischen Potentiale des Lernens in Betrieb und Berufsschule. Es wird empfohlen, die vielfältigen Potentiale der Lernorte der beruflichen Bildung zielgerichtet(er) zu nutzen. Der Lernort Betrieb eröffnet in Abhängigkeit von betrieblichen Gegebenheiten und Rahmenbedingungen sowie differierenden Selektionsmechanismen unterschiedliche Lerngelegenheiten für Auszubildende. Es gilt daher, die kompensatorische Rolle der Berufsschule zu stärken und das Zusammenwirken der Lernorte zu fördern."

Im Gutachten wird damit eine Empfehlung geäußert, die seit Jahrzehnten konzeptionell in der politischen Fachdidaktik und der Berufspädagogik vertreten wird (z. B. Blankertz 1963; Weinbrenner 1987, 23; Faulstich 2004; Zurstrassen 2012; Jung 2016). Das Gutachten „Bildung zu demokratischer Kompetenz" könnte der Diskussion um politische Bildung an berufsbildenden Schulen im Allgemeinen und zu politischer Europabildung im Besonderen bildungspolitisch neue Impulse geben, weniger fachdidaktisch, sondern vielmehr durch gesellschafts- und damit bildungspolitische Relevanzsetzung.

6. Demokratisch-kompensatorische Rolle der berufsbildenden Schulen

Die Vernachlässigung politischer Europabildung an berufsbildenden Schulen ist demokratisch sehr bedenklich. Berufsbildende Schulen werden vielfach auch von Lernenden besucht, die einen niedrigen sozioökonomischen Sozialstatus und einen formal niedrigen allgemeinbildenden Schulabschluss erworben haben.

Die politikwissenschaftliche und -didaktische Forschung hat mittlerweile viele Daten generiert, die aufzeigen, dass die Perspektive auf die Demokratie, Politik und ihre Akteure umso kritischer ist, je niedriger der Sozial- und der formale Bildungsstatus sind. In der Shell-Jugendstudie zeigen Ulrich Schneekloth und Mathias Albert (2019, 96) empirisch diesen Zusammenhang zwischen einem niedrigen Sozial- und formalen Bildungsstatus, Politikverdrossenheit, Demokratieunzufriedenheit und einer geringeren Einflusserwartung (Wirksamkeitserwartung) auf. Das politische Wissen über Politik und das Gefühl der Lernenden, politisch etwas bewirken zu können, sinkt mit dem Sozial- und formalen Bildungsstatus (Abs/Hahn-Laudenberg 2017, 106; Schneekloth/Albert 2019, 96). Politikverdrossenheit führt ihrerseits wiederum dazu, dass sich die Jugendlichen eher passiv verhalten und somit nicht aktiv an der politischen Gestaltung der Gesellschaft beteiligen (Schneekloth/Albert 2019, 97).

Eine ähnliche Beobachtung zeigt sich auch bei der Einstellung zu und dem Wissen über Europa. Zwar haben Jugendliche überwiegend ein positives Europabild, aber Lernende mit einem formal niedrigeren Bildungs- und Sozialstatus weisen kritischere Perspektiven auf Europa auf (Schneekloth/Albert 2019, 73).

Um einer defizitorientierten Etikettierung von Lernenden an berufsbildenden Schulen vorzubeugen, ist jedoch anzumerken, dass

– erstens, auch unter Lernenden an berufsbildenden Schulen, die eine heterogene Schülerschaft haben, hinsichtlich politi-

scher Einstellungen und Kompetenzen deutliche Unterschiede bestehen (Held/Hackl/Bröse 2017, 44).
- zweitens, ein Versagen der Bildungspolitik vorliegt, die Lernenden in Deutschland ungleiche politische Bildungschancen eröffnet. Es gelingt in Deutschland bisher nicht, sozialstrukturell ungleiche Zugänge zu politischen Bildungs- und folglich auch politischen Machtchancen zu kompensieren. Man muss hier von einem Systemversagen sprechen.

Nicht nur, aber auch in Bezug auf die politische Europabildung muss die Bildungspolitik daher dringend die Rahmenbedingungen schaffen, die ein grundständiges politisch-demokratisches Lernen an berufsbildenden Schulen ermöglichen.

Literatur

Abs, H. J./Hahn-Laudenberg, K. (Hg.) (2017): Das politische Mindset von 14-Jährigen. Ergebnisse der International Civic and Citizenship Education Study 2016. Münster, New York.

Baethge, M. (Verf.)/Bundesinstitut für Berufsbildung (Hg.) (2018): Der Beitrag der Arbeits- und Berufssoziologie zur Berufsbildungsforschung. URL: https://www.bibb.de/dokumente/pdf/AG_BFN_Beitrag_Baethge.pdf [06.06.2020].

Bayerisches Staatsministerium für Unterricht und Kultus (Hg.) (2011): Lehrplan für die Berufsschule und Berufsfachschule – Unterrichtsfach: Sozialkunde. München.

Blankertz, H. (1963): Berufsbildung und Utilitarismus: problemgeschichtliche Untersuchungen. Düsseldorf.

Bröckling, U. (2016): Das unternehmerische Selbst. Soziologie einer Subjektivierungsform. 6. Auflage, Frankfurt/M.

Die Senatorin für Kinder und Bildung (Hg.) (2016): Politik Rahmenplan. Bremen.

Faulstich, P. (2004): Die Desintegration von „politischer" und „beruflicher" Bildung in Deutschland ist immer schon problematisch gewesen und heute nicht mehr haltbar. In: Hufer, K.-P./Pohl, K./Scheurich, I. (Hg.): Positionen der politischen Bildung 2. Ein Interviewbuch zur außerschulischen Jugend- und Erwachsenenbildung. Schwalbach/Ts., S. 80-99.

Freie und Hansestadt Hamburg: Behörde für Bildung und Sport, Amt für Bildung, Abteilung Berufliche Bildung und Weiterbildung (Hg.) (2003): Rahmenplan Wirtschaft und Gesellschaft für Berufsschulen. Hamburg.

Held, J./Hackl, R./Bröse, J. (2017): Rechtspopulismus und Rassismus im Kontext der Fluchtbewegung. Politische Orientierungen von jungen Auszubildenden in Baden-Württemberg, Studie im Auftrag der Rosa-Luxemburg-Stiftung. Berlin.

Hessisches Kultusministerium (Hg.) (1991): Rahmenlehrpläne für die beruflichen Schulen des Landes Hessen: Berufsschule, Wirtschaftskunde. Wiesbaden.

Hessisches Kultusministerium (Hg.) (1965): Bildungspläne für die beruflichen Schulen im Lande Hessen, Gruppe: Berufsschulen, Heft I/2, Sozialkundlich-politischer Unterricht. Wiesbaden.

Jung, E. (2016): Die arbeits- und berufsbezogene politisch-ökonomische Bildung in der Berufsschule. Ziele, Lernfelder, konzeptionelle Umsetzung. In: Zeitschrift für Berufs- und Wirtschaftspädagogik, Jg. 112, H. 1, S. 127-150.

Kultusministerkonferenz (2020): Berufliche Bildung als Chance für Europa. Berlin. URL: https://www.kmk.org/fileadmin/veroeffentlichungen_beschluesse/2020/2020_10_15-Berufliche-Bildung-als-Chance-fuer-Europa.pdf [06.02.2021].

Kultusministerkonferenz (2018): Handreichung für die Erarbeitung von Rahmenlehrplänen der Kultusministerkonferenz für den berufsbezogenen Unterricht in der Berufsschule und ihre Abstimmung mit Ausbildungsordnungen des Bundes für anerkannte Ausbildungsberufe. Berlin.

Kultusministerkonferenz (1998, in der Fassung von 2008): Europabildung in der Schule. URL: https://www.kmk.org/fileadmin/Dateien/veroeffentlichungen_beschluesse/1978/1978_06_08_Europabildung.pdf [10.06.2020].

Kultusministerium Sachsen-Anhalt (Hg.) (2015): Rahmenrichtlinien Berufsbildende Schulen, Berufsschule, Berufsfachschule Sozialkunde. Magdeburg.

Ministerium für Bildung und Kultur Saarland (Hg.) (2012): Lehrplan Sozialkunde Berufsschule des kaufmännisch-wirtschaftlichen, technisch-gewerblichen und sozialpflegerischen Bereichs. Saarbrücken.

Ministerium für Bildung, Jugend und Sport des Landes Brandenburg (Hg.) (2009): Unterrichtsvorgaben Wirtschafts- und Sozialkunde, Politische Bildung, Politische Bildung/Wirtschaftslehre, Berufliche Bildungsgänge. Potsdam.

Ministerium für Bildung, Wissenschaft und Kultur Mecklenburg-Vorpommern (Hg.) (2008): Rahmenplan Sozialkunde an der Berufsschule. Schwerin.

Ministerium für Bildung und Wissenschaft des Landes Schleswig-Holstein (Hg.) (2014): Lehrplan für die Berufsschule Wirtschaft/Politik einschließlich Zusatzunterricht zur Erlangung der Fachhochschulreife. Kiel.

Ministerium für Kultus, Jugend und Sport Baden-Württemberg (2018): Bildungsplan für die Berufsschule. Kaufmann im Einzelhandel/Kauffrau im Einzelhandel, Verkäufer/Verkäuferin. Stuttgart.

Ministerium für Kultus, Jugend und Sport Baden-Württemberg (Hg.) (2016): Bildungsplan für die Berufsschule – Alle Berufsgruppen – Allgemeine Fächer – Heft 2 – Gemeinschaftskunde Schuljahr 1, 2 und 3. Stuttgart.

Ministerium für Kultus, Jugend und Sport Baden-Württemberg (2006): Bildungsplan für die Berufsschule. Fachverkäufer im Lebensmittelhandwerk/Fachverkäuferin im Lebensmittelhandwerk. Stuttgart.

Ministerium für Schule und Bildung des Landes Nordrhein-Westfalen (Hg.) (2019): Bildungsplan Fachklassen des dualen Systems der Berufsausbildung, die zum Berufsschulabschluss und zur Fachoberschulreife oder zur Fachhochschulreife führen. Fachbereich: Wirtschaft und Verwaltung, Politik/Gesellschaftslehre. Düsseldorf.

Niedersächsisches Kultusministerium (Hg.) (2015): Rahmenrichtlinien für das Fach Politik in der Berufseinstiegsschule, Berufsschule, Berufsfachschule, Fachoberschule, Berufsoberschule, Fachschule, im Beruflichen Gymnasium – Einführungsphase. Hannover.

Rheinland-Pfalz Ministerium für Bildung (Hg.) (2019): Lehrplan Sozialkunde/Wirtschaftslehre für Berufsfachschule I und II, Berufsschule, Höhere Berufsfachschule, Fachhochschulreifeunterricht, Fachoberschule Duale Berufsoberschule, Berufsoberschule I und II. Mainz.

Sächsisches Staatsministerium für Kultus (Hg.) (2007): Lehrplan Berufsschule/ Berufsfachschule Gemeinschaftskunde. Dresden.

Schneekloth, U./Albert, M. (2019): Jugend und Politik: Demokratieverständnis und politisches Interesse im Spannungsfeld von Vielfalt, Toleranz und Populismus. In: Shell Deutschland Holding (Hg.): 18. Shell Jugendstudie – Jugend 2019. Eine Generation meldet sich zu Wort. Frankfurt/M., S. 47-101.

Senatsverwaltung für Bildung, Jugend und Wissenschaft, Berlin (Hg.) (2012): Rahmenlehrplan für Unterricht und Erziehung Berufsschule, Berufsfachschule Fach: Sozialkunde/Wirtschafts- und Sozialkunde. Berlin.

Thüringer Kultusministerium (Hg.) (2008): Thüringer Lehrplan für berufsbildende Schulen. Schulformen: Berufsschule 3-jährige Berufsfachschule, 2-jährige höhere Berufsfachschule, Allgemeiner Unterricht Fach: Sozialkunde. Erfurt.

Vereinigung der Bayerischen Wirtschaft e.V. (Hg.) (2020): Bildung zu demokratischer Kompetenz. Gutachten. Münster.

Weinbrenner, P. (1987): Prinzipien und Elemente einer zukunftsorientierten, arbeits- und berufsbezogenen Politischen Didaktik in: Ders. (Hg.): Zur Theorie und Praxis der politischen Bildung an berufsbildenden Schulen. Alsbach, S. 1-30.

Wittau, F./Zurstrassen, B. (2017): Lebenswelt und Arbeitswelt – lebensweltliche Bezüge in der Berufsbildung. In: Oeftering, T./Oppermann, J./Fischer, A.: Der „fachdidaktische Code" der Lebenswelt- und/oder Situationsorientierung. Fachdidaktische Zugänge zu sozialwissenschaftlichen Unterrichtsfächern sowie zum Lernfeldkonzept. Hohengehren, S. 137-152.

Zurstrassen, B. (2020): Politisch-demokratische Mündigkeit in Beruf und Gesellschaft. Der Bildungsauftrag der Berufsschule. In: Albrecht, A. u.a. (Hg.): Jetzt erst recht. Politische Bildung. Bestandsaufnahme und bildungspolitische Forderungen. Frankfurt/M., S. 133-144.

Zurstrassen, B. (2019): Auch das Berufliche ist politisch. Zum Zusammenhang von politischer Sozialisation und beruflichem Lernen. Kommentar zur interdisziplinären Fachtagung der bpb und der KMK zum Thema: „Politische Bildung an beruflichen Schulen: Stand und Perspektiven". URL: https://www.bpb.de/lernen/projekte/299683/auch-das-berufliche-ist-politisch [06.06.2020].

Zurstrassen, B. (2012): Politisches Lernen an berufsbildenden Schulen. In: bpb: Auch das Berufliche ist politisch. Neun Bausteine für den lernfeldorientierten Unterricht. Bonn, S. 9-31.

Andreas Thimmel

Wie politisch sind europäische und internationale Austauschprogramme?

1. Einleitung

Ende des Jahres 2020 einen Text über europäische und internationale Austauschprogramme zu schreiben, ist eine besondere Herausforderung, müssen doch sicher geglaubte Gewissheiten neu überdacht werden.

Erstens erhalten Nähe und Ferne, physische Begegnungen und Interaktionen sowie grenzüberschreitende Mobilität und Reisen eine neue Bedeutung. Die Corona-Pandemie und die daraus abgeleiteten gesundheitlich notwendigen Regeln für die Interaktion und Kommunikation von Menschen, insbesondere von Jugendlichen, jungen Erwachsenen und ehren- und hauptamtlichen Jugendarbeiterinnen, Jugendarbeitern, Teamenden sowie Schülerinnen, Schülern und Lehrkräften verändern die pädagogische Praxis und erfordern grundsätzlich neue konzeptionelle Überlegungen und neue Formate des Austauschs. Dieser Problemhorizont kann hier nur angerissen werden. Eine persönliche Erfahrung der Begegnung in Gruppen von jungen Menschen ist unter den Bedingungen von Corona nicht oder nur sehr eingeschränkt möglich. Allerdings ist bei Jugendlichen weiterhin davon auszugehen, dass sie Neugierde haben auf Menschen, auf neue Landschaften, neue Länder und Sprachen und auf neue Interpretationen von Alltag, Gesellschaft und Politik. Diese Neugier und dieses Interesse sind die Triebkraft und Motivation für die Teilnahme an Austauschprogrammen. Digitale Medien und virtuelle Kommunikation können diese physische Begegnung der Jugendlichen unterstützen, aber nicht völlig ersetzen.

Zweitens stehen die Träger vor großen Herausforderungen. Die pluralistische Trägerstruktur der non-formalen Bildung, einschließlich der Internationalen Jugendarbeit, befindet sich in einer ökonomisch-existentiellen Krise, da viele Träger bisher nicht oder nur unzureichend vom staatlichen Rettungsschirm erfasst wurden und die geplanten weiteren Maßnahmen auch nicht ausreichen werden, um deren Existenz in der Zukunft zu sichern. Spezialisierte Träger für Individualmaßnahmen, wie Freiwilligendienste oder Schüleraustausche sind besonders betroffen, da sie sich hauptsächlich über Maßnahmenförderung finanzieren und keine Strukturförderung erhalten (IJAB 2020). Dies betrifft sowohl die im AJA (Arbeitskreis der gemeinnützigen Jugendaustauschorganisationen) zusammengeschlossenen Träger, aber auch Jugendbildungsstätten, Jugendherbergen, Gruppenunterkünfte und andere non-formale Bildungs- und Freizeiteinrichtungen, die ökonomisch gefährdet sind. Auch die personelle und finanzielle Situation in den unterschiedlichen Teilbereichen der Jugendarbeit (kommunale Jugendarbeit, offene Jugendarbeit, Jugendverbände, Jugendringe, Jugendbildungsstätten, Jugendgruppen sowie freiberuflich arbeitende Jugendarbeiterinnen und Jugendarbeiter) als Träger von Austauschaktivitäten und als Kooperationspartner für Schulen ist weiterhin mehr als problematisch. Der finanzielle und personelle Abbau der Jugendarbeit, der sich in den letzten 30 Jahren vollzog, wurde bisher nur in wenigen Bundesländern und Kommunen gestoppt. Gerade aber den lokal vernetzten Trägern kommt eine Schlüsselrolle für die bessere Erreichbarkeit der bisher von den klassischen Trägern internationaler Bildung nicht angesprochenen Zielgruppen zu (vgl. Becker/Thimmel 2019).

Drittens sind Austauschprogramme von den politischen Veränderungen in der Außen- und Europapolitik bzw. internationalen Politik der letzten Jahre beeinflusst. Der hohe Stellenwert multilateraler Übereinkommen und Organisationen, die Orientierung an universellen Menschenrechten und den bisher geteilten Konzepten der Demokratie werden von manchen Regierungen seit einigen Jahren in Frage gestellt. Gesellschaftspolitische Diskurse und entsprechendes politisches Handeln zeigen zudem eine Renaissance nationalstaatlichen Denkens und Handelns.

Eine Verschiebung der politischen Koordinaten gegenüber der Politik früherer Jahre zeigt sich aus deutscher und europäischer Sicht u. a. in der Politik der Türkei, Ungarns und in Polen sowie Russland, der Ukraine und Belarus. Auch die Außenpolitik der USA unter der Regierung Donald Trump und die Europapolitik Großbritanniens (Stichwort: Brexit) irritiert.

Außenpolitische Vorgaben haben Auswirkungen sowohl auf die Praxis der Programme als auch auf die wissenschaftliche Begleitung dieses Handlungsfeldes. Dennoch waren und sind Austauschprogramme auch in schwierigen politischen Konstellationen möglich. In den 1970er-Jahren spielte der Jugendaustausch eine nicht unwesentliche Rolle in der Entspannungspolitik der Bundesrepublik Deutschland gegenüber der DDR und den osteuropäischen Staaten. Mit Blick auf den Austausch in den letzten Jahren mit der Türkei, mit Russland, mit Israel und Palästina sowie mit nordafrikanischen Staaten lässt sich zumindest konstatieren, dass die Begegnungen zwischen den Jugendlichen aus verschiedenen Ländern weiter stattfinden, unabhängig von den Meinungsverschiedenheiten der jeweiligen Staaten.

2. Internationale und europäische Austauschprogramme im Jugendbereich

Europäische und internationale Austauschprogramme im Jugendbereich bedürfen immer einer zusätzlichen Finanzierung sowie eines hohen Zeit- und Organisationsaufwands in der Planung, Durchführung und späteren Abrechnung (vgl. Becker/Thimmel 2019). In der Praxis verhindert diese Dominanz des Organisatorischen häufig die mit dem entsprechenden Format intendierten Bildungs- und Lernprozesse.

Austauschprogramme ermöglichen u. a. Selbstwirksamkeitserfahrung sowie interkulturelles und internationales Lernen (vgl. Thimmel/Schäfer 2019). Der Kern von Jugendarbeit ist die Gruppen- und Gemeinschaftserfahrung, die Ermöglichung von persönlicher Nähe sowie sozialem und politischem Lernen im Kontext non-formaler Bildung und Freizeit. In der Internationalen Jugendarbeit als eine Form des gruppenbezogenen Reisens sind Gemeinschaftserlebnis, Interaktion und Kommunikation von Jugendlichen aus unterschiedlichen Ländern die zentralen Bausteine. Die Differenzlinie der nationalen Zuordnung ist dabei konstitutiv und wird in Bezug auf andere Differenzlinien wie Geschlecht, Alter, Sprachkenntnisse, thematische Vorlieben, alltagskulturelle Routinen, Freizeitvorlieben, soziale Platzierung, Bildungsaspiration usw. irritiert, ausgehandelt und relativiert. Bedeutsam sind daneben die jeweiligen inhaltlichen Themen des Austauschs sowie die sprachliche Verständigung bzw. das Erlernen oder Anwenden von Fremdsprachen. Die Besonderheit des Lernens im Kontext von Gruppenreisen hat Michael Ernst-Heidenreich im soziologischen Konzept der Außeralltäglichkeit bzw. „situativen Nichtalltäglichkeit" für Ferienfreizeiten näher beschrieben (Ernst-Heidenreich 2019). Dieses Konzept lässt sich auf Austauschprogramme übertragen.

Ein Schwerpunkt beim Austausch liegt im authentischen Erleben und der Ermöglichung von zielgruppen-, alters- und adressatenadäquater wissensbasierter Reflexion über das Politische. Die eigene Erfahrung in politischen Kategorien zum Sprechen zu bringen, kann zu einer verstärkten Motivation für politische Themen auch im Politikunterricht in der allgemeinbildenden Schule, in der beruflichen Bildung oder in politikwissenschaftlich orientierten Modulen in der Hochschule führen und ein Bewusstsein dafür erzeugen, eine politisch relevante Stimme zu haben und eventuell politisch zu handeln.

In internationalen Austauschprogrammen fungieren politische Themen und Fragen somit immer als eine besondere Hintergrundfolie, deren Bedeutung allerdings oft in der Praxis nicht gesehen wird. Es fehlt damit auch eine theoretisch ausgewiesene und empirisch belastbare Antwort auf die Frage, mit welchem Instrumentarium das Politische des Lernens in Austauschprogrammen zu beschreiben und zu erfassen ist. Hier besteht großer theoretischer und empirischer Forschungsbedarf für eine non-formale Bildungsforschung.

Dennoch kann formuliert werden: Aus der Mehrzahl der Praxisberichte, den Ergebnissen aus Praxisforschungsprojekten sowie den wenigen Grundlagenstudien zur Internationalen Jugendarbeit lässt sich plausibel argumentieren, dass individuelle und gruppenbezogene Lern- und Bildungsprozesse auf folgenden Ebenen ermöglicht werden: Persönlichkeitsbildung, Soziales Lernen, Fremdsprachenlernen, Internationales Lernen, Globales Lernen und Politische Bildung. Welche Terminologien und Konzepte zur Beschreibung politischer Tatbestände und Lernprozesse aus der Fachdidaktik der politischen Bildung für die non-formale politische Bildung genutzt werden können, bleibt aber weiterhin eine offene Frage und müsste in Studien erforscht werden.

Die Austauschprogramme im Jugendbereich beziehen sich auf den Jugendgruppenaustausch bzw. die Jugendbegegnung einschließlich des besonderen Formats der Workcamps und damit auf eine zeitlich und räumlich festgelegte direkte Ermöglichung der Kommunikation und Interaktion von Jugendlichen aus unterschiedlichen Ländern. Zu unterscheiden sind bi-, tri- und multinationale Begegnungssettings. Räumlich finden die Zusammenkünfte entweder im eigenen Land, im Gastland oder in einem Drittland statt. In der deutschen Fachliteratur finden sich bisher wenige Verweise auf die getrennten Diskurse über internationalen Austausch und politische Bildung. Benedikt Widmaier hat unlängst die biografische Bedeutung von eigenen Austauscherfahrungen für die professionelle Beschäftigung mit politischer Bildung herausgestellt (vgl. Widmaier 2019).[1]

Abschließend ist noch darauf hinzuweisen, dass viele der in diesem Text formulierten Überlegungen und empirisch abgesicherten Erkenntnisse aus dem Bereich der Internationalen Jugendarbeit auch auf den gruppenbezogenen Schülerinnen- bzw. Schüleraustausch und den langfristigen Austausch von einzelnen Schülerinnen bzw. Schülern sowie den internationalen Freiwilligendienst übertragbar sind.

Auf die finanziellen, strukturellen und konzeptionellen Rahmenbedingungen der europäischen und internationalen Austauschprogramme sowie ihre politische Funktion im Kontext von auswärtiger Kulturpolitik der jeweiligen Mitgliedstaaten und im Kontext der Europapolitik der Europäischen Union (EU) kann hier nur verwiesen werden. Im europäischen Kontext ist die gewachsene Bedeutung von European Youth Work sowie der stärkere Zusammenhang zwischen den EU-Austauschprogrammen und der EU-Jugendstrategie als ein Indiz für die gesteigerte Bedeutung von Mobilitätsprogrammen und einer unabhängigen europäischen Jugendpolitik zu sehen (vgl. Thimmel 2020). Im bisherigen europäischen Diskurs über europäische Jugendpolitik hat Yael Ohana mit ihrer Forderung nach einer „critical youth citizenship" in den europäischen Austauschprogrammen einen transnationalen Diskurs in der internationalen Jugendarbeitsforschung in Gang gesetzt. Sie fordert eine stärkere Sichtbarmachung von Jugendpolitik und Jugendarbeit als Teil politischer Bildung und nennt drei Prinzipien der politischen Bildung, welche ihr zufolge notwendig sind: „the obligation to be intolerant, democratising democracy and going beyond personhood" (Ohana 2019, 7). Sie kritisiert die Kluft zwischen Programmatik und Praxis: „European youth work programmes have often been promoted as engaging young people in meaningful conversations about their positioning in society and in actions to develop their agency as active citizens, in other words as political. Yet, there exists little empirical evidence on how youth work, as supported by European programmes, actually addresses the ‚political'. If anything, there is evidence of what has been termed a creeping de-politicisation of European youth work" (Ohana 2019, 10).

Ein weiterer Aspekt des Politischen in internationalen Austauschprogrammen bezieht sich auf jugendpolitische Vorgaben und entsprechende Bildungsziele. In der Zeit von 2000 bis 2015 dominierten im deutschsprachigen Diskurs zur europäischen und internationalen Jugendarbeit eine neoliberal durchdrungene Konzeption von Mobilität und interkulturellem Lernen sowie eine stark psychologisch ausgerichtete interkulturelle Austauschforschung. Legitimiert wurde in diesem Diskurs die Teilnahme an Austauschaktivitäten hauptsächlich durch den individuellen Erwerb von Fremdsprachen sowie das Erlernen interkultureller Kompetenzen. Dieser Kompetenzerwerb läge – so das zentrale Narrativ – sowohl im Interesse des Einzelnen am individuellen Wettbewerb um eine gute Ausgangssituation auf dem Bildungs- oder Arbeitsmarkt, als auch im Interesse der deutschen Wirtschaft im globalen Wettbewerb. Diese hier nur angedeutete Perspektive wurde zwar in der Praxis oft unterlaufen, dennoch hatte sie förderungspolitische Bedeutung. Mobilitätsprogramme wurden als Lernfeld individualistisch gerahmter interkultureller Begegnung konstruiert, und damit wurde zugleich eine explizit politische Dimension ignoriert und negiert (kritisch dazu Dubiski/Chehata/Thimmel 2016).

Seit 2015 lassen sich sowohl in EU-Dokumenten als auch in konzeptionellen und jugendpolitischen Beiträgen zur internationalen Jugendarbeit aus deutscher Perspektive ein Bedeutungswandel hin zum Politischen und eine Abkehr vom neoliberalen Mobilitätsdiskurs feststellen (vgl. Böttger/Frech/Thimmel 2016; Thimmel 2018). In den EU-Dokumenten haben Begriffe wie Active Citizenship und Demokratie als Zielperspektive eine weitaus größere Bedeutung als früher: „The idea that European youth work programmes are vehicles for the civic/political renewal of the European integration project and of European democratic development is present as an aspiration in relevant high-level political declarations, but has been increasingly less evident in the actual modus operand of support available to youth work projects through the programmes“ (Ohana 2019, 17).

In der Fachdebatte der Internationalen Jugendarbeit in Deutschland lässt sich eine stärkere Orientierung an der politischen Dimension nachweisen. So macht beispielsweise Stefan Schäfer darauf aufmerksam, dass die Frage nach dem Verhältnis von Pädagogischem und Politischem einem permanenten Prozess der Veränderung und Neubestimmung unterliegt, ohne dass das Politische der Internationalen Jugendarbeit ein für alle Mal festgeschrieben werden kann. Da Internationale Jugendarbeit als Handlungspraxis auf eine konzeptionelle politisch-strategische Setzung und Positionierung angewiesen bleibt, wird von Schäfer vorgeschlagen, sich auf Bildung und Demokratie als zentrale konzeptionelle Orientierungspunkte professioneller Praxis zu einigen, die jenseits wechselnder politischer Zielvorgaben und zeitgeistbedingter Framings liegen (vgl. Schäfer 2021; Schäfer/Jacobs 2020).

Auf der empirischen Ebene tragen die Forschungen von Wolfgang Ilg und Judith Dubiski (2015) dazu bei, den starken Zusammenhang zwischen einerseits den Konzepten der Träger und den Vorstellungen der Teamenden sowie den Lerneffekten der Teilnehmenden andererseits besser zu verstehen. Sie ziehen daraus den Schluss, dass im Rahmen der Qualitätsanforderungen an die Durchführung von Austauschprogrammen bei expliziter Orientierung der Teamenden am Politischen dies auch seinen Niederschlag im Bildungsbereich bei den Teilnehmenden haben wird. Haben die Lehrenden die Absicht, politische Lern- und Bildungsprozesse anzuregen, dann lässt sich dies auch an den Antworten der Lernenden ablesen. Spielen dagegen andere Zugänge wie Kultur, Sport, Fremdsprachen, Freizeit eine wichtige Rolle, so lässt sich auch die Bedeutsamkeit dieser Zugänge in den Selbstauskünften der Jugendlichen nachweisen. Auch bei Jugendreisen kann politisch gelernt werden, die politische Dimension hat aber in Austauschprogrammen eine größere Reichweite als bei Jugendreisen. Die Nähe zur politischen Bildung ist also in Abhängigkeit vom expliziten Bildungsziel, dem Wissen, dem Problembewusstsein und der politischen Informiertheit der Teamenden zu betrachten.

Im Folgenden werden die Bildungs- und Lernmöglichkeiten für die politische Bildung und politisches Lernen in Austauschaktivitäten formuliert.

3. Politische Dimension und reflexive Internationalität

Unter dem Stichwort der politischen Dimension von Begegnungs- und Austauschprogrammen wurden verschiedene Kategorien des politischen Nachdenkens und der politischen Bildung in der Internationalen Jugendarbeit benannt. Sie sind eingeordnet in das von mir entwickelte Konzept der reflexiven Internationalität als Kernkonzept von internationaler Bildung, das ich 2015 in die Diskussion um die politische Dimension des Schüleraustauschs, des Fachkräfteaustauschs und der Internationalen Jugendarbeit eingebracht habe (vgl. Thimmel 2015). Mit diesem Begriff sollte auch verhindert werden, dass die politische Dimension (wieder) mit dem Begriff der Völkerverständigung begrifflich gefasst wird. Völkerverständigung bezieht sich zwar auf die politische Ebene, transportiert aber eine völlig veraltete Vorstellung von Gesellschaft und Nation und reproduziert ein unterkomplexes Verhältnis zwischen Individuum und Kollektiv (vgl. Thimmel 2015).

Das Internationale bietet einen Bildungs-, Lern- und Freizeitraum, der eine differenzierende Thematisierung von Staaten, kulturellen Praxen, Lebensweisen, Werten und Normen ermöglichen kann. Die Kategorie des „Nationalen“ wird in der Bildungspraxis bewusst aufgeweicht bzw. überwunden. Sie wird im Laufe der Begegnung als eine von mehreren Differenzlinien thematisiert. Alle Aktivitäten und das spezifische Sprechen, Denken und Handeln der Personen aus unterschiedlichen nationalen Kontexten heraus können zum Anlass genommen werden, die Bedeutung oder auch Nicht-Bedeutung unterschiedlicher Differenzlinien in den Blick zu nehmen. Es bedarf von Seiten der Teamerinnen, Teamer, Pädagoginnen und Pädagogen einer sensiblen Haltung dazu, wann und in welcher Weise die Kategorien „Nation“ bzw. „Staat“ als relevant thematisiert und im Zusammenhang mit Alltagspraxen hervorgehoben werden und wann sie lediglich dazu dienen, vermeintliche Grenzen zu markieren, stereotypisierende Zuschreibungen zu problematisieren und Prozesse des Otherings kenntlich zu machen (vgl. Becker 2021).

Der Umgang mit Differenzen in der Internationalen Jugendarbeit findet im Konzept der „reflexiven Internationalität“ seinen Begriff (Thimmel 2015). Dabei handelt es sich um einen Transfer des Konzepts der „reflexiven Interkulturalität“ (Hamburger 2009; 2015) auf die Internationale Jugendarbeit. Die Internationale Jugendarbeit bezieht ihre Sonderstellung im Vergleich zu anderen Teilbereichen der Jugendarbeit aus dem Narrativ der Zuordnung von Personen zu Staaten und ihrer unterschiedlichen (national-)gesellschaftlichen Sozialisation und den Formaten zur Zusammenführung von Personen aus verschiedenen Kontexten mit dem Ziel der „Begegnung“ und des Austauschs.

Das Konzept der reflexiven Internationalität versteht die Begriffe „Nation“, „Staat“ und „Kultur“ jedoch nicht statisch und homogen, sondern dynamisch und heterogen. Die Reflexion über die Notwendigkeit bzw. Überwindung dieser Setzungen ist dem Konzept der reflexiven Internationalität immanent. Dies bedeutet für die politische Dimension Internationaler Jugendarbeit, dass Jugendliche sich kritisch über die Bedeutung, Funktion und Folgen binärer Konzeptionen austauschen und einen politischen Raum kreieren, der alternative Deutungen und Erklärungsansätze über Gesellschaft und Systeme ermöglicht. Die kritische Auseinandersetzung meint selbstverständlich keineswegs die Negierung von Differenz, vielmehr bleiben die Kategorien wie beispielsweise „Nation“, „Staat“, „Kultur“,

„Gesellschaft" oder auch „Geschlecht" situativ, kontextabhängig und werden durch Jugendliche in der Begegnung diskutiert und neu gedeutet. Durch den eröffneten politischen Raum, in dem Jugendliche ihre Welt aushandeln und darüber sprechen, unter welchen Bedingungen sie tatsächlich leben wollen, sind die Kategorien veränderbar und dynamisch geworden und im gegenseitigen Dialog bearbeitbar. Im Anschluss an unser theoretisches Verständnis von Gesellschaft ist damit auch festgelegt, dass die Bundesrepublik Deutschland nur als Migrationsgesellschaft verstanden werden kann (vgl. Thimmel/Chehata 2015).

Vor dem Hintergrund der theoretischen Überlegungen lassen sich sieben Aspekte benennen, die für die politische Dimension Internationaler Jugendarbeit relevant sind[2]:

1. Anerkennung und Gleichwertigkeit: Internationale Jugendarbeit geht in ihrer Grundannahme davon aus, dass Anerkennung und prinzipielle Gleichwertigkeit der am Austausch beteiligten Individuen, Organisationen und Länder unhinterfragt gesetzt sind. Diese normative egalitäre Anlage aller Aktivitäten bleibt in der Praxis und in der konzeptionellen Planung aufgrund unterschiedlicher sozioökonomischer, politischer und sprachlicher Ungleichgewichte oft verborgen, ist aber konstitutiv. Diese Tatsache bedeutet entsprechend, dass hegemoniale Verhältnisse von den Akteurinnen und Akteuren permanent hinterfragt werden müssen. Die Prinzipien der Anerkennung und Gleichwertigkeit müssen in Planung und Durchführung der Austauschaktivität erarbeitet und gemeinsam gestaltet werden. Anerkennung und Gleichwertigkeit existieren nicht a priori.
2. Reflexion kultureller und nationalstaatlicher Einbettungen: Internationale Jugendarbeit bezieht sich auf die Auseinandersetzung mit dem Konstrukt der kollektiven nationalen Identität bzw. der Zugehörigkeit zu einer Gruppe von Staatsbürgern und Staatsbürgerinnen. Das Phänomen, dass Jugendliche relativ häufig in einem symbolischen Akt als Botschafterinnen und Botschafter ihres Landes adressiert wer-

den und ihr Land im Ausland „vertreten“, verweist augenfällig darauf, dass binäre homogene Konstruktionen von Zugehörigkeiten in der Praxis oft unbearbeitet bleiben und sich dadurch verfestigen (z. B. Fotografien, auf denen Jugendliche vor den Landesflaggen abgebildet werden usw.). Die Internationale Jugendarbeit bietet die Chance und bewusste Anregung, sich reflexiv mit der jeweiligen Kultur und der Nationalstaatskonstruktion auseinanderzusetzen. Dies geschieht auch durch historisch-politische Bildung. In der Vergangenheit hat es in den Konzepten des interkulturellen Lernens seit 1980 Verengungen gegeben, die ungewollt die kulturelle Einbettung essentialisierten und den Konstruktcharakter der nationalen Zuordnung nicht reflexiv zum Gegenstand machten. Damit wurde eine vermeintlich kulturelle Norm geschaffen und reproduziert. Dadurch wurde eine Abgrenzung zwischen Wir und den Anderen auch innerhalb der deutschen Migrationsgesellschaft möglich gemacht. Die kritische Betrachtung von Differenzen auf anderen Ebenen ist damit ebenso aus dem Blick geraten, wie die hinter der Differenzproduktion verborgenen Macht- und Herrschaftsverhältnisse (vgl. Schäfer 2017; Bonus 2015). Die politische Dimension ist nicht in der kulturellen oder nationalstaatlichen Einbettung selbst zu sehen, sondern im reflexiven Zur-Sprache-bringen der dahinterliegenden Macht- und Herrschaftsverhältnisse sowie dem Wissen um die Pluralität und Veränderbarkeit der jeweiligen Zugehörigkeiten.
3. Reflexiver Umgang mit Differenzproduktion: Es bedarf von Seiten der Teamerinnen, Teamer und Lehrenden einer sensiblen Haltung, wann und in welcher Weise „Nation“ bzw. „Staat“ als relevante Kategorie thematisiert wird. Die Kategorien „Nation“, „Staat“ oder „Gesellschaft“ bleiben situativ und kontextabhängig relevante Kategorien, die als Hintergrundfolie in der Internationalen Jugendarbeit mitschwingen. Sowohl in der Face-to-Face-Begegnung als auch in der medial-virtuellen Kommunikation können stereotype Kon-

struktionen hinsichtlich Nationalität, Staatlichkeit und Kultur thematisiert und eine sensibilisierende Auseinandersetzung über die Relevanz unterschiedlicher Differenzlinien eröffnet werden (vgl. Leiprecht 2011).

4. Bearbeitung politischer Themen: Politische Themen spielen in der Internationalen Jugendarbeit insofern eine Rolle, als Auslandsmobilität dazu führen kann, über die Politik im eigenen Land, im Partnerland sowie europa- oder weltweit nachzudenken und vermeintlich sicher geglaubte Tatsachen, Machtverhältnisse und Routinen kritisch zu hinterfragen. Je nach Setting und Zielgruppe werden damit politische Themen wie Bildung, Demokratie, Menschenrechte, weltweite Armut, Religion, Umwelt- und Klimaschutz, nachhaltige Entwicklung, Meinungsfreiheit, Wirtschafts- oder Sozialpolitik im engeren Sinne bearbeitet. Aktuell bietet sich auch der politische und administrative Umgang mit der Corona-Krise als komparatives Thema an und ihre Folgen in Hinblick auf Begegnung, Kommunikation und Solidarität. Zudem werden Wissensbestände über das politische und ökonomische System der besuchten Länder aufgebaut und/oder aktualisiert. Hierbei wird die Schnittstelle zur politischen Bildung besonders deutlich (vgl. Schäfer/Thimmel 2016). Wissen über politische Bedingungen und Gesellschaftsverhältnisse im Sinne einer „politisch-medialen Informiertheit“ sind eine Voraussetzung politischer Bildung auf Seiten der Organisationen und beteiligten Fachkräfte.
5. Bi- und multinationale Partnerschaftsorientierung: Die Ausgestaltung der bi- oder multinationalen Partnerschaft hat immer auch eine außenpolitische Dimension. Ein gemeinsames Verständnis von Jugendarbeit in den Partnerländern ist wichtig für die Effektivität bei der Ausarbeitung gemeinsamer Konzeptionen und der entsprechenden Durchführung. Den Partnerinnen und Partnern fehlt oft eine finanziell ähnlich ausgebaute Infrastruktur der Jugendarbeit und eine entsprechend unabhängige Stellung im bildungs- und jugend-

politischen System wie es in der Bundesrepublik Deutschland der Fall ist. In diesem Zusammenhang sind die Anstrengungen um einen gemeinsamen wissenschaftlichen und praxisbezogen transnationalen Diskurs zu European Youth Work in den Jugendpolitiken der Länder der EU und des Europarates von zentraler Bedeutung für die Entwicklung eines transnationalen, europäischen Diskurs- und Handlungsraumes (vgl. Thimmel 2020).

6. Diplomatie und verantwortungsvolle Kommunikation: Die Anerkennung ausländischer Fachkräfte als Partnerinnen und Partner in der konkreten Bildungspraxis ist wichtig. Kritik an politischen und/oder sozialen Verhältnissen im Partnerland zu üben, ist oft heikel. Voraussetzung für eine offene und vertrauensvolle Kommunikation ist ein längerer und nachhaltiger Prozess gemeinsamer Erfahrung und persönlicher Begegnung mit konkreten Personen. So kann eine vertrauensvolle Atmosphäre aufgebaut und eventuelles Misstrauen abgebaut werden. Oft herrscht in anderen Ländern eine andere Praxis als in Deutschland, was die Kritik an politischen Eliten und dem politischen System betrifft. Ein Schlüssel zur verantwortungsvollen Kommunikation ist die Verlässlichkeit von Personen und Strukturen.
7. Internationale Jugendarbeit als Ermöglichungsstruktur: Der Zugang zu non-formaler Bildung und grenzüberschreitender Mobilität für Jugendliche aller Lebensalter und Milieus ist zu fördern und zu gewährleisten. In politischen und fachpolitischen Dokumenten wird diese Forderung seit einigen Jahren erhoben. Jungen Menschen mit weniger guten Start- und Teilhabechancen soll es ermöglicht werden, Bildung und Freizeit in der internationalen Jugendarbeit als persönliche Bereicherung und zugleich politische Bildung zu erfahren. Diese Ermöglichung internationaler Bildungserfahrungen von sozioökonomisch- und/oder bildungsbenachteiligten Jugendlichen mit geringeren Teilhabechancen, von Jugendlichen mit Migrationshintergrund sowie von Jugendlichen

mit Fluchterfahrung erfordern aber strukturelle und finanzielle Anstrengungen in allen angesprochenen Feldern der Jugendarbeit und Jugendsozialarbeit sowie eine entsprechende Veränderung der strukturellen und finanziellen Rahmenbedingungen der lokalen, regionalen, nationalen und internationalen Jugendarbeit. Hierzu haben wir in den Ergebnissen der Zugangsstudie entsprechende politische Handlungsanweisungen formuliert, deren Umsetzung noch auf sich warten lässt (vgl. Becker/Thimmel 2019).

Anmerkungen

1 Weitere Hinweise finden sich bei Helle Becker, Stefan Schäfer, Ulrich Ballhausen, Martin Kaiser und Andreas Thimmel.

2 Es handelt sich um die Weiterentwicklung von Überlegungen, die ich seit 2010 formuliert und weiterentwickelt habe (vgl. Thimmel 2010; 2015).

Literatur

Ballhausen, U. (2016): Politische Bildungsprozesse in internationalen Jugendbegegnungen ermöglichen. Ein Plädoyer. In: Böttger, G./Frech, S./Thimmel, A. (Hg.): Politische Dimensionen internationaler Begegnungen. Schwalbach/Ts., S. 130-138.

Becker, H./Thimmel, A. (Hg.) (2019): Die Zugangsstudie zum internationalen Jugendaustausch. Zugänge und Barrieren. Frankfurt/M.

Becker, U. (2021): Diversitätsbewusste Internationale Jugendbegegnungen als besondere Förderungsmöglichkeit aller Jugendlichen. Eine intersektionale Mehrebenenanalyse. Frankfurt/M. (im Erscheinen aktualisieren!).

Böttger, G./Frech, S./Thimmel, A. (Hg.) (2016): Politische Dimensionen internationaler Begegnungen. Schwalbach/Ts.

Bonus, S. (2015): Verborgene Mechanismen. Ein- und Ausschluss in Organisationen am Beispiel des Europäischen Freiwilligendienstes. In: Thimmel, A./Chehata, Y. (Hg.): Jugendarbeit in der Migrationsgesellschaft. Praxisforschung zur interkulturellen Öffnung in kritisch-reflexiver Perspektive. Schwalbach/Ts., S. 235-252.

Dubiski, J./Chehata Y./Thimmel, A. (2016): „Youth on the move"?! Mobilität und learning mobility. Europäische Perspektiven auf internationale Jugendarbeit. In: Becker, U./Friedrichs, H./von Gross, F./Kaiser, S. (Hg.): Ent-Grenztes Heranwachsen. Wiesbaden, S. 291-308.

Ernst-Heidenreich, M. (2019): Irritation des Selbstverständlichen. Eine theoretisch-empirische Annäherung an eine Soziologie situativer Nichtalltäglichkeit. Wiesbaden.

Fachstelle für Internationale Jugendarbeit der Bundesrepublik Deutschland e.V. (IJAB) 2020: Corona und seine Auswirkungen auf die internationale Jugendarbeit. URL: https://ijab.de/alle-beitraege/corona-und-seine-auswirkungen-auf-die-internationale-jugendarbeit [09.10.2020].

Friesenhahn G./Thimmel A. (Hg.) (2005): Schlüsseltexte. Engagement und Kompetenz in der internationalen Jugendarbeit. Schwalbach/Ts.

Hamburger, F. (2009): Abschied von der Interkulturellen Pädagogik. Plädoyer für einen Wandel sozialpädagogischer Konzepte. Weinheim und Basel.

Hamburger, F. (2015): Das pädagogische Prinzip Interkulturalität. In: Thimmel, A./ Chehata, Y. (Hg.): Jugendarbeit in der Migrationsgesellschaft. Praxisforschung zur interkulturellen Öffnung in kritisch-reflexiver Perspektive. Schwalbach/Ts., S. 27-44.

Ilg, W./Dubiski, J. (2015): „Wenn einer eine Reise tut". Evaluationsergebnisse von Jugendfreizeiten und internationalen Jugendbegegnungen. Frankfurt/M.

Kaiser M. (2015): Im Schatten des Wandels. 20 Jahre politische Bildung im Austausch mit Ägypten. Schwalbach/Ts.

Naddaf, Z. (2019): Repräsentationen von Barrieren in der Internationalen Jugendarbeit. Eine differenztheoretische Perspektive. In: Becker, H./Thimmel, A. (Hg.): Die Zugangsstudie zum internationalen Jugendaustausch. Zugänge und Barrieren. Frankfurt/M., S. 142-170.

Ohana, Yael (2019): What's politics got to do with it? European youth work programmes and the development of critical youth citizenship. Bonn.

Schäfer, S. (2019): Sichtbarmachung des Politischen. Zur politischen Differenz in der internationalen Jugendarbeit. In: Forschung und Praxis im Dialog (Hg.) (2019): Dokumentation der Tagung „Die politische Dimension der internationalen Jugendarbeit". Köln, S. 8-22.

Schäfer, S. (2017): Internationale Begegnungen als Orte der Partizipation an politischer Öffentlichkeit. In: Journal für politische Bildung, Heft 1/2017. S. 64-68.

Schäfer, S. (2021): Internationale Jugendarbeit und politische Theorie. Diskurse und Perspektiven. Frankfurt/M.

Schäfer, S./Jacobs, S. (2020): Kontingenz und Natalität. Das Verhältnis von Pädagogischem und Politischem in einer aus den Fugen geratenen Welt. In: Vierteljahrsschrift für wissenschaftliche Pädagogik, Heft 1/2020. S. 105-119.

Schäfer, S./Thimmel, A. (2016): Internationale Jugendarbeit und politische Bildung. Überlegungen zur politischen Bildung im Kontext reflexiver Internationalität. In: Zeitschrift Außerschulische Bildung, Heft 2/2016. S. 48-53.

Thimmel, A. (2001): Pädagogik der internationalen Jugendarbeit. Geschichte, Praxis und Konzepte Interkulturellen Lernens. Schwalbach/Ts.

Thimmel, A. (2010): Internationale Jugendarbeit und kritische politische Bildung. In: Lösch B./Thimmel, A. (Hg.): Kritische politische Bildung. Ein Handbuch. Schwalbach/Ts., S. 497-508.

Thimmel, A. (2015): Reflexive interkulturelle und internationale Jugendarbeit – Konzepte der Jugendarbeit in der Migrationsgesellschaft. In: Thimmel, A./ Chehata, Y. (Hg.): Jugendarbeit in der Migrationsgesellschaft. Praxisforschung zur interkulturellen Öffnung in kritisch-reflexiver Perspektive. Schwalbach/Ts., S. 11-26.

Thimmel, A. (2016): Die politische Dimension in der Internationalen Jugendarbeit. In: Böttger, G./Frech, S./Thimmel, A. (Hg.). Politische Dimensionen internationaler Begegnungen. Schwalbach/Ts., S. 61-73.

Thimmel, A. (2020): Jugendbildungsarbeit in Europa. In: Bollweg, P./Buchna, J./ Coelen, T./Otto, H. (Hg.): Handbuch Ganztagsbildung. Wiesbaden, S. 1221-1234.

Thimmel, A./Chehata, Y. (Hg.) (2015): Jugendarbeit in der Migrationsgesellschaft. Praxisforschung zur interkulturellen Öffnung in kritisch-reflexiver Perspektive. Schwalbach/Ts.

Thimmel, A./Schäfer, S. (2019): Wirkungsforschung in der internationalen Jugendarbeit. In: Begemann, M./Bleck, C./Liebig, R. (Hg.): Wirkungsforschung zur Kinder- und Jugendhilfe. Grundlegende Perspektiven und arbeitsfeldspezifische Entwicklungen. Weinheim und Basel, S. 234-252.

Thimmel, A./Schäfer, S. (2021): Das Mobilitätspuzzle der internationalen Bildung. In: Dubiski, J./Hermens, C./Schäfer, S./Thimmel, A. (Hg.): Bildung und Politik. Praxisforschung im Feld der non-formalen Bildung. Frankfurt/M. (im Erscheinen).

Widmaier, B. (2019): Emotionale Momente. Politische Bildung zwischen Anekdote und Analyse. In: Besand, A./Overwien, B./Zorn, P. (Hg.): Politische Bildung mit Gefühl. Bonn, S. 395-409.

Siegfried Schiele, Kerstin Pohl

Achtzehn mal Beutelsbacher Gespräche: Erinnerungen an ein erfolgreiches Format

Der Text ist die gekürzte und sprachlich überarbeitete Fassung eines Gesprächs des Initiators der Beutelsbacher Gespräche, Dr. h.c. Siegfried Schiele, mit Prof. Dr. Kerstin Pohl, Johannes Gutenberg-Universität Mainz, im Rahmen der achtzehnten Beutelsbacher Gespräche in Bad Urach am 17. Februar 2020.

Kerstin Pohl: Liebe Kolleginnen und Kollegen, ich möchte Sie herzlich zu diesem Gespräch mit dem langjährigen Direktor der Landeszentrale für politische Bildung und Initiator der Beutelsbacher Gespräche begrüßen.

Lieber Herr Schiele, bevor ich die erste Frage stelle, erlauben Sie mir ein paar kurze Worte zur Lage der politischen Bildung heute. Politische Bildung ist ja endlich wieder einmal „in". Wir bekommen sehr viel Aufmerksamkeit, mediale Aufmerksamkeit. Die derzeitige KMK-Präsidentin, Stefanie Hubig, Bildungsministerin in Rheinland-Pfalz, wo ich arbeite, macht Demokratiebildung zu einem Schwerpunkt ihrer KMK-Präsidentschaft. Und Rheinland-Pfalz, aber auch andere Bundesländer wie zum Beispiel Berlin erhöhen den Stundenanteil für Sozialkunde. Hier in Baden-Württemberg gibt es seit diesem Jahr einen verbindlichen Leitfaden zur Demokratiebildung.

Das heißt, man kann durchaus von einem Trend zur Stärkung der politischen Bildung sprechen. Der ist aber nicht ungebrochen, muss man leider sagen. Die Frage, ob in Demokratiebildung immer ausreichend politische Bildung drin ist, und ob die Rolle des Fachunterrichts in diesem Zusammenhang ausreichend gewürdigt wird, darüber kann man sich natürlich streiten. Und Nordrhein-Westfalen hat gerade das Unterrichtsfach *Politik/Wirtschaft* umbenannt in *Wirtschaft/Politik*. Es sieht so aus, als ob auch das Fach in der Oberstufe, das jetzt *Sozialwissenschaften* heißt, demnächst in *Wirtschaft/Politik* umbenannt werden wird.

Aber selbst wenn man insgesamt trotzdem von einer Stärkung der politischen Bildung in Deutschland sprechen kann, ist es natürlich ein Wermutstropfen, dass die gewachsene Bedeutung weniger unserem Engagement als politische Bildnerinnen und Bildner, als Fachleiterinnen, Fachleiter, Wissenschaftlerinnen und Wissenschaftlern zu verdanken ist als vielmehr den antidemokratischen Kräften in unserem Staat, die das Vertrauen in die Demokratie gefährden. Politische Bildung ist angesichts dieser Gefahren vor allem als Feuerwehr gefragt. Aber es scheint uns immerhin im Moment ganz gut zu gelingen, auch längerfristige strukturelle Änderungen herbeizuführen – das ist zumindest meine Hoffnung.

Herr Schiele, angesichts dieser aktuellen Entwicklungen: Sie arbeiten ja schon seit langem daran, der politischen Bildung ein solides Fundament zu verschaffen und das mit einigem Erfolg, kann man sagen. Sie sind letztes Jahr im Oktober 80 geworden. Ich hoffe, das darf ich hier sagen. Sie haben ja diese Beutelsbacher Gespräche ins Leben gerufen. Sie finden heute zum achtzehnten Mal statt, zum vierzehnten Mal in Bad Urach. Soweit ich weiß, waren Sie immer dabei, in den letzten Jahren zumindest noch als Gast am Abend. Meine erste Frage lautet deshalb: Warum sind eigentlich diese Beutelsbacher Gespräche ein solches Erfolgsmodell für die politische Bildung?

Siegfried Schiele: Ja, liebe Frau Pohl, meine sehr verehrten Damen und Herren, liebe Kolleginnen und Kollegen. Ja, das ist sehr schwer, was Sie fragen. Ich kann es nicht genau sagen – es war fast ein Selbstläufer. Dass Beutelsbach sich so durchgesetzt hat, ich konnte das nicht planen. Als ich 1976 meine erste größere Tagung als Leiter der Landeszentrale im Kopf hatte, die zerstrittenen Haufen, das war so in meinem Hinterkopf, die sollten mal vernünftig miteinander ins Gespräch kommen. Das war der Antrieb für die erste Tagung in Beutelsbach. Was mich schon gewundert hat damals: Alle, die ich eingeladen habe, das war wirklich, wenn Sie es politisch-geographisch einordnen wollen, das ganze Spektrum von ganz links nach ganz rechts, sind gekommen! Giesecke ist nicht gekommen, aber nicht, weil er nicht gewollt hat, sondern weil er geschrieben hat: „Lieber Herr Schiele, ich bin kein Tagungsmensch. Ich kann und will nicht bei Tagungen referieren." Aber er hat einen Beitrag für den Tagungsband zugesagt, und das hat er eingehalten. Also im Grunde sind alle gekommen, die wichtig waren für den Erfolg der Tagung: Ich kann ich mich noch sehr gut erinnern. Es war eine sehr aufgeschlossene Diskussion. Was mich am meisten gefreut hat, ist, dass tatsächlich auch diejenigen, die von einer bestimmten politischen Gruppierung kamen, mit der anderen Seite offen gesprochen haben. Es waren also echte Gespräche, keine reinen Streitereien. Es waren fruchtbare Gespräche. Was natürlich für Beutelsbach selber sehr, sehr wundervoll war. Wäre diese erste Tagung damals in die Binsen gegangen, dann hätte ich natürlich die Tagungen nicht weitergeführt. Aber so war ich ermutigt, aus Beutelsbach so eine ganz bescheidene kleine Marke zu machen und die Beutelsbacher Tagungen fortzuführen. Und das ist für mich wirklich eine schöne Sache und eine Genugtuung, dass sie auch in diesem Jahr wieder stattfinden und wohl – wie ich schon gehört habe – auch noch nicht beerdigt werden sollen in den kommenden Jahren. Das ist doch eigentlich wunderschön. Warum dies genau der Fall war, ist sehr schwierig zu sagen. Ich glaube, weil man doch gespürt hat: Es geht um wichtige Fragen politischer Bildung im öffentlichen Auftrag. Das muss ich immer dazusagen – das ist wichtig: Die freien Träger kann und soll man gar nicht einfangen. Aber die staatlich verantwortete politische Bildung, die sollte Regeln und Spielregeln haben, nach denen man sich richtet. Und das ist, glaube ich, einigermaßen gelungen, weil die Maßstäbe, die im Beutelsbacher Konsens benannt wurden, die ja alle Teilnehmerinnen und Teilnehmer mitgestaltet haben, weil die tatsächlich gut begründet waren.

Kerstin Pohl: Mit Sicherheit war die erste Tagung, aus der der Beutelsbacher Konsens hervorging, eine Auftakttagung, die dazu geführt hat, dass diese Beutelsbacher Gespräche auch weiterhin gut besucht waren und Erfolg hatten. Allerdings haben Sie gerade gesagt, wenn die erste Tagung in die Binsen gegangen wäre, hätte man sich nicht wieder getroffen. Die zweite Tagung, bei der es um die Thematisierung von Familie im Politikunterricht ging, die ist ja in die Binsen gegangen. Das kann man nicht anders sagen. Sie hat zu einem riesigen Streit geführt, zu vorzeitigen Abreisen und zu einem großen Eklat. Trotzdem haben 16 weitere Tagungen stattgefunden. Es muss also noch andere Erklärungen für den Erfolg geben. Und wir hatten uns ja ohnehin geeinigt, heute nicht primär über den Beutelsbacher Konsens zu sprechen, weil wir das schon vor vier Jahren auf der Jubiläumstagung zum 40-jährigen Bestehen des Konsenses ausführlich getan haben. Und das ist ja überhaupt das Thema, über das Sie, Herr Schiele, schon sehr häufig gesprochen haben. Deshalb soll heute der Schwerpunkt auf anderen Fragen liegen.

Die Themen der Beutelsbacher Gespräche

Kerstin Pohl: Ich habe ja schon den verbindlichen Leitfaden Demokratiebildung aus Baden-Württemberg erwähnt, den es hier seit dem Schuljahr 2019/2020 gibt. Herr Feil, der heute auch anwesend ist, hat ihn im Wesentlichen verfasst und Monika Oberle, eine der Mitorganisierenden der Tagung, war eine der beteiligten Wissenschaftlerinnen. Wenn man sich die Stichworte anschaut, die da als Herausforderungen für die politische Bildung genannt werden, sind das: Globalisierung, Migration, Digitalisierung und Individualisierung – als problematisch werden Extremismus, Populismus und Fake News bezeichnet. Davon ausgehend formuliert der Leitfaden dann Anforderungen an Lehrkräfte: Sie sollen Perspektivenvielfalt und Kontroversität berücksichtigen, sie sollen Urteilsbildung ermöglichen und das Überwältigungsverbot beachten, einen Lebensweltbezug herstellen sowie im Unterricht Handlungsorientierung, eine emotionale Aktivierung der Lernenden und eine Wertebasierung anstreben. Wenn man sich diese Anforderungen anschaut, entsprechen sie weitgehend dem Inhaltsverzeichnis des Bandes mit dem Titel „Politische Mündigkeit“, der sozusagen Ihr Abschiedsgeschenk war. Sie haben 2004 aufgehört als Direktor der Landeszentrale nach zehn Beutelsbacher Gesprächen, und zu Ihrem Abschied erschien dieser Jubiläumsband, in dem Ihre Texte aus den zehn vergangenen Gesprächen enthalten sind und noch andere zentrale Texte aus den Tagungsbänden. Und im Inhaltsverzeichnis dieses Bandes findet man fast genau die Inhalte, die man heute auch im Baden-Württemberger Demokratieleitfaden findet: das Konsensproblem, Rationalität und Emotionalität, Verfassungspatriotismus, Handlungsorientierung, Wertebildung, Demokratie braucht politische Bildung. Ich glaube also, der Erfolg des Formats hat auch etwas damit zu tun, dass Sie immer wichtige Themen gefunden haben für diese Tagungen.

Siegfried Schiele: Das müssen Sie alle selbst beurteilen. Ich habe mich bemüht, die Fragestellungen aufzugreifen, die wirklich aus meiner Sicht und Erfahrung, die kam ja dann im Lauf der Jahre dazu, bedeutsam waren, wichtig waren. Dass wir die zentralen Fragen miteinander besprechen und zwar durchaus auch im Dissens. Es ist aber dann wunderbar, wenn es bei wichtigen Fragen nicht nur den notwendigen Dissens gibt, sondern doch auch ein paar Leitlinien, auf die man sich einigen kann. Das ist, glaube ich, auch für die Zukunft wichtig, dass das gelingt. Beides muss man im Auge haben. Es wäre furchtbar, wenn wir alle nur eine einmütige Meinung hätten. Dann bräuchten wir uns ja gar nicht in diesem schönen Haus zu treffen. Wir sollen miteinander im guten Sinne streiten. Aber es ist dann wichtig, auch für die Praxis, vor allem in den Schulen, einen Konsens zu finden, der dann Wirkung zeigt.

Rationalität und Emotionalität in der politischen Bildung

Kerstin Pohl: Ja, und offensichtlich ist es Ihnen gelungen, hier nicht nur tagesaktuelle Fragen, sondern Themen von permanenter Aktualität zu diskutieren. Das sieht man daran, dass diese Themen im Demokratieleitfaden noch einmal auftauchen. Ich würde jetzt einige dieser Themen herausgreifen und Ihnen dazu Fragen stellen. Das haben wir zum Teil vorher abgesprochen, aber nicht so ganz genau im Wortlaut. Ich würde meist auch versuchen, ausgehend von diesen Themen einen Bezug zur Europabildung herzustellen, die ja auf dieser Tagung im Zentrum steht.

Bei den ersten drei Tagungen ging es vor allem um das Konsensproblem. Das werden wir jetzt ein wenig außen vorlassen. Die vierte Tagung thematisiert dann Rationalität und Emotionalität in der politischen Bildung. Emotionalität war dann ja auch wieder das Thema der Beutelsbacher Gespräche vor zwei Jahren, das heißt, es wurde wieder aufgegriffen. Und meine Frage an Sie ist: Wenn Sie die damalige Debatte um Rationalität und Emotionalität Revue passieren lassen, was können wir daraus für heute noch lernen?

Siegfried Schiele: Mich hat das Thema immer schon bewegt. Und ich habe das Gefühl gehabt seinerzeit, die Emotionalität ist sehr bedeutsam in der politischen Bildung, aber sie wird zu wenig reflektiert. Die emotionale Seite darf man, das brauche ich Ihnen jetzt heute nicht mehr zu sagen, die darf man ja nicht unterschätzen, weil sie oft die rein kognitive Seite überlagert bei politischen Einstellungen und Meinungen. Wenn ich dann gar nicht weiß, warum mein Ansatz der politischen Bildung nicht funktioniert, kann es daran liegen, dass ich eben die emotionale Seite zu wenig beachtet habe. Ich glaube, das ist prinzipiell notwendig. Und ich habe noch heute den Eindruck, wenn ich mal zu Tagungen gehe, dass die Emotionalität bei vielen Tagungen zu sehr ausgeblendet wird – und das ist schade. Natürlich ist es schwierig, mit der Emotionalität verantwortlich umzugehen, so dass sie natürlich eingebettet bleibt in rational begründete Zusammenhänge. Aber wichtig ist sie!

Kerstin Pohl: Um einen Bezug zum aktuellen Tagungsthema herzustellen: Der allererste Satz in Ihrem Einleitungstext im Tagungsband von 1990 lautet: „Carl Friedrich von Weizsäcker betonte neulich: ‚Europa muss vom Herzen her geschaffen werden, dann wird es auch in die Köpfe eindringen'. Wer sich um europäische Bildungsarbeit bemüht, wird zugeben, dass konventionelle Programme kaum Aussicht auf Erfolg haben." Würden Sie das immer noch so sehen in Bezug auf die Europabildung?

Siegfried Schiele: Ja, ganz genau. Also, ich glaube, dass das richtig ist. Obwohl es auch sehr, sehr schwer ist – gerade beim Thema Europa – die Emotionalität so in die Vermittlung einzubringen, dass man es verantworten kann, dass es Früchte trägt. Das ist sehr, sehr schwierig. Wir werden ja vielleicht noch darauf zu sprechen kommen.

Ein europäisches Liederbuch: Darf politische Bildung „zu" Europa erziehen?

Kerstin Pohl: Sie haben damals, das steht auch in dem Text, ein europäisches Liederbuch herausgebracht. Das knüpft ein bisschen an das an, was wir vorhin diskutiert haben, auch in Bezug auf Europabildung. Was war denn die Intention dieses europäischen Liederbuches?

Siegfried Schiele: Es ist schade. Ich habe es heute gesucht bei mir im Bücherschrank und nicht gleich gefunden. Ich hoffe, dass ich es wiederfinde, denn es ist leider völlig vergriffen. Das europäische Liederbuch war mir ein Anliegen aus eben diesem Grund: Der Verbindung von Rationalität und Emotionalität.

Ich kann es heute Abend nicht vorführen, aber Musik ist mein Hobby: Ich singe gern, ich spiele gern Klavier. Das Liederbuch war mir ein Anliegen, weil mir ganz klar war, dass es natürlich die emotionale Seite betont. Einfach durch das pure Singen. Das sieht man dann schon an der Haltung, wie befreiend das Singen wirkt. Vielleicht fange ich doch jetzt gleich mal an!

Ja, und dann habe ich gedacht, Europa ist, wie wir heute auch sehen, ein wichtiges Thema. Und weil es sehr schwierig ist, habe ich die Meinung vertreten, mit einem europäischen Liederbuch kann man mehr für Europa tun als mit zehn europäischen Seminaren und Tagungen. Davon bin ich heute noch überzeugt. Natürlich muss man die Lieder aus den verschiedenen Ländern auch gemeinsam singen!

Das war damals ein ganz schwieriger Prozess – Leute zu finden, die einen Überblick hatten über die europäische Liedkultur –, aber wir haben sie gefunden. Und die Lieder, die nun da drin sind in dem Liederbuch, sind offenbar die richtigen: bei den europäischen Tagungen hier im Haus hat man es direkt einsetzen können. Inzwischen ist es, glaube ich, auch weil das Buch völlig vergriffen ist, in Vergessenheit geraten. Ich würde eine Neuausgabe, wenn ich genügend Mittel hätte, auf den Weg bringen – weil ich nach wie vor überzeugt bin, dass ich mit einem europäischen Liederbuch viel mehr bewerkstelligen kann für Europa als mit vielen schönen und guten Tagungen.

Kerstin Pohl: Wir haben gerade diskutiert, und zwar durchaus kritisch diskutiert, ob eine Erziehung – nennen wir es einmal Erziehung, nicht Bildung – hin zu mehr Akzeptanz der EU, vielleicht dem Kontroversitätsgebot oder dem Überwältigungsverbot widersprechen könnte. Sehen Sie da eine Gefahr bei Ihrem Liederbuch oder geht es dabei eigentlich genau darum: die Akzeptanz Europas oder sogar der EU, das weiß ich nicht, was da genau Ihr Ziel war, zu fördern?

Siegfried Schiele: Ja, also das Ziel war eindeutig, die europäische Grundstimmung anzusprechen und zu heben. Und ich bin heute noch der Überzeugung, trotz Beutelsbacher Konsens oder gerade auch im Einverständnis mit dem Beutelsbacher Konsens darf man ohne Skrupel gemeinsam europäische Lieder singen. Da sehe ich nicht im Ansatz eine Überwältigung, es sei denn, es wären Liedtexte, die problematisch sind. Und wenn ich jetzt das Liederbuch da hätte, dann könnten wir gleich die Probe aufs Exempel machen. Die Gefahr sehe ich wirklich nicht. Was ich aber gemerkt habe ist, dass die Menschen – vor allem auch junge Menschen, die in diesem Haus waren – das Liederbuch zur Hand genommen haben. Es ist wahrscheinlich lieber zur Hand genommen worden, als einer dieser schönen Bände der Didaktischen Reihe hier.

Internationale Begegnungen als politische Bildung?

Kerstin Pohl: Etwas anderes, was Sie in Ihrem Vorwort zum Band *Rationalität und Emotionalität in der politischen Bildung* noch ansprechen, ist ein anderes Steckenpferd, das Sie hier in der Landeszentrale immer hatten, nämlich die Förderung von Begegnungen, also von Austausch. Sie sprechen da noch von Begegnung mit „Ausländern" und auch mit Zeitzeugen, Wohnungssuchenden, aber eben natürlich auch mit Mitbürgerinnen und Mitbürgern aus anderen Ländern in der EU. Wir haben das heute während der Tagung bereits diskutiert, oder zumindest klang das so ein bisschen an bei dem, was Monika Oberle gesagt hat: Ist das politische Bildung im engeren Sinne oder wie hängt das mit politischer Bildung zusammen, Begegnungen zu ermöglichen?

Siegfried Schiele: Ganz wesentlich! Ich würde fast sagen, was wir sonst auch oft in diesem Hause gemacht haben, vielleicht auch in Zukunft machen werden, sind „Trockenkurse", die nicht immer emotional entsprechend aufgenommen werden. Und ich bin überzeugt, dass das nicht reicht, um wirklich die Menschen alle zu erreichen. Wir haben nicht nur einen Kopf. Wir sind ganze Menschen. Und daran muss man denken. Von daher spielt in meinen Augen – auch rückblickend – die Emotionalität eine größere Rolle, als wir ihr im Allgemeinen einräumen. Wobei ich verstehe, weshalb da eine so große Zurückhaltung da ist. Es kann natürlich gerade bei emotionalen Vorgängen, die nicht genügend reflektiert werden, eine Vereinnahmung stattfinden. Das sollte nicht so sein. Aber dass ich überhaupt die Menschen anrühre, das ist eben die emotionale Seite der Problematik, die ohnehin immer mitschwingt, auch wenn ich versuche, ganz auf der kognitiven Ebene zu bleiben bei allem, was ich zu sagen habe. Das reicht nicht aus; es überzeugt auch die Menschen nicht. Sie müssen gleichzeitig emotional erfasst werden. Natürlich muss die Kontrolle der Emotionen durch die Ratio immer da sein, das ist völlig klar. Ich kann nicht sagen, jetzt machen wir mal hier Remmidemmi, dann wird schon was Gutes dabei herauskommen. So geht es natürlich auch nicht. Aber die Angst habe ich persönlich auch gar nicht.

Verfassungspatriotismus: Zauberformel oder Rettungsanker?

Kerstin Pohl: Wir kommen jetzt zur nächsten Tagung. Das ist ein anderes Thema, aber durchaus verwandt mit dem, das wir bereits besprochen haben. Das Thema der nächsten, der fünften Tagung 1993, lautete: „Verfassungspatriotismus als Ziel politischer Bildung?" Mit Fragezeichen!

Sie haben damals den Verfassungspatriotismus als Rettungsanker bezeichnet für eine Gesellschaft, in der nach dem Fall der Mauer eine neue gemeinsame Identität gefunden werden muss. Sie haben aber auch argumentiert, und zwar mit Dolf Sternberger, dass es dabei nicht um die Paragraphen der Verfassung oder um den Wortlaut der Artikel geht, sondern um den Geist, der ausgestrahlt wird. Also eher um die Verfassungswirklichkeit als um die Verfassungsnormen. Angesichts der Probleme in der Verfassungswirklichkeit haben Sie damals, 1993, sinngemäß gesagt, sei dieser Verfassungspatriotismus aber eher eine müde Zauberformel als ein Rettungsanker.

Meine erste Frage in dem Zusammenhang: Ich habe mich eigentlich immer gewundert, warum das Konzept des Verfassungspatriotismus in der politischen Bildung eine so geringe Rolle spielt. Ich glaube, es gab nach diesem Tagungsband eigentlich nicht viele nennenswerte Publikationen dazu in der politischen Bildung. Warum nicht? Hat sich damals schon abgezeichnet, dass das nicht so gut ankam? Oder wirkte das damals noch so, als hätten Sie damit eine neue Diskussion losgetreten, die danach weitergeht?

Siegfried Schiele: Frau Pohl, Sie sprechen eine wunde Stelle in meiner Seele an. Warum ist das so? Das müsste nicht so sein! Ich bin enttäuscht darüber, dass sich auch so wenige in der Literatur, in der Didaktik mit dem Verfassungspatriotismus beschäftigen. Dieses Wort stammt ja von Sternberger. Es ist, glaube ich, schon wichtig, dass man es richtig versteht. Er meint damit die wichtigen Leitlinien unseres Zusammenlebens, die natürlich auch durch die Verfassung ausgedrückt werden. Und wenn ich diese Prinzipien zu schätzen weiß, dann bin ich ein Verfassungspatriot – mit hoffentlich vielen anderen zusammen, die das ähnlich sehen. Wenn viele Menschen sagen, auf unsere Verfassung und auf unsere gesellschaftliche und politische Verfasstheit, die darauf beruht, kann ich bauen, dann ist das eine gute Grundlage für das gesellschaftliche Zusammensein und für die Zukunft. Deshalb wundere ich mich, warum der Begriff nicht richtig eingeschlagen ist. Ich halte ihn für tragfähig, wenn man ihn so versteht, wie ihn Sternberger angelegt hat und wie ich ihn interpretiere. Verfassungspatriot zu sein, ist doch etwas Tolles! Etwas Tolles! Ich bekenne mich zu den Grundprinzipien unserer Verfassung und habe hoffentlich viele Mitstreiterinnen und Mitstreiter. Nichts anderes ist das, was in dem Wort drinsteckt.

Verfassungspatriotismus in der Europabildung?

Kerstin Pohl: Sie haben sich auch schon 1993 darüber Gedanken gemacht, ob Verfassungspatriotismus ein Konzept auch für die Europabildung sein könnte. Sie haben damals aber gesagt, der Kern der europäischen Einigung liegt in der Wirtschaft, und das reicht nicht für so etwas wie Verfassungspatriotismus. Aber Sie haben trotzdem Realisierungschancen gesehen für einen europäischen Verfassungspatriotismus. Jetzt haben wir natürlich bis heute keine europäische Verfassung und ein „Vertrag von Lissabon-Patriotismus" wäre vielleicht ein etwas zu sperriger Begriff, der nicht das Gleiche leisten könnte. Aber trotzdem: Glauben Sie, es gibt heute, wo die europäische Einigung ja deutlich über die wirtschaftliche Einigung hinausgeht, so etwas wie ein passendes europäisches Pendant, ein Äquivalent zum Verfassungspatriotismus?

Siegfried Schiele: Ja, im Grunde braucht es gar kein Äquivalent. Ich kann ja auch als europäischer Bürger sagen, ich bin Verfassungspatriot auf europäischer Ebene. Denn was uns zusammenhält in Europa, jenseits der Wirtschaft, das weiß eigentlich doch jeder von uns: dass es eben grundlegende Werte gibt, die wir alle bejahen, die das ausdrücken, was mit Verfassungspatriotismus gemeint ist. Dass wir eine gleiche Vorstellung von demokratischen Grundsätzen haben, von demokratischen Freiheiten, von den Grundgegebenheiten, die zu einer Demokratie gehören. Das ist das europäische Verständnis. Wenn ich das voraussetzen könnte, bei allen Nationen in Europa, könnte ich glücklich sein. Dass es daran hapert und dass wir diese Wirklichkeit noch nicht haben, ist natürlich eine ganz andere Sache. Da gibt es eine ganze Reihe von Schwierigkeiten. Aber von der Theorie her würde ich das so beschreiben.

Werteerziehung in der politischen Bildung

Kerstin Pohl: Dann kommen wir zur nächsten Tagung. Die siebte Tagung im Jahr 2000 hatte das Thema „Werte in der politischen Bildung". Damals haben Sie gefragt, welche Rolle denn Werteerziehung in einer Zeit der Individualisierung spielt. Sie haben gefragt, welche Fächer eigentlich für Werteerziehung zuständig sind und wenn ich Sie richtig verstanden habe, haben Sie damals eher argumentiert, dass der Politikunterricht dafür zuständig ist, eine Werte*klärung* zu betreiben und dass Werte*vermittlung* eher Aufgabe der Schule als Ganzes, der Schule als Institution ist. Würden Sie das immer noch so sehen?

Siegfried Schiele: Ja, im Wesentlichen sehe ich das noch so. In einem Fach wie Gemeinschaftskunde/Politik kann man Wertfragen bündeln. In diesem Fach kann man überlegen, was gibt es denn überhaupt für Werte, gibt es eine Hierarchie von Werten, wie sieht es in der Praxis aus in Deutschland oder anderswo mit den Werten.

Aber die Wertebildung ist eine komplizierte Geschichte. Die kann man nicht einem Fach allein aufbürden. Da kann ich tatsächlich nicht viel mehr machen, als in einigen Stunden eine gewisse Ordnung in das Denken zu bringen. Aber Wertevermittlung ist ja damit noch nicht getan. Das ist eine ganz breite Angelegenheit, wo jeder und jede im Unterricht als Lehrender einen Beitrag leisten kann und sollte – das ganze Kollegium. Das reicht ja nicht, wenn man sagt, für Werte ist dann vor allem der Gemeinschaftskundelehrer oder die Gemeinschaftskundelehrerin zuständig. Das geht viel, viel breiter und tiefer. Also wie man Werte in der Schule vermitteln kann, ist ein Thema ohne Ende.

Europabildung als Fokus der Landeszentrale für politische Bildung

Kerstin Pohl: Vielen Dank. Wir gehen jetzt einmal weg von den weiteren Bänden. Mich würde noch Folgendes aus Ihrer beruflichen Praxis interessieren: Sie sind 1976 Direktor der Landeszentrale geworden und 1979 gab es die erste Direktwahl des Europäischen Parlaments. Wir haben in den bisherigen Vorträgen und Diskussionen auf der Tagung bereits erfahren, dass noch immer viele, auch Erwachsene, nicht wissen, dass das Europäische Parlament überhaupt direkt gewählt wird. Ich glaube, Sie haben damals die europapolitischen Aktivitäten der Landeszentrale ausgeweitet. Welche Aktivitäten gab es in dem Kontext? Im Kontext der ersten Direktwahl des Europäischen Parlaments, aber auch danach. Was für Formate gab es, Zeitschriften, Seminare usw. Könnten Sie dazu ein bisschen aus der Bildungspraxis berichten?

Siegfried Schiele: Das vielleicht deutlichste Zeichen nach außen war die Zeitschrift, die wir gemacht haben. Wir hatten bis dahin, bis 1989, eine Zeitschrift mit dem Titel „Die deutsche Frage im Unterricht“, denn es gab ja noch „eine deutsche Frage“. Und dann, nach 1989, nach der Wiedervereinigung, haben wir gesagt, dann machen wir jetzt eine Zeitschrift „Deutschland und Europa“. Ich bin noch heute froh, dass wir das damals getan haben. Denn das europäische Feld war ja bis dahin ziemlich unterbelichtet, auch in unserer eigenen Landeszentrale. Und das haben wir dann eben in einer neuen Zeitschrift beackert, die den Akzent auf Europa gelegt hat.

Wir sind aber vor den Europawahlen auch – das hat mir besonders Freude gemacht – auf den Stuttgarter Marktplatz gegangen und haben Wahlaufrufe verteilt, um eine größere Teilnahme an den Europawahlen zu erreichen. Ich habe danach die Wahlergebnisse genau überprüft und da, wo wir waren, war die Wahlbeteiligung etwa drei bis vier Prozent höher! Das habe ich streng überprüft! Und da habe ich gedacht: Man kann doch etwas bewirken, drei bis vier Prozent ist doch enorm! Wenn wir das überall gemacht hätten, stellen Sie sich vor, in Baden-Württemberg, da hätten alle sich gewundert, was auf einmal für eine Wahlbeteiligung zustande kommt. Man sollte nicht zu früh kapitulieren als politischer Bildner und eben einmal aus dieser Stube, aus dieser schönen, herausgehen – auf den Marktplatz! Das heißt halt, mit den Leuten ins Gespräch kommen.

Denn hier nach Urach kommen vor allem die, die schon für die politische Bildung entflammt sind. Das setze ich jetzt auch bei Ihnen voraus. Das ist etwas Positives, dass Sie Interesse haben an politischen Bildungsfragen. Aber jetzt gehen wir doch wirklich einmal die Bevölkerung durch: Wie viele Menschen lassen sich ansprechen für politische Bildung? Eher wenige. Deshalb müssen wir die Funken hinaustragen in die Welt. Das machen auch etliche von Ihnen, insofern ist das sinnvoll, was wir hier betreiben. Aber es reicht noch immer nicht aus.

Kerstin Pohl: Aber Sie haben nicht, wie bei Ihren öffentlichen Auftritten zum 50-jährigen Bestehen des Grundgesetzes, Sekt ausgeschenkt für alle, die sich bereit erklärt haben, wählen zu gehen. Oder?

Siegfried Schiele: Ja, das wäre noch eine gute Idee gewesen. Man muss sich meiner Meinung nach schon als politischer Bildner oder politische Bildnerin überlegen, was man auf unkonventionelle Art und Weise machen kann. Da gibt es noch viel mehr Ideen. Ein wichtiger Grundsatz von mir war immer: Die meisten schönen Dinge sind noch nicht erfunden. Also strengen Sie sich an.

Kerstin Pohl: Gut, das war eigentlich schon ein schönes Schlusswort, aber ich möchte noch eine abschließende Frage stellen: Wenn ich mich hier so umschaue, sind Sie nicht der einzige Rentner im Raum. Aber ich glaube, Sie sind tatsächlich der Älteste. Was würden Sie denn uns Jüngeren für die politische Bildung, für die Europabildung, aber auch generell für die politische Bildung noch mit auf den Weg geben wollen? Als Schlusswort!

Siegfried Schiele: Das ist jetzt eine große Aufgabe. Da muss ich aufpassen, dass ich nicht zu einer Grundsatzrede ansetze. Meiner Meinung nach ist ganz wichtig und bleibt wichtig, dass Sie die politische Bildung für bedeutsam halten. Man verzweifelt manchmal daran, hat das überhaupt einen Sinn, was ich mache? Ja, es hat einen Sinn! Auch wenn man ihn nicht immer direkt spürt. Ich bin zutiefst überzeugt, dass wir mit politischer Bildung viel erreichen können. Und deswegen möchte ich dazu raten, nicht nur die Mängel zu kritisieren, sondern dass man einfach mit den Möglichkeiten, die man hat, wuchert – gerade jetzt sind ja gute Zeiten! Und von daher hoffe und wünsche ich, dass Sie alle, so wie Sie hier sitzen, Botschafter und Botschafterinnen der politischen Bildung sind. Das sind Sie ja wahrscheinlich, überall tätig in Ihren verschiedenen Bereichen. Da wünsche ich Ihnen sehr, sehr viel Erfolg! Und ich hoffe und wünsche mir, dass Sie immer genügend Energie haben, trotz mancher Rückschläge, an diesen wichtigen Zielen weiterzuarbeiten.

Abstracts

Siegfried Frech, Robby Geyer, Monika Oberle: Einführung: Aspekte einer kritischen Europabildung

Selbst „hartgesottene EU-Sympathisanten" haben mit Blick auf die Krisen der letzten zehn Jahre Schwierigkeiten, europapolitische Entwicklungen stets wohlwollend zu kommentieren. Trotz sich überlagernder Krisen hat das Vertrauen der Bürgerinnen und Bürger in die EU und deren Lösungskompetenz jedoch nicht sonderlich gelitten. Auffallend ist, dass die Einstellungswerte von Jugendlichen insgesamt positiver ausfallen als die der Erwachsenen. Die Shell Jugendstudie des Jahres 2019 zeigt, dass sich viele Jugendliche durchaus als „Europäer" fühlen. Dessen ungeachtet fühlen sich aber junge Menschen über die EU schlecht informiert. Dies ist ein Indikator, dass die europäische Einigung in Schule und Unterricht noch längst nicht die Bedeutung erlangt hat, die ihr zukommen müsste. Trotz aller „Defizitbefunde" zeigen die Beiträge des Buches, dass den Schulen, den Lehrerinnen und Lehrern eine herausragende Rolle zukommt: Europäische Bildung beginnt in der Schule. Dies gilt nicht nur für den kompetenzorientierten Politikunterricht, sondern auch für den Unterricht in den verschiedenen Schularten und Schulstufen gleichermaßen. Über den Unterricht hinaus sollten vermehrt öffnende Aktivitäten und angemessene Formate (z. B. Planspiele, Begegnungen, europäische und internationale Austauschprogramme, Möglichkeiten des virtuellen Lernens) genutzt werden.

Martin Große Hüttmann: Die Europäische Union am Scheideweg – wieder einmal?!

Der europäische Einigungsprozess war stets von (größeren und kleineren) Krisen begleitet. Martin Große Hüttmann nimmt in seinem Beitrag die Krisen der vergangenen zehn Jahre in den Blick: die Eurokrise, die sogenannte Flüchtlingskrise, die Krise im Zusammenhang mit dem Brexit, die Rechtsstaatskrise und die aktuelle Corona-Krise. Er erläutert die Hintergründe der jeweiligen Krise und erörtert, welche „Lehren" die EU aus diesen Krisen gezogen hat bzw. wie diese Krisen die EU verändert haben. Erst eine Definition des oft inflationär gebrauchten Krisenbegriffs erlaubt einen Vergleich der unterschiedlichen Krisen und eine angemessene Einschätzung der Auswirkungen auf den Prozess der „Konstitutionalisierung" (Verfassungswerdung) der EU, auf das EU-System selbst sowie auf die institutionelle Balance. Die Europäische Union hat sich – so die zur Diskussion gestellte These – im Zuge der jüngsten Krisen in Richtung einer „Europäischen Staatlichkeit" bewegt.

Monika Oberle: Wissen und Einstellungen junger Bürgerinnen und Bürger zur Europäischen Union

Die Europäische Union (EU) bedarf einer Bürgerschaft, die über politisches EU-Wissen und konstruktive Einstellungen zur europäischen Integration verfügt. Wie ist es um relevante Orientierungen der jungen Bürgerinnen und Bürger gegenüber der Europäischen Union (EU), um deren politisches Wissen und politische Einstellungen bestellt? Monika Oberle diskutiert die Ergebnisse mehrerer repräsentativer Befragungen. So stimmen vor allem Jüngere positiven Konnotationen stärker zu als ältere Befragte. Auch mit Blick auf die EU-Mitgliedschaft zeigen 15- bis 24-Jährige eine höhere Zustimmung und ein größeres Vertrauen in die EU. Auffallend hingegen ist der eher geringe Kenntnisstand (z. B. zum Europäischen Parlament und zu den Europawahlen), der u. a. auch von der Schulform und vom Bildungsniveau beeinflusst wird. Obwohl in den Curricula der Schulen die Behandlung der EU im politischen Fachunterricht verbindlich vorgesehen ist, sagt dies noch wenig über die Umsetzung der curricularen Vorgaben aus. Orientiert man sich am

Modell der Kompetenzorientierung, geht es neben der Förderung der politischen Urteilsbildung und der politischen Handlungsfähigkeit vor allem um den Aufbau konzeptuellen Wissens in den Dimensionen *polity*, *politics* und *policy*. Auch hierzu liegen inzwischen empirische Studien vor, die zeigen, dass das EU-Wissen vom Politikunterricht positiv beeinflusst wird. So hat sich zum Beispiel bei mehreren Planspielen zum Willensbildungs- und Entscheidungsprozess im Europäischen Parlament gezeigt, dass Vorurteile der Schülerinnen und Schüler gegenüber der EU abgebaut werden konnten und die Identifikation mit Abgeordneten des Europaparlaments erhöht wurde. Ein adäquater EU-Unterricht braucht u. a. kreative Bildungsansätze und fachlich solide aus- bzw. fortgebildete Lehrkräfte.

Helmar Schöne: EU unterrichten in der Schule – eine Bestandsaufnahme

Nicht nur bei Studierenden, die in ihrer Schullaufbahn wenig oder so gut wie gar nichts über die Europäische Union (EU) gehört haben, ist das Wissen über die EU vergleichsweise bescheiden. Dies trifft auch für die Mehrheit der Bevölkerung zu. Dieser Befund steht in einem deutlichen Gegensatz zu den Bekenntnissen der Bildungspolitik, die dem Lernen über Europa und die EU einen hohen Stellenwert einräumt. Helmar Schöne diskutiert in seinem Beitrag die Frage, welchen Anteil die Schule an diesem Defizitbefund hat. Er nimmt dabei mehrere Aspekte in den Blick: 1) die Lehrpläne, 2) die Lehrmaterialien, 3) den Lehrgegenstand, 4) die Lehrpersonen und schließlich 5) die Lehrsituation. Betonen die Lehrpläne den europäischen Aspekt nicht ausreichend? Fehlt es möglicherweise an geeigneten Lehr- und Unterrichtsmaterialien? Hält der Lehrgegenstand EU Herausforderungen bereit, die Lehrerinnen und Lehrer besonders beanspruchen? Welche Rolle spielt der europäische Aspekt in der Aus- und Fortbildung der Lehrkräfte? Oder ist es die Lehrsituation, also der schulische und unterrichtliche Rahmen, der eine gelingende Europabildung erschwert? Der bildungspolitische Anspruch und die Verankerung europäischer Themen in den Lehr- und Bildungsplänen – so das Fazit – kollidieren in der Schulwirklichkeit mit einem viel zu geringen Anteil des Faches Politische Bildung in den Stundentafeln und mit nur unzureichend ausgebildeten Fachlehrerinnen und Fachlehrern.

Benedikt Widmaier: Active Citizenship – Kein Thema für die politische Bildung in Deutschland?

Das Thema „Active Citizenship" wird in der fachwissenschaftlichen und fachdidaktischen Diskussion zur politischen Bildung in Deutschland kaum zur Kenntnis genommen. Die wenigen Impulse, den „methodologischen Nationalismus" (Ulrich Beck) zu überwinden, blieben in der fachwissenschaftlichen Community bisher nahezu unbeachtet. Benedikt Widmaier diskutiert neuere englischsprachige Quellen, die belegen, dass die europäische Diskussion – im Gegensatz zur deutschen Debatte – längst weiter fortgeschritten ist. Vorgestellt werden die Entwicklungen und Diskurse beim Europarat sowie bei der Europäischen Union. Die „Charter on Education for Democratic Citizenship (EDC) and Human Rights Education (HRE)" des Europarats beschreibt Demokratie- und Menschenrechtsbildung als eng miteinander verbundene pädagogische Arbeitsfelder. Benedikt Widmaier stellt im Anschluss an diese normativen Texte einen dreibändigen praxisorientierten Referenzrahmen – wiederum vom Europarat herausgegeben – vor und kommentiert diesen. Anknüpfend an das „Memorandum über lebenslanges Lernen" der EU werden die beiden zentralen und gleichgewichtigen Perspektiven für eine europäische Bildungspolitik vorgestellt: „employability" (Beschäftigungsfähigkeit) und „active citizenship" (aktive Bürgerschaft). Die skizzierten Dokumente werden abschließend eingeordnet und in Bezug zur politischen Bildung gesetzt. Anschlussfähig für die politische Bildung sind diese Dokumente durchaus, stellen sie doch die Frage nach den Bürgerleitbildern, die auch in der politischen Bildung diskutiert werden. Zudem bieten die vorgestellten Dokumente interessante Impulse für die politische Bildung.

Georg Weißeno: Wirkung und Qualität des Politikunterrichts in Baden-Württemberg

Das Bildungsziel politische Mündigkeit kann nur dann erreicht werden, wenn der Politikunterricht qualitätsvoll und mit Blick auf die Wissensdimension wirksam ist. Hierzu ist es sinnvoll, operationalisierbare Indikatoren und Daten für einen evidenzbasierten Politikunterricht bereitzustellen. Georg Weißeno skizziert Indikatoren wirksamen Politikunterrichts nach dem Angebots-Nutzungs-Modell von Andreas Helmke. Im nächsten Schritt werden empirische Ergebnisse zum Politikunterricht in Baden-Württemberg präsentiert. Die Ergebnisse der Tests, die u. a. auch Aspekte des Wissens über die EU erheben, beruhen auf einer großen Probandenzahl von ca. 10.000 Schülerinnen und Schülern aller Schulformen. Nach der Darstellung der Ergebnisse werden die Wirkungen des Politikunterrichts für den Wissensaufbau erörtert. In einem nächsten Schritt werden individuelle Eingangsvoraussetzungen der Schülerinnen und Schüler sowie der Einfluss von Kontextfaktoren dargelegt. Das Ergebnis der Studien ist relativ ernüchternd: Der Politikunterricht in Baden-Württemberg hat ein Qualitätsproblem. Georg Weißeno plädiert für eine veränderte Kultur des Faches, die sich nicht an normativen Vorstellungen orientiert, sondern theorie- und evidenzbasierte Forschungsergebnisse zur Kenntnis nimmt.

Michèle Schilt: Blicke über den Tellerrand – Europabildung in Luxemburg

Europa hat in Luxemburg einen hohen Stellenwert. Luxemburg ist ein Land, dessen Bevölkerung große Anteile aus anderen europäischen Ländern hat. Europa ist daher in den Klassenzimmern Luxemburgs bereits Realität geworden. Es gibt allerdings kein besonderes Curriculum, das mögliche Zielsetzungen, Inhalte und Methoden einer europapolitischen Bildung umschreibt. Das Thema wird in den Lehr- und Bildungsplänen zwar erwähnt, die konkrete Umsetzung jedoch den Lehrerinnen und Lehrern überlassen. In den weiterführenden Schulen überwiegt ein wissensorientierter und institutionenkundlicher Unterricht über Europa. Eine vertiefte Auseinandersetzung mit der EU findet allenfalls im sogenannten allgemeinen Sekundarunterricht (vergleichbar mit dem Gymnasium) in den oberen Klassen statt. In aller Regel werden europapolitische Themen fachfremd unterrichtet. An Luxemburgs Sekundarschulen gibt es Politiklehrerinnen und Politiklehrer erst seit 2017. Empirische Untersuchungen, wie Europabildung im Unterricht überhaupt realisiert wird, stehen noch aus. Ein weiteres Desiderat ist die fachdidaktisch fundierte Reflexion über mögliche Bildungsziele, Inhalte, didaktische Konzepte und Methoden einer gelingenden Europabildung.

Béatrice Ziegler: „Europa" als Thema der politischen Bildung in der Deutschschweiz

Eine „politische Europabildung" ist in der Deutschschweiz nur ansatzweise ein Gegenstand schulischen Unterrichts. Dies hat zum einen mit der nach wie vor unklaren Standortbestimmung der Schweiz in einem zunehmend vernetzten Europa zu tun. Zum anderen damit, dass es bis in die jüngste Zeit in der Schweiz keine professionalisierte politische Bildung gegeben hat. Der Beitrag von Béatrice Ziegler beginnt mit einigen allgemeinen Erläuterungen zur politischen Bildung in der Schweiz.

Dabei wird die Positionierung der „politischen Europabildung“ vor und mit dem 2014 verabschiedeten Lehrplan für die Volksschule in deutschschweizerischen Kantonen vorgestellt. Da die Lehrpläne bis 2014 kantonal waren, hing die Qualität des Unterrichts zur politischen Bildung stark vom Engagement der Lehrerinnen und Lehrer ab. Seit 2014 werden Schülerinnen und Schüler kantonsübergreifend nach dem gleichen Lehrplan unterrichtet. Das überfachlich angelegte Grundlagenthema „Politik, Demokratie und Menschenrechte“ thematisiert u. a. „die Positionierung der Schweiz in Europa und der Welt“. Die etwas diffuse Inhalts- und Kompetenzbeschreibung überträgt somit wiederum den Lehrpersonen die inhaltliche Ausgestaltung des „politischen Europalernens“. Obwohl die aktuellen Lehrmittel die EU differenziert und mehrperspektivisch präsentieren, fühlen sich Lehrerinnen und Lehrer – so die Ergebnisse einiger weniger Studien – bei diesem Unterrichtsthema stark gefordert und wenig kompetent. Auch mit Blick auf das eher ernüchternde Wissen der Schülerinnen und Schüler über die EU plädiert Béatrice Ziegler für eine dringend notwendige Aus- und Weiterbildung der Lehrerinnen und Lehrer zu Fragen der politischen Bildung und ihrer Didaktik.

Tatjana Meijvogel-Volk: Europa vermitteln – Formate und Zielgruppen in den Niederlanden

Tatjana Meijvogel-Volk erörtert die Bildungsarbeit von Pro Demos, *Huis voor democratie en rechtsstaat*. Die unabhängige Stiftung hat den Auftrag, mit Jugendlichen und Erwachsenen Tagesveranstaltungen durchzuführen, u. a. auch zu Europa. Europa ist in den Curricula der Grundschulen und weiterführenden Schulen mit zum Teil ambitionierten Lernzielen verankert. Die Unterrichtswirklichkeit ist jedoch durch Lehrermangel, überfrachtete Lehrpläne und durch einen Mangel an adäquatem Lehr- und Lernmaterial gekennzeichnet. Dies hat zur Folge, dass die Europabildung häufig zu kurz kommt. Lehrerinnen und Lehrer greifen deshalb auf Angebote von externen Bildungsträgern zurück. Pro Demos organisiert an Schulen Vortragsveranstaltungen über die EU, vermittelt Dozentinnen und Dozenten zu EU-Themen, bietet für Schülerinnen und Schüler Planspiele an und gibt Lehrerinnen und Lehrern im Rahmen von Studienreisen die Gelegenheit, europäische Institutionen kennenzulernen. Gegenwärtig werden die bestehenden Curricula überarbeitet. Einig sind sich die Bildungsfachleute darin, dass europäische Themen in niederländischen Schulen einen größeren Rahmen einnehmen sollten.

Sabine Keitel, Beatrix Melchinger: Don@u Online – Den europäischen Austausch von jungen Menschen fördern

Die Begegnung und der innereuropäische Austausch von jungen Menschen via Internet gewinnen an Bedeutung. Begegnung, Austausch und Kooperation über einst hemmende Ländergrenzen hinweg werden leichter und sind zwischenzeitlich ein selbstverständlicher Bestandteil des Alltags.

Durch den Online-Kontakt mit Schülerinnen und Schülern anderer europäischer Länder wird die Vielfalt Europas im länderübergreifenden Austausch konkret, besser fassbar und begreifbar. Virtuelle Lernplattformen bieten vielseitige Gelegenheiten, die multinationale Zusammenarbeit von europäischen Schulklassen zu unterstützen und den „europäischen Dialog" zu fördern. Sabine Keitel und Beatrix Melchinger schildern die Rahmenbedingungen und die Lehr- und Lernziele des Projekts Don@u Online. Sie skizzieren den organisatorischen Ablauf und zeigen anhand exemplarischer Beispiele die thematische und methodische Vielfalt sowie die unterschiedlichen Formate dieses länderübergreifenden Projekts. Bei allen thematischen Schwerpunkten ist die Anknüpfung an die Lebenswelt der Schülerinnen und Schüler ein herausragendes Merkmal des virtuellen Austauschs. Gerade angesichts der Corona-Pandemie werden die Vorteile virtueller Projekte offenkundig. Die anfänglichen Unwägbarkeiten und Unsicherheiten, ausgelöst durch die Pandemie, wurden durch ein Mehr an online gemeistert.

Sven Ivens, Thomas Franke: *Fokus Balkan Online* – Ein Blended-Learning-Planspiel für die europapolitische Bildung

Online-Planspiele, kombiniert mit analogen Phasen, sind ein Novum in der europapolitischen Bildung. Sven Ivens und Thomas Franke schildern die Struktur und Verlaufsvarianten des Blended-Learning-Planspiels *Fokus Balkan Online.* Inhaltlich geht es bei diesem Planspiel um das Aufnahmeverfahren von Drittstaaten in die EU. Das mehrfach an Schulen erprobte Planspiel wurde begleitend evaluiert und lässt somit erste Schlüsse über Lerneffekte zu. Die Autoren diskutieren zunächst vorliegende Studien zum Einsatz von analogen und digitalen Planspielen und erörtern im Anschluss das Blended-Learning Planspiel *Fokus Balkan Online.* Im Folgeschritt werden die Begleitstudie und das Studiensample skizziert. Die teilnehmenden Schülerinnen und Schüler wurden zunächst um eine Bewertung des Planspiels gebeten. Diese Angaben wurden in Beziehung zu Hintergrundfaktoren (z. B. Migrationshintergrund, soziale Milieus, politisches Interesse usw.) gesetzt. Schließlich wurde die längerfristige Wirkung des Planspiels evaluiert. Die Ergebnisse zeigen, dass die Stärke des Planspiels – auch in längerfristiger Perspektive – in der Vermittlung von Wissen über die EU und die institutionellen Prozesse im EU-Handlungsrahmen liegt. Dies geht bei den Schülerinnen und Schülern zugleich mit einem größeren Vertrauen in ihr diskursbezogenes Effektivitätsgefühl einher. Die Autoren räumen allerdings ein, dass *Fokus Balkan Online* nicht das Interesse an Politik oder der EU steigert und keine Auswirkungen auf die Partizipationsbereitschaft der Teilnehmenden hat.

Eva-Maria Goll: Europapolitik im Sachunterricht oder frühes Politiklernen nur anhand kommunaler Beispiele?

Politik galt lange Zeit als zu komplex und zu anspruchsvoll für Grundschülerinnen und -schüler. Seit 2002 ist politische Bildung explizit ein Bestandteil des Faches Sachunterricht. In den curricularen Vorgaben fehlt jedoch die Europapolitik gänzlich. Obwohl die geographische Perspektive des Faches, angelehnt am Modell der konzentrischen Kreise, die ganze Welt in den Blick nimmt, wird Politik auf den politischen Nahraum der Kommune reduziert. Eva-Maria Goll geht in ihrem Beitrag mehreren Fragen nach: Ist EU-Politik aufgrund der Vielzahl an Institutionen und Akteuren komplexer als Kommunalpolitik? Sind auf der EU-Ebene verhandelte Inhalte nicht für die Lebenswelt von Kindern relevant? Sind Urteils- und Handlungskompetenz durch die Konzentration auf den Nahraum besser zu adressieren? Und schließlich: Ist ein Unterricht zu kommunalen Aspekten didaktisch-methodisch einfacher zu gestalten? Ein Vergleich der kommunalen mit der europäischen Ebene zeigt, dass viele Sachverhalte, die auf die EU zutreffen (z. B. Mehrebenensystem, Institutionenverflechtung und -vielfalt), ebenso Merkmale der kommunalen Ebene sind. Obwohl es an empirischen Untersuchungen mangelt, belegen Einzelstudien, dass Kinder durchaus ein großes Vorwissen zu Europa besitzen. Und obwohl eine direkte Einflussnahme auf die Lebenswelt von Kindern nicht immer klar erkennbar ist, gibt es dennoch Themen, die für die Schülerinnen und Schüler lebensweltlich greifbar sind. In aller Regel sind Lehrerinnen und Lehrer in der Primarstufe nicht politikwissenschaftlich ausgebildet. Um das Thema inhaltlich und methodisch angemessen aufbereiten zu können, benötigen Lehrkräfte – so eine Schlussfolgerung – Hilfestellungen und kindgerechte Unterrichtsmaterialien.

Bettina Zurstrassen, Eva Kristin Vogt: Europa: ein Thema in der beruflichen Bildung?

Berufs- und Arbeitswelt sind heute stark von der Gesetzgebung der EU beeinflusst. Wenn Europa ein Teil der Arbeitswelt ist, stellt sich die Frage, welche europapolitischen Lernchancen Auszubildenden in berufsbildenden Schulen eröffnet werden? Überwiegt eine bildungstheoretische Perspektive, die von den Lern- und Orientierungsbedürfnissen der Lernenden ausgeht und politische Mündigkeit fokussiert, oder dominiert ein auf Affirmation der Lernenden ausgerichtetes Bildungsverständnis, bei dem betriebs- und volkswirtschaftliche Interessen leitend sind? Zur Beantwortung der Frage analysieren Bettina Zurstrassen und Eva Kristin Vogt in einem dreistufigen Verfahren, wie die politische Europabildung in der KMK-Handreichung für die Rahmenlehrplanentwicklung, in den von den Bundesländern herausgegebenen Rahmenlehrplänen für Sozialkunde (und Fächer mit anderen Bezeichnungen) sowie in den Bildungsplänen implementiert ist. In den meisten curricularen Vorgaben zeigt sich ein affirmatives Bildungsverständnis bei gleichzeitiger Vernachlässigung einer politischen Europabildung. Daher plädieren beide Autorinnen für eine stärkere Gewichtung demokratisch-kompensatorischer Lernprozesse auch in berufsbildenden Schulen.

Andreas Thimmel: Wie politisch sind europäische und internationale Austauschprogramme?

Ein Schwerpunkt europäischer und internationaler Austauschprogramme liegt im Erleben und in der Ermöglichung zielgruppen-, alters- und adressatenadäquater wissensbasierter Reflexion über das Politische. Obwohl das Politische als Hintergrundfolie stets präsent ist, wird dessen Bedeutung in der Praxis oft nicht gesehen. Seit geraumer Zeit ist mit Blick auf die internationale Jugendarbeit jedoch ein Bedeutungswandel hin zum Politischen und eine Abkehr vom neoliberalen Mobilitätsdiskurs feststellen. Der Fachdiskurs orientiert sich wieder stärker an der politischen Dimension europäischer und internationaler Austauschprogramme. So zielt das vom Autor entwickelte Konzept der reflexiven Internationalität darauf ab, die Kategorie des „Nationalen“ in der Bildungsarbeit aufzuweichen bzw. zu überwinden. Soll die Reflexion kultureller bzw. nationalstaatlicher Einbettungen und der reflexive Umgang mit Differenzproduktion politische Urteilsfähigkeit fördern, bedarf es mehrerer Aspekte, die für die Konzeption und Praxis internationaler Austauschprogramme relevant sind und die es zu beachten gilt.

Autorinnen und Autoren

Thomas Franke ist seit 2014 Mitarbeiter der Landeszentrale für politische Bildung Baden-Württemberg. Er verantwortet den Fachbereich „Politische Tage für Schulen im Regierungsbezirk Stuttgart“ und koordinierte u. a. die Erstwählerkampagnen der LpB. Seit 2020 leitet er die neu gegründete Außenstelle der LpB für den Regierungsbezirk Stuttgart, die ihren Sitz in Ludwigsburg haben wird.

Prof. Siegfried Frech ist Publikationsreferent bei der Landeszentrale für politische Bildung Baden-Württemberg und verantwortet die Zeitschrift „Bürger & Staat“ und die Didaktische Reihe. Er hat einen Lehrauftrag (Didaktik politischer Bildung) am Institut für Politikwissenschaft der Eberhard Karls Universität Tübingen.

Robby Geyer ist Publikationsreferent bei der Landeszentrale für politische Bildung Baden-Württemberg und Chefredakteur der Zeitschrift „Politik & Unterricht“. Ab 2021 verantwortet er die Didaktische Reihe. Er hat einen Lehrauftrag für politische Bildung am Institut für Politische Wissenschaft der Ruprecht-Karls-Universität Heidelberg.

Dr. Eva-Maria Goll, Akademische Rätin, war nach ihrem Lehramtsstudium wissenschaftliche Mitarbeiterin an der Bayerischen Julius-Maximilians-Universität in Würzburg. Nach ihrer Promotion wechselte sie an die Technische Universität Dortmund, war dort zunächst im Institut für Soziologie und aktuell im Institut für Didaktik integrativer Fächer.

Dr. Martin Große Hüttmann ist Akademischer Oberrat am Institut für Politikwissenschaft der Eberhard Karls Universität Tübingen und geschäftsführendes Vorstandsmitglied des Europäischen Zentrums für Föderalismus-Forschung (EZFF) Tübingen. Einer seiner Schwerpunkte in Forschung und Lehre ist die Europäische Union.

Sven Ivens ist seit 2016 wissenschaftlicher Mitarbeiter am Lehrstuhl für Politikwissenschaft/Didaktik der Politik an der Universität Göttingen. Er schreibt eine kumulative Dissertation über digitale Planspiele in der politischen Jugend- und Erwachsenenbildung.

Sabine Keitel ist in der Landeszentrale für politische Bildung Baden-Württemberg Fachreferentin für E-Learning sowie für den Bereich „Frauen und Politik“ zuständig. Davor war sie lange Jahre Referentin des Direktors Dr. Siegfried Schiele.

Tatjana Meijvogel-Volk, Politologin und Osteuropaexpertin, ist Projektmanagerin bei „ProDemos – Haus für Demokratie und Rechtsstaat“ in Den Haag, Niederlande. Sie beschäftigt sich dort vor allem mit der politischen Erwachsenenbildung. Zu ihren Aufgaben gehört u. a. die Leitung des Europe Direct Center Den Haag, ein Informationszentrum für Bürger und Bürgerinnen über die EU. Neben ihrer Tätigkeit bei ProDemos lehrt sie an der Webster University in Leiden beim Department Internationale Beziehungen. Bevor sie in die Niederlande kam, arbeitete sie auf den Gebieten Humanitäre Hilfe, Presse, Protokoll, Wahlen und Demokratisierung für das Auswärtige Amt, die EU-Administration von Mostar und die OSZE in Kroatien und Bosnien-Herzegowina.

Beatrix Melchinger ist Lehrerin für Geografie und Englisch, 2014 erwarb sie einen Masterabschluss (M.A.) in „Educational Media“ an der Universität Duisburg-Essen. Sie leitet u. a. das Projekt „Don@u-Online“.

Prof.in Dr. Monika Oberle hat in Marburg, London sowie Berlin Politikwissenschaft studiert und an der Pädagogischen Hochschule Karlsruhe promoviert. Sie ist Professorin für Politikwissenschaft und Didaktik der Politik an der Georg-August-Universität Göttingen. Ihr Lehrstuhl widmet sich der empirischen Erforschung unterschiedlicher Faktoren von Lehr- und Lernprozessen der politischen Bildung. Einer ihrer Forschungsschwerpunkte liegt auf der politischen EU-Bildung.

Prof.in Dr. Kerstin Pohl ist seit 2012 Professorin für Fachdidaktik Sozialkunde/Politik am Institut für Politikwissenschaft der Johannes Gutenberg-Universität Mainz. Sie lehrt und forscht zu den gesellschaftstheoretischen, demokratietheoretischen und politikwissenschaftlichen Grundlagen der Politikdidaktik.

Dr. Siegfried Schiele war von 1976 bis 2004 Direktor der Landeszentrale für politische Bildung Baden-Württemberg (LpB). Auf der von ihm 1976 initiierten Tagung in Beutelsbach kristallisierte sich in den Vorträgen und Diskussionen heraus, was bei allen ideologischen Differenzen für die politische Bildung konsensfähig war: Der damals gefundene „Beutelsbacher Konsens" prägt die politische Bildung bis heute.

Michèle Schilt ist ausgebildete Sekundarschullehrerin im Fach Geschichte und stellvertretende Direktorin des *Zentrum fir politesch Bildung* in Luxemburg. Die Stiftung hat das Ziel, das bürgerschaftliche Engagement zu fördern und will vor allem bei jungen Menschen zu einem besseren Verständnis von Politik und Demokratie beitragen. Dort beschäftigt sie sich vor allem mit demokratischer Schulentwicklung und der Entwicklung von Workshops für Kinder und Jugendliche.

Prof. Dr. Helmar Schöne ist Professor für Politikwissenschaft und ihre Didaktik an der Pädagogischen Hochschule in Schwäbisch Gmünd. Nach seinem Studienabschluss in Berlin hat er

u. a. an den Universitäten Dresden und Leipzig gearbeitet. Lehr- und Forschungsaufenthalte haben ihn an die University of Iowa und die Grand Valley State University in Michigan geführt. Er arbeitet schwerpunktmäßig zum politischen System der Bundesrepublik Deutschland.

Prof. Dr. Andreas Thimmel ist Professor für Wissenschaft der Sozialen Arbeit an der Fakultät für Angewandte Sozialwissenschaften der Technischen Hochschule Köln. Er ist Leiter des Forschungsschwerpunktes Non-formale Bildung. Seit dem Wintersemester 2019/2020 ist er Inhaber des Jean Monnet Chair „Bildung und Jugendarbeit in Europa". Seine Forschungs- und Arbeitsschwerpunkte sind: internationale und interkulturelle Jugendarbeit, europäische Jugendpolitik, politische Bildung.

Eva Kirstin Vogt ist wissenschaftliche Mitarbeiterin an der Fakultät für Soziologie der Universität Bielefeld.

Prof. Dr. Georg Weißeno war bis 2019 als Professor für Politikwissenschaft und ihre Didaktik an der Pädagogischen Hochschule in Karlsruhe tätig und leitete dort die Abteilung Politikwissenschaft. Seine Forschungsschwerpunkte sind u. a. die konzeptionellen Grundlagen des Politikunterrichts.

Benedikt Widmaier ist seit 1998 Direktor der Akademie für politische und soziale Bildung „Haus am Maiberg" und hat zudem Lehraufträge an den Universitäten Darmstadt, Heidelberg und Gießen wahrgenommen. Er ist Mitglied der Redaktion der Zeitschrift „Journal für Politische Bildung" und Mitherausgeber der Schriftenreihe „Non-formale politische Bildung".

Prof.in Dr. Béatrice Ziegler war bis 2016 Leiterin der Abteilung Politische Bildung und Geschichtsdidaktik sowie Co-Direktorin des Zentrums für Demokratie Aarau an der Pädagogischen Hochschule FHNW. Ihre Arbeits- und Forschungsschwerpunkte sind Politische Bildung und Geschichtsdidaktik. Sie ist Mitglied in zahlreichen Gremien und Redaktionen fachwissenschaftlicher und didaktischer Zeitschriften.

Prof.in Dr. Bettina Zurstrassen ist Professorin für Didaktik der Sozialwissenschaften an der Fakultät für Soziologie der Universität Bielefeld. Vor ihrer Berufung an die Ruhr-Universität Bochum war sie im Schuldienst tätig. In ihrer Forschung beschäftigt sie sich schwerpunktmäßig mit der politischen Bildung an Berufskollegs, der sozialen Ungleichheit in der politischen Bildung sowie der sozioökonomischen Bildung.